ullstein

TEJU COLE, geboren 1975, wuchs in Lagos auf. Er ist Schriftsteller, Kritiker, Kurator und Fotograf. Für seine Bücher, darunter der Roman *Open City*, erhielt er zahlreiche Preise, unter anderem den PEN/Hemingway Award, den New York City Book Award, den Windham Campbell Prize und den Internationalen Literaturpreis. Teju Cole ist derzeit Professor für Kreatives Schreiben an der Harvard University. Er lebt in Cambridge, Massachusetts.

Von Teju Cole sind in unserem Hause außerdem erschienen:
Tremor · Jeder Tag gehört dem Dieb

Besuchen Sie uns im Internet:
www.ullstein.de

Wir verpflichten uns zu Nachhaltigkeit
- Papiere aus nachhaltiger Waldwirtschaft
  und anderen kontrollierten Quellen
- ullstein.de/nachhaltigkeit

MIX
Papier | Fördert
gute Waldnutzung
FSC® C021394

Neuausgabe im Ullstein Taschenbuch
1. Auflage März 2024
© für die deutschsprachige Neuausgabe
Ullstein Buchverlage GmbH, Berlin 2024 / Ullstein Verlag

© 2011 by Teju Cole
Alle Rechte der deutschen Übersetzung
von Christine Richter-Nilsson
© Suhrkamp Verlag Berlin

Die Originalausgabe erschien 2011 unter dem Titel
Open City bei Random House, New York.

Umschlaggestaltung: Marion Blomeyer
Titelabbildung: © Teju Cole
Wir behalten uns die Nutzung unserer Inhalte für Text und
Data Mining im Sinne von § 44b UrhG ausdrücklich vor.
Gesetzt aus der Aldus nova Pro
Satz: Pinkuin Satz und Datentechnik, Berlin
Druck und Bindearbeiten: ScandBook, Litauen

ISBN 978-3-548-06951-7

Teju Cole

Open City

Roman

Aus dem Englischen
von Christine Richter-Nilsson

Ullstein

für Karen
und für Wah-Ming und Beth

Teil 1

Der Tod ist eine
Vervollkommnung des Blickes

1

Als ich also im vergangenen Herbst begann, abendliche Streifzüge durch die Stadt zu unternehmen, erwies sich Morningside Heights als guter Ausgangspunkt. Der Weg, der ausgehend von der Cathedral of St. John the Divine den Morningside Park durchquert, führt in nur fünfzehn Minuten zum Central Park. In die andere Richtung, nach Westen, sind es ungefähr zehn Minuten zum Sakura Park, und wenn man sich von dort nach Norden wendet, immer am Hudson River entlang, der aber wegen des Straßenlärms jenseits der Bäume nicht zu hören ist, kommt man nach Harlem. Diese Spaziergänge, ein Kontrapunkt zu meinen geschäftigen Tagen im Krankenhaus, wurden länger und länger und führten mich von Mal zu Mal weiter fort. Oft fand ich mich spätabends in großer Entfernung von zu Hause wieder und war gezwungen, die U-Bahn zurück zu nehmen. So drang New York City zu Beginn des letzten Jahres meiner

Facharztausbildung zum Psychiater im Schritttempo in mein Leben ein.

Kurz bevor ich meine ziellosen Wanderungen aufnahm, hatte ich mir angewöhnt, Zugvögel zu beobachten, und heute frage ich mich, ob zwischen beidem ein Zusammenhang bestand. An Tagen, an denen ich früh genug zu Hause war, blickte ich aus dem Fenster wie ein Augur, der den Himmel nach Zeichen absucht, und hoffte, das Wunder der natürlichen Immigration zu erleben. Jedes Mal, wenn ich Gänse erspähte, die in Formationen über den Himmel schossen, fragte ich mich, wie unser Leben hier unten wohl aus ihrer Perspektive aussah. Würden sie sich jemals solchen Überlegungen hingeben, dann müssten ihnen, stellte ich mir vor, die Wolkenkratzer als ein Wald dicht aneinandergedrängter Tannen erscheinen. Oft genug sah ich, wenn ich den Himmel absuchte, nur Regen oder den diffusen Kondensstreifen eines Flugzeugs, der das Bild im Fensterrahmen zerteilte, und dann zweifelte etwas in mir, ob diese Vögel mit ihren dunklen Flügeln und Hälsen, ihren blassen Körpern und unermüdlichen kleinen Herzen wirklich existierten. Sie waren so unglaublich, dass ich meiner Erinnerung kaum traute, wenn sie nicht da waren.

Gelegentlich flogen Tauben vorbei, auch Spatzen, Zaunkönige, Pirole, Tangare und Mauerschwalben, aber es war schwierig, anhand der winzigen und meist farblosen Flecken, die vereinzelt am Himmel vorüberzischten, die Vögel zu identifizieren. Manchmal, während ich auf die seltenen Gänsegeschwader wartete, hörte ich Radio. Normalerweise mied ich amerikanische Sender, die für meinen Geschmack zu viele Werbeunterbrechungen machten – Beethoven gefolgt von Skijacken oder Wagner nach Landkäse –, und suchte stattdessen nach Internetradiosendern aus Kanada, Deutschland oder den Niederlanden. Auch wenn ich die Ansager oft nicht verstand, weil meine Kenntnis ihrer Sprachen dürftig war, entsprach das Programm meiner Abendstimmung sehr genau. Da ich damals schon seit über vierzehn Jahren begeistert Klassikradio hörte, kannte ich einen Großteil der Musik, aber einiges war auch neu für mich. Es gab sogar seltene Momente des Staunens, zum Beispiel, als ich auf einem Hamburger Sender ein bezauberndes Stück für Orchester und Alt-Solo von Schtschedrin hörte (vielleicht war es auch von Ysaïe), das ich bis zum heutigen Tag nicht habe zuordnen können.

Ich mochte das Murmeln der Ansager, ihre Stimmen, die aus Tausenden von Kilometern Entfernung gedämpft zu mir sprachen. Ich drehte die Computerlautsprecher leise und schaute hinaus, geborgen im Klang dieser Stimmen, und plötzlich lag der Gedanke an die Analogie zwischen mir in meinem kargen Apartment und dem Radiomoderator in seiner Studiozelle nahe, auch wenn dort, irgendwo in Europa, gerade tiefste Nacht herrschte. Jene körperlosen Stimmen sind in meinem Kopf mit dem Bild der am Himmel ziehenden Gänse verbunden. Dabei habe ich sie gar nicht oft gesehen, vielleicht drei- oder viermal: Meistens musste ich mit dem Farbenspiel der Abenddämmerung vorliebnehmen, dem Taubenblau, dem dreckigen Rouge, dem Rostrot, die allmählich tiefen Schatten wichen. Wenn es dunkel wurde, nahm ich mir ein Buch und las im Schein einer alten Schreibtischlampe, die ich aus einem der Müllcontainer an der Universität gerettet hatte. Ihre Glühbirne war von einer Glashaube bedeckt, die einen grünlichen Lichtschein auf meine Hände, das Buch auf meinem Schoß und die abgenutzten Polster meines Sofas warf. Manchmal las ich mir laut aus dem Buch vor, und dabei fiel mir auf, wie sich meine Stimme auf merkwürdige Weise mit dem Raunen der französischen, deutschen oder niederländischen Radioansager verwob oder mit der dünnen Textur der Violinen im Orchester, eine Wahrnehmung, die dadurch verstärkt wurde, dass der Text, den ich gerade las, zumeist aus einer europäischen Sprache übersetzt worden war. In jenem Herbst verschlang ich ein Buch nach dem anderen: Barthes' *Die helle Kammer*, Peter Altenbergs *Seelentelegramme*, Tahar Ben Jellouns *Der letzte Freund* und andere mehr.

Diese fugenartige Konstellation brachte mich auf

den heiligen Augustinus, der sich über den heiligen Ambrosius gewundert hatte, dem man nachsagte, er habe herausgefunden, wie man lese, ohne die Worte erklingen zu lassen. Es ist tatsächlich eigenartig, das geht mir immer wieder durch den Kopf, dass wir die Worte verstehen können, ohne sie auszusprechen. Augustinus glaubte, Bedeutung und Innenleben der Sätze ließen sich durch laute Aussprache am besten erfahren, aber seitdem hat sich unsere Vorstellung vom Lesen sehr verändert. Man hat uns gründlich gelehrt, dass das Gespräch eines Menschen mit sich selbst als Anzeichen von Exzentrik oder Wahnsinn zu werten sei; wir sind nicht mehr gewohnt, unsere eigene Stimme zu hören, außer in einer Konversation oder in der sicheren Umgebung einer schreienden Volksmenge. Dabei ist ein Buch ein Angebot zum Gespräch: Einer spricht mit dem anderen, und der hörbare Klang ist oder sollte natürlicher Bestandteil dieses Austauschs sein. Also las ich mir selbst laut vor, ich war mein eigener Zuhörer und lieh den Worten eines anderen meine Stimme.

Auf jeden Fall vergingen diese ungewöhnlichen Abendstunden wie im Flug, und oft schlief ich direkt auf dem Sofa ein und schleppte mich erst viel später ins Bett, irgendwann mitten in der Nacht. Nach einem kurzen Schlaf, der sich kaum länger als einige Minuten anfühlte, wurde ich vom Ton meines Handyweckers wach gerüttelt, den ich auf ein kurioses Marimba-Arrangement von »O Tannenbaum« eingestellt hatte. In diesen ersten Augenblicken des Wachwerdens, als mich plötzlich das Morgenlicht blendete, rasten meine Gedanken im Kreis, Traumfragmente vermischt mit Passagen des Buchs, das ich vor dem Einschlafen gelesen hatte. Ich wollte die Monotonie dieser Abende brechen, deswegen machte ich mich zu meinen Spaziergängen auf, zwei- oder dreimal pro Woche nach der Arbeit und mindestens einmal am Wochenende.

Anfänglich erlebte ich die Straßen als eine unaufhörliche Geräuschkulisse, ein Schock nach der Konzentration und relativen Ruhe des Tages, so als zerrisse jemand die Stille einer abgeschiedenen Kapelle mit einem dröhnenden Fernseher. Ich bahnte mir meinen Weg durch die Menge der Kauflustigen und der Angestellten, durch Baustellen und an hupenden Taxis vorbei. Wenn ich durch belebte Teile der Stadt lief, fiel mein Blick auf mehr Menschen, hundert- oder sogar tausendmal mehr Menschen, als ich den ganzen Tag zu sehen gewohnt war, doch der Eindruck dieser zahllosen Gesichter trug nicht dazu bei, mein Gefühl der Isolation zu lindern; es wurde eher noch verstärkt. Auch die Müdigkeit nahm zu, eine Erschöpfung, die ich seit den ersten Monaten als Assistenzarzt drei Jahre zuvor nicht mehr gespürt hatte. Eines Abends lief ich einfach immer weiter, bis zur Houston Street, die ungefähr sieben Meilen entfernt lag, und fand mich schließlich in einem Zustand verwirrter Ermüdung wieder. Ich musste kämpfen, um auf den Beinen zu bleiben. An diesem Abend nahm ich die U-Bahn nach Hause, aber anstatt sofort einzuschlafen, lag ich auf dem Bett, zu müde, um mich vom Wachzustand zu lösen. Und in der Dunkelheit ließ ich noch einmal die zahlreichen Ereignisse und Bilder meines Streifzuges ablaufen und versuchte die Begegnungen zu sortieren, wie ein Kind, das mit Bauklötzen spielt und versucht herauszufinden, welcher Klotz wo hingehört, welcher zu welchem passt. Jedes Viertel schien aus einem anderen Stoff zu bestehen, einen anderen Luftdruck zu haben, eine andere psychische Aufladung: die strahlenden Lichter und verlassenen Läden, die Sozialbauten und Luxushotels, die Feuerleitern und Stadtparks. Ich sortierte weiter, vergeblich, bis die Formen ineinander verschmolzen und abstrakte Gestalten annahmen, die nichts mehr mit der tatsächlichen Stadt zu tun hatten. Erst dann begann mein hektisches Gehirn, endlich Gnade zu zeigen und Ruhe zu geben, und traumloser Schlaf überfiel mich.

Die Spaziergänge erfüllten ein Bedürfnis: Sie erlösten mich von der Atmosphäre strenger Reglementierung bei der Arbeit, und als ich ihren therapeutischen Wert einmal erkannt hatte, wurden sie zur Normalität, und ich vergaß, wie mein Leben gewesen war, bevor ich damit begonnen hatte. Die Arbeit war bestimmt von Perfektion und Kompetenz, für Improvisation war kein Platz, Irrtümer wurden nicht geduldet. Mein Forschungsprojekt – eine klinische Studie über affektive Störungen bei älteren Menschen – interessierte mich sehr, doch es verlangte mir eine Akribie ab, wie ich sie zuvor nicht hatte aufbringen müssen. Die Straßen boten einen willkommenen Ausgleich. Jede Entscheidung – wo ich nach links abbog, wie lange ich gedankenverloren vor einem verlassenen Gebäude stand, ob ich den Sonnenuntergang über New Jersey beobachtete oder durch die Schatten auf der East Side schlenderte und nach Queens hinüberschaute – war letztlich unerheblich und daher eine Erinnerung an Freiheit. Ich durchquerte die Viertel, als wollte ich sie mit meinen Schritten vermessen, die U-Bahnhöfe dienten als Leitmotive meiner ziellosen Bewegung. Der Anblick von großen Menschenmassen, die eilig in unterirdische Kammern drängten, befremdete mich immer wieder aufs Neue, es kam mir vor, als ob die gesamte Menschheit, einem widernatürlichen Todestrieb folgend, in fahrende Katakomben hastete. Unter freiem Himmel teilte ich meine Einsamkeit mit Tausenden, in der U-Bahn, in unmittelbarer Nähe fremder Menschen, einander rempelnd im Kampf um Platz und Luft zum Atmen, unerkannte Traumata auslebend, intensivierte sie sich.

An einem Sonntagmorgen im November brachte mich ein Streifzug durch die relativ ruhigen Straßen der Upper West Side zum weiträumigen, sonnendurchfluteten Columbus Circle. Die Gegend hatte sich in jüngster Zeit verändert: Die Zwillingstürme des Time Warner Center hatten die Plaza zu einem kommerziellen Standort und Anlaufpunkt für Touristen werden lassen. Der in rasender Geschwindigkeit hochgezogene Gebäudekomplex war gerade eröffnet worden und gefüllt mit Läden für maßgeschneiderte Hemden, Designeranzüge, Schmuck, Gourmet-Küchengeräte, handgefertigte Lederaccessoires und importierte Dekorationsartikel. In den oberen Etagen befanden sich einige der exklusivsten Restaurants der Stadt und boten Trüffeln, Kaviar, Kobe-Steaks und hochpreisige Menüs an. Die Wohnungen in den Stockwerken darüber gehörten zu den teuersten in ganz Manhattan. Die Neugier hatte mich ein- oder zweimal in die Läden getrieben, aber die Preise und das, wie ich fand, protzige Ambiente hatten mich davon abgehalten, wieder herzukommen. Bis zu diesem Sonntagmorgen.

Es war der Tag des New York Marathon, daran hatte ich nicht gedacht. Ich war überrascht, als ich die vielen Menschen auf dem runden Platz vor den Glastürmen sah, ein massiver, erwartungsvoller Pulk, der in Richtung des Zielbereiches drängte. Die Straße, die vom Platz weg nach Osten führte, war gesäumt von Schaulustigen. Weiter westlich war eine Bühne aufgebaut. Zwei Männer stimmten gerade ihre Gitarren, ließen die Akkorde ihrer elektronisch verstärkten Instrumente silberhell aufeinander antworten. Banner, Plakate, Fahnen und alle möglichen Wimpel flatterten im Wind, Polizisten auf Pferden mit Scheuklappen steuerten den Auflauf mit Absperrbändern, Trillerpfeifen und Handzeichen. Sie trugen nachtblaue Uniformen und dunkle Sonnenbrillen. Die Menschen um sie herum waren bunt gekleidet, ihre in der Sonne flimmernden grünen, roten, gelben und weißen Kunstfasern taten meinen Augen weh. Um dem Getümmel zu entkommen, ging ich zum Shopping Center. Neben all den Armani- und Hugo-Boss-Stores gab es im zweiten Stock auch einen Buchladen, wo ich, wie ich hoffte, ein bisschen zur Ruhe kommen und vor dem Heimweg noch einen Kaffee trinken konnte. Aber vor dem Eingang drängten sich die Menschen, und die Absperrungen machten es unmöglich, in die Türme zu kommen.

Ich entschloss mich, stattdessen einen früheren Lehrer zu besuchen, der in der Nähe wohnte, am Central Park South, weniger als zehn Fußminuten entfernt. Mit seinen neunundachtzig Jahren war Professor Saito der älteste Mensch, den ich kannte. Er hatte mich unter seine Fittiche genommen, als ich am Maxwell College anfing. Damals war er zwar schon emeritiert, kam aber weiterhin jeden Tag auf den Campus. Er musste etwas in mir gesehen haben, das ihn glauben ließ, sein feinsinniges Forschungsfeld (frühe englische Literatur) wäre an mich nicht verschwendet. In dieser Hinsicht war ich zwar eine Enttäuschung, aber er war so freundlich, mich mehrmals in sein Büro einzuladen, obwohl ich in seinem Seminar über englische Literatur vor Shakespeare nur mäßig abgeschnitten hatte. Damals hatte er gerade eine aufdringlich laute Kaffeemaschine installiert, also tranken wir Kaffee und redeten: über verschiedene Interpretationen des *Beowulf*, später über die antiken Klassiker, die endlosen Mühen der Wissenschaft, die Tröstungen der akademischen Welt und über sein Studium kurz vor dem Zweiten Weltkrieg. Jenes letzte Thema lag außerhalb des Bereiches meiner eigenen Erfahrungen, vielleicht interessierte es mich deshalb am meisten. Der Krieg brach aus, als er gerade seine Promotion abschloss, und er war gezwungen, England zu verlassen und in den pazifischen Nordwesten zurückzukehren, wo er aufgewachsen war. Gemeinsam mit seiner Familie wurde er im Minidoka-Lager in Idaho interniert.

Rückblickend erscheint es mir so, dass bei diesen Gesprächen hauptsächlich er redete. Sie waren eine Unterweisung in der Kunst des Zuhörens, und sie lehrten mich, aus dem Ungesagten die Umrisse einer

Geschichte zu skizzieren. Professor Saito erzählte selten von seiner Familie, dafür umso mehr von seinem Leben als Gelehrter, seinen Einstellungen zu den wichtigen Fragen seiner Zeit. In den 1970er Jahren hatte er eine kommentierte Übersetzung von *Piers Plowman* vorgelegt, die sich als sein größter akademischer Erfolg erweisen sollte. Er sprach darüber mit einer eigentümlichen Mischung aus Stolz und Enttäuschung. Auf ein anderes, unabgeschlossen gebliebenes Großprojekt spielte er an, ohne näher darauf einzugehen. Manchmal ging es auch um Universitätspolitik. Ich erinnere mich an einen Nachmittag, an dem es ausschließlich um eine ehemalige Kollegin ging, deren Name mir schon damals nichts sagte und heute nicht mehr einfällt. Diese Frau war aufgrund ihrer Aktivitäten während der Bürgerrechtsbewegung bekannt geworden und, zumindest zeitweise, zur Campus-Berühmtheit avanciert, sodass ihre Seminare aus allen Nähten platzten. Er beschrieb sie als intelligente, sensible Person, mit der er sich aber nie einig war. Er bewunderte sie und wurde trotzdem nicht warm mit ihr. Es ist ein Rätsel, sagte er zu mir, sie war eine gute Wissenschaftlerin, und sie stand bei den Kämpfen der Zeit immer auf der richtigen Seite, aber ich konnte sie einfach nicht ausstehen. Aggressiv und selbstsüchtig war sie, Gott hab sie selig! Aber man darf ja hier nichts gegen sie sagen. Sie gilt immer noch als Heilige.

Nachdem wir Freundschaft geschlossen hatten, machte ich es mir zur Gewohnheit, Professor Saito zwei- oder dreimal pro Semester zu besuchen, und diese Treffen waren unvergessliche Höhepunkte meiner Jahre am Maxwell College. Er wurde für mich zu einer Großvaterfigur, die mit meinen wirklichen Großvätern (von denen ich nur den einen gekannt hatte) nicht das Geringste gemein hatte. Ich fühlte, dass mich mit ihm mehr verband als mit den Menschen, mit denen ich rein zufällig verwandt war. Als ich nach meinem Abschluss wegging, erst für meine Forschungsphase nach Cold Spring Harbor, dann zur Medical School nach Madison, brach unser Kontakt ab. Wir schrieben uns ein oder zwei Briefe, aber es war schwierig, unsere Gespräche auf diese Weise weiterzuführen, da neueste Nachrichten nie die Substanz unseres Austauschs gewesen waren. Aber nachdem ich für meine Assistenzzeit in die Stadt zurückgekehrt war, traf ich ihn mehrere Male; das erste Mal rein zufällig – obwohl ich an diesem Tag tatsächlich an ihn gedacht hatte – direkt vor einem Lebensmittelgeschäft nicht weit von Central Park South, wo er in Begleitung eines Assistenten unterwegs war. Später suchte ich ihn unangemeldet in seinem Apartment auf, er hatte mich ausdrücklich dazu aufgefordert, und konnte feststellen, dass er immer noch denselben Grundsatz der offenen Tür pflegte wie früher in seinem Büro am College.

Die Kaffeemaschine von damals hatte ausgedient und stand unbenutzt in einer Ecke. Professor Saito erzählte mir, er habe Prostatakrebs. Das setzte ihn zwar nicht vollständig außer Kraft, aber er fuhr nicht mehr zum Campus und hielt nun zu Hause Hof. Es musste ihm schmerzhaft bewusst gewesen sein, dass er weniger Besuch bekam und seine sozialen Kontakte sich mehr und mehr auf die Krankenschwestern und Helfer des häuslichen Krankenpflegedienstes beschränkten.

Ich grüßte den Pförtner im dunklen, niedrigen Foyer und fuhr mit dem Aufzug in den dritten Stock. Professor Saito rief mir schon entgegen, als ich die Wohnung betrat. Er saß bei den großen Fenstern am hinteren Ende des Zimmers und winkte mich zu sich. Er sah nicht mehr gut, aber sein Gehör war noch so scharf wie bei unserer ersten Begegnung, als er gerade mal siebenundsiebzig war. Wie er da so saß, ein in Decken gewickeltes Bündel in einem großen weichen Sessel, wirkte er, als wäre er tief in seiner zweiten Kindheit versunken, doch das täuschte: Wie sein Gehör, so war auch sein Denken noch äußerst intakt. Wenn er lächelte, kräuselten sich die Fältchen überall auf seinem Gesicht und zerknitterten die papierdünne Haut auf seiner Stirn. Sein Zimmer schien immer von einem sanften, kühlen Nordlicht erfüllt zu sein. Dort saß er, umgeben von den Kunstgegenständen, die er ein Leben lang gesammelt hatte: die sechs polynesischen Masken an der Wand hinter ihm, die direkt über seinem Kopf einen dunklen Heiligenschein bildeten; die lebensgroße papuanische Ahnenstatue in der Ecke, die zwischen den Lippen einzeln geschnitzte Holzzähne entblößte und unter einem Strohrock notdürftig einen erigierten Penis verhüllte. Ich vergöttere Fantasiemonster, hatte Professor Saito einmal gesagt, aber ich fürchte mich vor den echten.

Durch die Fensterfront konnte man auf die schattige Straße und die alte Steinmauer sehen, die den Park dahinter eingrenzte. Als ich mich gerade hinsetzen wollte, hörte ich von der Straße ein Johlen. Schnell erhob ich mich wieder und sah, wie sich die Menschenmenge teilte, um einen einzelnen Läufer durchzulassen. Er trug ein goldenes Trikot und schwarze Handschuhe, die bis zu den Ellbogen reichten, wie eine Dame bei einem offiziellen Dinner. Getragen von den Anfeuerungsrufen, sprintete er – der Bühne, der tobenden Menge, der Ziellinie und der Sonne entgegen.

Kommen Sie, setzen Sie sich, setzen Sie sich. Professor Saito hustete, als er auf den Sessel neben sich zeigte. Erzählen Sie mir, wie es Ihnen geht. Ich war krank. Letzte Woche war es schlimm, aber jetzt geht es schon viel besser. In meinem Alter wird man oft krank. Wie geht es Ihnen, wie stehen die Dinge? Die Geräuschkulisse draußen erhob sich erneut, dann ebbte sie wieder ab. Ich sah die Verfolger vorbeihuschen, zwei schwarze

Männer. Kenianer wahrscheinlich. Jedes Jahr dasselbe, seit fast fünfzehn Jahren, sagte Professor Saito. Wenn ich am Tag des Marathons rausmuss, nehme ich den Hintereingang. Aber ich gehe sowieso nicht oft raus, dieses Ding da klebt an mir fest wie der Schwanz an einem Hund. Ich ließ mich gerade wieder in den Sessel zurücksinken, als er auf den durchsichtigen Beutel an der kleinen Metallstange neben sich zeigte. Der Beutel war zur Hälfte mit Urin gefüllt, sein Plastikschlauch verschwand irgendwo im Kissenbündel. Gestern hat mir jemand Sharonfrüchte mitgebracht, herrliche, feste Sharonfrüchte. Möchten Sie eine? Sie müssen sie unbedingt probieren. Mary! Die Krankenpflegerin, eine große, kräftig gebaute Frau mittleren Alters aus St. Lucia, die ich schon von früheren Besuchen kannte, tauchte aus dem Korridor auf. Mary, würden Sie bitte unserem Gast die Sharonfrüchte bringen? Mir fällt das Kauen immer schwerer, ergänzte er, nachdem sie in der Küche verschwunden war, etwas so Reichhaltiges und Unkompliziertes wie eine Sharonfrucht ist genau das Richtige für mich. Aber genug davon, wie geht es Ihnen? Wie läuft die Arbeit?

Meine Anwesenheit belebte ihn. Ich erzählte ein wenig von meinen Spaziergängen, hatte aber irgendwie keinen rechten Zugriff auf das, was ich eigentlich sagen wollte über jenes abgelegene Territorium, das meine Gedanken durchquert hatten. Also berichtete ich von einem meiner jüngeren Fälle. Eine Familie konservativer Christen, Anhänger der Pfingstbewegung, waren von einem Kinderarzt im Krankenhaus an mich überwiesen worden. Der dreizehnjährige Sohn, ihr einziges Kind, hatte Leukämie, und die anstehende Behandlung barg das ernstzunehmende Risiko, dass er in der Folge zeugungsunfähig würde. Der Kinderarzt hatte ihnen geraten, das Sperma des Jungen einfrieren und lagern zu lassen. So könne er später als Mann und zukünftiger Ehemann dank der Möglichkeit der künstlichen Befruchtung eigene Kinder haben. Die Eltern waren offen für den Vorschlag, Sperma zu konservieren, und hatten auch nichts gegen künstliche Befruchtung, aber aus religiösen Gründen konnten sie sich keinesfalls mit der Vorstellung abfinden, ihren Sohn masturbieren zu lassen. Das Dilemma ließ sich nicht chirurgisch lösen. Eine schwere Krise für die Familie. Sie suchten Rat bei mir, und nach einigen Sitzungen und vielen Gebeten entschieden sie sich schließlich, das Risiko der Enkellosigkeit einzugehen. Sie konnten nicht zulassen, dass ihr Sohn den sündigen Pfad der Onanie betrat.

Professor Saito schüttelte den Kopf, und ich konnte ihm ansehen, dass ihm die Geschichte Spaß gemacht hatte, dass ihre absurden und traurigen Züge ihn ebenso sehr amüsiert (und beunruhigt) hatten wie mich. Menschen treffen eine Wahl, sagte er, sie treffen eine

Wahl, und zwar im Namen anderer. Und was machen Sie, wenn Sie nicht arbeiten, was lesen Sie gerade? Vor allem medizinische Zeitschriften, sagte ich, und andere interessante Sachen, die ich anfange und nie zu Ende bringe. Kaum habe ich ein neues Buch gekauft, da liegt es schon wieder vorwurfsvoll und vernachlässigt herum. Ich lese auch nicht viel, erwiderte er, meine Augen. Er deutete auf seinen Kopf. Aber ich habe schon genug reingestopft da oben. Ehrlich gesagt, ich bin pappsatt. Wir lachten, und in dem Moment kam Mary herein und brachte auf einem Porzellantellerchen die Sharonfrüchte. Ich aß eine halbe. Sie war ein bisschen überreif. Dann aß ich die andere Hälfte und bedankte mich.

Während des Krieges lernte ich viele Gedichte auswendig, sagte er. Heutzutage wird das an den Schulen kaum noch erwartet. Ich habe das am College gemerkt, dass die Jüngeren immer weniger auswendig kannten. Für sie war Auswendiglernen nur eine nette Abwechslung, die für spezielle Seminare eben nötig war. Dreißig oder vierzig Jahre zuvor hatten Studenten eine viel lebendigere Beziehung zur Poesie, und das hatte damit zu tun, dass sie Gedichte auswendig kannten. Damals waren Erstsemester mit einem Grundstock von Werken vertraut, bevor sie überhaupt den ersten Kurs in englischer Literatur besuchten. Was hat mir meine eigene Memorierfähigkeit in den Vierzigern geholfen, ich wusste ja nicht, wann ich meine Bücher wiedersehen würde, außerdem gab es in dem Lager sowieso kaum etwas zu tun. Wir waren völlig durcheinander. Wir waren Amerikaner, dafür hatten wir uns jedenfalls immer gehalten, nicht für Japaner. Diese Phasen des Wartens, die Verwirrung, für die Eltern war das schwieriger als für die Kinder, glaube ich, und während wir so warteten, stopfte ich Wordsworth' *Prelude* und Shakespeares Sonette häppchenweise in mich hinein und lange Passagen von Yeats. Heute kann ich sie nicht mehr wortgetreu wiedergeben, es ist zu lange her, aber ich brauche nur den Kontext der Gedichte, einen Anklang, das genügt schon. Zwei oder drei Zeilen, wie ein kleiner Haken – er deutete einen mit der Hand an –, und schon kann ich den Rest daran hervorziehen und weiß wieder, wovon das Gedicht handelt, was es bedeutet. Zwei oder drei Zeilen, und man hat alles am Haken. *In summer season when soft was the sun, I wore a shroud as I shepherd were.* Kennen Sie das? Wahrscheinlich lernt heute kein Mensch mehr irgendetwas auswendig. Dabei war das einmal Teil unserer Bildung, so wie ein guter Geiger seine Bach-Partiten und Beethoven-Sonaten parat hat. Mein Tutor am Peterhouse war Chadwick, ein Aberdeener. Er war ein großartiger Gelehrter, ein Schüler von Skeat. Hab ich Ihnen nie von Chadwick erzählt? Ein Querulant durch und durch, aber er machte mir den Wert unseres Erinnerungsvermögens klar. Er lehrte mich, das Gedächtnis als mentale Musik in Jamben und Trochäen zu begreifen.

Sein Gedankenflug führte ihn aus dem Alltag heraus, weg von den Decken und dem Urinbeutel. Es war wieder Ende der Dreißigerjahre, und er war zurück in Cambridge, atmete die feuchte Luft der Moore und genoss die Beschaulichkeit seiner jugendlichen Studienjahre. Manchmal hatte ich den Eindruck, er führte ein Selbstgespräch, doch dann stellte er mir eine direkte Frage, und ich, selbst aus einem kleinen Gedankengang gerissen, rang um Antwort. Wir nahmen unsere alten Rollen wieder ein, er der Lehrer, ich der Student, und er redete immer weiter, ganz egal ob meine Antworten richtig oder falsch ausfielen, ob ich Chaucer für Langland hielt oder Langland für Chaucer. Eine Stunde verging schnell, und dann fragte er mich, ob wir für heute Schluss machen könnten. Ich versprach, bald wiederzukommen.

Als ich auf die Straße trat, war der Wind kälter geworden, die Luft klarer. Der Jubel der Menge war nun konstant laut. Ein großer Pulk von Läufern nahm Kurs auf die Zielgerade. Weil die 59. Straße abgesperrt war, lief ich zur 57. Straße, um von dort aus wieder auf den Broadway zu kommen. Die Subway-Station am Columbus Circle war überfüllt, also lief ich in Richtung Lincoln Center weiter, um an der nächsten Station einzusteigen. Auf Höhe der 62. Straße fand ich mich neben einem drahtigen Mann mit ergrauenden Koteletten wieder, der sichtlich erschöpft war und leicht hinkte. Er trug Shorts über hautengen schwarzen Laufhosen und eine blaue Fleecejacke mit langen Ärmeln, und er hatte einen Plastikbeutel bei sich, an dem ein Schildchen baumelte. Seinen Gesichtszügen nach war er mexikanischer oder mittelamerikanischer Abstammung. Wir liefen eine Weile schweigend nebeneinanderher, nicht absichtlich, aber wir ertappten uns dabei, im selben Tempo zu laufen und in dieselbe Richtung. Schließlich fragte ich ihn, ob er gerade mitgelaufen sei, und als er nickte und lächelte, gratulierte ich ihm. Mir ging durch den Kopf, dass er mehr als zweiundvierzig Kilometer gelaufen war, anschließend einfach seinen Beutel genommen hatte und jetzt nach Hause hinkte. Keine Freunde, keine Verwandten, die ihn in Empfang genommen hatten und mit ihm feierten. In diesem Moment tat er mir leid, und ich redete weiter, schob diesen Gedanken weg. Ich fragte ihn, ob es ein gutes Rennen gewesen war. Ja, sagte er, ein gutes Rennen, die Bedingungen waren ideal, nicht zu heiß. Sein Gesicht war sympathisch, aber verlebt, ich schätzte ihn auf fünfundvierzig oder fünfzig. Wir liefen noch ein Stück zusammen weiter, schweigend zumeist, nur gelegentlich sagte einer von uns etwas über das Wetter oder die Menschenmenge.

An der Kreuzung vor den Opernhäusern verabschiedete ich mich von ihm und beschleunigte meinen Gang. Ich stellte mir vor, wie seine hinkende Gestalt langsam zurückblieb und sein drahtiger Körper einen Sieg davontrug, der nur für ihn selbst sichtbar war. Ich hatte als Kind schwache Lungen gehabt und war nie ein guter Läufer gewesen, den Energieschub aber, den ein Marathonläufer nach vierzig Kilometern erlebt, wenn das Ziel so nahe ist, kann ich sofort nachvollziehen. Viel geheimnisvoller ist doch, was jemanden am dreißigsten, einunddreißigsten, zweiunddreißigsten Kilometer vorbeitreibt, wenn sich bereits so viele Ketone im Körper gebildet haben, dass die Beine steif werden, die Willenskraft durch Übersäuerung zu schwinden droht und der Körper streikt. Der erste Mensch, der jemals einen Marathon lief, starb danach auf der Stelle; kein Wunder, denn es ist ein bemerkenswerter Akt menschlicher Ausdauer, egal wie viele ihn inzwischen vollbracht haben. Und als ich mich in Gedanken an Pheidippides' Zusammenbruch noch einmal nach meinem Begleiter von eben umschaute, sah ich die Sache klarer. Nicht er war bemitleidenswert, sondern ich, der ich nicht weniger einsam war als er, aber den Vormittag weniger sinnvoll genützt hatte.

Bald erreichte ich Tower Records an der Ecke 66. Straße und las überrascht die Schilder, auf denen die Schließung der Filiale und die Geschäftsaufgabe des gesamten Unternehmens angekündigt wurden. Ich war früher oft in dem großen Laden gewesen und hatte darin sicher Hunderte Dollar für Musik ausgegeben, deswegen schien es mir richtig, und sei es nur um der alten Zeiten willen, ihm noch einen letzten Besuch abzustatten, bevor er seine Türen für immer schließen würde. Mir war eigentlich nicht nach Shoppen zumute, aber das Versprechen herabgesetzter Preise klang verlockend. Also ging ich hinein. Der Fahrstuhl brachte mich in den ersten Stock. Die Klassik-Abteilung war ungewöhnlich voll und schien sich ganz in der Hand von Männern mittleren Alters in graubraunen Mänteln zu befinden. Sie durchkämmten die CD-Regale mit der Geduld von grasenden Tieren; einige ließen ihre Beute in rote Einkaufskörbe fallen, andere drückten die glänzenden Plastikpäckchen an ihre Brust. Aus der Anlage klang Purcell, ein überschwänglicher Lobgesang, den ich sofort als eine der Geburtstagsoden an Queen Mary identifizierte. Normalerweise missfiel mir die Musik aus den Lautsprechern; sie ruinierte das Vergnügen, an andere Musik zu denken. Ich fand immer, in Musikgeschäften sollte es still sein, sollte man mehr als sonst irgendwo klar denken können. Diesmal machte es mir jedoch nichts aus, weil es ein Stück war, das ich kannte und sehr mochte.

Auch das nächste Stück erkannte ich anhand der ersten Takte, obwohl es etwas völlig anderes war, nämlich der erste Satz aus Mahlers später Symphonie *Das Lied von der Erde*. Ich stöberte weiter, bewegte mich von Regal zu Regal, von wiederveröffentlichten Schostakowitsch-Symphonien zu längst vergessenen sowjetischen Provinzorchestern und Chopin-Einspielungen jugendlicher Teilnehmer des Van-Cliburn-Wettbewerbs, fand aber die Preissenkungen nicht drastisch genug und verlor jedes Kaufinteresse. Schließlich folgte ich nur noch der Musik, die in ihren seltsamen Schattierungen auf mich niederrieselte. Es passierte fast unmerklich, aber kurze Zeit später war ich so versunken, dass es für die Außenwelt so ausgesehen haben mochte, als sei ich in den Tiefen privater Abgründe gefangen. In dieser Trance bewegte ich mich durch die CD-Reihen, fingerte durch Plastikhüllen, Zeitschriften und Partituren und lauschte der Klangbewegung dieser Wiener Chinoiserie. Im zweiten Satz, beim Lied über die Einsamkeit des Herbstes, erkannte ich Christa Ludwigs Stimme und damit die berühmte Aufnahme, die Otto Klemperer 1964 dirigiert hatte. Auf diese Erkenntnis folgte noch eine: Ich musste nur abwarten, bis die Komposition ihren emotionalen Kern erreichte, also bis zum Finale der Symphonie. Und so setzte ich mich auf eine der harten Bänke neben den Hörstationen und ließ mich forttragen, folgte Mahler durch Trunkenheit, Sehnsucht, Bombast, Jugend (und ihr Schwinden), Schönheit (und ihr Schwinden) bis hin zum Finale, zum *Ab-*

schied, wo Mahler »schwer« notiert hatte, anstatt wie üblich das Tempo anzugeben.

Das Vogelzwitschern und die Anmut, die Klagen und ausgelassenen Sprünge der vorangegangenen Sätze waren einer andersartigen Stimmung gewichen, die stärker war, entschlossener, und die mich traf wie plötzliches grelles Licht, das in den Augen schmerzt. Es war unmöglich, ganz in der Musik aufzugehen, nicht an diesem öffentlichen Ort. Ich legte den kleinen Stapel CDs auf den nächstbesten Tisch und verließ das Geschäft. Ich schaffte es gerade noch in die nächste Bahn Richtung Uptown, bevor sich die Türen des Wagens schlossen. Die Menschenmengen vom Marathon verliefen sich allmählich. Ich fand einen Sitzplatz und lehnte mich zurück. Das Fünf-Noten-Motiv aus dem Schlusslied klang in meinem Kopf nach, so intensiv, als würde ich noch immer dort stehen, von wo ich geflüchtet war, und zuhören. Ich spürte das Holz der Klarinetten, das Kolophonium der Geigen und Bratschen, die Vibrationen der Pauken und die Intelligenz, die alle Instrumente im Kurs der Musik zusammenhielt und steuerte. Mein Erinnerungsvermögen war überwältigt. Das Lied folgte mir nach Hause.

Auch am nächsten Tag legte sich Mahlers Musik über all meine Aktivitäten und verlieh den alltäglichen Dingen des Krankenhauses eine neue Qualität: das Glänzen der Glastüren am Eingang zum Milstein-

Gebäude, die Untersuchungstische und Tragbahren im Erdgeschoss, die Stapel von Patientenakten in der psychiatrischen Abteilung, das durch die Fenster der Kantine einfallende Licht, die Gebäude in Uptown, die von hier oben so aussahen, als ließen sie ihre Köpfe hängen. Es war, als ob sich die Präzision der orchestralen Textur in die Welt der sichtbaren Gegenstände übertragen und jedes Detail mit Bedeutung aufgeladen hätte. Einer meiner Patienten saß mir mit überkreuzten Beinen gegenüber, und sein in der Luft hängender schwarz polierter Schuh, in dem der Fuß zuckte, schien ebenfalls Teil dieser vertrackten musikalischen Welt geworden zu sein.

Als ich das Presbyterian Hospital verließ, ging gerade die Sonne unter; der Himmel war überzogen von einem zinnartigen Schimmer. Ich nahm die Subway zur 125. Straße, und während ich durch mein Viertel ging, fühlte ich mich weniger ausgebrannt als sonst an einem Montagabend. Also nahm ich einen kleinen Umweg und lief eine Weile durch Harlem, wo sich mir das lebhafte Treiben der Straßenhändler darbot: die senegalesischen Tuchverkäufer, die jungen Männer, die Bootleg-DVDs verkauften, die Stände der Nation of Islam. Es gab selbstverlegte Bücher, Dashikis, Black-Liberation-Plakate, bündelweise Räucherstäbchen, Fläschchen mit Parfüm und Ölessenzen, Djembé-Trommeln und Touristen-Schnickschnack aus Afrika. Auf einem Tisch waren vergrößerte Fotografien ausgelegt, die Lynchmorde an Afroamerikanern im frühen 20. Jahrhundert dokumentierten. An der Ecke St. Nicholas Avenue versammelten sich die Schwarztaxifahrer. Sie rauchten, plauderten und warteten auf Fahrgäste, die sie auf eigene Rechnung transportieren konnten. Junge Männer mit Kapuzensweatshirts, Vertreter einer Schattenwirtschaft, tauschten Botschaften und kleine Plastikpäckchen aus und vollführten eine Choreografie, die außer ihnen niemand durchschaute. Ein alter Mann mit aschgrauem Gesicht und gelben Glupschaugen lief an mir vorbei und hob den Kopf, und ich (während ich einen Moment lang dachte, er wäre jemand, den ich kannte oder früher einmal gekannt oder gesehen hatte, um augenblicklich jede dieser Möglichkeiten wieder zu verwerfen und von der Angst durchzuckt zu werden, die schnelle Folge dieser irreführenden Kurzschlüsse könnte mich aus der Bahn werfen) erwiderte seinen schweigsamen Gruß. Ich drehte mich nach ihm um und sah, wie seine schwarze Kutte mit einem unbeleuchteten Hauseingang verschmolz. Im abendlichen Harlem gab es keine Weißen.

Im Lebensmittelladen kaufte ich Brot, Eier und Bier, nebenan beim Jamaikaner Ziegencurry, gelbe Kochbananen, Reis und Erbsen. Gegenüber befand sich eine Blockbuster-Videothek; obwohl ich dort nie etwas ausgeliehen hatte, war ich verblüfft, auch hier

ein Schild zu lesen, das die Ladenschließung bekannt-
gab. Wenn Blockbuster nicht einmal in einer Gegend
voller Studenten und Familien überleben konnte, dann
musste das Geschäftskonzept grundsätzlich fehlerhaft
sein, dann kamen all die desperaten Maßnahmen der
letzten Zeit, die mir jetzt wieder einfielen, die Senkung der Ausleihgebühren, die Werbeoffensive und
die Abschaffung von Gebühren bei verspäteter Rück-
gabe, zu spät. Automatisch musste ich an Tower Records denken, schließlich hatten beide Unternehmen
lange ihre jeweiligen Branchen dominiert. Nicht, dass
mir diese anonymen Großunternehmen leidtaten,
im Gegenteil. Sie hatten sich ihren Namen und ihren
Gewinn auf Kosten der kleineren, alteingesessenen lokalen Geschäfte gemacht. Aber nicht nur die Tilgung
einstmals fester Koordinaten meiner mentalen Landschaft bewegte mich, sondern auch die Schnelligkeit
und sachliche Beiläufigkeit, mit der der Markt sogar
die vermeintlich stabilsten Unternehmen verschlang.
Firmen, die noch vor wenigen Jahren als unerschütter-
lich galten, verschwanden innerhalb einer gefühlten
Zeitspanne von zwei oder drei Wochen. Ihre wie auch
immer geartete Rolle wurde anderen überlassen, die
vorläufig ebenso unantastbar erscheinen, dann aber
ihrerseits von unvorhersehbaren Veränderungen be-
zwungen werden würden. Auch diese Überlebenden
würden irgendwann vergessen sein.

Als ich mich mit den Einkaufstüten meinem Haus-eingang näherte, erblickte ich den Mann, der direkt neben mir wohnte. Er kam gleichzeitig mit mir an und hielt mir die Haustür auf. Ich kannte ihn nicht gut, ei-gentlich kannte ich ihn überhaupt nicht und musste einen Moment nachdenken, bevor mir sein Name ein-fiel. Er war Anfang fünfzig und vor einem Jahr ein-gezogen. Seth, so hieß er.

Ich hatte nur einmal mit Seth und seiner Frau Clara gesprochen, kurz nachdem sie eingezogen waren. Er war ein pensionierter Sozialarbeiter, der sich einen le-benslangen Traum erfüllte und noch einmal studierte, Romanistik. Ich sah ihn ungefähr einmal im Monat, vor dem Haus oder an den Briefkästen. Carla, die ich seit dem Einzug der beiden nur zweimal getroffen hat-te, war Schuldirektorin in Brooklyn gewesen, wo sie immer noch eine Wohnung hatten. Einmal, als meine Freundin Nadège und ich gemeinsam einen freien Tag verbrachten, klopfte Seth an meine Tür und fragte, ob ich Gitarre spielte. Als ich verneinte, erklärte er mir, dass er nachmittags oft zu Hause sei und ihn der Lärm meiner Lautsprecher (es müssen Ihre Lautsprecher sein, sagte er, obwohl es wie Livemusik klingt) manch-mal stören würde. Doch dann fügte er hinzu, und echte Wärme lag in seiner Stimme, dass sie an den Wochen-enden immer weg seien und dass wir ab Freitagnach-mittag ruhig laut sein könnten, wenn uns danach sei.

Es tat mir leid, und ich entschuldigte mich. Fortan hatte ich mich bemüht, ihnen keinen Ärger mehr zu bereiten, und es gab keine weiteren Beschwerden.

Seth trug, wie ich, einige Einkaufsbeutel. Es ist kalt geworden, sagte er. Seine Nase und seine Ohrläppchen hatten sich rosa gefärbt, und seine Augen tränten. Stimmt, erwiderte ich, ich hab sogar überlegt, von der 125. ein Taxi zu nehmen. Er nickte, und wir standen eine Weile schweigend da. Als der Aufzug kam, stiegen wir ein und im siebten Stock wieder aus, und als wir dann den Korridor entlangliefen, raschelten unsere Nylonbeutel. Ich fragte ihn, ob sie immer noch an den Wochenenden wegfahren würden. O ja, jedes Wochenende, antwortete er, aber jetzt fahre ich allein, Julius. Carla ist im Juni gestorben. Sie hatte einen Herzinfarkt.

Ich war erschüttert und völlig verwirrt, als hätte mir jemand etwas mitgeteilt, das unmöglich sein könne. Das tut mir so leid, sagte ich. Er senkte den Kopf, und wir liefen weiter den Gang entlang. Ich fragte, ob er einige Zeit mit der Uni hatte aussetzen können. Nein, sagte er, ich hab einfach weitergemacht. Ich legte einen Moment lang meine Hand auf seine Schulter und wiederholte, wie leid es mir täte, und er bedankte sich bei mir. Es schien ihm leicht peinlich zu sein, sich mit meinem verspäteten Schock über etwas auseinanderzusetzen, das für ihn so viel persönlicher war als für mich, aber auch schon viel länger zurücklag. Unsere Schlüssel klirrten, er betrat seine Wohnung, Nummer einundzwanzig, und ich meine, zweiundzwanzig. Ich schloss die Tür hinter mir und hörte auch seine ins Schloss fallen. Ich machte das Licht nicht an. Im Zimmer nebenan war eine Frau gestorben, auf der anderen Seite dieser Wand, an die ich mich immer lehnte, war sie einfach aus dem Leben getreten, und ich hatte nichts davon mitbekommen. Nichts in den vielen Wochen, in denen ihr Mann getrauert hatte, nichts, als ich ihm zum Gruß mit Kopfhörern auf den Ohren zugenickt hatte, nichts – nicht einmal, als ich in der Waschküche meine Sachen zusammenlegte, während er vor der Waschmaschine saß. Ich hatte ihn nicht gut genug gekannt, um ihn regelmäßig zu fragen, wie es Carla gehe, und ich hatte auch nicht bemerkt, dass sie nicht mehr da war. Das war das Schlimmste daran. Ich hatte weder ihre Abwesenheit noch eine Veränderung – es musste doch eine Veränderung gegeben haben – in seiner Stimmung wahrgenommen. Es wäre trotzdem nicht möglich gewesen, auch damals nicht, an seine Tür zu klopfen und ihn zu umarmen oder länger mit ihm zu reden. Eine derartige Vertrautheit wäre künstlich gewesen.

Ich machte das Licht an und ging in die Wohnung. Ich stellte mir vor, wie sich Seth mit seinen Übungen in Französisch oder Spanisch abplagte, wie er Verben konjugierte, an Übersetzungen feilte, Vokabeln lernte, Aufsätze schrieb. Als ich meine Einkäufe auspackte, versuchte ich zu rekonstruieren, wann genau er an meine Tür geklopft hatte, um mich zu fragen, ob ich Gitarre spielte. Es musste vor, nicht nach dem Tod seiner Frau gewesen sein. Ich spürte Erleichterung darüber, die fast augenblicklich einem Gefühl der Scham wich. Aber auch dieses Gefühl verebbte; viel zu schnell, wenn ich es mir jetzt überlege.

2

Ein paar Abende später, ich telefonierte gerade mit Nadège, hörte ich weit entfernte Geräusche, die zuerst kaum wahrnehmbar waren, aber innerhalb von Sekunden näher kamen und lauter wurden. Eine einzelne Stimme, die Stimme einer Frau, rief etwas, und eine Gruppe antwortete. Das wiederholte sich mehrmals, und ich realisierte, dass die Menschenmenge größtenteils oder ausschließlich aus Frauen bestand. Trillerpfeifen schrillten durch die Luft, aber es hörte sich nicht nach einem Fest an; noch bevor ich das Fenster öffnete, um rauszuschauen, war mir klar: Hier ging es um etwas. Trommeln waren zu hören, und je näher die Menge kam, desto martialischer wurde der Rhythmus (vor meinem inneren Auge sah ich eine Jagdgesellschaft Kaninchen aus ihren Löchern treiben). Es war spät, weit nach zweiundzwanzig Uhr. Einige Bewohner des Hauses gegenüber lehnten sich aus ihren Fenstern, gemeinsam reckten wir unsere Hälse Richtung Amsterdam Avenue. Die Stimme der Anführerin wurde noch lauter, aber ihre Worte fügten sich nicht zu etwas, das Sinn ergab, und der Großteil der Menge, die in unsere Richtung marschierte, blieb schemenhaft in der Dunkelheit. Erst als der Pulk, alles junge Frauen, unter den Straßenlaternen vorbeizog, konnte man die Sprechchöre deutlicher hören. *We have the power, we have the might*, rief die einzelne Stimme. Und die Gruppe antwortete: *The streets are ours, take back the night.*

Einige Dutzend Frauen waren es, die dicht gedrängt unter meinem Fenster vorbeiliefen. Mehrere Stockwerke über ihren Köpfen, sah ich ihre Gesichter im Lichtschein der Straßenlaternen aufscheinen und dann wieder verschwinden. *Women's bodies, women's lives, we will not be terrorized.* Ich schloss das Fenster. Draußen war es kaum kühler als in der Wohnung. Früher am Abend war ich im Riverside Park spazieren gewesen, von der 116. Straße bis zu den Neunziger-Straßen und wieder zurück. Und die ganze Zeit draußen im Park – während ich die Hunde und ihre Besitzer beobachtete, die sich alle auf denselben Wegen drängten wie ich, ein endloser Strom von Pitbulls, Jack Russells, Schäferhunden, Weimaranern und Mischlingen – fragte ich mich, warum es Mitte November immer noch so warm war.

Als ich den Anstieg zu mir hochlief, begegnete ich

an der 121. Straße einem Freund. Er wohnte nur ein paar Straßen weiter und kam gerade vom Einkaufen zurück. Ich begrüßte ihn, und wir redeten kurz. Er war ein junger Professor für Geowissenschaften und hatte vier Jahre der unwägbaren siebenjährigen Strecke zu einer unbefristeten Professur hinter sich. Seine Interessen waren breiter gestreut, als seine berufliche Spezialisierung vermuten ließ, und das war die Basis unserer Freundschaft: Er vertrat entschiedene Ansichten über Bücher und Filme, die meinen oft widersprachen, und er hatte zwei Jahre in Paris gelebt, wo er eine Vorliebe für Trend-Philosophen wie Badiou und Serres entwickelt hatte. Außerdem war er ein begeisterter Schachspieler und der liebevolle Vater eines neunjährigen Mädchens, das bei seiner Mutter auf Staten Island wohnte. Wir bedauerten es beide, dass die Anforderungen unserer Arbeit uns davon abhielten, mehr Zeit miteinander zu verbringen.

Seine besondere Leidenschaft galt dem Jazz. Die meisten Namen und Stile, für die er schwärmte, sagten mir wenig (offenbar trug eine nahezu unbegrenzte Anzahl von Jazzmusikern aus den Sechzigern und Siebzigern den Nachnamen Jones). Aber trotz meiner Unbedarftheit spürte ich, wie fein sein Ohr war. Immer wieder verkündete er, eines Tages würde er sich ans Klavier setzen und mir zeigen, wie Jazz funktioniert, und nachdem ich dann alles über Blue Notes und

Swing Notes gelernt hätte, würden sich die Himmel teilen, und mein Leben würde transformiert werden. Ich war fast geneigt, ihm zu glauben, und tatsächlich bekümmerte es mich manchmal, dass mich dieser amerikanischste aller Musikstile so kaltließ. Allzu oft klang Jazz in meinen Ohren süßlich, ja sogar kitschig, und am allerwenigsten konnte ich ihn als Hintergrundmusik ertragen. Während mein Freund und ich uns unterhielten, sang auf der anderen Straßenseite ein Obdachloser, und der Wind trug immer wieder ein paar Fetzen seines Liedes zu uns herüber.

Unser angenehmer Austausch wurde dann von einer unguten Vorahnung überlagert, die sich auf das Telefonat mit Nadège bezog, das wir für diesen Abend verabredet hatten. Und jetzt, einige Stunden später, war es merkwürdig, ihre angespannte Stimme zu hören, die wie ein Kontrapunkt zu den Demonstranten unten auf der Straße klang. Sie war vor ein paar Wochen nach San Francisco gezogen, und wir hatten uns vorgenommen, in der Distanz an unserer Beziehung zu arbeiten, aber wir hatten das gesagt, ohne es wirklich zu meinen.

Ich versuchte mir vorzustellen, dass sie mit den Frauen dort unten demonstrierte, konnte aber kein Bild in meinem Kopf herstellen, und es gelang mir auch nicht, mir auszumalen, wie ihr Gesicht aussehen würde, wenn sie jetzt mit mir in diesem Zimmer wäre. Bald verhallten die Stimmen, die Kulisse der Marschierenden mit ihren Fahnen und Trillerpfeifen driftete weiter in Richtung Morningside Park. Mein Herz pochte weiter im Rhythmus der martialischen Trommel, bis schließlich auch sie verklang und nur noch Nadèges gedämpfte Stimme am anderen Ende der Leitung die Stille durchbrach. Sie war schmerzhaft, diese Trennung, doch sie kam nicht überraschend für uns.

Am nächsten Abend sah ich in einer Bahn der Linie 1 einen Krüppel, der von Wagen zu Wagen ging und dabei sein kaputtes Bein hinter sich herzog. Er gab seiner Stimme einen verschnupften Unterton, um gebrechlicher zu wirken. Mir gefiel sein Getue nicht, also weigerte ich mich, ihm Geld zu geben. Wenige Minuten später sah ich einen blinden Mann auf dem Bahnsteig. An der Spitze eines langen weißen Stocks war ein Tennisball befestigt, den er in einem Bogen vor und neben sich über den Boden strich, und als er der Bahnsteigkante bedenklich nahe kam (so kam es mir zumindest vor), eilte ich zu ihm und fragte ihn, ob ich behilflich sein könnte. O nein, erwiderte er, o nein, ich warte nur auf meine Bahn, danke. Ich ließ ihn zurück und lief zum Ausgang, wo ich verwirrenderweise noch einen blinden Mann erblickte, der ebenfalls einen langen weißen Stock mit einem Tennisball vor sich herschob und direkt vor mir die Treppe zum Tageslicht hinaufstieg.

Mir kam der Gedanke, dass möglicherweise Obatala seine Finger im Spiel hatte, der Schöpfergott, der im Auftrag von Olodumare die Menschen aus Lehm formte. Obatala machte seine Arbeit gut, bis er mit dem Trinken begann. Und je mehr er trank, umso ungeschickter wurde er, bis er nur noch lädierte Menschen formte. Die Yoruba glauben, dass Obatala im Vollrausch Zwerge und Krüppel, Menschen mit fehlenden Gliedmaßen und chronisch Kranke produzierte. Also musste Olodumare die Aufgabe, die er ihm übertragen hatte, wieder an sich nehmen und die Schöpfung der Menschheit selbst zu Ende bringen. Seitdem beten Menschen mit körperlichen Gebrechen Obatala an; eine interessante Beziehung zu einem Gott, die nicht auf Gunst und Lobpreisung beruht, sondern auf Antagonismus. Ihre Anbetung ist Anklage: Er ist es, der sie so geschaffen hat, wie sie sind. Sie tragen weiße Kleidung, denn das ist seine Farbe und die Farbe des Palmweins, mit dem er sich betrank.

Es war schon Monate her, seit ich zuletzt im Kino war. Gegen zweiundzwanzig Uhr ging ich in eine Buchhandlung, eine der bekannten Ketten, um vor dem Kinobesuch noch ein bisschen Zeit totzuschlagen, und beim Betreten des Geschäfts fiel mir ein Buch ein, das ich mir schon lange anschauen wollte: *The Monster of New Amsterdam*, eine historische Biographie von einer meiner Patientinnen. Ich fand sie und begab mich in eine ruhigere Ecke zwischen Bücherregalen, um darin zu lesen. V., Assistenzprofessorin an der New York University und Stammesmitglied der Delaware, hatte das Buch auf der Grundlage ihrer Doktorarbeit an der Columbia University geschrieben. Es war die erste umfassende Studie über Cornelis van Tienhoven, der im 17. Jahrhundert als Schultheiß von New Amsterdam berüchtigt gewesen war. Mit offizieller Bevollmächtigung vertrat er das Gesetz unter den niederländischen Kolonisten auf der Insel Manhattan. 1633 war er als Sekretär der Dutch East India Company nach Amerika gekommen, aber während er gesellschaftlich aufstieg, wurde er vor allem für sein brutales Vorgehen bekannt, vor allem bei dem von ihm angeführten Kriegszug gegen die Canarsee-Indianer auf Long Island, von dem er die aufgespießten Köpfe seiner Opfer zurückbrachte. Van Tienhoven stand auch an der Spitze eines Trupps von Männern, der über hundert unschuldige Hackensack-Indianer ermordete. Das Buch war eine schaurige Lektüre voller gewalttätiger Ereignisse, im Anmerkungsteil ergänzt durch einschlägige Dokumente aus dem 17. Jahrhundert. Diese waren in einer gleichmütigen und frömmlerischen Sprache abgefasst, in der Massenmord als bedauerlicher Nebeneffekt der Kolonisierung eines Landes erschien. In seiner unermüdlichen Dokumentation dieser Verbrechen erinnerte *The Monster of New Amsterdam* an

Biografien über Figuren wie Pol Pot, Hitler oder Stalin, die es so häufig in die Bestsellerlisten schafften. Ein Aufkleber auf dem Umschlag des Buchs wies darauf hin, dass das Buch für den National Book Critics Circle Award nominiert worden war. Auf den ersten Seiten drängten sich Zitate von führenden amerikanischen Historikern, die das Buch dafür priesen, Licht auf ein vergessenes Kapitel der Kolonialgeschichte zu werfen. Im Laufe der letzten Jahre waren mir gelegentlich bei der Zeitungslektüre einige dieser Lobeshymnen ins Auge gefallen, deswegen waren mir der Name der Verfasserin und ihr beruflicher Erfolg bereits bekannt, bevor sie meine Patientin wurde.

Als ich Anfang letzten Jahres begann, sie wegen Depressionen zu behandeln, war ich von ihrem schüchternen Auftreten und ihrer schmächtigen Statur überrascht. Sie war etwas älter als ich, wirkte aber viel jünger, und sie arbeitete gerade an ihrem nächsten Projekt, einer umfassenden Studie über das Zusammentreffen von europäischen Siedlern und indigenen Völkern, insbesondere den Delaware und den Irokesen, im 17. Jahrhundert. V.s Depressionen waren teilweise der emotionalen Belastung durch diese Studien zuzuschreiben, die sie einmal mit dem Blick über einen Fluss an einem Regentag verglich. Der Regen sei so heftig, dass sie nicht sicher sein könne, ob das, was da auf der anderen Uferseite passierte, etwas mit ihr zu tun hatte oder ob dort möglicherweise überhaupt nichts passierte. Obwohl ihre Biografie über van Tienhoven auf eine breite Leserschaft zugeschnitten war, verzichtete sie nicht auf den wissenschaftlichen Anmerkungsapparat und die emotionale Distanz, die so typisch für eine akademische Studie war. Doch aus unseren Gesprächen erschloss sich mir schnell, dass die Gräueltaten, die die weißen Siedler an den indianischen Ureinwohnern verübt hatten und unter denen jene ihrer Ansicht nach bis heute litten, sie persönlich tief berührten.

Ich kann nicht so tun, als hätte das nichts mit meinem Leben zu tun, sagte sie einmal, es ist mein Leben. Es ist nicht einfach, in einem Land zu leben, das die eigene Vergangenheit ausgelöscht hat. Sie fiel in Schweigen, und ich konnte förmlich spüren (ich weiß noch, dass ich es als eine feine Luftdruckschwankung im Raum wahrnahm), wie sich ihre Worte in der Stille verdichteten, bis nur noch das Kommen und Gehen vor meiner Bürotür zu hören war. Sie hatte ihre Augen geschlossen, als ob sie schliefe. Aber dann fuhr sie fort, und ihre Augenlider begannen zu zittern. Es gibt in New York City fast keine Native Americans, sagte sie, und nur sehr wenige im gesamten Nordwesten. Es ist schrecklich, was da mit so vielen Menschen passiert ist, aber niemand findet das schrecklich, und das ist falsch. Es ist auch nicht vergangen, es ist immer noch gegenwärtig; jedenfalls ist es für mich gegenwärtig. Sie hielt inne und öffnete die Augen wieder, und als ich dort auf dem Teppich zwischen den hohen Regalen saß, sah ich sie wieder vor mir, sah ich den seltsam heiteren Ausdruck ihres Gesichts an jenem Nachmittag, in dem nur die Tränen, die in ihren Augen standen, die Verzweiflung verrieten. Ich stand auf, ging zur Kasse und bezahlte das Buch. Ich wusste zwar, ich würde keine Zeit haben, es komplett durchzulesen, aber ich wollte noch weiter darüber nachdenken und hegte die Hoffnung, das Buch könnte mir vielleicht, an den Stellen, an denen es vom rein historischen Bericht abwich und subjektive Ansichten preisgab, einen tieferen Einblick in ihre psychische Verfassung verschaffen.

Nachdem ich bezahlt hatte, lief ich die vier Blocks zum Kino, ich weiß noch, dass es ein warmer Abend war. Ich spürte erneut meine Beunruhigung darüber, wie warm es schon den ganzen Herbst über gewesen war. Obwohl ich der Kälte nichts abgewinnen konnte, hatte ich mich damit abgefunden, dass sie ihre Berechtigung hatte, dass sie zur natürlichen Ordnung gehörte. Ihr Ausbleiben, die offensichtliche Störung dieser Ordnung, löste in mir unvermittelt Unbehagen aus. Die Vorstellung, dass sich das Wetter spürbar veränderte, beunruhigte mich, auch wenn es bisher keine Belege dafür gab, dass dieser eine warme Herbst keine natürliche Variation der Klimakurve war, die sich über

Jahrhunderte erstreckte. Im 16. Jahrhundert hatte es in der Gegend der heutigen Niederlande eine natürliche kleine Eiszeit gegeben, warum sollte nicht auch heutzutage eine kleine Wärmezeit möglich sein, ganz unabhängig von menschlicher Einwirkung? Doch ich war nicht mehr der Klimawandel-Skeptiker wie noch vor einigen Jahren, auch wenn ich die Schnellschlüsse, die einige auf der Basis anekdotischer Evidenz zogen, immer noch nicht ertragen konnte: Die globale Erwärmung war zwar eine Tatsache, aber noch lange nicht die Erklärung dafür, warum es an bestimmten Tagen warm war. Es war fahrlässig, derartige Zusammenhänge herzustellen, ein Einfall von Populismus in Bereiche, die unangreifbare Territorien der Wissenschaft sein sollten.

Trotzdem, so heftig, wie meine Gedanken immer wieder darum kreisten, dass es schon Mitte November war und ich meinen Wintermantel noch kein einziges Mal getragen hatte, musste ich mich langsam fragen, ob ich nun auch schon zu diesen Überinterpretierern gehörte. Grundsätzlich hegte ich den Verdacht, dass in der Gesellschaft eine Gemütslage vorherrschte, eine Art antiwissenschaftliche Laune, die die Leute zu vorschnellen Urteilen und unbegründeten Ansichten anstachelte. Mir kam es so vor, als würde die altbekannte Rechenschwäche der breiten Massen durch eine allgemeine Unfähigkeit, Forschungserkenntnisse auszuwerten, noch verstärkt. Das machte den Weg frei für den Markt der schnellen Lösungen und ihre Spezialisten: für Politiker, für Priester verschiedener Religionen. Besonders erfolgreich waren diejenigen, die versuchten, neue Anhänger um ein bestimmtes Anliegen zu scharen. Worin das Anliegen bestand, spielte kaum eine Rolle. Mitgliedschaft war alles.

An der Kinokasse hatte sich eine untypische Gruppe von Kinogängern versammelt, aber das wunderte mich nicht: Der Film fing spät an und spielte in Afrika. Außerdem waren keine berühmten Hollywood-Stars besetzt. Etliche Ticketkäufer waren jung, schwarz und hip gekleidet. Ein paar Asiaten waren da, außerdem Latinos, Einwanderer, New Yorker mit undefinierbarer ethnischer Abstammung. Monate zuvor hatte ich mir im selben Kino einen Film angeschaut, den fast ausschließlich weißhaarige Weiße sehen wollten; von denen waren diesmal nur wenige da. In der tiefen Höhle des Kinosaals war ich allein. Nein, nicht wirklich allein: in der Gesellschaft von hundert anderen, hundert Fremden. Das Licht ging aus, und als ich mich in den Plüschsitz zurücklehnte, bemerkte ich jemanden am anderen Ende meiner Reihe: ein alter Mann, er war eingenickt, sein Kopf war nach hinten gekippt, und sein Mund stand offen, sodass er eher tot als schlafend aussah. Er bewegte sich nicht einmal, als der Film begann.

Der muntere Vorspann eröffnete den Film zwar mit Musik aus der richtigen Epoche, aber aus dem falschen Teil Afrikas: Was hatte Mali mit Kenia zu tun? Ich war mit einer positiven Einstellung in den Film gegangen und hatte mich darauf eingestellt, dass mir manches gefallen, manches mich aber auch stören würde. Vor einem Jahr hatte ich einen Film über die kriminellen Machenschaften einiger Arzneimittelkonzerne in Ostafrika gesehen. Hinterher war ich frustriert gewesen, nicht des Plots wegen, der durchaus nachvollziehbar war, sondern weil der Film das Stereotyp vom wohltätigen weißen Mann in Afrika reproduzierte. Afrika wurde immer in Wartestellung gezeigt, als Material für den Gestaltungswillen des weißen Mannes und als Kulisse seiner Taten. Galt das auch für diesen Film, *Der letzte König von Schottland*? Ich machte mich darauf gefasst, mich zu ärgern und einen weiteren weißen Mann vorgesetzt zu bekommen, der in seinem Land ein Niemand war und mal wieder glaubte, die Rettung Afrikas sei ihm vorbehalten. Mit dem König im Titel war Idi Amin Dada gemeint, Diktator von Uganda in den Siebzigerjahren. Sich selbst mit Pseudotiteln zu schmücken war noch das harmloseste seiner vielen Hobbys gewesen.

Ich kannte Idi Amin ziemlich gut, sozusagen, denn er war unauslöschlicher Bestandteil meiner Kindheitsmythologie gewesen. Ich erinnerte mich an die vielen

Stunden bei meinen Cousins, in denen wir uns einen Film mit dem Titel *The Rise and Fall of Idi Amin* angesehen hatten. Dieser Film ließ keine Einzelheit aus, um die Härte, den Wahnsinn und das schiere Spektakel dieses Mannes darzustellen. Damals war ich sieben oder acht, und die Bilder von Menschen, die erschossen und in Kofferräume gestopft oder geköpft und in Tiefkühltruhen gelagert wurden, prägten sich mir unauslöschlich ein. Sie waren so schockierend, weil die Opfer mit ihren Safarianzügen, Afros und glänzenden Stirnen wie unsere eigenen Väter und Onkel aussahen, völlig anders als die Opfer in den blutigen amerikanischen Kriegsfilmen, die wir uns in den langen Schulferien gerne ansahen. Die Städte, in denen sich dieses Chaos abspielte, sahen aus wie unsere, und die von Kugeln durchbohrten Autos waren dieselben, die bei uns herumfuhren. Dennoch mochten wir den Nervenkitzel, den kraftvoll inszenierten Realismus, und jedes Mal, wenn wir gerade nichts zu tun hatten, schauten wir uns den Film noch einmal an.

Der letzte König von Schottland verzichtete weitgehend auf derartig blutrünstige Bilder. Die Handlung konzentrierte sich auf die Beziehung zwischen Idi Amin und einem zunächst arglosen schottischen Doktor, Nicholas Carrigan, den er in die Rolle seines Leibarztes zwingt. Es war die Geschichte eines Mannes, bei dem die typischen Eigenschaften eines Diktators ins

Extreme gesteigert waren. Mit der Extrovertiertheit eines Irren, die sich aus Rage, Angst, Unsicherheit und übersprudelndem Charme zusammensetzte, ermordete Idi Amin während seiner Herrschaft etwa 300 000 Ugander, vertrieb die große Gruppe indischer Ugander aus dem Land, ruinierte die Wirtschaft und erwarb sich den Ruf eines der groteskesten Schandflecken der jüngeren afrikanischen Geschichte.

Während des Films ging mir eine unangenehme Begegnung durch den Kopf, die sich ein paar Jahre zuvor, in einem Vorort von Madison, zugetragen hatte. Ich war damals noch Medizinstudent, und unser Gastgeber, ein indischer Chirurg, hatte mich und einige Kommilitonen zum Abendessen eingeladen. Nach dem Essen geleitete uns Dr. Gupta in eines seiner fürstlichen Wohnzimmer und schenkte Champagner ein. Er erzählte, dass Idi Amin ihn und seine Familie aus der Heimat vertrieben habe. Heute, sagte er, bin ich ein erfolgreicher Mann, Amerika hat mir, meiner Frau und meinen Kindern ein neues Leben ermöglicht. Meine Tochter promoviert am MIT, unsere Jüngste studiert in Yale. Aber ehrlich gesagt, kocht die Wut manchmal immer noch in mir hoch. Wir haben so viel verloren, wurden mit vorgehaltenem Messer ausgeraubt. Wenn ich heute nur an einen Afrikaner denke – ich weiß schon, so was darf man in Amerika nicht sagen –, aber wenn ich auch nur an Afrikaner denke, wird mir schlecht.

Seine Verbitterung war erschreckend. Es war eine Wut, die ich unweigerlich zumindest teilweise als gegen mich gerichtet empfand, schließlich war ich der einzige andere Afrikaner im Raum. Die Einzelheiten meiner Herkunft, die Tatsache, dass ich Nigerianer war, hatten keinen Einfluss auf meine Wahrnehmung, denn Dr. Gupta hatte allgemein über Afrikaner gesprochen. Und als ich nun diesen Film sah, wurde mir klar, dass auch Idi Amin herrliche Feste gab, ein wirklich guter Entertainer war und eloquent über die Notwendigkeit einer afrikanischen Selbstbestimmung sprach. Die Darstellung dieser Facetten seiner Persönlichkeit hätte zweifelsohne einen bitteren Nachgeschmack bei meinem Gastgeber in Madison hinterlassen.

Der Teil von mir, der nach Unterhaltung verlangte und sich dem Schrecken nicht stellen wollte, hätte sich gern der Vorstellung hingegeben, es sei alles nicht so schlimm gewesen. Aber diese Befriedigung stellte sich nicht ein: Es endete schlimm, wie fast alles. Wie Coetzee in *Elizabeth Costello* stellte ich mir die Frage, warum man sich in diese Abgründe des Herzens begeben sollte. Warum Folter überhaupt darstellen? Genügt es nicht, in unpräzisen Einzelheiten darüber informiert zu werden, dass schreckliche Dinge passiert sind? Wir möchten verschont werden, egal ob die Geschichte von Idi Amin oder Cornelis van Tienhoven handelt; ein ganz normaler Wunsch, und ein vergeblicher obendrein: Niemand wird verschont. Idi Amin nannte seine Söhne MacKenzie und Campbell, MacKenzie war Epileptiker – zwei ugandische Schotten, gefangen in Idi Amins Albtraum und Obatalas Fahrlässigkeit.

Kurz nach Mitternacht trat ich aus dem Kino in die warme Luft hinaus. Ich hatte V.s Buch dabei, aber nach dem, was ich gerade gesehen hatte, war das nicht die richtige Lektüre. In der fast menschenleeren U-Bahn-Station wartete eine Familie von Ausflüglern auf die Bahn. Das etwa dreizehnjährige Mädchen saß neben mir auf der Bank. Ihr vielleicht zehnjähriger Bruder setzte sich zu ihr. Sie waren außer Hörweite ihrer Eltern, die, abgesehen von ein paar flüchtigen Blicken in unsere Richtung, in ihr Zwiegespräch vertieft waren. Hey, Mister, sagte sie und wendete sich mir zu, alles klar? Sie machte Zeichen mit ihren Fingern, und beide fingen an zu lachen. Der kleine Junge trug einen nachgemachten chinesischen Bauernhut. Schon bevor sie sich zu mir gesetzt hatten, hatten sie Schlitzaugen gezogen und übertriebene Verbeugungen gemimt. Sie wandten sich zu mir. Sind Sie ein Gangster, Mister? Sind Sie ein Gangster? Sie machten Gang-Zeichen oder das, was sie dafür hielten. Ich sah die beiden an. Es war Mitternacht, und mir war nicht nach einem öffentlichen Vortrag zumute. Er ist schwarz, sagte das Mädchen, aber er hat keine Gangstersachen an. Ich schwöre, er ist ein Gangster, sagte ihr Bruder, ich schwör's. Hey, Mister, sind Sie ein Gangster? Sie fummelten weiter mit ihren Fingern vor meiner Nase herum. In zwanzig Metern Entfernung setzten ihre Eltern nichtsahnend ihr Gespräch fort.

Ich überlegte mir kurz, nach Hause zu laufen, ein Weg von einer Stunde, doch da rollte der Uptown-Zug schon ein, und ich hatte eine plötzliche Eingebung, das Gefühl, meine Oma (so nenne ich meine Großmutter mütterlicherseits) müsste mich wiedersehen oder ich müsste mich darum bemühen, sie zu finden, falls sie noch auf dieser Welt war, in irgendeinem Pflegeheim in Brüssel. Vielleicht wäre mein Auftauchen eine Art später Segen für sie. Ich hatte keine Ahnung, wie ich sie finden sollte, aber in diesem Augenblick, während ich über den Bahnsteig eilte, um in den nächsten Wagen einzusteigen, war diese Ahnung, diese Verheißung eines Wiedersehens substanziell.

3

An einem verregneten Nachmittag, als sich die Ginkgo-Blätter, die aussahen wie vom Himmel gefallene kleine gelbe Geschöpfe, knöcheltief auf dem Bürgersteig schichteten, ging ich spazieren. In letzter Zeit hatte ich pausenlos mit Dr. Martindale, einem der Professoren, an einer Abhandlung gearbeitet, die kurz vor der Veröffentlichung stand, unterbrochen nur von Terminen mit meinen Patienten. Unsere Untersuchungsergebnisse waren beachtlich: Es war uns gelungen, bei älteren Menschen eine signifikante Korrelation zwischen Schlaganfällen und dem Ausbruch von Depressionen nachzuweisen. Doch dann war die Fertigstellung des Artikels dadurch verzögert worden, dass wir herausgefunden hatten, dass ein zweites Labor mit einem anderen Forschungsprotokoll zu ähnlichen Schlussfolgerungen gekommen war. Dr. Martindale würde bald in Rente gehen, also hatte ich den Großteil umschreiben und alle zusätzlichen Laboranalysen durchführen müssen. Dabei war ich nicht gewissenhaft genug vorgegangen, sodass ich die Gelelektrophorese zweimal wiederholen musste. Das allein hatte mich drei schweißtreibende Wochen gekostet. Danach hatte ich drei lange Tage lang fast alles umgeschrieben. Jetzt war der Artikel eingereicht, und wir warteten auf Antwort von den Fachzeitschriften. Ich hatte einen Regenschirm mitgenommen und wollte durch den Central Park und die im Süden angrenzenden Straßen laufen. Als ich den Park betrat, kehrten die Gedanken an meine Großmutter zurück.

Meine Mutter und ich hatten uns schon auseinandergelebt, bevor ich mit siebzehn Jahren nach Amerika ging. Mein Gefühl ist immer gewesen, dass unsere Entfremdung mit ihrer Entfremdung von ihrer Mutter zu tun hatte. Sie haben sich womöglich aus denselben unklaren Gründen zerstritten. Meine Mutter verließ Deutschland in den Siebzigerjahren und kehrte nie wieder zurück. Trotzdem hatte ich in den letzten Jahren immer wieder an meine Oma gedacht. Einmal hatte sie uns in Nigeria besucht. Sie war damals aus Belgien angereist, wo sie kurz nach dem Tod meines Großvaters hingezogen war. Meine Mutter hatte mir das Bild einer schwierigen und engstirnigen Person vermittelt, aber das entsprach ganz und gar nicht meiner Oma, sondern allein dem Groll, den meine Mutter gegen sie hegte. Ich war elf, als sie zu Besuch kam, und ich merkte, dass meine Eltern diese seltsame ältere Dame kaum ertrugen (in der Beziehung waren sich mein Vater und meine Mutter einig). Mir war aber auch bewusst, dass ein Teil von mir auf sie zurückging, und es entwickelte sich ein Gefühl von Zusammengehörigkeit. Einmal, es muss gegen Ende ihres Besuches gewesen sein, machten wir einen Familienausflug durchs Yoruba-Hinterland. Unsere Reise führte uns etwa vier Autostunden von Lagos weg. Wir besuchten den Palast des Deji in Akure und den Palast des Oòni in Ile-Ife, weitläufige traditionelle Fürstenresidenzen aus Lehmziegeln, deren gewaltige Säulen mit geschnitzten Holzverzierungen die verschiedenen Aspekte der Yoruba-Kosmologie darstellen: die Welt der Lebenden, die Welt der Toten, die Welt der Ungeborenen. Meine kunstbegeisterte Mutter erklärte mir und ihrer Mutter die Ikonografie. Mein Vater schlenderte etwas gelangweilt herum.

Stundenlang fuhren wir auf lehmigen, zerfurchten Straßen durch eine hügelige, teilweise verdorrte und an anderen Stellen üppig bewaldete Landschaft. Wir machten an den Ikogosi Warm Springs halt und besuchten die heiligen Monolithe des Olumo Rock in Abeokuta, die dem Egba-Volk während der Yoruba-Kriege im 19. Jahrhundert Zuflucht gewährt hatten. Am Olumo Rock warteten Oma und ich am Fuß des Felsens, während meine Eltern mit einem Touristenführer hinaufstiegen. Von unserem Standpunkt aus konnte ich gut beobachten, wie sie sich den steilen Anstieg hochschlängelten, an Höhlen und Felszungen kurz stehen blieben, wo ihnen der Bergführer den historischen und religiösen Hintergrund erklärte, bis sie ihre Klettertour wieder fortsetzten, die von unten recht gefährlich aussah. An jenem Tag schätzte ich das Schweigen, das ich mit Oma teilte (während ihre Hand meine Schulter umfasste). Meine Eltern waren eine ganze Stunde lang weg, und während dieser Stunde kommunizierten wir fast wortlos, warteten gemeinsam, spürten den Wind in den Bäumen um uns herum, sahen die Eidechsen über die kleinen Felsformationen huschen, die sich wie prähistorische Eier aus der Erde drückten, lauschten dem Surren der Motorräder auf der einige hundert Meter entfernten schmalen Straße. Als meine Mutter und mein Vater wieder unten ankamen, atemlos, erhitzt und zufrieden, schwärmten sie von ihren Erlebnissen. Oma und ich hatten nichts zu erzählen, unsere Erlebnisse waren wortlos geblieben.

Nachdem Oma wieder gefahren war, sprachen meine Eltern kaum über sie. Die Kommunikation zwischen ihr und meiner Mutter schlief wieder ein, so als wäre sie nie in Nigeria gewesen. Die stille, verwunderte Zuneigung, die sie für mich hegte, verblasste in der Erinnerung. Soweit ich wusste, war sie nach Belgien zurückgekehrt. Und deswegen sah ich sie heute auch dort, in Belgien, obwohl ich nicht wusste, ob sie noch am Leben war. Damals, zur Zeit ihres Besuches in Nigeria, hatte ich auf eine Normalisierung der Beziehung zwischen ihr und dem Rest der Familie gehofft. Aber es sollte nicht sein. Ich nehme an, dass sich Mutter und Tochter vor der Abreise heftig gestritten haben. Tatsächlich war es so, dass der einzige Mensch, der mir sagen konnte, wo sie zu finden war und ob sie überhaupt noch irgendwo zu finden war, ausgerechnet derjenige war, den ich nicht fragen konnte.

Ich betrat den Park an der 72. Straße und lief über Sheep Meadow in Richtung Süden. Der Wind frischte auf, und mit feinen, unablässigen Nadelstichen traf das Wasser auf den durchnässten Boden, verschleierte die Linden, Ulmen und Holzapfelbäume. Der Regen war so intensiv, dass alles vor meinen Augen verschwamm, ein Phänomen, das ich bisher nur von Schneestürmen kannte, die manchmal alle Zeichen einer Zeit auslöschten, bis man nicht mehr sagen konnte, in welchem Jahrhundert man sich befand. Der herabstürzende Regen verlieh dem Park eine Urzeitstimmung, als nahte eine Weltuntergangsflut, und in diesem Moment sah Manhattan aus, wie es in den Zwanzigerjahren ausgesehen haben musste oder sogar, wenn man die höheren Gebäude ausblendete, lange Zeit vorher.

Das Gedränge der Taxis an der Ecke Fifth Avenue

und Central Park South störte diese Illusion. Nachdem ich eine weitere Viertelstunde gelaufen war, mittlerweile vollkommen durchnässt, stellte ich mich unter einen Dachvorsprung in der 53. Straße. Als ich mich umsah, stellte ich fest, dass ich mich vor dem Eingang des American Folk Art Museum befand. Da ich dort noch nie gewesen war, ging ich hinein.

Die größtenteils aus dem 18. oder 19. Jahrhundert stammenden Ausstellungsstücke – Wetterfahnen, Schmuck, Quilts, Malerei – beschworen das ländliche Leben der jungen amerikanischen Nation und die halb vergessenen Traditionen der europäischen Herkunftsländer herauf. Es war die Kunst eines Volkes, das zwar eine Aristokratie kannte, aber keine höfische Kunst; sie war schlicht, offenherzig und ungeschliffen. Am ersten Treppenabsatz hing ein Ölgemälde, das ein junges Mädchen in einem gestärkten roten Kleid mit einer weißen Katze auf dem Arm zeigte. Unter ihrem Stuhl streckte ein Hund seine Nase hervor. Die Details waren süßlich, aber sie konnten die Kraft und die Schönheit des Bildes nicht trüben.

Das Museum stellte fast ausschließlich Künstler aus, die nicht zur künstlerischen Elite gehörten. Sie hatten keine formale Ausbildung gehabt, aber ihre Werke waren voller Seele. Als ich im zweiten Obergeschoss des Museums ankam, hatte ich endgültig das Gefühl, in der Vergangenheit angekommen zu sein. Durch die

Mitte der Galerie verlief eine Reihe schmaler weißer Säulen, und der Boden bestand aus poliertem Kirschholz; beide Bauelemente spiegelten den Kolonialstil New Englands und der Middle Colonies wider.

Diese und die darunterliegende Etage beherbergte eine Sonderausstellung der Gemälde von John Brewster. Brewster, der Sohn eines Arztes aus New England, verfügte über bescheidene künstlerische Mittel, aber der Umfang der Ausstellung machte deutlich, dass er als Künstler sehr gefragt gewesen war. In der Galerie war es sehr still, und außer dem Wächter, der in der Ecke stand, war ich der einzige Besucher. Das verstärkte noch die Ruhe, die die meisten Porträts ausstrahlten. Die Reglosigkeit der Figuren trug sicherlich dazu bei, ebenso die nüchterne Farbpalette, aber da war noch etwas anderes, etwas, was schwerer zu erfassen war: eine Ahnung von Hermetik. Jedes Bild war eine abgeschlossene Welt, die man von außen zwar betrachten, aber nicht betreten konnte. Das traf vor allem auf die vielen Porträts von Kindern zu, die alle so selbstbeherrscht erschienen in ihren infantilen Körpern und den Betrachter aus ihrer zum Teil mit skurrilen Elementen versehenen Kleidung ernst anblickten, und zwar ausnahmslos, ernster sogar als die Erwachsenen – mit einer Gesetztheit, die ihrem zarten Alter überhaupt nicht entsprach. Jedes Kind stand da wie eine Puppe, belebt nur durch den bohrenden Blick.

Die Wirkung war verstörend. Die Erklärung dafür war, wie ich herausfand, dass Brewster vollkommen taub war, und dasselbe galt für viele der Kinder, die er malte. Einige waren Schüler des Connecticut Asylum for the Education and Instruction of Deaf and Dumb Persons, das 1817 als erste Taubstummenschule des Landes gegründet wurde. Dort war Brewster als Erwachsener drei Jahre lang eingeschrieben. Zu dieser Zeit wurde dort die American Sign Language entwickelt.

Während ich über die schweigsame Welt vor mir nachsann, fielen mir die vielen romantischen Klischees über Blindheit ein. Mit Namen wie Milton, Blind Lemon Jefferson, Borges, Ray Charles verknüpfte man ungewöhnliche Sensibilität und Genialität. Der Verlust der Sehkraft, so der Gedanke, begünstigt das geistige Sehen. Eine Tür schließt sich, und eine andere, größere, öffnet sich. Viele glauben, Homers Blindheit sei eine Art spiritueller Kanal, eine Art Shortcut zu überragendem Erinnerungsvermögen und prophetischer Gabe gewesen. Im Lagos meiner Kindheit gab es einen blinden Wanderbarden, der seiner spirituellen Gaben wegen sehr verehrt wurde. Wenn er sang, gab er jedem Zuhörer das Gefühl, er hätte das Göttliche gestreift oder wäre davon berührt worden. Ich sah ihn einmal auf einem vollen Marktplatz bei Ojuelegba, irgendwann in den frühen Achtzigern. Er war ziemlich weit entfernt, aber ich erinnere mich (oder bilde es mir zumindest ein) an seine großen, gelben Augen, die an den Pupillen zu Grau verkalkt waren, an sein angsteinflößendes Gebaren und seinen weiten, schmutzigen Mantel. Er sang mit einer klagenden schrillen Stimme, in einem unergründlichen, mythologisch getränkten Yoruba, dem ich nicht folgen konnte. Hinterher bildete ich mir ein, ich hätte so eine Art Aura um ihn herum gesehen, etwas Vergeistigtes, was ihn von den Zuhörern absetzte und sie dazu brachte, in ihre Geldbeutel zu greifen und etwas in die Schale zu werfen, die sein junger Gehilfe herumreichte.

Das ist es, was man mit Blindheit verbindet. Taubheit dagegen wurde immer eher als bedauerliches Verhängnis gesehen, so wie bei meinem Großonkel. Viele taube Leute, das wurde mir in dem Moment bewusst, wurden wie geistig Zurückgebliebene behandelt. Selbst der früher allgemein übliche englische Ausdruck für Taubstummheit, *deaf and dumb*, war keine nüchterne Beschreibung einer physiologischen Kondition, sondern pejorativ aufgeladen.

Als ich, innerlich zur Ruhe gekommen, vor Brewsters Porträts stand, erkannte ich, dass in den Gemälden eine lautlose Übertragung zwischen Künstler und Objekt festgehalten war. Ein Pinselstrich gibt beim Auftragen der Farbe an der Tafel oder auf der Leinwand kaum ein Geräusch von sich, und genau dieser Frieden wird bei den großen Künstlern der Stille wunderbar greifbar: bei Vermeer, Chardin, Hammershøi. Das Schweigen geht sogar noch tiefer, dachte ich, wenn die persönliche Welt des Künstlers von vollkommener Lautlosigkeit erfüllt ist. Im Unterschied zu anderen Malern hatte Brewster nicht auf indirekte Blicke oder Hell-Dunkel-Kontraste zurückgegriffen, um das Schweigen dieser Welt zu vermitteln. Die Gesichter waren ganz im Licht und trotzdem still.

Ich blickte aus dem Fenster im zweiten Stock. Draußen war es nicht mehr grau, sondern dunkelblau, der Nachmittag war zum Spätnachmittag geworden. Ein Bild zog meine Aufmerksamkeit wieder in den Raum, ein Kind, das an einer blauen Schnur einen Vogel festhielt. Wie fast immer bei Brewster wurde die Farbpalette von gedämpften Tönen dominiert, mit zwei Ausnahmen: der neonblauen Schnur, die wie ein Blitz über das Gesicht des Kindes zuckte, und der Schuhe, deren tiefes Schwarz sich von fast allen Bildern der Galerie abhob. Der Vogel stand für die Seele des Kindes, wie schon in Goyas Porträt des unglückseligen dreijährigen Manuel Osorio Manrique de Zúñiga. Das Kind in Brewsters Gemälde trug den gleichmütigen und ätherischen Gesichtsausdruck des Jahres 1805. Im Unterschied zu anderen Brewster-Kindern hatte dieser Junge allerdings ein intaktes Gehör. War das Porträt ein Talisman gegen den Tod? Jedes dritte Kind starb damals, bevor es das Alter von zwanzig Jahren erreicht hatte. War es eine Art Beschwörung, das Kind möge sich am Leben festhalten wie an dem Faden? Der abgebildete Junge, Francis O. Watts, lebte tatsächlich viel länger. Er ging als Fünfzehnjähriger nach Harvard und wurde Anwalt, heiratete Caroline Goddard, die aus seiner Heimatstadt Kennebunkport in Maine stammte, und wurde später Präsident der Young Men's Christian Association, YMCA. Er starb 1860, fünfundfünfzig Jahre nach Fertigstellung des Porträts. Im Augenblick des Malaktes jedoch, und deshalb für immer, ist er ein kleiner Junge in einem weißen Hemdkleid mit sorgfältig nachempfundenen Spitzenrüschen, der an einer blauen Schnur einen Vogel festhält.

Brewster, der etwa zehn Jahre vor der Unabhängigkeitserklärung geboren wurde, verbrachte sein Leben als Wanderkünstler, arbeitete sich den gesamten Weg von Maine bis ins heimatliche Connecticut vor und von dort nach Eastern New York. Er war fast neunzig, als er starb. Er entstammte dem elitären gesellschaftlichen Milieu der Föderalisten (seine Vorfahren waren 1620 mit der *Mayflower* gekommen) und genoss die Unterstützung wohlhabender, ernsthaft interessierter Mäzene, aber seine Taubheit machte ihn zum Außenseiter. Seine Bilder waren erfüllt von den Lektionen der ewigen Stille: Konzentration, die Aufhebung von Zeit, eine unaufdringliche Beobachtungsgabe. Ein Gemälde mit dem Titel *One Shoe Off* traf mich beim ersten Anblick ins Mark. Es zeigt ein Mädchen, das nur den rechten Schuh trägt, dessen ordentlich gebundene Schleife sich im Asterisk-Muster des Teppichs fortsetzt. Den anderen Schuh hält es in der Hand, und an der Ferse sowie den Zehen des schuhlosen linken Fußes sind rote Pentimenti erkennbar. Das Kind, in sich ruhend wie alle Brewster-Kinder, scheint den Betrachter zu einem Lächeln herauszufordern.

Tief versunken in der Welt dieser Bilder, verlor ich jegliches Zeitgefühl, so als wären Vergangenheit und Gegenwart in eins gefallen, und als mich schließlich der Wächter ansprach, um mir zu sagen, das Museum würde jetzt schließen, war ich verstummt und starrte ihn nur an. Als ich die Treppen hinunterging und das Museum verließ, fühlte ich mich wie jemand, der aus großer Entfernung auf die Erde zurückkehrte.

Der Verkehr auf der Sixth Avenue mit ihren Rushhour-Gladiatoren, die ihre Muskeln spielen ließen, stand im krassen Widerspruch zu dem Ort, an dem ich gerade gewesen war. Es regnete wieder; wie eine Sturzflut riesiger Spiegel fiel das Wasser an den kahlen Wänden der Glasgebäude hinab. Ich brauchte eine Weile, um ein Taxi zu finden, und als ich endlich eines herangewinkt hatte, drängte sich eine Frau vor und fragte, ob es mir etwas ausmachen würde, ihr den Vortritt zu lassen, sie hätte es eilig. Ja, schrie ich sie fast an (der Klang meiner Stimme überraschte mich), ja, es macht mir etwas aus. Ich hatte zehn Minuten lang im Regen gestanden und wollte gerade nicht den Gentleman spielen. Ich stieg in den Wagen, und als der Fahrer fragte, wohin, fiel mir meine Adresse nicht gleich ein. Ich muss ziemlich verloren gewirkt haben. Aus meinem Regenschirm floss Wasser auf die Bodenmatte, und ich musste an Brewsters Porträt des tauben Teenagers Sarah Prince am Pianoforte denken; ein Instrument, das weder der Künstler noch sein Modell jemals hatten hören können: das lautloseste Klavier der Welt. Ich stellte mir vor, wie sie ihre Hand über die Tasten gleiten ließ und sich gleichzeitig weigerte, sie herunterzudrücken. Als meine Adresse endlich zu mir durchsickerte, gab ich sie dem Taxifahrer und sprach ihn an: Und, wie geht's, Bruder? Der Fahrer erstarrte und musterte mich im Rückspiegel.

Nicht gut, echt nicht gut. Steigst hier ein, ohne hallo zu sagen, echt mies. Hey, ich bin auch Afrikaner, was soll das? Er schaute mich im Rückspiegel an. Ich war überrumpelt. Dann sagte ich, tut mir echt leid, ich war mit den Gedanken woanders, nimm's nicht persönlich, komm schon, Bruder, wie läuft's? Er sagte nichts und starrte auf die Straße. Es tat mir überhaupt nicht leid. Und ich hatte sowieso keine Lust, mich vereinnahmen zu lassen. Es wurde still im Taxi, und als wir auf der Westseite am Hudson entlang nach Norden fuhren, war der Horizont hinter dem finsteren Nebelschleier aus Fluss und Himmel verschwunden. Wir verließen den Highway und blieben an der Ecke Broadway und 97. Straße im Stau stecken. Der Fahrer schaltete eine Radio-Talkshow ein: Leute stritten sich lautstark über Dinge, die mir egal waren. Wut kochte in mir hoch – Wut über die Störung meiner inneren Ruhe – und drohte mich aus dem Gleichgewicht zu bringen. Der Stau löste sich auf, aber das Radio gab weiter Schwachsinn von sich. Der Fahrer lieferte mich an der falschen Adresse ab, mehrere Blocks von meiner Wohnung entfernt. Ich bat ihn, seinen Irrtum zu beheben, aber er ließ den Motor weiterlaufen, stoppte das Taxameter und sagte, nein, das war's. Ich bezahlte, legte das übliche Trinkgeld drauf und lief im Regen nach Hause.

4

Als ich am folgenden Tag zu einer Lyriklesung im 92Y
Community Center ging, nahm ich wieder den Umweg
durch den Park, wo die Blätter in strahlenden Farben
ihr Leben ließen und inmitten der Laubmassen die
Weißkehlammern ihre Lockrufe ausstießen, um dann
abwartend zu lauschen. Es hatte zuvor geregnet, und
die zerklüfteten Wolken schoben sich gegeneinander,
durchbrochen von Sonnenstrahlen. Die Zweige der
Ahorne und Ulmen regten sich nicht. Der schwebende
Bienenschwarm über einer Buchsbaumhecke erinnerte mich an gewisse Yoruba-Beinamen für Olodumare,
den höchsten Gott: Der-wie-eine-Bienenwolke-im-
Himmel-sitzt, Der-Blut-in-Kinder-verwandelt.

Der Regen hatte viele von ihrem üblichen Feier-
abendsport abgehalten, der Park war fast menschenleer. Ich fand ein Gewölbe, das von zwei hohen Felsen
umschlossen war, lief hinein und setzte mich, wie von
unsichtbarer Hand geführt, auf einen Schotterhaufen.

Ich streckte meine Beine von mir, legte den Kopf an die Felswand und drückte meine Wange gegen den klammen, rauen Stein. Aus der Ferne musste ich ein absurdes Bild abgegeben haben. Über dem Buchsbaum hob die Bienenwolke ab und verschwand in einem Baum. Nach einigen Minuten konnte ich wieder normal atmen, und das Dröhnen in meiner Brust hörte auf. Ich stand langsam auf und machte einen Ansatz, meine Kleider abzuputzen, wischte Grasreste und Schmutz von meiner Hose und meinem Pulli und rieb Erdflecken aus meinen Handflächen. Die Dunkelheit schob das letzte Licht vom Himmel, nur zwischen den Gebäuden im Westen sickerte noch etwas Blau hindurch.

Im entfernten Rumoren der Stadt nahm ich eine Veränderung wahr: Es war Feierabendzeit. Die Leute fuhren nach Hause oder begannen die Nachtschicht, in Tausenden Restaurants wurde gekocht, und aus den Fenstern der Apartments schimmerte weiches, gelbes Licht. Ich eilte aus dem Park, überquerte die Fifth Avenue, dann Madison und Park Avenue und erreichte schließlich den Vortragssaal an der Lexington Avenue. Als alle ihren Platz gefunden hatten, wurde der Dichter vorgestellt. Es war ein Pole, braun und grau gekleidet, und trotz seines relativ jungen Alters bildeten seine Haare bereits einen strahlend weißen Heiligenschein. Unter Applaus schritt er zum Rednerpult und sagte: Heute möchte ich nicht über Poesie sprechen, sondern, wenn Sie einem Dichter diese Freiheit gestatten, über die Verfolgung von Andersdenkenden. Wie können wir die Ursachen von Verfolgung begreifen, insbesondere wenn sie sich gegen eine Volksgruppe oder Rasse oder kulturelle Minderheit richtet? Ich möchte Ihnen eine Geschichte erzählen. Sein Englisch war fließend, aber der starke Akzent, die ausgedehnten Vokale und die rollenden Rs brachten seinen Redefluss immer wieder zum Stocken, als würde er jeden Satz erst im Geiste übersetzen, bevor er ihn aussprach. Er blickte in den vollen Saal hinein, sah jeden und niemanden Bestimmtes an, und seine Brillengläser reflektierten das Scheinwerferlicht, als hätte er weiße Augenklappen.

Später in derselben Woche, am Ende eines schwierigen Tages mit den stationären Patienten, an einem jener Tage, an denen mir das Neonlicht greller als sonst erschien und die Schreibtischarbeit und der Small Talk mich gereizt machten, befiel mich erneut diese bleierne Stimmung und setzte sich dieses Mal fest. Die Psychiatrieausbildung steht im Ruf, weniger brutal zu sein als andere Facharztausbildungen, und das war grundsätzlich auch mein Eindruck, trotzdem hatte sie ihre eigenen Herausforderungen. Bisweilen vermissen Psychiater die sauberen Lösungen, derer sich Chirurgen und Pathologen erfreuen, und die Notwendigkeit, sich auf jede Sitzung mit einem Patienten aufs Neue mental einzustimmen, kann sehr anstrengend sein. Das Einzige, woran ich mich festhielt, wenn ich stundenlang Bereitschaftsdienst hatte oder im Büro saß, war im Grunde das Vertrauen der Patienten, ihre Bedürftigkeit und ihre Hoffnung, dass ich ihnen helfen konnte.

Wenigstens dachte ich nicht mehr stundenlang über jeden Patienten nach wie in meiner Anfangsphase im Krankenhaus. Meistens konnte ich bis zum nächsten Termin abschalten; bei der Visite musste ich sogar häufig einen Blick in die Patientenakte werfen, um mir die Grundzüge eines Falles in Erinnerung zu rufen. M. war also insofern eine Ausnahme, als ich auch außerhalb des medizinischen Umfelds an ihn dachte. Wie V. gehörte er zu den wenigen Patienten, die ich auch dann nicht aus meinen Gedanken verbannen konnte, wenn ich das Krankenhaus verließ. M. war zweiunddreißig, frisch geschieden und litt an Wahnvorstellungen. An schlechten Tagen schienen seine Medikamente fast gar nicht anzuschlagen.

Eine Vorahnung von Winter lag in der Luft, als ich den Broadway überquerte und für einen Moment von den gelben Augen der Autos fixiert wurde, die dicht aufgereiht vor der roten Ampel hockten. Es war kurz nach fünf, und es wurde jetzt schnell dunkel. Die Gebäude des Krankenhauskomplexes standen Schulter an Schulter vor dem dunkelgrauen Himmel, und die Passanten trugen gefütterte Jacken und Strickmützen.

An der 168. Straße stieg ich in eine überfüllte Bahn der Linie 1 in Richtung Süden. Ich war so vertieft in meine Gedanken an die Sitzung mit M., dass ich an der 116. Straße nur zuschaute, wie sich die Türen öffneten, offen standen und sich dann wieder schlossen. Der Zug entfernte sich von meiner Station, und ich versuchte mir darüber klarzuwerden, was passiert war. Ich hatte nicht geschlafen. Schließlich kam ich zu dem Schluss, dass ich absichtlich sitzen geblieben war, wenn auch unbewusst absichtlich. Das wurde beim nächsten Halt bestätigt, als ich es erneut versäumte, auszusteigen. Ich saß da, als würde ich mich selbst beobachten und interessiert abwarten, was als Nächstes passierte. Alle Leute im Wagen hatten etwas Schwarzes oder Dunkelgraues an. Eine ungewöhnlich große Frau, ein Meter achtzig oder größer, trug eine schwarze Jacke über einem langen, schwarzen Faltenrock und ebenso schwarze, kniehohe Stiefel, und der Effekt von Tiefe im Spiel der verschiedenen Stofflagen ließ mich an den virtuosen Umgang mit übereinandergeschichteten Schwarztönen in Gemälden von Velázquez denken. Das Schwarz ihrer Kleidung vertiefte die Schatten ihres ohnehin blassen und verhärmten Gesichts. Keiner sagte etwas, keiner kannte einen der anderen Mitfahrer. Nur das Rattern des Zuges, dem wir gemeinsam lauschten, verband uns. Das Licht war matt. Mir wurde klar, dass ich nicht mehr nach Hause unterwegs war.

An der 96. Straße wechselte ich in den Expresszug der Linie 2, der im selben Moment einfuhr. Dieser Wagen war hell erleuchtet. Mir gegenüber saß ein Mann in einem kürbisfarbenen Jackett, neben ihm eine Frau mit himmelblauer Skijacke und gestreiften Handschuhen. Einige Leute unterhielten sich, weder ihre Worte noch ihr Verhalten waren übermäßig laut, aber laut genug, dass mir auffiel, wie düster die Stimmung in der anderen Bahn gewesen war. Vielleicht machte es die Helligkeit leichter, sich zu öffnen. Der Mann rechts von mir war in Octavia Butlers Roman *Kindred* vertieft, ein Mann mit rostroten Haaren rechts von ihm las vornübergebeugt im *Wall Street Journal*. Er hatte einen irgendwie wahnsinnigen Gesichtsausdruck, wie die dämonische Fratze eines Wasserspeiers, doch als er sich aufrichtete, offenbarte er ein attraktives Profil. An der 42. Straße stieg ein Mann im Nadelstreifenanzug ein, in der Hand ein Buch mit dem Titel *You've GOT to Read this Book!* Er stellte sich neben die Sitzbänke und betrachtete einen Fleck auf dem Boden. Eine ganze Weile stand er so da und starrte den Fleck an. Das Buch hielt er aufgeschlagen in der Hand, aber er las nicht darin. Als er an der Fulton Street ausstieg, klappte er das Buch zu und steckte einen Finger dazwischen. An der Wall Street stiegen noch mehr Leute ein, wahrscheinlich allesamt Angestellte im Finanzsektor, doch niemand stieg aus. Bevor sich die Türen schlossen, sprang ich auf und schlüpfte hindurch. Hinter mir rasselten die Schiebetüren ineinander. Ich blieb allein auf dem Bahnsteig zurück, während meine Gedanken noch um die verschiedenen in sich versunkenen Stadtbewohner kreisten.

Ich nahm den Aufzug nach oben, und als ich im Zwischengeschoss ausstieg, hob ich meinen Blick empor zu der weißen, aus mehreren Gewölben zusammengesetzten Decke, die sich nach und nach über mir offenbarte, wie eine bewegliche Kuppel, die sich gerade schloss. In dieser Station war ich noch nie gewesen, und es überraschte mich, dass sie so kunstvoll konstruiert war. Ich hätte in dieser Gegend banale Durchschnittsarchitektur erwartet, gekachelte Tunnel und enge Ausgänge. Zuerst traute ich meinen Augen nicht und dachte, die große Halle, die sich vor meinen Augen geöffnet hatte, wäre eine optische Täuschung. Längs der Halle verliefen zwei Säulenreihen, die jeweils an Glastüren endeten. Das Glas, die weiße Farbgebung und die vielen hohen Topfpalmen unter den Säulen verliehen der Halle den Charakter eines Atriums oder Gewächshauses. Die Dreiteilung des Raumes jedoch, der breitere Mittelgang und die beiden schmaleren zu beiden Seiten, ähnelte eher einer Kathedrale. Das Gewölbe verstärkte diesen Eindruck noch, und mir kam der opulente Stil englischer Gotik in den Sinn, die Abteikirche von Bath und die Kathedrale von Winchester, wo die Stützpfeiler und die Kolonnaden wie Fontänen ins Gewölbe schossen. Der Bahnhof vermochte das Maßwerk solcher Kirchen natürlich nicht nachzubilden; stattdessen imitierte das Gewölbe den Effekt mithilfe einer gewebe- oder schachbrettartigen Oberfläche und des übermäßigen Einsatzes weißen Kunststoffs.

Mein anfänglicher Eindruck von der Erhabenheit des Raumes veränderte sich, als ich die Halle durchschritt. Die Säulen sahen nun aus, als wären sie aus Plastikstühlen recycelt und die Decke sorgfältig aus weißen LEGO-Steinen zusammengesteckt worden. Die einsamen Palmen in ihren Töpfen und die vereinzelten Grüppchen, die unter dem rechten Seitenschiff saßen, verstärkten das Gefühl, mich in einem großen Modellbau zu befinden. Die kahle Halle ließ die Stimmen der wenigen Anwesenden im geschlossenen Raum widerhallen. Ich stellte mir vor, wie sich die Szenerie mitten an einem Werktag darstellen würde. Jetzt, zu vorgerückter Stunde, spielten insgesamt zehn Männer, alles Schwarze, paarweise an kleinen runden Tischen Backgammon. Auf der anderen Seite der Halle, unter dem linken Seitenschiff, gab es noch ein Paar, das Schach spielte, beide weiß. Ich gesellte mich zu den Backgammon-Spielern. Die meisten waren im mittleren Alter, und ihre matten, starren Blicke und langsamen Bewegungen trugen nicht gerade dazu bei, meinen Eindruck zu zerstreuen, ich befände mich unter lebensgroßen Schaufensterpuppen. Als ich wieder zur Mitte des beinahe menschenleeren Hauptganges zurücklief, eilte gerade ein einzelner Mann zu den U-Bahn-Aufzügen und ließ seine Aktentasche fallen. Mit lautem Klappern fiel sie zu Boden. Er sank auf die Knie und sammelte den Inhalt auf. Sein übergroßer, mausgrauer Trenchcoat stülpte sich über ihn wie ein viktorianisches Kleid.

Ich nahm den Ausgang zur Wall Street. Draußen rannten die Menschen hin und her, hingen an ihren Handys, waren vermutlich auf dem Weg nach Hause, aber es war kein Verkehrslärm zu hören. Der Grund wurde sofort klar, als ich die Absperrungen an beiden Enden des Straßenabschnittes sah, vielleicht aus Sicherheitsgründen oder wegen laufender Bauarbeiten. Wall Street war von meinem Standpunkt Ecke William Street bis hinunter zum Broadway, also über mehrere Blocks hinweg, für den Autoverkehr gesperrt und in eine Fußgängerzone verwandelt worden. Nur Stimmen und das Klackern von Absätzen auf dem Bürgersteig waren zu hören. Ich ging Richtung Westen. An einem Falafelstand an der Ecke standen ein paar Leute, andere liefen vorüber, einzeln, paarweise oder zu dritt. Ich sah schwarze Frauen in anthrazitgrauen Kostümen und junge, glatt rasierte Amerikaner indischer Herkunft. Gleich hinter der Federal Hall kam ich an der

Glasfassade des New York Sports Club vorbei. Im hell erleuchteten Innenraum hinter der Glasfront standen in einer Reihe die Hometrainer, auf denen Männer und Frauen in Elastan schweigend vor sich hin strampelten und auf die Pendler in der Dämmerung blickten.

In der Nähe der Nassau Street stand ein Mann mit Halstuch und Fedora vor einer Staffelei und malte die Stock Exchange im Grisaille-Stil, ganz in Grau, auf eine große Leinwand. Ein Stapel fertiger Gemälde, alles Grisaille-Bilder desselben Gebäudes aus verschiedenen Perspektiven, lag zu seinen Füßen. Ich sah ihm eine Weile zu, wie er seinen Pinsel präparierte und mit behutsamen Gesten weiße Farbe auftupfte, um die Akanthusfriese an den wuchtigen korinthischen Säulen des Gebäudes hervorzuheben. Seinem Blick folgend betrachtete ich das Gebäude genauer und sah, dass es mit einer Scheinwerferreihe von unten gelb beleuchtet wurde und frei zu schweben schien.

Ich lief weiter, ließ die Broad Street und die New Street hinter mir, kam an einem anderen Fitnessstudio namens Equinox vorbei, aus dem ebenfalls eine Reihe dicht gestaffelter Trainierender auf die Straße starrte. Schließlich erreichte ich am Ende der Wall Street den Broadway, wo sich die Ostfassade der Trinity Church befand. Der an der Kreuzung schlagartig aufbrausende Verkehr ließ mich kurz aufschrecken. Ich überquerte die Straße und lief zum Kircheneingang, irgendwie hatte ich den Impuls, für M. zu beten. Er war schon länger krank, aber seit seiner Scheidung vor einigen Monaten war es steil bergab gegangen mit ihm. Der Wahn hatte ihn nun ganz im Griff, und wenn er sprach, dann unter derartigen Qualen, als würden sich seine vehement hervorgebrachten Sätze gegenseitig aus den bedrängten Höhlen seines Kopfes jagen.

Ich mache ihr keine Vorwürfe, hatte er am Nachmittag zu mir gesagt, jede Frau würde dasselbe tun, ich hab's vermasselt, ich hab's vermasselt. Ich hätte besser aufpassen müssen. Ich finde das alles nicht lustig, aber ich kann mir vorstellen, dass es auf andere so wirkt. Ich kann mir vorstellen, dass die Leute es lustig finden, wie ich leide. Ich tue alles für die, aber die finden es nur lustig, wie ich leide. Trotzdem, ich muss Verantwortung zeigen, mehr Disziplin, noch mehr Disziplin, wenn ich mich früher mehr angestrengt hätte, wäre ich noch verheiratet. Ich mache ihr keine Vorwürfe und auch sonst niemandem, die können alle tun und lassen, was sie wollen, aber ich muss Verantwortung für die Welt übernehmen, und keiner von denen weiß, wie sich das anfühlt. Wenn ich nicht alles richtig organisiere, wird alles kaputtgehen. Verstehen Sie das? Ich sage nicht, dass ich Gott bin, aber ich weiß, wie es sich anfühlt, die Welt zu tragen. Ich fühle mich wie der kleine Junge in dieser Geschichte, der mit seinem Finger den Damm abdichten muss, um das Land zu retten, keine große Sache, aber man muss sich so konzentrieren. Alles hängt davon ab, es ist so schwer zu beschreiben, und ich wünschte, ich müsste diese Bürde nicht tragen, diese Bürde, die wie Gottes Bürde ist, aber einem beliebigen Menschen aufgehalst wurde. Doktor, verstehen Sie, was ich meine?

Das vordere Eingangstor der Kirche war abgeschlossen. Ich lief am Geländer entlang nordwärts, und als ich dort auch keinen Eingang finden konnte, lief ich in die entgegengesetzte Richtung. Zu beiden Seiten der Kirche erstreckte sich ein großer Friedhof mit weißen und schwarzen Grabsteinen und einigen Grabmälern. Ich las die Inschrift auf Alexander Hamiltons Grabmal: *The Patriot of incorruptible Integrity / The Soldier of approved Valour / The Statesman of consummate Wisdom / whose Talents and Virtues will be admired.* Dann das Datum – der 12. Juli 1804 – und sein Alter, siebenundvierzig. Hamilton, der tatsächlich neunundvierzig war, als er der Wunde einer einzigen Gewehrkugel erlag, die ihn im Duell mit Aaron Burr traf, war nicht die einzige Berühmtheit, die auf dem Trinity-Friedhof begraben lag. Andere Grabsteine gedachten John Jacob Astors, Robert Fultons und des Abolitionisten George Templeton Strong, dessen Memoiren über das Stadtleben im späten 19. Jahrhundert ich einmal im Bücherregal meines Freundes entdeckt hatte. Es gab viele Gräber von Frauen aus den wenigen

Jahrhunderten seit der Zeit, als die Europäer den Hudson aufwärtsgewandert waren und sich auf dieser Insel niedergelassen hatten. Sie hießen Eliza, Elizabeth, Elisabeth. Einige waren alt geworden, andere früh verstorben, oft im Kindbett oder noch jünger an Kinderkrankheiten. Die Anzahl der Kindergräber war hoch.

Über die Rector Street kam ich zum Trinity Place, wo von der anderen Seite eine historische Mauer das Kirchengelände begrenzte. Die Luft war kalt und schmeckte nach Meer. Die Trinity Church wurde während des ausgehenden 17. Jahrhunderts gegründet. Von hier aus brachen Seefahrer und besonders Walfänger mit dem Segen der hiesigen Gemeinde zu ihren Reisen auf. Und wenn sie wohlbehalten und mit Reichtum gesegnet zurückkehrten, führte ihr Weg sie zu der Kirche zurück, der sie die Gnade verdankten. Zu den vielen Privilegien, die die Trinity Church in jenen Jahren genoss, gehörte auch das Vorrecht auf jedes Schiffswrack und jeden gestrandeten Wal auf der Insel Manhattan. Die Kirche lag nah am Wasser. Das Wasser reichte von allen Seiten an sie heran, außer vom Norden. Ich lief herum, suchte einen Eingang und stellte mir das nahe Wasser vor. Später fand ich den Bericht des holländischen Siedlers Anthony de Hooges, der in seine Kladde notierte:

Am 29. März des Jahres 1647 tauchte vor der Küste unserer Kolonie ein gewisser Fisch auf, dessen Größe wir als beachtlich einschätzten. Er kam flussaufwärts und schwamm an uns vorbei, auf die Sandbänke zu, um am Abend flussabwärts zu schwimmen, abermals an uns vorbei. Er war schneeweiß, ohne Flossen, mit rundem Körper, und blies Wasser über seinem Kopf hinaus, wie ein Wal oder Thunfisch. Der Vorfall schien uns sehr bemerkenswert, weil es zwischen uns und Manhattan viele Sandbänke gibt und auch weil er so schneeweiß war, wie es keiner von uns jemals gesehen hatte; und besonders, meine ich, weil er eine Strecke von zwanzig Meilen im Süßwasser durchquert hatte anstatt im Salzwasser, das doch sein Element ist. Nur Gott weiß, was das zu bedeuten hat. Aber eines ist gewiss, dass ich und die meisten Bewohner ihn wahrlich mit großem Erstaunen betrachteten. Am selben Abend, als dieser Fisch sich uns gezeigt hatte, hatten wir den ersten Donner und Blitz des Jahres.

De Hooges hatte diesen Bericht in der Siedlung Fort Orange verfasst, die später Albany wurde, nachdem die Briten die niederländischen Gebiete in diesem Teil der Neuen Welt eingenommen hatten. De Hooges schrieb noch einmal über ein riesiges Meeresungetüm, das im April desselben Jahres gesichtet wurde. Ein anderer Autor, der Forschungsreisende Adriaen van der Donk, berichtete ebenfalls 1647 von zwei ähnlichen Fällen sowie von einem gestrandeten Wal bei Troy, noch weiter nördlich am Hudson River. Der

Letztere wurde zur Ölgewinnung zerlegt, schrieb van der Donk, und sein stinkender Kadaver am Ufer liegen gelassen. Für die Holländer war der Anblick eines Wals in Binnengewässern oder seines gestrandeten Rumpfes ein starkes Omen, und die Verbindung, die de Hooges zwischen dem Auftauchen eines Wals und den dramatischen Wetterschwankungen zieht, ist bezeichnend. Seine Sichtung war sogar noch verhängnisvoller als die anderen, denn das beschriebene Tier war offenbar ein Albino.

Schwer vorstellbar, dass es im 17. Jahrhundert irgendwo in New Amsterdam oder in den Handelsposten flussaufwärts einen Einwohner niederländischer Herkunft gegeben hat, der nicht von den vielen gestrandeten Walen an den Ufern der Heimat gehört hatte. 1598 war im seichten Wasser vor Berckhey, nahe Den Haag, ein über sechzehn Meter langer Pottwal gestrandet, der vier Tage brauchte, um zu sterben, was ihn schon vom ersten Tag an zur Legende einer Nation in den frühen Tagen ihrer modernen Geschichte machte. Der Wal von Berckhey wurde in Holzstichen verewigt und verkauft, und nachdem das kommerzielle Interesse abgeflaut war, zum Gegenstand wissenschaftlicher Neugier. Der Wal galt als Botschaft aus der Tiefe. Für die Zeitzeugen lag es nahe, das sterbende Monster mit den Gräueltaten in Verbindung zu bringen, die im August desselben Jahres von den verhassten spanischen Truppen im Fürstentum von Cleves begangen worden waren. Zwischen Mitte des 16. bis Ende des 17. Jahrhunderts strandeten in Flandern und den nördlichen Niederlanden mindestens vierzig Wale. Für die Niederländer, die zu dieser Zeit nicht nur ihre eigene Republik zu definieren, sondern auch ihre Position in New Amsterdam und anderen ausländischen Kolonien zu konsolidieren versuchten, war die spirituelle Bedeutung des Wales allgegenwärtig.

Als etwa zweihundert Jahre später ein junger Mann aus Fort Orange den Hudson herunterkam und sich auf Manhattan niederließ, entschloss er sich, sein Magnum Opus über einen Albino-Leviathan zu schreiben. Der Autor, zeitweise Gemeindemitglied der Trinity Church, nannte sein Buch *Der Wal*; der zusätzliche Titel *Moby-Dick* wurde erst nach der Erstveröffentlichung hinzugefügt. Dieselbe Trinity Church gewährte mir keinen Einlass, um zu beten, und ließ mich draußen in der frischen Brise stehen. An allen Pforten hingen Ketten, und ich fand weder einen Eingang ins Gebäude noch jemanden, der mir Auskunft geben konnte. Von der Brise eingelullt, entschied ich mich also, weiterzugehen zum Rand dieser Insel. Es würde mir guttun, dachte ich, eine Weile an der Wasserlinie zu stehen.

Als ich die Straße überquerte und in eine schmale Gasse einbog, war es, als sei die ganze Welt um mich herum in die Ferne gerückt. Es war merkwürdig, aber es tröstete mich zu wissen, dass ich auf diese Weise allein im Herzen der Stadt war. Ich ging durch die Gasse, links und rechts von mir Ziegelmauern und verschlossene Türen, auf denen sich schwarze Umrisse von Schatten abzeichneten, als seien sie eingraviert. Vor mir lag ein großes, schwarzes Gebäude. Die Oberfläche des halb verdeckten Turms war matt, ein lichtabsorbierendes Schwarz, wie bei einem Vorhang, und die scharfe Geometrie ließ ihn wie einen frei stehenden Schatten oder Scherenschnitt wirken. Ich lief unter einem Baugerüst hindurch, dann traf die Thames Street auf die Greenwich Street. Ich ging hinüber zur Albany Street, von wo aus der Turm besser zu sehen war, obwohl er noch ein Stück entfernt lag. Er war vollständig eingehüllt in ein dichtes schwarzes Netz. Als die enge, ruhige Gasse auf die Washington Street traf, sah ich rechts, etwa einen Block weiter nördlich, eine große leere Fläche. Sofort dachte ich an das Offensichtliche, verdrängte es aber gleich wieder.

Kurz darauf kam ich zum West Side Highway. Ich war der einzige Fußgänger am Überweg. Die Autos jagten, von den Reflexionen ihrer rot blinkenden Rücklichter verfolgt, zu den Brücken, die von der Insel herunterführten; rechter Hand war eine Fußgängerüberführung, die von einem Gebäude gegenüber aus die Straße überspannte, dann aber nicht zu einem anderen

Gebäude führte, sondern hinab zum Boden. Und wieder die leere Fläche, die jenes offensichtliche Bild heraufbeschwor, das ich jetzt zuließ: die Ruinen des World Trade Center. Der Ort war zu einer Metonymie seiner Katastrophe geworden; einmal hatte mich sogar ein Tourist gefragt, wie man zu 9/11 komme – nicht zum Schauplatz der Ereignisse von 9/11, sondern nach 9/11, zu dem in Trümmern versteinerten Datum. Langsam näherte ich mich der mit Brettern und Maschendraht umzäunten Fläche. Nichts verwies auf ihre Bedeutung. Auf der anderen Seite des Highways war eine ruhige Straße namens South End Avenue, an der Ecke ein Restaurant mit Neonschildern (ich erinnere mich an das Neon, aber nicht an den Namen des Restaurants). Beim Blick durch die Glastüren fiel mir auf, dass es fast leer war. Die wenigen Gäste waren, so schien es, Männer, die meisten allein. Ich ging hinein, setzte mich an die Bar und bestellte bei der Kellnerin ein Bier.

Ich hatte es gerade leer getrunken und bezahlt, als sich ein Mann zu mir setzte. Du erkennst mich nicht, sagte er und zog die Augenbrauen hoch. Ich hab dich vor zwei Wochen im Folk Art Museum gesehen. Mein Gesichtsausdruck verriet wohl Verwirrung, denn er fügte hinzu: Ich arbeite dort als Museumswächter, und das warst doch du, oder? Ich nickte, obwohl ich ihn nicht erkannte. Er sagte, wusst' ich's doch, dieses Gesicht kenne ich. Wir gaben uns die Hand, und er stellte sich als Kenneth vor. Er war dunkelhäutig und hatte eine breite, glatte Stirn. Er trug eine Glatze und ein sorgfältig getrimmtes Menjou-Bärtchen. Sein kräftiger Oberkörper und die spindeldürren Beine ließen ihn wie Nabokovs Pnin aussehen. Ich schätzte ihn auf Ende dreißig. Wir machten ein bisschen Small Talk, bis er allmählich in einen Monolog fiel und in einem karibischen Akzent von Thema zu Thema sprang. Er sei aus Barbuda, sagte er und war überrascht, dass ich Barbuda kannte.

Die meisten Amerikaner kennen nur, was man ihnen direkt vor die Nase setzt, sagte er. Egal, ich warte hier auf ein paar Freunde, ist doch ganz nett, oder? Oh, du warst noch nie hier? Ich schüttelte den Kopf. Er fragte mich, woher ich komme und was ich mache. Er sprach schnell, suchte das Gespräch. Ich hab mal einen Mitbewohner gehabt, damals in Colorado, der war auch Nigerianer. Yemi hieß der. Ich glaub, er war Yoruba, afrikanische Kultur hat mich schon immer interessiert. Bist du auch Yoruba? Kenneth fing an, mir auf die Nerven zu gehen, und ich wünschte, er würde mich in Ruhe lassen. Ich dachte an den Taxifahrer, der mich vom Folk Art Museum nach Hause gefahren hatte – hey, Mann, ich bin auch Afrikaner. Kenneth erhob einen ähnlichen Anspruch.

Ich hab damals in Littleton gewohnt und bin in Denver aufs Community College gegangen, um meinen

Associate Degree zu machen, sagte er. Littleton, erinnerst du dich? Das Massaker war kurz nachdem ich dort hinzog. Schreckliche Geschichte. Und dann das Gleiche hier noch mal, ich bin im Juli 2001 nach New York gezogen. Verrückt, oder? Total verrückt, vielleicht sollte ich jede Stadt vorwarnen, bevor ich dort auftauche! Aber die Stelle im Museum ist in Ordnung, was für den Übergang, echt okay, aber eigentlich will ich … Kenneth redete weiter, schnell, mechanisch. Seine gelbbraunen Augen ruhten auf mir, bis ich eine Frage in seinem Blick entdeckte. Die Frage nach Sex. Ich erklärte ihm, dass ich gleich mit einem Freund verabredet sei, entschuldigte mich dafür, keine Visitenkarte dabeizuhaben, und murmelte etwas davon, dass ich bald wieder ins Museum kommen würde. Ich verließ das Restaurant; von hier aus war es nicht mehr weit zum Wasser. Während ich lief, dachte ich an Kenneth und die Verzweiflung in seinem Geplapper; er tat mir ein bisschen leid.

Diese sonderbare Insel, dachte ich, als ich aufs Meer hinausblickte, diese in sich gekehrte Insel, die das Wasser verbannt hat, ihre Küste ein Panzer, der nur an wenigen ausgesuchten Stellen durchlässig war. Wo konnte man in dieser Stadt der Flüsse noch eine Böschung unter dem Beton spüren? Alles war zugebaut, und die Millionen, die in der winzigen Mitte zwischen den Steinwällen lebten, hatten nur eine vage Ahnung davon, was um sie herum floss. Das Wasser war das peinliche Geheimnis, die ungeliebte Tochter, links liegen gelassen, während die Parks umschwärmt, umsorgt und überbeansprucht wurden. Ich stand auf der Promenade und schaute übers Wasser, in die stumme Nacht. Alles war still, und am Jersey-Ufer gegenüber blinkten die Signalleuchten. Zwei Jogger segelten schwerelos auf mich zu und an mir vorbei. An der South End Avenue reihten sich Stadthäuser und kleine Läden, alle mit Meerblick, dazwischen ein kleiner mit Wein und Hecken überwucherter Aussichtspavillon. Und weit draußen, auf dem Hudson, das ferne Echo der alten Walfangschiffe und Wale und all der New Yorker, die einst, Generationen zuvor, zu dieser Promenade gekommen waren, um Wohlstand und Elend in die Stadt hereinströmen zu sehen oder das Spiel der Lichter auf dem Wasser zu beobachten. Jeder dieser vergangenen Augenblicke war als Spur gegenwärtig. Von hier aus gesehen, erhob sich die Freiheitsstatue wie ein fluoreszierender grüner Fleck vor dem Himmel, dahinter lag Ellis Island, Gegenstand so vieler Mythen. Doch für die ersten Afrikaner – die sowieso keine Einwanderer waren – war die Einwanderungsbehörde zu spät gebaut worden, und für die späten Ankömmlinge aus Afrika, für Kenneth oder den Taxifahrer oder mich, war sie zu früh wieder geschlossen worden, um uns etwas zu bedeuten.

Ellis Island war vor allem ein Symbol für europäische Flüchtlinge. Die Schwarzen – *wir Schwarze* – hatten rauere Einwanderungshäfen erlebt: Das war es, was der Taxifahrer gemeint hatte, und jetzt, da meine Ungehaltenheit verflogen war, konnte ich es zugeben. Das war die Bestätigung, die er sich auf seine schroffe Art von jedem »Bruder« wünschte. Ich lief auf der Promenade Richtung Norden und lauschte den Atemzügen des Wassers. Zwei alte Männer in glänzenden Trainingsanzügen schlurften tief ins Gespräch versunken an mir vorbei. Warum hatte ich plötzlich das Gefühl, sie kämen von der anderen Seite der Zeit? Für einen Moment erwiderte ich ihren Blick, aber ihre Augen drückten nichts aus außer der üblichen Kluft zwischen Jung und Alt. Ein Stück weiter wurde die Promenade breiter, die Reihe der Wohnhäuser endete, und mein Blick fiel auf den Lichthof des World Financial Center, der mit seinen meterhohen Palmen wie ein gigantisches Aquarium aussah. Das Gebäude lag direkt an einer ruhigen Bucht, auf der sanft mehrere Boote schaukelten, eines trug die Aufschrift Manhattan Sailing School. Ich lief eine kurze Holztreppe zum Steg hinunter, an den Booten entlang und noch weiter, bis ich zu beiden Seiten nur noch von Wasser umgeben war. Rechts war die Bucht, links der Fluss, und ich ließ meinen Blick auf das dunkle Wasser sinken, auf die diffusen Lichter von Hoboken und Jersey

City, über ihnen schwarzer Himmel. Sanft drang das Säuseln des Wassers in mein Ohr, aus dem sich M.s klagende Stimme formte.

Wie konnte ich nur so blöd sein, türkisch-amerikanische Ehefrau, türkische Liebhaberin. Ich hab gesagt, ich wäre geschäftlich in Ankara, was auch stimmte, aber sie wusste nichts über meine anderen Geschäfte, das andere Geschäft, die andere, der ich jeden Monat dreihundert Dollar überwies. Ein gutes Arrangement, denke ich, oder besser gesagt: dachte ich. Dachte ich. Ich dachte ja nicht. Eines Tages schrieb sie und wollte mehr – Frauen sind verrückt, Herr Doktor, sogar verrückter als ich. Sie wollte fünfhundert. Können Sie sich das vorstellen? Fünfhundert jeden Monat, und meine Frau sagte sich, ein Brief aus der Türkei, da wollen wir doch mal sehen, wer da meinem Mann schreibt. Ich war erledigt. Als ich nach Hause kam, erwartete sie mich mit dem Brief in der einen und einem Knüppel in der anderen Hand. Kann ich's ihr verübeln? Ich hatte mein Hirn in der, ich weiß auch nicht, Doktor. Und jetzt weiß es jeder. Mein Hirn in der Hose. Ich war so blöd. Alles Gute hab ich in den Dreck gezogen, ich bin eine Enttäuschung für Gott.

Seine Augen liefen über. Er hatte die Geschichte schon erzählt und auch schon Tränen darüber vergossen, aber jedes Mal dramatisierte er sie aufs Neue, es war, als würde er den Schmerz ungemildert erneut erleben. Ein Gedanke folgte dem anderen, und plötzlich, als ich dort am Fluss stand, überraschte mich mein eigener Schmerz, und ich spürte eine intensive Trauer, doch dann verblasste das Bild derjenigen, an die ich gedacht hatte, vor meinem inneren Auge. Es war erst ein paar Wochen her, und doch hatte die Zeit selbst diese Wunde schon gelindert. Mir wurde kalt, aber ich blieb noch eine Weile stehen. Es wäre so leicht, dachte ich, gleich hier sanft ins Wasser zu gleiten und in die Tiefen zu sinken. Ich kniete mich hin und tunkte meine Hand in den Hudson. Er war eisig. Hier waren wir also und taten so, als gäbe es jenes Wasser nicht, und schenkten dem Gespann schwarzer Ewigkeiten, zwischen denen unser kleines Licht flackerte, so wenig wie möglich Aufmerksamkeit. Was hatten wir jenem Licht schon zu verdanken? Unser Leben verdanken wir uns selbst. Und das, worüber wir Ärzte so gerne mit unseren Patienten sprechen, obwohl es so wenig darüber zu sagen gibt, fällt auf uns zurück, stellt uns Fragen. Ich wischte meine Hand an der Jacke ab und hauchte meine Finger an, um sie aufzuwärmen.

Zwei Teenager mit Skateboards waren die einzigen Menschen auf der Promenade in Rufweite. Die Jungs waren ganz auf ihren Sport konzentriert. Der eine sprang immer wieder von einer niedrigen Rampe und landete mit lautem Klappern, während der andere neben ihm herfuhr und ihn mit einer niedrig, fast auf Knöchelhöhe gehaltenen Videokamera filmte. Ein Lichtstrahl drang aus der Kamera. Ein Sicherheitsbeamter in einem motorisierten Wägelchen fuhr vorbei und warnte die Jungs vor den Rampensprüngen. Sie standen da und hörten respektvoll zu, schienen einsichtig. Doch sobald er weg war, machten sie weiter.

Landeinwärts, auf der Plaza hinter dem World Financial Center, befand sich ein kleiner, halb umschlossener Raum mit einem Springbrunnen, Schilfbeeten und zwei Marmormauern von unterschiedlicher Höhe. Die Mauern trugen Inschriften, und an der niedrigeren Mauer hing eine Gedenktafel für New Yorker Polizeibeamte, die im Dienst ihr Leben verloren hatten: *Dedicated to the memory of those members of the Police Department who lost their lives in Service to the people of the City of New York.* Auf der höheren Mauer waren reihenweise Namen eingraviert. Ganz oben der erste Eintrag: PTL. *James Cahill, 29. September, 1854.* Und so ging es weiter durch die Jahre, ein Eintrag nach dem anderen, Dienstgrad, Name, Todestag. Wie erwartet gab es eine bedrückende Anhäufung von Namen im Herbst 2001, dann folgten die der nächsten Jahre. Darunter war eine weite, glatt polierte Marmorfläche, die auf die noch Lebenden in Uniform wartete, und auf die noch nicht Geborenen, die in die Uniform hineinwachsen und bei der Arbeit getötet werden würden.

Auf der anderen Seite des Areals, jenseits des West

Side Highways, standen die großen Gebäude des Handelsdistrikts hinter einer unsichtbaren Grenzlinie in Reih und Glied, wie Tiere, die sich am Ufer eines Sees drängeln und aufpassen müssen, nicht hineinzustürzen. Die Linie markierte die Ausmaße der riesigen Baugrube. Ich lief zu dem Fußgängerübergang, der früher das World Financial Center mit den Gebäuden verband, die in dieser Grube gestanden hatten. Bisher war ich ein einsamer Spaziergänger gewesen, doch nun strömten die Menschen aus dem Financial Center, Männer und Frauen in schwarzen Anzügen, eine Gruppe junger Japaner, die an mir vorbeieilte, ihren rasanten Redeschwall im Schlepptau. Über ihren Köpfen sah ich zum dritten Mal an diesem Abend die helle Beleuchtung eines Fitnessstudios mit seinen Fahrradreihen, diesmal mit Blick auf die Baustelle. Ich fragte mich, was den Leuten durch den Kopf ging, wenn sie dort vor sich hin strampelten und mit dieser Aussicht den Schweiß aus ihren Poren trieben? Oben auf der Fußgängerbrücke sah ich, was sie sahen: eine lange Rampe, die sich in die Baugrube erstreckte, und drei oder vier Traktoren, die in der riesigen Grube wie Spielzeugautos aussahen. Und dann sah ich plötzlich dicht unterhalb der Straßenhöhe eine vorbeiratternde U-Bahn aufblitzen, die dort, wo sie die Baustelle überquerte, den Elementen ausgeliefert war, wie eine metallisch-grüne Vene, die sich über das Genick von 9/11 zog. Jenseits des Geländes erblickte ich wieder das in Schwarz gehüllte Gebäude, mysteriös und streng wie ein Obelisk.

Die Fußgängerbrücke war voller Leute. An den Dachsparren warben knallbunte Plakate für Sehenswürdigkeiten Lower Manhattans. *Show your kids where the aliens landed*, lautete der Werbespruch für Ellis Island, und für das American Finance Museum: *Relive the day America's tickers stopped.* Auch das Polizeimuseum hatte ein abgeschmacktes Wortspiel parat: Es lud zur Besichtigung von New Yorks erstem *cell provider.* Wir marschierten im Gleichschritt, die Pendler in ihrem Schwarz und Grau, ihren hochgezogenen Schultern und hängenden Köpfen, ich mittendrin. Ich hatte das Gefühl aufzufallen – der Einzige, der stehen blieb, um von der Brücke hinunterzublicken, während alle anderen stur geradeaus liefen. Nichts unterschied sie, unterschied uns von den Menschen, die am Tag der Katastrophe auf der anderen Straßenseite gearbeitet hatten. Die Treppe führte zwischen Maschendrahtzäunen hinunter zur Vesey Street. Wir waren zusammengepfercht, *wie Tiere*, Schlachtvieh. Warum war es überhaupt erlaubt, Tiere so zu behandeln? Elizabeth Costellos bohrende Fragen tauchten in den seltsamsten Situationen auf.

Aber Gräueltaten sind nichts Neues, weder für Menschen noch für Tiere. Der Unterschied ist, dass sie heutzutage unvergleichlich viel besser organisiert sind, ausgeführt mithilfe von Gehegen, Güterzügen, Verwaltungsbüchern, Stacheldrahtzäunen, Arbeitslagern und Giftgas. Und die jüngste Errungenschaft: die Abwesenheit von Leichen. Auch am Tag, als Amerikas Börsenschreiber stehen blieben, waren keine toten Körper sichtbar, außer den herabfallenden. Gut verkäufliche Geschichten jeglicher Art häuften sich an der verwundeten Küste unserer Stadt, aber die Darstellung von toten Körpern war verboten. Die Abbildungen wären zu erschütternd gewesen. Eingekeilt von Pendlern, rückte ich langsam vor.

Auf diesem Boden waren nicht zum ersten Mal Häuser ausradiert worden. Bevor die Türme errichtet worden waren, hatte ein Labyrinth von betriebsamen kleinen Straßen diesen Teil der Stadt durchzogen. Robinson Street, Laurens Street, College Place: Sie alle waren in den Sechzigerjahren dem World Trade Center gewichen und heute völlig vergessen. Verschwunden waren auch der alte Washington Market, der belebte Kai, die Fischerfrauen, die Enklave der syrischen Christen, die sich hier am Ende des 19. Jahrhunderts niedergelassen hatten. Die Syrer, die Libanesen und andere Levantiner waren nach Brooklyn verdrängt worden, wo sie auf der Atlantic Avenue und in Brooklyn Heights Wurzeln schlugen. Und davor? Welcher abgetretene Pfad der Lenape lag wohl unter dem Schutt noch begraben? Diese Stelle war ein Palimpsest, wie die ganze Stadt, beschrieben, ausradiert und erneut beschrieben. Es hatte hier bereits Siedlungen gegeben, bevor Kolumbus überhaupt lossegelte, bevor Verrazano in der Meerenge seine Anker warf oder der portugiesische Sklavenhändler Esteban Gómez den Hudson stromaufwärts segelte; hier hatten Menschen gelebt, sie hatten Häuser gebaut und sich mit ihren Nachbarn gestritten, lange bevor die Holländer den potenziellen Markt erkannt hatten, der in den reichhaltigen Fell- und Holzvorkommen der Insel und der ruhigen Bucht lag. Generationen rasten durch dieses Nadelöhr, und ich, einer von ihnen, noch nicht ausradiert, ging zum Eingang der Subway. Ich wollte meinen Faden in diesem Netz der Geschichten finden. Irgendwo in der Nähe des Wassers sprang der Junge, sich klammernd an das, was er vom Leben wusste, mit lautem Geklapper wieder in die Luft.

5

Als ich Nadège im Sommer bei einer Fahrt der Welcomers, einer Gruppe ihrer Kirchengemeinde, nach Queens begleitete, wurde mir zum ersten Mal die Verbindung zwischen ihr und einem anderen Mädchen bewusst, das ich vor langer Zeit gekannt hatte. Jenes Mädchen war über fünfundzwanzig Jahre lang in meinem Gedächtnis vergraben gewesen, und als Nadège nun die Erinnerung an sie auslöste, war ich schockiert. Unterbewusst musste ich schon seit Tagen mit ihr beschäftigt gewesen sein, doch erst als der Zusammenhang sichtbar wurde, löste sich der Knoten. Ich hatte Nadège nie von dem anderen Mädchen erzählt, dessen Namen ich nicht mehr wusste, dessen Gesicht mir nur noch undeutlich vor Augen stand, anders als das Bild ihres hinkenden Ganges. Mein Geheimnis war kein Betrug: Liebesbeziehungen halten, weil man nicht alles vom anderen weiß.

Das Mädchen hatte ein viel größeres Problem als

Nadège. Sie litt an Polio, und ihr rechter Fuß war zu einem verzerrten Stumpf verkümmert, den sie beim Laufen hinter sich herzog. Links hielt sie eine einstellbare Gehhilfe, mit der sie sich abstützte. Wenn ich sie über den Platz unserer Primary School humpeln sah, fürchtete ich, sie würde von den Jungs gehänselt werden. Das war mein erster Instinkt, ein beschützender, ritterlicher. Sie war in meiner Klasse, aber wir sprachen nicht mehr als drei- oder viermal miteinander, und ich weiß nicht mehr, worüber. Ich mochte, dass sie sich nicht unwohl fühlte in ihrer Haut und dass sie sich, wenn sie sich setzte, gar nicht von den anderen Kindern unterschied, ja sogar ungewöhnlich gescheit war. Sie hätte Klassenbeste werden können, wenn ihre Eltern sie nicht nach zwei Wochen von der Schule genommen und in eine andere geschickt hätten. Ich habe sie nie wiedergesehen. Und erst als Nadège in Queens aus dem Bus stieg, auf diesem Ausflug mit den Welcomers, erkannte ich die Ähnlichkeit, nahm ich das Echo wahr, wie das Echo Elijas, das in Johannes dem Täufer widerhallte: zwei Menschen, getrennt von der Zeit, die auf derselben Wellenlänge schwangen. Und erst da wusste ich wieder, dass ich mir mit diesem Mädchen eine Zukunft ausgemalt hatte. Wir waren vielleicht acht, neun Jahre alt gewesen, und es war das erste Mal, dass ich einen solchen Gedanken hegte, natürlich ohne die geringste Vorstellung, was das bedeutete.

Ich hatte mich als erwachsenen Mann visualisiert, der sie beschützte, so wie man ein Haustier beschützt, ich hatte mir vorgestellt, viele Kinder mit ihr zu haben, aber sie nie als meine Freundin gesehen. Ich glaube, ich wusste damals nicht einmal, was das war, eine Freundin. Für Nadège empfand ich, anders als für das andere Mädchen, kein Mitleid. Das Hinken war nur ein visueller Auslöser, und bei Nadège war es kaum sichtbar. Sie war nicht besonders eingeschränkt. Schon möglich, dass ihre Eitelkeit ein wenig darunter litt, aber das war auch schon alles. Wenn sie die präparierten Einlegesohlen trug, nahm sie den Defekt selbst kaum mehr wahr. Sie hatte einen Hüftschaden, der in ihren späten Teenagerjahren operiert worden war, aber damals war es schon zu spät gewesen. Er hätte viel früher korrigiert werden müssen, aber wenigstens befreite sie der Eingriff von chronischen Schmerzen.

Wir befanden uns auf der Triborough Bridge, auf dem Heimweg nach Harlem, als sie mir davon erzählte, ihren Kopf an meine Schulter gelehnt. Ich war unkonzentriert: Ich dachte an sie, ich dachte an das andere Mädchen, und ich dachte an den jungen Mann, mit dem ich gerade lange gesprochen hatte. Nadèges Kirchengemeinde organisierte alle zwei Monate den Besuch in einer Haftanstalt in Queens, in der illegale Einwanderer einsaßen. Nadège hatte mir davon erzählt, und als ich mich interessiert zeigte, hatte sie mich gefragt, ob ich am kommenden Sonntag mitkommen wollte. Ich hatte zugesagt, es schien mir auch eine gute Gelegenheit zu sein, sie besser kennenzulernen. Wir trafen uns im Keller der Kirche, sie und der Rest der Gruppe, eine Mischung aus Menschenrechtsaktivisten und Gemeindefrauen. Ihr Priester erteilte den Segen barfuß, eine Gewohnheit, die er sich in seiner langen Dienstzeit in einer Dorfgemeinde am Orinoco angeeignet hatte, wie mir Nadège erzählte. Ursprünglich habe er sich aus Solidarität mit den Bauern in seiner Gemeinde der Schuhe entledigt, und als er nach New York zurückkehrte, habe er die Gepflogenheit beibehalten, um sich und andere an die Not der Bauern zu erinnern. Ich fragte sie, ob er Marxist sei, aber das wusste sie nicht. Der schuhlose Priester kam nicht mit nach Queens. Unsere Gruppe bestand vor allem aus Frauen, viele mit jenem verzückten, leicht konsternierten Ausdruck, der so typisch ist für Weltverbesserer. Der gemietete Bus nahm dieselbe Route, die man vom nördlichen Manhattan zum La Guardia Airport nehmen würde. Wir fuhren eine Stunde durch stockenden Verkehr, bis wir South Jamaica erreichten.

Es war Frühsommer, aber unsere Aussicht war düster, eine Landschaft aus Stacheldrahtzäunen, geparkten Autos und ausrangiertem Baumaterial. Wir fuhren durch eine industriegebietsähnliche Gegend, etwa eine Meile vom Flughafen entfernt. Auf der Straße wucherte das Unkraut, pelzartig überzog es die Abwasserdurchlässe, und sämtliche Gebäude schienen Fertigteilhäuser mit Aluminiumfassaden zu sein, als hätte man sie an die hässliche Umgebung anpassen wollen. Wahrscheinlich hatte ich sie schon einmal gesehen, auf dem Weg zum Flughafen, diese Gebäude am äußersten Rand einer Teerfläche, die größeren wohl Hangars oder Werkstätten. Aber selbst wenn, dann hatte ich sie auf der Stelle wieder vergessen; sie waren offensichtlich zur Unauffälligkeit bestimmt. Und das traf auch auf die Haftanstalt zu, eine lange, graue einstöckige Metallbox, die in die Zuständigkeit des Heimatschutzministeriums fiel, aber von der privaten Firma Wackenhut betrieben wurde. Wir hielten auf einem riesigen Parkplatz hinter dem Gebäude.

An diesem Tag, dort auf dem Parkplatz fiel mir auf, dass etwas anders war in Nadèges Gang. Und es war wohl das erste Mal, dass ich sie überhaupt richtig wahrnahm: das schräge Licht der Nachmittagssonne, die grimmige Landschaft aus geflochtenem Draht und geborstenem Beton, der Bus ein Tier in Lauerstellung, und sie, die beim Laufen den Defekt ihres Körpers auszugleichen versuchte. Am Metallgebäude stießen wir auf eine lange Warteschlange, Menschen mit Plastiktüten und Schachteln in den Händen, und weiter vorne erklärte ein Sicherheitsbeamter mit erhobener Stimme einem Paar, das wenig oder kein Englisch zu verstehen schien, dass die Besuchszeit keinesfalls begonnen habe und innerhalb der nächsten zehn Minuten auch nicht beginnen würde. Er steigerte sich hinein in seine Empörung, während das Paar schuldbewusst und unzufrieden zuhörte. Die Welcomers reihten sich hinten ein. Vor uns in der Schlange standen, so schien es, hauptsächlich neue Einwanderer: Afrikaner, Latinos, Osteuropäer und Asiaten – Menschen, die einen Grund hatten, jemanden im Gefängnis zu besuchen. Ein Mann mittleren Alters schrie auf Polnisch in sein Handy. Der Wind war kühl, und es wurde schnell kalt. Fünfundzwanzig Minuten lang bewegte sich nichts, dann ging es allmählich vorwärts, einer nach dem anderen zeigte seinen Ausweis, schritt durch die Metalldetektoren und erhielt Einlass in den Wartesaal. Alle außer den Welcomers schienen Verwandte besuchen zu wollen. Die Sicherheitsbeamten – überdimensionale, gelangweilte und schroffe Leute, die nicht mal so taten, als würden sie ihren Job mögen – führten die Besucher in Sechsergruppen zu ihrem dreiviertelstündigen Besuch hinter die Sicherheitstüren. Die noch Wartenden schwiegen und starrten ins Leere. Niemand las. Dieses Vorzimmer zur Hölle hatte keine Fenster und wurde von Neonröhren grell beleuchtet, die den wenigen verbleibenden Sauerstoff aufzusaugen schienen. Ich stellte mir vor, wie sich draußen die Sonne über die Betonwüste senkte.

Nadège war schon hineingegangen. Sie besuchte zwei Häftlinge regelmäßig, eine Frau und einen Mann. Sie hatte nach beiden mit Namen gefragt. Ich ging mit der nächsten Gruppe hinein; drinnen warteten die Insassen, die von den Beamten für uns ausgewählt worden waren. Wie erwartet war das Besuchszimmer provisorisch eingerichtet: eine Reihe enger Kabinen, die in der Mitte durch Plexiglas getrennt waren, Stühle zu beiden Seiten und Sprechlöcher auf Augenhöhe. Der Mann, der mir gegenübersaß, lächelte breit. Er war jung und trug einen orangen Overall, wie alle Häftlinge. Ich stellte mich vor, und er fragte, ob ich Afrikaner sei. Er sah blendend aus, selten war mir ein attraktiverer Mann begegnet. Er hatte feine Wangenknochen und glatte dunkle Haut; das Weiß seiner Augen war so strahlend wie seine Zähne.

Als Erstes wollte er wissen, ob ich Christ sei, vielleicht, weil ich mit den Welcomers da war. Ich zögerte und sagte dann, dass ich das hoffte. Oh, sagte er, das freut mich, ich bin auch Christ, ich glaube an Jesus. Würden Sie bitte für mich beten? Ich versicherte ihm, dass ich das tun würde, und begann ihn über die Haftverhältnisse auszufragen. Es geht schon, könnte schlimmer sein, sagte er. Aber ich will nicht mehr, ich möchte raus. Ich bin schon über zwei Jahre hier. Sechsundzwanzig Monate. Sie haben meinen Fall gerade abgeschlossen, wir haben einen Antrag gestellt, aber der wurde abgelehnt. Sie schicken mich zurück, aber es gibt noch keinen Termin, nur die ewige Warterei.

Er klang nicht wirklich traurig, aber er war enttäuscht, das war offensichtlich. Er hatte genug von falschen Hoffnungen, konnte sein großzügiges Lächeln jedoch nicht zurückhalten. In seinen Sätzen lag eine gewisse Sanftheit, und er erzählte in hohem Tempo, wie er in dieser großen Metallbüchse in Queens gelandet war. Ich fragte nach, bat ihn, Einzelheiten präziser zu beschreiben, bemühte mich, so gut ich konnte, ihm ein mitfühlendes Ohr zu schenken für eine Geschichte, die er allzu lange für sich behalten musste. Er war gebildet, sein Englisch war fließend, ich ließ ihn sprechen. Er senkte seine Stimme ein wenig, als er sich nach vorne beugte, bis kurz vor die Scheibe, und sagte, dass er ständig das Wort Amerika gehört hatte, als er klein war. In der Schule und zu Hause hatte man ihm immer von der besonderen Beziehung zwischen Liberia und Amerika erzählt; sie wäre wie die Beziehung zwischen einem Onkel und seinem Lieblingsneffen. Die Namen ähnelten sich sogar: Liberia, Amerika. Beide bestünden aus sieben Buchstaben, und vier hätten sie gemeinsam. Amerika sei fester Bestandteil seiner Träume gewesen, der absolute Fokus, und als der Krieg begann und alles auseinanderfiel, sei er sich sicher gewesen, die Amerikaner würden kommen und alles regeln. Aber das geschah nicht, die Amerikaner konnten sich nicht entschließen zu helfen, sie hätten wohl ihre Gründe gehabt.

Er verriet mir seinen Namen: Saidu. Seine Schule in der Nähe des Old Ducor Hotel war 1994 von einer Granate getroffen worden und niedergebrannt. Ein Jahr später starb seine Schwester an Diabetes, einer Krankheit, die sie zu Friedenszeiten nicht getötet hätte. Sein Vater, der seit 1985 verschollen war, blieb verschollen, und seine Mutter, die einen kleinen Stand auf dem Markt hatte, wusste nicht mehr, was sie verkaufen sollte. Saidu war zwischen die Schatten des Krieges geschlüpft. Er wurde mehrmals gezwungen, für die NPFL, die Nationale Patriotische Front von Liberia, Wasser zu besorgen, Gestrüpp wegzuräumen oder Leichen von der Straße zu entfernen. Er gewöhnte sich an Hilferufe und aus dem Nichts aufsteigende Rauchwolken, und er lernte, nicht aufzufallen, wenn die Musterungsoffiziere kamen, um Leute für ihre jeweilige Seite anzuwerben. Sie bedrängten seine Mutter, und sie erzählte ihnen, er hätte Sichelzellenanämie und würde bald sterben.

Seine Mutter und seine Tante wurden im zweiten Krieg erschossen, von Charles Taylors Truppen. Zwei Tage später kamen die Männer wieder und nahmen ihn mit in die Vororte von Monrovia. Er hatte nur einen Koffer dabei. Erst dachte er, sie würden ihn zum Kämpfen zwingen, aber sie gaben ihm ein Buschmesser und schickten ihn mit vierzig oder fünfzig anderen zum Arbeiten auf eine Gummifarm. Einen der anderen kannte er, er war der beste Fußballspieler der Schule gewesen; sie hatten ihm seine rechte Hand abgehackt, das Handgelenk war zu einem Stumpf verheilt. Viele waren gestorben, er hatte Leichen gesehen. Aber es war der Anblick dieses Stumpfes, das Fehlen der Hand, was ihm klar vor Augen führte: Er hatte keine Wahl.

In der nächsten Nacht packte er seine Fußballschuhe in den zerrissenen Rucksack, zwei saubere Hemden und sein gesamtes Geld, etwa sechshundert Liberianische Dollar. Ganz unten vergrub er die Geburtsurkunde seiner Mutter; er selbst hatte keine. Den restlichen Inhalt des Koffers schmiss er in den Straßengraben. Den Koffer warf er in die Büsche. Er floh von der Farm, lief allein durch die Dunkelheit, den gesamten Weg zurück nach Monrovia. Er konnte nicht nach Hause zurück, also ging er zu den ausgebrannten Trümmern seiner alten Schule in der Nähe des Old Ducor Hotel und richtete sich dort in einer Ecke ein. Er dachte, wenn er schliefe, würde er vielleicht sterben. Dieser Gedanke war neu, und er war gut. Er konnte schlafen.

Das Klopfen auf das Plexiglas erschreckte mich so sehr, dass ich aufsprang und meine Mütze fallen ließ. Ich war tief in Saidus Geschichte versunken gewesen und hatte nicht bemerkt, dass sich ein Wärter von hinten genähert hatte. Noch dreißig Minuten, sagte er. Saidu blickte von der anderen Seite der Trennwand auf, lächelte und bedankte sich beim Wärter. Dann senkte er seine Stimme wieder, lehnte sich nach vorne und sprach noch schneller, als würden seine Worte endlich frei durch eine Leitung seines Gedächtnisses strömen, die bisher verstopft war.

In jener Nacht schlief er im Windzug eines offenen Fensters, bis ihn ein zischendes Geräusch aufweckte. Er öffnete die Augen, blieb aber reglos liegen, und in der Dunkelheit des verkohlten Raumes sah er eine kleine weiße Schlange. Er erstarrte und fragte sich, ob die Schlange ihn schon erblickt hatte, aber sie bewegte sich weiter, als würde sie nach etwas suchen. Als der nächste Windstoß das Fenster aufriss, erkannte Saidu, dass die Schlange in Wirklichkeit nur ein aufgeschlagenes Schulheft war, dessen Seiten im Wind flatterten. Immer wieder musste er an die Erscheinung denken, sagte er, damals und auch später habe er sich oft gefragt, ob sie wohl ein Hinweis auf seine Zukunft gewesen war. Der Morgen kam, und Saidu blieb den ganzen Tag in seinem Versteck in der Schule, bis es wieder dunkel wurde und er sich schlafen legte.

Auch in dieser Nacht tanzte das Buch in der Dunkelheit und leistete ihm Gesellschaft. Im Halbschlaf beobachtete er, wie sich die Seiten aufschwangen und wieder legten, mal sah er das Heft, mal die Schlange. Am folgenden Tag sah er einige ECOMOG-Soldaten aus Nigeria. Er kam aus seinem Versteck und lief ihnen entgegen. Sie gaben ihm gekochten Reis. Er tat so, als wäre er geistig zurückgeblieben, und sie nahmen ihn in ihrem gepanzerten Lastwagen bis nach Gbarnga mit, im obersten Norden des Landes. Von dort lief er nach Guinea. Mehrere Tage war er zu Fuß unterwegs und trug abwechselnd seine Sandalen und seine Fußballschuhe. Er bekam von beiden Schuhen Blasen, aber an verschiedenen Stellen. Wenn er Durst bekam, trank er aus Pfützen. An den Hunger versuchte er nicht zu denken. Er wusste nicht mehr, wie er die neunzig Meilen zu der kleinen Stadt im guineanischen Hinterland geschafft hatte oder wie er auf dem Motorradrücksitz eines Bauern nach Bamako in Mali gelangt war.

Zu diesem Zeitpunkt stand sein Ziel fest: Er wollte nach Amerika. Er war in Bamako, sprach aber weder Bambara noch Französisch; er schlich um den Fuhrpark herum, aß die Reste vom Marktplatz, verbrachte die Nächte unter den Marktständen und träumte manchmal, dass er von Hyänen angegriffen wurde. Einmal träumte er von seinem Schulkameraden, sein Stumpf blutete. Auch seine Mutter, seine Tante und seine Schwester erschienen ihm im Traum, sie alle bluteten.

Wie viel Zeit verging? Er wusste es nicht mehr genau. Vielleicht sechs Monate, vielleicht weniger. Dann lernte er einen malischen Lkw-Fahrer kennen, dem er gegen Essen den Lkw reinigte. Der Fahrer machte ihn mit einem anderen Fahrer bekannt, einem Mann mit hellbraunen Augen aus Mauretanien, der ihn fragte, wohin er wolle. Saidu antwortete: nach Amerika. Der Mauretanier erklärte sich bereit, ihn bis nach Tanger mitzunehmen. Als sie abfuhren, trug Saidu ein neues Hemd, das der Fahrer aus Mali ihm geschenkt hatte. Der Lastwagen war voll mit Senegalesen, Nigerianern und Maliern, alle hatten sie für die Reise bezahlt, nur er nicht. Tagsüber war es extrem heiß, nachts eiskalt, und das Wasser in den Kanistern war streng rationiert. Während Saidu erzählte, fragte ich mich, ob ich ihm seine Geschichte glaubte, ob es nicht viel wahrscheinlicher war, dass er Soldat gewesen war. Er hätte monatelang Zeit gehabt, um allen Einzelheiten der Geschichte den Feinschliff zu geben und die Rolle des unschuldigen Flüchtlings zu perfektionieren.

In Tanger fiel ihm auf, sagte er, dass sich die Schwarzafrikaner unter ständiger polizeilicher Beobachtung befanden. Er schloss sich einer größeren Gruppe an, hauptsächlich junge Männer, die in der Nähe des Strandes ein Lager errichtet hatten. Gegen den kalten Meereswind wickelten sie sich in Decken. Neben ihm lag ein Mann, der aus Accra stammte und ihm erklärte, dass der Weg über Ceuta der sicherste sei. Wenn wir Ceuta erreichen, sagte der Mann, sind wir in Spanien, morgen fahren wir los. Am nächsten Tag fuhren sie in einer Gruppe von etwa fünfzehn Leuten in einem Lieferwagen in eine kleine marokkanische Stadt in der Nähe von Ceuta. Von dort aus liefen sie zu Fuß an die Grenze. Der Zaun war hell erleuchtet, und der Mann aus Accra führte sie zu einer Stelle, wo der Zaun ans Meer reichte. Vergangene Woche wurde hier ein Mann erschossen, aber wir müssen keine Angst haben. Gott ist mit uns. Ein marokkanischer Fährmann wartete bereits mit seinem Boot. Sie hielten sich die Hände zum Gebet, bis sie ablegten und der Mann sie durch die Sandbänke manövrierte. Niemand bemerkte ihre zehnminütige Fahrt übers Wasser nach Ceuta, das Boot rutschte ans Ufer, und alle schlüpften ins Schilf. Wie der Ghanaer gesagt hatte, Ceuta war Spanien. Sie verstreuten sich in alle Richtungen.

Saidu erreichte das spanische Festland ganz legal nach drei Wochen: Er nahm die Fähre von Algeciras, und niemand wollte seine Papiere sehen. Er schlug sich im Süden des Landes durch, bettelte auf Marktplätzen und stand Schlange an den Suppenküchen. Zweimal klaute er im Gedränge Brieftaschen, schmiss die Ausweise und Kreditkarten weg und behielt nur das Bargeld; das war, so versicherte er mir, das einzige Verbrechen, das er jemals begangen hatte. Er durchquerte den Süden bis hin zur portugiesischen Grenze, und von dort ging es weiter nach Lissabon, das ihm traurig und kalt erschien, ihn aber auch beeindruckte. Und erst dort, in Lissabon, hörten die schlechten Träume auf. Er lernte andere Afrikaner kennen und arbeitete als Metzgergehilfe, später dann als Herrenfriseur.

Es waren die längsten zwei Jahre seines Lebens. Er schlief in einem überfüllten Wohnzimmer mit zehn anderen Afrikanern, darunter drei Mädchen, mit denen es die Männer gegen Bezahlung abwechselnd trieben. Er rührte sie nicht an, er hatte das Geld für den Pass und sein Ticket fast schon zusammen. Einen Monat später hätte zwar alles hundert Euro weniger gekostet, aber er konnte nicht länger warten. Er hätte auch einen günstigeren Flug nach La Guardia buchen können und fragte die Ticketverkäuferin, ob sie sicher sei, dass La Guardia tatsächlich in Amerika läge. Sie starrte ihn nur an, und er schüttelte den Kopf und kaufte dennoch das Ticket nach JFK, um ganz sicherzugehen. Er hatte auf seinem richtigen Namen im Pass bestanden, den ein Mann aus Mosambik für ihn gemacht hatte, Saidu Caspar Mohammed. Nur das Geburtsdatum war erfunden, weil er sein richtiges nicht kannte. Der kapverdische Pass kam an einem Dienstag, und am Freitag war er über den Wolken.

Die Reise endete am JFK Airport, Terminal 4. Beim Zoll führten sie ihn ab. Auf dem Tisch zwischen ihm und dem Beamten, erzählte Saidu, lag an jenem Tag eine Plastiktüte mit seinem gesamten Hab und Gut, hauptsächlich Kleidung und die Geburtsurkunde seiner Mutter. Sie hatten die Tüte zusammengetackert. Die Stimmen auf der anderen Seite der Trennwand wurden lauter. Der Beamte betrachtete erst ihn, dann die Notizen seines Kollegen, schüttelte dann den Kopf und schrieb etwas auf. Zwei Frauen tauchten auf, sie rochen nach Bleichmittel. Eine war eine schwarze Amerikanerin. Sie umringten ihn und banden ihm beide Handgelenke mit Gummihandschellen fest. Das Band schnitt ihm in die Haut, und als er aufstand, schubste ihn die schwarze Frau. Ob er Angst hatte? Nein, er hatte keine Angst. Er dachte, es würde nicht so lange dauern, bis alles geklärt wäre. Er hatte Durst, und nach dem langen Flug, eingezwängt auf seinem Sitz, sehnte er sich danach, an der frischen Luft zu sein. Er wollte Amerika riechen. Er wollte etwas essen und sich waschen. Er wollte arbeiten dürfen, vielleicht zuerst in einem Barbershop und später dann woanders. Vielleicht würde er nach Florida gehen, das Wort hatte ihm schon immer gefallen. Sie steuerten ihn hinter die Trennwand wie einen Blinden, und dort, wo die lauten Stimmen hergekommen waren, erblickte er Männer in Uniform, weiße Männer und schwarze Männer, mit Waffen in ihren Halftern.

Sie brachten mich hierher, sagte er, und das war's. Seitdem bin ich hier. Ich war nur dreimal draußen, an den Tagen, an denen ich ins Gericht musste. Die

Anwälte, die sie mir zugewiesen haben, sagten, dass ich vor 9/11 möglicherweise eine Chance gehabt hätte. Aber es ist okay, mir geht's gut. Das Essen hier ist schlecht, es schmeckt nach nichts, aber man kriegt viel. Was ich vermisse, ist der Geschmack von Erdnusseintopf. Kennst du das? Die anderen Häftlinge sind in Ordnung, alles anständige Leute. Dann senkte er die Stimme: Die Wärter sind manchmal sehr grob. Sehr grob. Dagegen kann man nichts machen, nur lernen, wie man Ärger aus dem Weg geht. Ich bin einer der Jüngsten hier. Er hob die Stimme etwas. Wir dürfen Sport treiben, und es gibt Kabelfernsehen. Manchmal schauen wir Fußball, manchmal Basketball. Die meisten schauen lieber Fußball, italienische Liga, englische Liga.

Der Sicherheitsbeamte war zurückgekommen und tippte auf seine Armbanduhr. Die Besuchszeit war vorbei. Ich hob meine Hand und drückte sie an die Plexiglasscheibe, Saidu machte dasselbe. Ich will nirgendwohin zurück, sagte er. Ich will in diesem Land bleiben und hier arbeiten, in Amerika. Ich habe Asyl beantragt, aber mein Antrag wurde abgelehnt. Jetzt wollen sie mich zu meinem Ausreiseort zurückbringen, nach Lissabon. Als ich mich erhob, blieb er sitzen und sagte: Komm wieder und besuch mich mal, falls ich noch nicht abgeschoben worden bin.

Ich sagte ja, aber ich fuhr nie wieder hin.

Auf unserer Rückfahrt nach Manhattan erzählte ich Nadège Saidus Geschichte. Vielleicht hat sie sich damals in das Bild meiner selbst verliebt, das ich ihr damit präsentierte. In den guten Zuhörer, den mitfühlenden Afrikaner, der Anteil nahm am Leben und den Schwierigkeiten eines anderen. Ich hatte mich selbst in dieses Bild verliebt.

Später, als unsere Beziehung zu Ende ging, kam auch die alte Floskel auf den Tisch: Wir hätten uns »auseinandergelebt«. Sie hatte eine ganze Liste von Beschwerden, die mir alle sehr kleinlich vorkamen. Ich verstand sie nicht, konnte sie nicht auf mein Leben beziehen. Dennoch fragte ich mich in den Wochen danach, ob ich übersehen hatte, worin mein Anteil an unserem Scheitern lag, meine Verantwortlichkeit.

Anfang Dezember traf ich in den Katakomben der Penn Station einen Mann aus Haiti. Ich befand mich in den weitläufigen Einkaufsarkaden, an denen die Pendler auf dem Weg zu den Bahnsteigen der Long Island Rail Road vorbeieilten. Ich war in einen Zeitschriftenladen gegangen, um mir einen Reiseführer für Brüssel zu besorgen, weil ich schon länger mit dem Gedanken spielte, meinen Urlaub dort zu verbringen. Ich weiß nicht mehr, warum ich gerade an diesem Nachmittag vor dem Schuhputzladen stehen blieb. Ich hatte schon immer etwas gegen das Schuhputzgeschäft, und selbst dann, wenn meine abgewetzten Schuhe eine Reinigung tatsächlich nötig gehabt hätten, hielt mich ein egalitaristischer Impuls davon ab; ich fand es peinlich, mich auf einen dieser erhöhten Stühle zu setzen und jemanden vor mir in die Knie gehen zu lassen. Ich sagte mir, dass ich zu keinem anderen Menschen in einer solchen Beziehung stehen wolle.

Aber diesmal hielt ich an und blickte in den hell erleuchteten Laden hinein, der mit den vielen Spiegeln und seinen bauschigen, mit PVC überzogenen Sitzen wie ein leerer Friseursalon aussah. Ein älterer schwarzer Herr, den ich zunächst nicht bemerkt hatte, stand auf und winkte mich hinein: Kommen Sie, kommen Sie, ich bringe sie wieder zum Glänzen. Schnell schüttelte ich den Kopf und hob abwehrend die Hand, aber dann gab ich nach, weil ich ihn nicht enttäuschen wollte. Ich trat ein und stieg auf den kleinen Fußschemel, um auf einen dieser lächerlich roten Sessel zu gelangen, die an der Hinterwand thronten. Die Luft war mit Zitronenöl und Terpentin gewürzt. Sein Haar war lockig und genauso weiß wie seine Koteletten, und er trug eine fleckige, blau-weiß gestreifte Schürze.

Es war schwer, sein Alter einzuschätzen; er war nicht mehr jung, aber er war sehr jugendlich. Ein *Bootblack*, kein *Shoeshiner*: die altmodische Bezeichnung schien besser auf ihn zu passen. Entspannen Sie sich, sagte er, Sie werden sehen, dieses Schwarz wird schwärzer als die Nacht. In diesem Moment nahm ich den leichten karibisch-französischen Akzent in seiner klaren, ruhigen Baritonstimme wahr, und mich überkam dieses eigenartige Gefühl von Verwandlung, wie beim Erwachen aus einem Schlummer am Nachmittag, wenn man merkt, dass die Sonne mittlerweile untergegangen ist. Ich heiße Pierre, sagte er und setzte meine Füße auf zwei Messingsockel, krempelte meine Hosenbeine auf, fuhr mit einem Lappen durch die Schuhputzdose in seiner Hand und rieb dann die matte Farbe in meine Schuhe ein. Durch das weiche Schuhleder spürte ich seine festen Finger gegen meine Füße drücken.

Ich war nicht immer ein Schuhputzer, sagte er. Die Zeiten ändern sich. Ich habe als Friseur angefangen, das war jahrelang mein Beruf in dieser Stadt. Sie würden es mir nicht ansehen, aber ich war vertraut mit allen Moden der Zeit und konnte den Damen ihre Wünsche erfüllen. Ich kam aus Haiti hierher, als die Situation dort immer schlimmer wurde, so viele Menschen wurden getötet, Schwarze, Weiße. Das Töten hörte nie auf, die Leichen lagen sogar auf den Straßen; mein Vetter, der Sohn der Schwester meiner Mutter, und seine gesamte Familie wurden abgeschlachtet. Wir mussten weg, die Zukunft war zu unsicher. Wir wären nicht verschont worden, gewiss nicht, und wer weiß, was sonst noch passiert wäre. Und Mr. Bérards Frau, die hier Verwandte hatte, sagte, genug ist genug, wir müssen nach New York. So kamen wir her, Mr. Bérard, Mrs. Bérard, meine Schwester Rosalie und ich und noch viele andere. Rosalie und ich kamen beide in denselben gleichen Haushalt, zu Mr. Bérard.

Pierre hielt inne. Ein anderer Kunde, ein kahl werdender Geschäftsmann in einem zu engen Anzug, betrat den Laden, und wie aus dem Nichts erschien ein mürrisch dreinblickender junger Mann, um ihm die Schuhe zu putzen. Der Geschäftsmann atmete schwer. Pierre schaute zu seinem Kollegen und rief: Du musst mit Rahul über den Dienstplan für nächste Woche sprechen, ich bin morgen nicht da, ich kann's nicht machen. Dann rieb er meine Schuhe gründlich mit einem trockenen Lappen ab und holte eine Bürste hervor, die so lang wie mein Fuß war.

Hier in der Nähe habe ich das Haareschneiden gelernt. Das Haus war damals in der Mott Street, zwischen der Mott und Hester. Es gab viele Iren in dieser Gegend und später auch Italiener und dann auch Schwarze, alle arbeiteten in Serviceberufen. Damals waren die Haushalte größer, viele Leute brauchten Bedienstete. Es stimmt, viele arbeiteten unter fürchterlichen Bedingungen, unmenschlich. Aber es hing davon ab, bei welcher Familie man war. Der Verlust von Mr. Bérard war wie der Verlust des eigenen Bruders. So würde er es natürlich nicht beschreiben, aber er brachte mir das Lesen und Schreiben bei. Manchmal war er eiskalt, aber er hatte auch ein Herz, und ich danke Gott dem Herrn dafür, dass er mich auf Dauer vor Ungerechtigkeit bewahrte. Immer wieder hörten wir, wie schlimm es war, wie viele von Boukman und seinen Rebellen hingerichtet wurden, und wir wussten, wir konnten uns glücklich schätzen, diesen Zuständen entkommen zu sein. Terror war Terror, ob Bonaparte oder Boukman. Für die Leidtragenden gab es keinen Unterschied.

Als Mr. Bérard starb, hätte ich gehen können, aber ich blieb bei meiner Arbeit, weil Mrs. Bérard mich brauchte. Sie waren zwar höhergestellt, wir waren ihnen untergeben, aber in Wahrheit waren wir Teile derselben Familie, wie der Apostel die Familie Gottes beschreibt, in der jeder seine Funktion hat. Der Kopf ist nicht bedeutender als der Fuß. Das ist die Wahrheit. Mit Mrs. Bérards Segen erlernte ich den Friseurberuf, wie ich schon sagte, und erhielt Zutritt zu den Häusern und Salons vieler namhafter Damen dieser Stadt, zu viele, um sie zu zählen, und sie bezahlten mich gut für meine Dienste. Manchmal brachte mich ein Auftrag bis hoch nach Bronck's River, und es gab niemals Ärger. Irgendwann hatte ich genug Geld verdient, um meine Schwester Rosalie freizukaufen. Schon kurz danach heiratete sie und wurde mit einer wunderschönen Tochter gesegnet, die wir Euphemia tauften. Nach einiger Zeit hatte ich auch das Geld zusammen, um mich selbst freizukaufen, aber ich zog die Freiheit in jenem Haus und im Kreis jener Familie der Freiheit in der Welt vor. Mein Dienst für Mrs. Bérard war Dienst an Gott. Dass ich während jener Zeit meine geliebte Frau Juliette seligen Angedenkens kennenlernte, konnte daran nichts ändern. Ich war bereit, Geduld zu haben. Es fällt Ihnen schwer, das zu verstehen, ich kann es Ihnen ansehen. Den jungen Leuten fällt es schwer, diese Dinge zu verstehen. Ich war einundvierzig, als Mrs. Bérard starb, und ich trauerte um sie, wie ich um ihren Gatten getrauert hatte, und erst dann suchte ich die Freiheit draußen.

Als freier Mann heiratete ich meine Juliette, und Gottes Barmherzigkeit wuchs in unserem Leben. Wie ich war sie während der Kämpfe aus Haiti gekommen. Ich kaufte sie sogar noch vor mir frei. Manchmal war unser gemeinsames Leben hier schwierig, manchmal hatten wir genug, und im Namen der heiligsten aller Jungfrauen halfen wir denjenigen, die weniger hatten als wir, so gut wir konnten. Die Jahre des Gelbfiebers waren die schwierigsten. Es traf uns wie eine Plage, und es gab viele Tote zu beklagen in dieser Stadt. Meine geliebte Schwester Rosalie fiel der Seuche zum Opfer, und wir nahmen ihre Tochter, Euphemia, zu uns, als wäre sie unser eigenes Kind. Ich bin kein Arzt, ich verstehe nichts von Medizin, aber wir kümmerten uns um die Kranken, so gut es ging. Als das Schlimmste vorbei war, gründeten Juliette und ich unsere Schule für schwarze Kinder in der Kirche des heiligen Vincent de Paul in der Canal Street, wo heute die Chinesen leben. Viele dieser Kinder waren Waisen, und der liebe Gott verbesserte ihr Los, indem er sie ein Handwerk erlernen ließ, sodass sie auf eigenen Füßen stehen konnten. Er segnete seinen Diener mit dieser Aufgabe, er segnete uns beide, meine Juliette und mich, vor allem anderen mit Wohlstand, der uns erlaubte, sein Werk fortzusetzen. Das Geld, das wir für die Gründung der Kathedrale an der Mulberry spendeten, gehörte ihm allein, das ist die Wahrheit, und das alles geschah durch die Gnade unserer lieben Heiligen Jungfrau. Er legte den Grundstein, wir halfen nur beim Aufbau. Nichts im Leben eines Menschen passiert, ohne dass es von oben bestimmt wird.

Draußen war endlich die Temperatur gesunken. Ich zog meinen Schal enger und lief die zwei Blocks zur 34. Straße, an der Ziegelfassade des Karmeliterklosters entlang. Kein Eingang war in der endlosen Mauer zu erkennen. Meine Schuhe glänzten, aber das Putzen hatte die Flecken und Falten nur noch deutlicher hervorgebracht; sie waren alt, ich brauchte neue. Über einem Diner an der nächsten Ecke flimmerten große Neon-Buchstaben: SUPPORT OUR TROOPS. Die ersten zwei Buchstaben von TROOPS waren ausgefallen. Die Straßen waren voll von Leuten, die

Weihnachtseinkäufe erledigten, sie duckten sich unter schwarzen Mänteln mit Pelzkragen. Ich kam zur Ninth Avenue und sah, dass sich ein Stück weiter südlich Menschen um eine Baumgruppe drängten, aber kein Geräusch war zu hören. Flugblätter gegen den Krieg flatterten im Wind, wie ein Vogelschwarm, der sich gerade in die Luft erhob. Ich hatte den Eindruck, die Menge war im Begriff, sich aufzulösen, das Ereignis schien gerade vorbei zu sein. Eine Polizeiabsperrung lag umgekippt auf der Straße.

An jenem Nachmittag, als ich aus mir selbst hinaustrat und wieder hineinschlüpfte in meine Haut, als die Zeit nachgab und Stimmen von früher in die Gegenwart drangen, wurde das Herz der Stadt von einem Tumult aus ihrer eigenen Vergangenheit erfasst. In mir stieg die Angst auf, in die Unruhen hineingezogen zu werden, Draft Riots, wie es mir schien. Die Menschen unter den laublosen Bäumen waren ausschließlich Männer; sie wichen der umgestürzten Polizeiabsperrung aus und anderen, die weiter entfernt waren. Etwa zweihundert Meter die Straße hinunter war ein Handgemenge im Gange, merkwürdigerweise hörte man wieder keinen Ton, und dann teilte sich der Pulk und öffnete den Blick auf die zwei Streithähne, die gerade voneinander getrennt und weggezerrt wurden. Was ich als Nächstes sah, ließ mich vor Schreck zusammenfahren: Weiter hinten, jenseits der Menschenmenge, hing an einem Baum der Körper eines gelynchten Mannes. Die Gestalt war schlank und von oben bis unten in Schwarz gehüllt, sie reflektierte kein Licht. Einen Moment später löste sich das Bild in etwas weniger Verhängnisvolles auf: ein dunkles Leintuch, das von einem Baugerüst hing und im Wind tanzte.

6

Es war die Idee meines Vaters, dass ich die Nigerian Military School in Zaria besuchte. Die NMS war eine angesehene Institution, man musste nicht das Kind von Armeeangehörigen sein, um aufgenommen zu werden, und sie stand in dem Ruf, disziplinierte Teenager hervorzubringen. Disziplin: ein Wort, das magische Wirkung auf nigerianische Eltern ausübte, auch auf meinen Vater, der selbst keinen militärischen Hintergrund hatte und eine ausgesprochene Abneigung gegen formalisierte Gewalt hegte. Der Plan war, einen aufmüpfigen Zehnjährigen innerhalb von sechs Jahren in einen Mann zu verwandeln, der so souverän und stark war, wie es das Wort *Soldat* versprach.

Ich hatte nichts dagegen. Kings College war zwar in akademischer Hinsicht renommierter, aber zu nah am elterlichen Hause, und das hätte weder mir noch meinen Eltern gepasst. Ein Studium so weit im Norden versprach neue Freiheiten. Es muss im Juli

1986 gewesen sein, als meine Eltern mich für das einwöchige Bewerbungsverfahren nach Zaria fuhren. Ich war noch nie in diesem Teil Nigerias gewesen, und die weite Halbwüste mit ihren kleinen Bäumen und ausgedörrten Büschen hätte auch auf einem anderen Kontinent sein können, verglichen mit dem Chaos in Lagos. Trotzdem war es Teil desselben Landes, überall wehte derselbe rote Staub, vom Yorubaland im Südwesten bis hinauf zum Haussa-Kalifat.

Einhundertfünfzig Jungen meines Jahrgangs nahmen an dem Auswahlverfahren teil. Sie kamen aus dem ganzen Land, und fast keiner war jemals von zu Hause weg gewesen. Als ich einmal mit zwei anderen Jungen über das dürre Gras des Schulgeländes lief, sahen wir eine schwarze Mamba. Die Schlange sah uns einen Moment lang an und verschwand dann jäh wieder im Gestrüpp. Einen meiner Begleiter brachte der Schreck so aus dem Gleichgewicht, dass er heftig zu weinen begann. Er schwor, dass er nie wieder hierherkommen würde, und landete auf einer Ganztagsschule in Ibadan, wo seine Familie wohnte. Es war sicher besser für ihn; er hätte Zaria nie überlebt, wo Giftschlangen unsere kleinste Sorge waren.

Ich wurde angenommen und schickte alle Unterlagen zur Zulassung ein. Im September fuhren mich meine Eltern zum zweiten Mal in den Norden. Ich saß auf dem Rücksitz und war völlig aufgewühlt, weil ich zu meinem Vater ungebrochen loyal war, gegen meine Mutter aber eine zunehmende Abneigung verspürte. Sie hatten zwar nach einem Zerwürfnis, das sie vor mir zu verheimlichen versuchten, wieder Frieden geschlossen, aber ich war stellvertretend für meinen Vater noch immer verletzt. Meine Mutter hatte auf den Konflikt mit Kälte reagiert, mit erschreckender Kälte, nicht nur gegenüber meinem Vater, sondern auch jedem anderen gegenüber. Irgendwann war sie dann darüber hinweg, und sie interessierte sich wieder für Nigeria, für dieses Land, das sie umgab und das sie liebte, aber zu dem sie nie gehören konnte. Als mein Vater ein paar Jahre später starb, verwandelte sich mein früherer, vager Groll in etwas Härteres, obwohl mir nicht bewusst ist, dass ich meiner Mutter jemals die Schuld am Tod meines Vaters gab.

Die Militärschule war ein Wendepunkt: der neue Stundenplan, die Entbehrungen, der Beginn und das Ende von Freundschaften und vor allem die täglichen Lektionen darin, wo unser Platz in der Hierarchie war. In einer Schule voller Jungen waren einige schon Männer; entweder hatten sie eine angeborene Autorität, oder sie waren sportlich oder intelligent oder aus reichem Elternhaus. Nicht immer war ganz klar, worin wir uns unterschieden, aber fest stand, dass wir nicht gleich waren. Ein seltsames neues Leben begann.

Im Februar meines dritten Schuljahres in Zaria wurde bei meinem Vater Tuberkulose diagnostiziert, und im April war er tot. Unsere Verwandten, vor allem die Angehörigen meines Vaters, waren hysterisch, viel zu präsent, viel zu hilfsbereit und zu sehr darauf bedacht, ihre Trauer zur Schau zu stellen, doch meine Mutter und ich trotzten ihnen mit stoischer Gleichmut. Das musste sie verwirrt haben. Sie wussten ja nicht, dass wir uns in unserem Stoizismus gar nicht einig waren. Wir redeten kaum miteinander, unsere Blicke waren voller Dunkelkammern. Nur einmal durchbrach ich dieses Schweigen. Ich sagte zu meiner Mutter, dass ich meinen Vater noch einmal sehen wollte, aber nicht als toten Körper im Leichenschauhaus. Ich bat sie, ihn für mich wieder zum Leben zu erwecken, und gab eine Unschuld vor, die ich mit vierzehn nicht mehr hatte. Julius, sagte sie, was soll das? Sie empfand meine offensichtliche Heuchelei als Grausamkeit, was ihr zum zweiten Mal das Herz brach.

Der Name Julius verband mich mit einem weit entfernten Ort und war, zusammen mit meinem Pass und meiner Hautfarbe, der Hauptgrund dafür, dass ich mich anders fühlte, nicht ganz zugehörig in Nigeria. Ich hatte neben Julius einen Yoruba-Namen, Olatubosun, den ich aber nie verwendete. Jedes Mal, wenn ich in meinem Pass oder in meiner Geburtsurkunde über ihn stolperte, war ich ein wenig überrascht, wie über etwas, das eigentlich einem anderen gehörte, aber schon lange in meinem Besitz war. Julius war ich im Alltag, und das verstärkte mein Gefühl, kein vollwertiger Nigerianer zu sein. Ich weiß nicht, was meinen Vater dazu bewog, seinen Sohn nach seiner Frau zu benennen. Ihr hat es sicher missfallen, sie mochte keine Sentimentalitäten. Sie hatte ihren Namen wohl auch geerbt, von irgendeiner Großmutter vielleicht oder einer entfernten Tante, von einer vergessenen Juliane, einer unbekannten Julia oder Julianna. Mit Anfang zwanzig hatte sie sich aus Deutschland verabschiedet und war in die USA entkommen. Und aus Juliane Müller wurde Julianne Miller.

Schon damals, als mein Vater starb, hatte ihr hellblondes Haar weiße Spuren gezeigt. Sie hatte begonnen, sich ein Tuch ins Haar zu binden; sie trug es auf eine Weise, die ihre glänzende Stirn und etwa einen Zentimeter Haaransatz freiließ. So auch an jenem Nachmittag, an dem sie beschloss, mich an ihren Erinnerungen teilhaben zu lassen. Keine der Tanten oder Freundinnen, die uns Essen zubereiteten oder im Haushalt mithalfen, war anwesend. Wir waren die Einzigen im Haus – nur wir zwei in unserem Wohnzimmer. Ich hatte gerade gelesen, als sie hereinkam, sich zu mir setzte und auf allgemeine, ruhige Weise über Deutschland zu sprechen begann. Ihre Stimme, das weiß ich noch, klang wie die von jemandem, der eine Geschichte fortsetzt, so als wären wir kurz unterbrochen worden und sie nähme eben den Faden wieder auf. Als ich sie dann zum ersten Mal die Namen *Juliane* und *Julianna* auf Deutsch aussprechen hörte, kam sie mir noch fremder vor. In diesem Augenblick spürte ich, wie die Wut aus meinem Körper wich, und ich sah nur noch diese Frau, die mit ergrauendem Haar und graublauen Augen vor mir saß und mit dieser Stimme, die von weit herkam, über Dinge sprach, die sehr lange zurücklagen, weil sie nicht über den Tod sprechen konnte, der uns gerade ereilt hatte.

Ich wusste nicht, womit ich meinen schwindenden Ärger ersetzen sollte. Ich empfand nichts bei ihren Erzählungen, konnte die dahinterliegende Sehnsucht nicht nachfühlen. Das Zuhören strengte mich an. Mutter erzählte von Magdeburg, von ihren Mädchenjahren dort, von Dingen, von denen ich kaum je etwas gehört hatte und die sie jetzt tastend hervorholte. Ich hörte nicht aufmerksam zu, viele Einzelheiten entgingen mir. War ich unkonzentriert, weil es mich peinlich berührte, oder war ich nur zu überrascht, dass sie plötzlich ihre Vergangenheit vor mir ausbreitete? Bei manchen Erinnerungen lächelte sie, bei anderen runzelte sie die Stirn. Es ging um das Sammeln von Blaubeeren und ein Klavier, das immer wieder neu gestimmt werden musste. Aber nachdem die Idyllen ausgemalt waren, kam die Leidensgeschichte hervor: die schwere Kindheit, ohne Geld und ohne Vater, für den der Krieg erst in den frühen Fünfzigerjahren beendet war, als ihn die Sowjets endlich freiließen – einen gebrochenen und in sich gekehrten Mann, der dann nur noch knapp zehn Jahre lebte. Doch die Geschichte meiner Mutter handelte von einer tieferen Verletzung, und während sie mir davon erzählte, wurde sie immer vertraulicher, so als hätte sie keinen Teenager mehr vor sich gesehen, sondern, so kommt es mir im Rückblick vor, einen gedachten Beichtvater.

Sie wurde in Berlin geboren, nur wenige Tage nachdem die Russen die Stadt erobert hatten, Anfang Mai 1945. Natürlich hatte sie keine Erinnerung an die Monate danach, an die bittere Not ihrer Mutter, die bettelnd durch die zerstörten Orte von Brandenburg und Sachsen-Anhalt irrte. Trotzdem trug sie die Erfahrung eines harten Lebensanfangs in sich: nicht die Erinnerung an das Leiden selbst, sondern das Bewusstsein darüber, zur Zeit des Leidens geboren worden zu sein. Später, als sie nach Magdeburg zurückgekehrt waren, wurde die existenzielle Not von all dem intensiviert, was jeder Nachbar, jeder Verwandte und Freund während des Krieges durchgemacht hatte. Das ungeschriebene Gesetz lautete: kein Wort darüber. Nichts über die Bombardierungen, nichts über Mord und Verrat, nichts über jene, die begeistert mitgemacht hatten. Erst Jahre später, als ich mich aus persönlichen Gründen für dieses Thema zu interessieren begann, kam ich auf den naheliegenden Gedanken, dass meine Oma, damals hochschwanger, wohl zu den unzähligen Frauen gehört hatte, die von den Männern der Roten Armee in Berlin vergewaltigt worden waren; das Ausmaß der Massenvergewaltigungen war so groß, dass sie kaum hätte verschont bleiben können.

Kaum vorstellbar, dass sie und meine Mutter je darüber gesprochen hatten, aber meine Mutter musste es gewusst oder vermutet haben. Sie war in eine unvorstellbar bittere Welt hineingeboren worden, in der nichts unantastbar war, und es war nachvollziehbar, dass sie Jahrzehnte später ihre Trauer über den Verlust des Ehemannes auf diesen Urschmerz projizierte und beides als einen Schmerz erlebte. Ich hörte nur mit halbem Ohr zu, peinlich berührt von ihrer Erschütterung und den vielen Gefühlen. Ich verstand nicht, warum sie mir diese Mädchengeschichten erzählte, über Klaviere und Blaubeeren. Jahre später, lange nachdem wir uns einander entfremdet hatten, versuchte ich mir die Einzelheiten ihres damaligen Lebens vorzustellen, diese verschwundene Welt von Menschen, Erfahrungen, Sinneseindrücken, Sehnsüchten, eine Welt, die sich in mir, ohne dass mir das bewusst gewesen wäre, auf merkwürdige Weise fortsetzte.

Das war, soweit ich mich erinnere, das letzte vertrauliche Gespräch zwischen meiner Mutter und mir.

Jener Nachmittag war eine Insel in der Zeit. Danach erfasste uns das Schweigen erneut, ein weniger einengendes Schweigen, in dem jeder von uns Raum fand für seine eigene Trauer. Aber auch dieses Schweigen hatte nichts Gutes und riss im Laufe der Monate einen Graben auf, der nicht mehr zu schließen war.

Nach dem Begräbnis meines Vaters wollte ich so schnell wie möglich zurück zur Schule. Ich hielt mich nicht damit auf, den hilflosen Waisen zu spielen. Erstaunlich viele meiner Klassenkameraden hatten ebenfalls Mütter oder Väter durch Krankheiten oder Unfälle verloren. Der Vater eines guten Freundes war nach dem gescheiterten Militärputsch 1976 hingerichtet worden. Mein Freund sprach nie über die Sache, stellte sie aber wie eine Tapferkeitsmedaille zur Schau. In jenem Jahr wollte ich auch endlich dazugehören, und paradoxerweise half mir der Verlust dabei. Ich stürzte mich in die militärische Ausbildung, in den Unterricht, ins Sporttraining, in den regelmäßigen Wechsel zwischen Schule und körperlicher Tätigkeit (das Mähen des Grases mit dem Buschmesser, die Arbeit auf den Maisfeldern der Schule). Nicht dass ich Arbeit um ihrer selbst willen mochte, ganz im Gegenteil, aber diese Aufgaben hatten etwas Authentisches, worin ich mich wiederfand. Doch meine Anstrengung, irgendwie Männlichkeit auszuprägen, wurde von einem Zwischenfall durchbrochen, der mir damals sinnlos tragisch erschien, dann aber, je länger er zurücklag, zunehmend komische Züge annahm.

Die Sache nahm ihren Anfang nach dem Mittagessen in der Kantine. Wie üblich war ich zur Siesta ins Wohnheim gegangen. Vor mir lagen zwei Stunden Nachmittagsruhe. Im ersten Jahr hatte ich nicht verstanden, wieso man überhaupt nachmittags schlafen sollte. Doch spätestens ab dem dritten Jahr war die Pause zu einem willkommenen Ruhepunkt im intensiven Schulalltag geworden. Wir schliefen in unseren Schlafkojen, ohne Moskitonetze. Die Jüngeren, die nicht stillhielten oder sich zu schlafen weigerten, wurden gebührend gemaßregelt, und falls jemand dachte, die Siesta sei der ideale Zeitpunkt zum Masturbieren, wurde er mit dem Stock des Schulpräfekten eines Besseren belehrt. Jeder lernte zu schlafen, wenn schlafen befohlen wurde. Aber an jenem Nachmittag riss mich ein Tumult aus dem Bett, noch bevor die zwei Stunden vergangen waren. Ich hörte eine Stimme meinen Familiennamen rufen. Sofort sprang ich aus meiner Koje. Musibau, ein Stabsfeldwebel und unser Musiklehrer, rief meinen Namen. Seine Zimmer lagen in der Nähe unserer Schlafsäle.

Er packte mich am Kragen und zerrte mich in die Mitte des Saals. Er war geritten von einer Wut, die ich nicht einordnen konnte. Soweit ich wusste, war es eine ganz normale Woche gewesen. Immer mehr Schaulustige versammelten sich. Musibau war schlank, viele von den Älteren waren schon kräftiger als er, und auch ich, mit meinen vierzehn Jahren, stand ihm in Größe und Gewicht in nichts nach. Er war berüchtigt für seine Raserei, hinter seinem Rücken nannten wir ihn Hitler. Wie war dieser Mann Musiklehrer für Kinder geworden? Wahrscheinlich war er mit dem Nigerian Army Band Corps affiliiert gewesen. Er sagte Sachen wie: *Ell King* ist ein *Leader* von *France Shuba*. In seinem Unterricht durften wir nie Musik hören oder gar auf Instrumenten spielen. Unsere musikalische Erziehung bestand aus Fakten, die wir auswendig lernen mussten: Händels Geburtsdatum. Bachs Geburtsdatum, die Titel von Schubert-Liedern (inklusive des »Erlkönigs«), die Töne der chromatischen Skala. Wir wussten ungefähr, welche Antworten bei einem Test von uns erwartet wurden, darüber hinaus hatte jedoch kein Schüler einen blassen Schimmer davon, was eine chromatische Skala war oder wie sie sich anhörte.

Verfluchter Zivilist, sagte er. Du hast meine Zeitung gestohlen, du niederträchtiger Wurm. Gedämpfte Pfiffe aus der Halle kommentierten Musibaus folgenden Schlag mit der offenen Handfläche gegen meinen Hinterkopf. In stummer Verwirrung stand ich da. Mehrere Dutzend Augen folgten jeder meiner Bewegungen, und mir dämmerte, wie bedrohlich die Lage war. Doch als Musibau in seinem beleidigten

Tonfall erklärte, man habe ihn darüber *informiert*, dass ich derjenige sei, der ihm seine Zeitung aus der Mensa gestohlen habe, gab die Enge in meiner Brust nach. Es handelte sich um eine Verwechslung. Alles würde gut werden.

In diesem Augenblick kam der Vertrauensschüler und wedelte mit der Zeitung. Er hatte sie neben meiner Tasche, unter meiner Schlafkoje, gefunden. Niemand hatte mich hereingelegt: Ich selbst hatte sie da hingelegt. Ich hatte sie durchgeblättert, nichts Interessantes darin gefunden und sie dann unter mein Bett fallen lassen. Doch erst in der einschüchternden, wutgeladenen Atmosphäre der anschließenden Vernehmung, während deren mein Kragen, den Musibau immer noch fest im Griff hielt, meinen Hals wund scheuerte, erkannte ich, mit einem plötzlichen Gefühl der Verlassenheit, den Zusammenhang zwischen dem mutmaßlichen Diebstahl und meinen Handlungen. Nach dem Mittagessen hatte ich ein gelesenes Exemplar des *Daily Concord* auf einer Bank liegen sehen und mitgenommen. Das war der Fehler gewesen. Mein Gewissen trübte sich, und ich fing an, zu flehen und mich zu erklären, bis der nächste Schlag mich verstummen ließ.

Musibau schleppte mich von einem Wohnheim zum nächsten, und jedes Mal erhob der jeweilige Vertrauensschüler neue Vorwürfe gegen mich. Anlass für

Musibau, dessen klauenartige Hand inzwischen an meinem Kragen festgeschweißt war, seinen Vortrag zu wiederholen: Dieb, Lügner, Zeitung, verdammter Zivilist. Die Älteren machten sich lustig über ihn und kicherten. Die Jüngeren reagierten mit etwas mehr Ernst, waren aber ebenso fasziniert von dem Spektakel. Seht her, was mit kleinen reichen Dieben passiert, sagte Musibau, dessen Wut jetzt einem Muster folgte, seht her, so sind sie, die miesen reichen Würmer, die unser Land verschlingen, schaut sie euch an. Wir gingen durch alle sechs Häuser, ich mit im Rücken verschränkten Armen, auf wackligen Beinen. Am Ende war ich jedem einzelnen Schüler vorgestellt worden, kannten mich alle als den *kleinen Dieb*. Doch es würde ihnen auch nicht entgangen sein, wie verbittert Musibau war. Den Bereich Kunst leitete ein Leutnant, die Schule ein Oberst, und es war ein Rat von Generälen, der das Land regierte. In dieser Hierarchie war Musibau zwar abgesichert, aber auch hoffnungslos verloren. Er war nicht mehr jung und würde wohl als Offiziersstellvertreter sterben. Wenn er mich ansah, einen Halbnigerianer, einen Ausländer, dann sah er Schwimmunterricht, Sommerferien in London, Hauspersonal. Deswegen seine Wut. Doch er lag falsch mit seinen Fantasien.

Mein Martyrium endete, und ich ging zurück ins Wohnheim. Ich zog mir eine frische Uniform an, polierte meine Stiefel, glättete mein Barett und machte meine allabendlichen Hausaufgaben. Als ich am nächsten Morgen im technischen Zeichnen saß, tauchte Musibau wieder auf. Er sprach kurz mit meinem Lehrer und holte mich vor die Klasse. Er stand nur da, sagte kein Wort und sah die Jungen an. Dann stimmte er seine Litanei an, die mittlerweile auf ihre Essenz reduziert war: Dieser Junge ist ein Dieb. Er hat eine Zeitung gestohlen, eine Zeitung, deren rechtmäßiger Besitzer zur Belegschaft der Schule gehört. Er ist eine Schande für unsere Republik, für ihre Streitkräfte und für diese Militärakademie. Er hat nicht über die möglichen Konsequenzen nachgedacht, jetzt wird er dafür bestraft.

Musibau trat an mich heran und öffnete die Seitenverschlüsse an meinen Shorts. Ich entblößte mein Hinterteil und beugte mich nach vorne, mich an der Tafel abstützend. Er drosch auf mich ein. Es strengte ihn an, den Rohrstock treffsicher auf meinem Hintern zu platzieren. Ich wich zurück, aber ich unterdrückte meine Tränen. Die Striemen schwollen sofort an. Ich hatte angenommen, er würde bei sechs aufhören, aber er machte nur eine kurze Pause und setzte die Prügel dann fort, zwölf Schläge. Meine Klassenkameraden schwiegen. Ich war beliebt, und ich tat ihnen aufrichtig leid. Schließlich zog ich meine Shorts wieder an. Das Sitzen fiel mir schwer, mein Körper brannte. Der

Lehrer für technisches Zeichnen setzte den Unterricht kommentarlos fort.

Als ich nach Semesterende nach Hause fuhr, konnte ich natürlich nicht mit meiner Mutter darüber reden. Hätte ich mich nicht in den normalen Schulalltag zurückgezwungen, wäre ich sicherlich untergegangen. Ich lernte, mich nicht aufzuregen, wenn die Älteren mich Daily Concord nannten. Die Jüngeren trauten sich nicht, mir etwas ins Gesicht zu sagen. Ich gewann einen Teil meiner Würde zurück, und mein Rohrstock-Auftritt entwickelte sich sogar zur Legende. In einer Version waren es vierundzwanzig Hiebe auf den Rücken, in einer anderen floss das Blut in Strömen. Es wurde sogar behauptet, ich hätte Musibau aufgefordert, er solle sich erhängen. Ich erwarb mir den Ruf, furchtlos zu sein, und meine schulischen Leistungen, Zufall oder nicht, wurden immer besser. Im vierten Jahr hatte ich mir sogar einen Ruf bei den Mädchen der anderen Schulen in der Stadt erworben und eine gewisse abgebrühte Selbstgefälligkeit entwickelt. In meinem letzten Jahr an der NMS wurde ich zum Gesundheitsbeauftragten ernannt. Einige meiner Klassenkameraden meinten, wäre die Sache mit Musibau nicht gewesen, wäre ich vielleicht sogar Schülersprecher geworden.

Mit der Schule endete auch meine Zeit in Nigeria. Meine Mutter wusste, dass ich für den SAT-Zulassungstest lernte, aber sie wusste nichts von den Bewerbungen, die ich an verschiedene amerikanische Colleges schickte. Ich richtete mir ein Postschließfach ein, die perfekte Geheimhaltung. Meine wenigen Ersparnisse reichten gerade so für die Bewerbungsgebühren. Beim Brooklyn College, bei Haverford und bei Bard – Namen, die ich aus einem zerfledderten Register in der Bibliothek des USA-Informationsdienstes in Lagos herausgesucht hatte – war ich nicht erfolgreich. Macalester bot mir einen Studienplatz an, aber ohne finanzielle Unterstützung; doch dann kam die Zusage von Maxwell, bei voller Übernahme der Studienkosten. Mein Kurs war klar. Mit Geld, das ich mir von meinen Onkeln lieh, kaufte ich mir ein Flugticket nach New York, um in einem neuen Land ein neues Leben zu beginnen, ein Leben nach meinen Vorstellungen.

7

Der Winter kam, ohne dass es spürbar kälter wurde. Ich hatte beschlossen, meinen gesamten Urlaub, etwas mehr als drei Wochen, auf einmal zu nehmen und nach Brüssel zu fliegen. Bei so vielen Tagen waren weder ein Hotel noch eine Pension bezahlbare Optionen, also suchte ich im Internet und fand eine zentral gelegene Wohnung zur Zwischenmiete. Auf den Bildern sah die Wohnung sehr einfach ausgestattet aus, geradezu spartanisch, also ideal für meine Zwecke. Ich wechselte ein paar E-Mails mit einer Frau namens Mayken, und als die Angelegenheit der Unterkunft geregelt war, buchte ich ein Flugticket für das nächste Wochenende.

Während des Fluges saß ich neben einer älteren Dame. Sie war älter als meine Mutter, aber möglicherweise nicht alt genug, um meine Großmutter zu sein. Als ich ihre Stimme zum ersten Mal hörte, war es bereits dunkel, und meine Augen waren geschlossen:

Ich war froh, dass der lange, mit Reisevorbereitungen gefüllte Tag hinter mir lag. Die Nacht zuvor hatte ich durchgearbeitet, anschließend benommen vor Müdigkeit meine Koffer gepackt und die Subway zum JFK genommen, wo ich auf Massen von Urlaubern stieß und mich bemühte, meine Wut über das unfähige Bodenpersonal am Terminal 3 unter Kontrolle zu bringen. Als ich endlich im Flugzeug auf meinem Sitz saß, schloss ich die Augen und lehnte mich zurück, noch bevor die anderen Passagiere ihr Gepäck verstaut und ihre Sitze eingenommen hatten.

Normalerweise wäre ich neugierig gewesen, wer neben mir saß, eine Neugier, die fast immer enttäuscht wurde. Bald schon hätte ich versucht, den Small Talk hinter mich zu bringen, um so rasch wie möglich, sobald festgestellt war, dass es keine gemeinsamen Interessen gab, zu meiner Lektüre zurückzukehren. Diesmal war ich aber schon eingeschlafen, als sich meine Nachbarin setzte. Ich trug eine Schlafmaske, und erst als wir in der Luft waren und ich das Klirren des Erfrischungswagens nahen hörte, fühlte ich mich etwas erholt und nahm die Maske ab. Ich machte die Augen nicht gleich auf; ich war unschlüssig, ob ich meinen Schlaf wegen der Mahlzeit unterbrechen sollte. Da hörte ich ihre Stimme, die bedächtige Stimme einer älteren Frau. Ich beneide Menschen wie Sie, sagte sie. Ich wünschte, ich könnte auch überall einschlafen.

Als ich die Augen öffnete, erblickte ich eine Frau mit grauen Haaren, die so dünn wirkten, als würde nicht nur die Farbe, sondern auch das Haar selbst schwinden. Das Gesicht unter dem schwachen Scheitel war schmal und faltig, und die Haut war von feinen Leberflecken überzogen. Doch ihr Kiefer und der Mund hatten etwas Entschlossenes, ihre Stirn etwas Vornehmes, und ihr Blick war voller Lebendigkeit. Ohne Zweifel war sie fast ihr ganzes Leben lang auffallend schön gewesen. Sie zwinkerte mir zu, was mich etwas verdutzte, aber ich lächelte zurück. Ihre Kleidung war schlicht, ein hellbrauner Wollpullover, eine Karohose und braune Segelschuhe aus Leder. Sie trug eine doppelreihige Perlenkette und Perlenohrringe. Auf ihren Knien lag ein Buch, ihr Mittelfinger diente als Lesezeichen: *Das Jahr magischen Denkens*. Ich hatte es nicht gelesen, aber ich wusste, dass es Joan Didions Erinnerungen an die Zeit nach dem plötzlichen Tod ihres Ehemanns waren. Dr. Maillotte (ihren Namen erfuhr ich allerdings erst eine Stunde später) trug einen Ehering.

Normalerweise fällt es mir schwer einzuschlafen, wenn es laut ist, sagte ich, also könnte man sagen, dass ich solche Menschen ebenfalls beneide. Ihr Gesicht hellte sich auf, und sie sagte: Stimmt, manchmal muss man einfach schlafen, ganz egal, was ist. Übrigens, sprechen Sie lieber Englisch oder Französisch? Die Ansagen im Flugzeug waren in drei Sprachen erfolgt;

ich antwortete ihr, dass mein Französisch rudimentär sei. Sie fragte mich, woher ich stamme. Oh, Nigeria, sagte sie, Nigeria, Nigeria. Ich kenne jede Menge Nigerianer, aber ich muss Ihnen leider sagen, viele sind arrogant. Ich war konsterniert über ihre Direktheit, darüber, wie umstandslos sie riskierte, ihren Gesprächspartner zu befremden. Sie hatte wohl ein Alter erreicht, folgerte ich, in dem es ihr längst egal war, was andere Leute dachten.

Die Ghanaer dagegen, fuhr Dr. Maillotte fort, sind viel ruhiger, man kann besser mit ihnen zusammenarbeiten. Sie nehmen ihre Position in der Welt nicht so wichtig. Okay, sagte ich, mag sein, dass wir ein bisschen aggressiv sind. Wir wollen eben vorankommen und wahrgenommen werden. Wir halten uns für die Japaner Afrikas, nur ohne die technologische Brillanz. Sie lachte und legte ihr Buch beiseite. Als das Abendessen kam, wählten wir beide das Fischmenü – Lachs aus der Mikrowelle, Kartoffeln, trockenes Brot – und aßen dann, ohne zu reden. Später fragte ich sie nach ihrem Beruf. Ich bin Chirurgin, sagte sie, inzwischen in Rente, aber ich habe fünfundvierzig Jahre lang in der gastrointestinalen Chirurgie in Philadelphia gearbeitet. Ich erzählte ihr von meiner Arbeit im Presbyterian, und sie erwähnte einen Psychiater, den sie dort kannte. Früher war er jedenfalls dort beschäftigt, sagte sie, jetzt vielleicht nicht mehr. Das ist ja ohnehin alles schon so lange her. Sind Sie auch mal im Harlem Hospital eingeteilt gewesen? Ich schüttelte den Kopf und sagte ihr, dass ich in einem anderen Bundesstaat studiert hatte. Ich kam nur darauf, sagte sie, weil ich da neulich als Beraterin tätig war. Ich bin zwar Rentnerin, aber ich wollte mich irgendwo ehrenamtlich engagieren. Ich war vorhin ein bisschen ungerecht, fügte sie dann hinzu, ich sollte erwähnen, dass die nigerianischen Fachärzte hervorragend sind. Keine Sorge, sagte ich, ich hab schon viel Schlimmeres gehört. Aber stimmt es eigentlich, dass im Harlem Hospital so gut wie keine Amerikaner arbeiten? Doch, einige schon, aber es stimmt, vor allem sind es Afrikaner, Inder und Filipinos, ein gutes Umfeld. Die ausländischen Absolventen sind teilweise besser ausgebildet als ihre amerikanischen Kollegen. Ihre diagnostischen Fähigkeiten sind in der Regel außergewöhnlich gut.

Ihre Ausdrucksweise war sehr präzise und ihr europäischer Akzent kaum identifizierbar. Sie erzählte mir, dass sie ihre Ausbildung in Louvain gemacht hatte. Aber man muss katholisch sein, um dort Professor zu werden, sagte sie und kicherte. Nicht gerade leicht für eine wie mich, die schon immer Atheistin war und es auch bleiben wird. Na ja, immer noch besser als die Université Libre de Bruxelles, wo man nur als Freimaurer Karriere machen kann. Wirklich wahr: Die Uni wurde von Freimaurern gegründet und ist immer noch eine einzige Freimaurermafia. Ich mag Brüssel trotzdem, es ist immer noch mein Zuhause, nach all den Jahren. Es hat seine Vorteile. Zum Beispiel achtet man hier nicht so auf die Hautfarbe, anders als in den USA. Seit ich in Rente bin, verbringe ich jedes Jahr drei Monate in Brüssel. Ich habe zwar eine Wohnung dort, aber ich ziehe es vor, bei meinen Freunden zu übernachten. Sie haben ein großes Haus im südlichen Teil der Stadt, in Uccle. Wo sind Sie untergebracht? Ach, das ist ganz in meiner Nähe, man muss nur vom Parc Léopold aus nach Süden laufen, dann ist man schon in meinem Viertel. Wenn Sie einen Stadtplan hätten, könnte ich's Ihnen zeigen.

Plötzlich, als hätte das Gespräch über Brüssel sanft eine Tür in ihrem Gedächtnis aufgestoßen, sagte sie: Belgien hat sich ziemlich dumm verhalten im Krieg. Im Zweiten Weltkrieg, meine ich, nicht im Ersten, für den bin ich zu spät geboren worden. Das war der Krieg meines Vaters. Ich war ein Kind zu Beginn des Krieges, und ich weiß noch, wie diese verfluchten Deutschen in die Stadt kamen. Im Grunde war Leopold III. schuld; er schloss die falschen Bündnisse, besser gesagt, er weigerte sich, überhaupt welche einzugehen. Er dachte, es wäre leicht, das Land zu verteidigen. Er war ein alter Narr. Zwischen Antwerpen und Maastricht verlief ein Kanal und eine Befestigungsanlage aus Beton, das sollte die perfekte Verteidigungslinie werden. Sie stellten sich vor, dass es zu schwierig sei, mit einer riesigen Armee über das Wasser zu setzen. Aber natürlich hatten die Deutschen Flugzeuge und Fallschirmjäger! Es dauerte nur achtzehn Tage, dann marschierten die Nazis ein und setzten sich fest wie Parasiten. Der Tag, an dem sie endlich verschwanden und der Krieg in Belgien zu Ende war, war der glücklichste meines Lebens. Ich war fünfzehn, und ich kann mich noch genau erinnern. Solange ich lebe, werde ich diesen Tag nicht vergessen, nie wieder werde ich so glücklich sein wie an jenem Tag. Und an dieser Stelle hielt sie inne, reichte mir die Hand und sagte, ich glaube, ich sollte mich mal vorstellen. Annette Maillotte.

Dann setzte sie die Erzählung fort und schien sich dabei immer tiefer in ihre Erinnerung zu versenken. Sie berichtete von ihren Kindertagen und von der schwierigen Kriegszeit, davon, wie Leopold III. mit Hitler um bessere Verpflegung feilschte, und von der anschließenden Verwüstung der ländlichen Gegenden, von den vielen Menschen, die durch die Landschaft streiften und von Tür zu Tür liefen und um Essen und Unterkunft bettelten, schließlich von ihrer Entscheidung, Medizin zu studieren, und von ihrer anschließenden Qualifizierung als Chirurgin, was damals für Frauen etwas Ungewöhnliches war. Während sie erzählte, konnte ich immer noch das resolute Mädchen von damals in ihr sehen.

Sie müssen sehr zielstrebig gewesen sein, sagte ich. Eigentlich nicht, nein, sagte sie, man überlegt sich das ja nicht, man findet nur heraus, was man zu tun hat, und tut es dann. Es gab keine Gelegenheit, innezuhalten und nachzudenken oder sich dafür zu rühmen, nein, ich würde das nicht zielstrebig nennen. Ich nickte. Wenn man ihr zuhörte, hatte man das Gefühl, dass ihr Alter – wenn sie bei Kriegsende fünfzehn gewesen war, musste sie 1929 geboren worden sein – in keinem direkten Verhältnis zu ihrer geistigen und körperlichen Vitalität stand. In diesem Moment kamen die Flugbegleiter, um die Tabletts einzusammeln, und Dr. Maillotte holte ihr Buch wieder heraus. Ich dämpfte das Licht über meinem Sitz und schloss die Augen. Ich stellte mir vor, wie wir über dem eiskalten Atlantik durch die Nacht rasten.

Obwohl ich müde war, schlief ich sehr unruhig und wachte nach wenigen Stunden wieder auf. Mein Genick schmerzte. Dr. Maillotte hatte vermutlich auch geschlafen, las aber schon wieder. Ich fragte sie nach der Lektüre. Das Buch ist gut, sagte sie, nickte und las gleich weiter. Dann signalisierte ich ihr, dass ich auf die Toilette musste, und entschuldigte mich. Sie stellte sich in den Gang, und als ich zurückkam, stand sie immer noch da. Ich muss meinen Kreislauf in Schwung halten, erklärte sie, das ist in meinem Alter besonders wichtig. Als wir uns wieder setzten, fragte sie unvermittelt: Kennen Sie Heliopolis? Heliopolis in Ägypten, ein Vorort von Kairo. Helio-Polis, Stadt der Sonne, Sonnenstadt. Ich habe Ihnen doch erzählt, dass ich in Brüssel bei einem Freund wohne. Sein Name ist Grégoire Empain, wir sind schon seit unserer Jugend befreundet, seit wir zwanzig waren vielleicht, und sein Großvater hat Heliopolis gebaut.

Wenn Sie jemals Gelegenheit haben, fahren Sie dorthin. Ein fantastischer Ort, und Édouard Empain, oder Baron Empain, wie ihn alle nannten, hat ihn entworfen und gebaut. Das war 1907. Heliopolis war eine Luxusmetropole mit breiten Boulevards und großen Gärten. Ein Gebäude, der Qasr Al-Baron, Palast des Barons, wurde dem Angkor Wat in Kambodscha und einem Hindu-Tempel nachempfunden, einem ganz bestimmten, ich komme gerade nicht auf den Namen. Und heute ist das der wichtigste Vorort Kairos; offiziell gehört er inzwischen zum Stadtgebiet Kairos. Der ägyptische Präsident wohnt dort. Doch die Empains liegen im Clinch mit der ägyptischen Regierung, weil ein Teil der Stadt ihnen gehört und sie darauf Anspruch erheben oder wenigstens dafür entschädigt werden wollen. Die Familie ist immer noch vermögend, eine der reichsten Belgiens. Baron Empain war ein Industrieller im großen Stil, er baute nicht nur Heliopolis, sondern auch die Pariser Metro, nachdem ihm die Belgier die Brüsseler Metro nicht hatten anvertrauen wollen. Und sein Sohn war ebenfalls Unternehmer. Sein Enkel Grégoire ist sehr bescheiden, er scheut die Öffentlichkeit. Aber Grégoire hat ja noch einen Bruder, Jean, und der ist ganz anders.

Früher bin ich leidenschaftlich gern Ski gefahren, auch mein Mann und alle meine Kinder – wir fuhren mit Grégoire, Jean und ihren Schwestern zum Montblanc, nach Chamonix und Megève. Nicht Negev wie die Wüste in Israel, sondern Megève in den Schweizer Alpen, in der Nähe des Montblanc. Die Empains hatten dort ein großes Chalet, da tauchten alle auf, Jean-Claude Aaron, Edmond de Rothschild aus dem französischen Zweig der Rothschilds. Und einmal kam die schwedische Königin zu Besuch, und zwar in Begleitung ihres Gatten, das arme Ding, ich muss heute noch lachen. Ich glaube, sie hatte nicht die geringste Ahnung, dass der Mann durch und durch schwul war. Allen war es klar, nur ihr nicht, und so machten sie einfach so weiter. Aber egal, dort sind wir jedenfalls immer hingefahren, nicht wegen der Leute, sondern wegen der tollen Abfahrten. Und manchmal musste ich einfach raus aus Amerika, aus diesem schrecklichen, heuchlerischen, scheinheiligen Land. Glauben Sie mir, manchmal kann ich es nicht ausstehen. Wissen Sie, was ich meine?

Aber eigentlich will ich Ihnen von Jean erzählen, Grégoires Bruder. Er ist nicht so still wie Grégoire, im

Gegenteil: Er liebt das Geschäft, und er liebt den Jetset. Er ist es, der den Titel geerbt hat, der aktuelle Baron Empain. Sportwagen, Royals und Milliardärsfreunde, das ist seine Welt. Aber Ende der Siebziger war sein Gesicht dann in allen Zeitungen, der Arme, ich glaube, es war 1978, als er entführt und zwei Monate lang festgehalten wurde. Grégoire, die gesamte Familie, alle waren verzweifelt. Die Entführer waren Franzosen, und sie verlangten so was wie acht oder neun Millionen Dollar, eine absurd hohe Summe, aber durchaus machbar für die Empains. Die Familie war bereit zu zahlen. Aber es hatte schon so viele Entführungen gegeben in den Jahren davor, dass die französische Regierung jegliche Verhandlungen und Lösegeldzahlungen strikt ablehnte. Und diese Entführer, ich glaube, einer von ihnen hieß Duchâteau – schon komisch, dass ich mich daran erinnere, aber wissen Sie, wir verfolgten diese Geschichte damals so intensiv, Tag für Tag in den Zeitungen –, also Duchâteau und seine Kumpane sagten: Geld ist Freiheit. Völlig lächerlich, als wären sie Philosophen, aber sie meinten das ernst, und als das Geld nicht kam, schnitten sie Jean den kleinen Finger ab, packten ihn in einen Briefumschlag und schickten ihn seiner Frau. Sie hatten ein Küchenmesser genommen und den Finger abgeschnitten, ohne Betäubung, und dann drohten sie, für jeden Tag, um den die Zahlung hinausgezögert würde, einen weiteren Finger abzuschneiden. Aber die Unterhändler weigerten sich, und aus irgendwelchen Gründen machten die Entführer ihre Drohung nicht wahr. Schließlich gelang es der Polizei, sie in einen Hinterhalt zu locken. Einer der Entführer wurde getötet, die beiden anderen wurden festgenommen, und Jean wurde befreit.

In diesen zwei Monaten ging die Familie durch die Hölle. Und Duchâteau, der Entführer, hatte irgendwo diese Botschaft hinterlassen: Es ist zwar nur bedrucktes Papier, aber es bedeutet alles, Geld ist Freiheit. Wo früher einmal der Finger war, hat Jean jetzt diesen kleinen Stumpf. Aber ihm zufolge war das Schlimmste nicht die Amputation, sondern die Kälte. Ich glaube, er hat die ganze Zeit gefroren; sie ließen ihn in einem unbeheizten Raum in einem Zelt schlafen. Und es gab keine Beleuchtung, damit er seine Entführer nicht erkennen konnte. Kälte und Dunkelheit. Und alles nur wegen des bedruckten Papiers.

Es war Morgen. Wir flogen zwischen zwei Wolkenbänken, eine über und eine unter uns, und näherten uns Europa. Ich bat Dr. Maillotte, mir etwas über ihre Kinder zu erzählen. Sie sind Ärzte, sagte sie, alle drei, wie mein Mann und ich. Ich glaube, sie haben das so gewollt, aber wer weiß das schon? Und mein Ältester, er war erst sechsunddreißig, als er letztes Jahr starb. Er hatte gerade seine Zulassung als Radiologe bekommen. Leberkrebs, im fortgeschrittenen Stadium. Man kann es nicht ertragen, den eigenen Sohn sterben zu sehen. Er war verheiratet und hatte eine dreijährige Tochter. Es war unerträglich, und es ist immer noch unerträglich. Die anderen beiden sind in Kalifornien und in New York. Sie sind jünger. Und mein Mann und ich wohnen in Philadelphia, also gleich außerhalb von Philadelphia, er ist Kardiologe, und er ist auch gerade in Rente gegangen.

Wir schwiegen. Dann fragte sie: Und Sie, warum ausgerechnet Brüssel? Ein seltsames Reiseziel für den Winter, finden Sie nicht! Ich lächelte. Die Alternative wäre Cozumel gewesen, aber ich kann nicht tauchen. Also, sagte sie, hier, die Nummer von Grégoire. Nette Leute, wirklich, keine Allüren. Ich werde sechs oder acht Wochen bleiben. Kommen Sie doch mal zum Abendessen vorbei. Ich bedankte mich für die Einladung und sagte ihr, ich würde es mir überlegen. Und als ich dann die Nummer in der Hand hielt, die sie für mich aufgeschrieben hatte, dachte ich an die Metro Paris, dieses Symbol für Optimismus und Fortschritt, und an Heliopolis, eine antike Stadt in Ägypten, die es schon gab, bevor Baron Empain seine Version davon baute, und an uns, die wir uns millionenfach unter den Städten durch die Erde bewegen, Menschen eines Zeitalters, in dem unterirdische Fortbewegung über große Entfernungen alltäglich geworden ist. Ich dachte an die ungezählten Toten in den vergessenen Städten, in den Nekropolen und Katakomben. Der Pilot kündigte die baldige Landung auf Englisch, Französisch und Flämisch an, und als wir die untere Wolkenbank durchbrachen, blickte ich auf die Stadt, die sich über die flache Landschaft erstreckte.

8

Mayken, die Eigentümerin der Wohnung in Brüssel, hatte angeboten, mich für fünfzehn Euro extra vom Flughafen abzuholen. Am Telefon hatte sie mir die Alternativen aufgezählt, entweder ein Taxi für fünfunddreißig Euro oder öffentliche Verkehrsmittel und die Gefahr, ausgeraubt zu werden. Als ich also nach meinem Nachtflug die Ankunftshalle betrat, stand sie bereits da und hielt ein Schild mit meinem Namen hoch. Ihr gebleichtes Haar haftete wie gelbe Zuckerwatte an ihrem Kopf und sah aus, als würde es schon beim nächsten Luftzug abheben. Ich verabschiedete mich von Dr. Maillotte und ging winkend auf Mayken zu, bis sie mich bemerkte. Sie war um die fünfzig und freundlich, aber auch sehr geschäftsmäßig. Das und die Haarwatte blieben auch später, als wir Seite für Seite jedes juristische Detail des Untermietvertrags durchgingen, die einzigen äußerlichen Aspekte ihrer Persönlichkeit.

Wissen Sie, setzte sie an, als wir aus dem Flughafen herausfuhren, ursprünglich sollte Brüssel zu gleichen Teilen flämisch und wallonisch sein. Heute sieht das natürlich völlig anders aus, fuhr sie fort, es gibt fünfundneunzig Prozent Wallonen und andere Französischsprachige, ein Prozent Flamen, und vier Prozent Araber und Afrikaner. Sie lachte, fügte aber gleich hinzu, das sind Fakten, ebenso wie die Tatsache, dass die Franzosen faul sind und arbeitsscheu und neidisch auf die Flamen. Ich erzähl Ihnen das lieber, sonst erfahren Sie es womöglich nie.

Ich sah aus dem Fenster auf die hinter der Scheibe vorbeiziehenden Gebäude, mein nächtliches Gespräch mit Dr. Maillotte ging mir durch den Kopf, und dann schweifte ich in Gedanken durch die Landschaft dieser Stadt und sah sie als Fünfzehnjährige im September 1944 auf einem Schutzwall in der Brüsseler Sonne sitzen, außer sich vor Freude über den Abzug der Besatzer. Ich sah Junichiro Saito, am gleichen Tag, im Alter von ein- oder zweiunddreißig Jahren, verzweifelt in einem kahlen Zimmer in einem Internierungslager, mitten auf einem Feld in Idaho, umzäunt mit Stacheldraht, weit entfernt von seinen Büchern. Und ich sah meine Großeltern dort draußen, die Nigerianer und die Deutschen. Drei der vier waren mit Sicherheit tot. Und die vierte? Was war mit Oma geschehen? Ich sah sie alle vor mir, auch die, denen ich im realen Leben nie begegnet war – sah sie an jenem Septembertag vor zweiundsechzig Jahren, mit weit geöffneten Augen, die zugleich gnadenvoll verschlossen blieben, die nichts sahen von der brutalen Jahrhunderthälfte, die vor ihnen lag, und fast nichts von dem, was zu ihrer Zeit in ihrer Welt geschah, in den mit Leichen gefüllten Städten, Lagern, Stränden und Feldern, fast nichts von dem unsagbaren weltweiten Chaos jenes Augenblicks.

Maykens Englisch war eingefärbt vom Klang der diffusen flämischen Vokale. Während wir fuhren, schaute ich zu beiden Seiten hinaus und erkannte das Brüssel aus meiner Erinnerung wieder. Ich war zum dritten Mal in der Stadt, aber die früheren Besuche waren kurz gewesen, und der erste lag bereits über zwanzig Jahre zurück. Damals hatten wir einen zweitägigen Zwischenstopp auf dem Weg aus Nigeria in die USA; ich war sieben Jahre alt, und meine Mutter erwähnte ihre Mutter nicht mit einem Wort, obwohl Oma bereits in Brüssel wohnte. Die Einzelheiten dieser Reise lagen in meinem Gedächtnis begraben, bis ich das Novotel-Hotel in der Nähe des Flughafens sah, in dem uns die Fluggesellschaft untergebracht hatte. Wie ideal mir als Kind alles erschienen war: die schwarzen Mercedes-Benz-Taxis am Flughafen, das fremdartige Essen am Hotelbuffet. Ein flüchtiger Einblick in Verfeinerung und Wohlstand, der aber einen tiefen Eindruck hinterließ; es war meine erste Europa-Erfahrung. Außerhalb des Hotels war mir aufgefallen, wie wohlgeordnet und grau alles war, die Häuser schlicht und einheitlich. Die Menschen waren zurückhaltend und höflich. Im Vergleich dazu kam mir der amerikanische Lifestyle, den ich kurz darauf kennenlernte, grell vor.

Aus der Entfernung kann man Brüssel leicht verkennen, als Stadt der Technokraten, als eine neue Stadt, die Zentrale der Europäischen Union, erbaut oder zumindest ausgebaut zu diesem Zweck. Dabei ist Brüssel alt, und zwar auf eine speziell europäische Weise, die sich in altem Gemäuer manifestiert – und dieses Alter ist in den meisten Straßen und Vierteln sichtbar. Den Häusern, Brücken und Kathedralen Brüssels blieben die Gräuel erspart, von denen die flachen landwirtschaftlichen Flächen und die Wälder Belgiens heimgesucht wurden. Dieser Boden war Austragungsort unzähliger Kriege. In Ypern genauso wie viele Jahrzehnte zuvor bei Waterloo wurde in einem Maße abgeschlachtet und verwüstet, wie es in der Geschichte fast ohne Beispiel ist.

Das waren die Bühnen, günstig gelegen, wo Holland, Deutschland, England und Frankreich aneinandergerieten, auf denen Europas verhängnisvolles Machtgerangel ausgetragen worden war. Aber in Brügge, Gent und Brüssel hatte es keine Feuerstürme gegeben. Natürlich war Kapitulation Teil dieser Überlebensstrategie, ebenso wie Verhandlungen mit den Angreifern. Hätten die Verantwortlichen Brüssel nicht zur offenen Stadt erklärt und damit vor Bombardierung im Zweiten Weltkrieg bewahrt, vielleicht wäre es in Schutt und Asche gelegt worden, ein zweites Dresden. Aber Brüssel blieb, was es war, ein Blick zurück ins Mittelalter und in den Barock, beeinträchtigt nur durch die monströsen Protzbauten, die Leopold II. im späten 19. Jahrhundert über die ganze Stadt verteilen ließ.

Während meines Aufenthaltes schafften die alten Gemäuer und das milde Winterwetter eine geschlossene Stimmung der Melancholie. Brüssel war wie eine Stadt im Wartezustand, wie unter einer Glaskuppel, mit traurigen Straßenbahnen und Bussen. Überall sah ich Menschen, viel mehr als in anderen europäischen Städten, die so wirkten, als wären sie gerade aus einer sonnendurchfluteten Ferne angereist. Ich sah alte Frauen mit schwarzen Mustern um die Augen, ihre Köpfe in dunkle Tücher gewickelt, und junge Frauen, die gleichermaßen verschleiert waren. Der Islam in seiner konservativen Form war überall präsent, doch waren mir die Gründe nicht klar: Belgien hatte nie zu einem nordafrikanischen Land in einem kolonialen Verhältnis gestanden. Doch das war die europäische Gegenwart, die Grenzen waren durchlässig. Die psychische Anspannung der Stadt war überall spürbar.

Ich bin mir sicher, dass Maykens Bemerkung »vier Prozent Araber und Afrikaner« abfällig gemeint war, aber als ich mich umschaute, schien mir die Zahl eher vorsichtig geschätzt. Sogar im Stadtzentrum oder vielleicht vor allem dort schienen viele aus Afrika zu kommen, aus dem Kongo oder aus dem Maghreb. In einigen Straßenbahnen waren Weiße in der Minderheit. Ganz anders die schlecht gelaunte Menschenmenge, auf die ich einige Tage nach meiner Ankunft in der Metro traf. Sie kam von einer Kundgebung am Atomium gegen Rassismus und Gewalt im Allgemeinen und einen im April zuvor geschehenen Mord im Besonderen. Damals war ein Siebzehnjähriger am Gare Centrale von zwei Jugendlichen niedergestochen worden, nachdem er sich geweigert hatte, seinen MP3-Player herauszugeben. Der Zwischenfall hatte sich mitten in der Rushhour auf einem vollen Bahnsteig ereignet, Dutzende von Leuten hatten den Überfall beobachtet. Die Tatsache, dass niemand eingriff, um dem Jungen zu helfen, war in den Tagen nach dem Mord heftig diskutiert worden. Der ermordete Junge war Flame; die Mörder waren den Berichten zufolge Araber. Aus Angst vor rassistischen Gegenreaktionen rief der Premierminister dazu auf, Ruhe zu bewahren, und der Bischof der Stadt beklagte in seiner Predigt am darauffolgenden Sonntag eine gleichgültige Gesellschaft, die einem sterbenden Jungen die Hilfe verweigerte. Wo waren Sie an jenem Tag um sechzehn Uhr dreißig, hatte er die Gemeinde gefragt, die sich in der Cathédrale des Saints Michel et Gudule versammelt hatte.

Auf die verzweifelte Frage des Bischofs fanden der Vlaams Belang, die flämische Rechtspartei, und seine Anhänger eine schnelle und heftige Antwort. Bekannte Kolumnisten demonstrierten ihre Empörung und beklagten sich über umgekehrten Rassismus. Man würde den Opfern Vorwürfe machen, schrieben sie, nicht die wegschauenden Passanten seien das Problem, sondern die Ausländer, die die Straftaten begingen. Man würde eher belangt, wenn man mit dem Fahrrad über Rot fahre, als wenn man ein Fahrrad stehle, weil die Polizei Angst habe, für rassistisch gehalten zu werden. Ein Journalist schrieb in seinem Blog, die belgische Gesellschaft hätte die Nase endgültig voll von »diesen mordenden, stehlenden, vergewaltigenden Wikingern aus Nordafrika«, was von einigen Mainstream-Publikationen zustimmend zitiert wurde. Bemühungen der muslimischen Gemeinde, die Wunde zu heilen, indem sie zum Beispiel frisch gebackenes Brot zum Gedenkgottesdienst für den ermordeten Jungen lieferte, zogen wutentbrannte Reaktionen der Rechten nach sich. Bei den Wahlen einige Zeit später konnte Vlaams Belang erneut Zuwächse verzeichnen, und nur die Koalition der anderen Parteien konnte verhindern, dass Vlaams

Belang, mittlerweile die womöglich stärkste politische Kraft des Landes, in die Regierung kam. Dann jedoch stellte sich heraus, dass die Mörder vom Gare Centrale weder Araber noch Afrikaner waren, sondern polnische Staatsbürger. Schon diskutierte man darüber, ob sie Roma waren, Zigeuner. Der eine, ein sechzehnjähriger Junge, wurde in Polen gefasst. Der siebzehnjährige Mittäter wurde in Belgien verhaftet und nach Polen ausgeliefert, und mit seiner Überstellung ließen auch die Spannungen, die der Fall ausgelöst hatte, ein wenig nach.

Doch es hatte andere schlimme Zwischenfälle gegeben in jenem Jahr 2006, das sich bei meinem Besuch dem Ende zuneigte; eine Reihe von Hassdelikten hatte die Anspannung unter der nichtweißen Bevölkerung des Landes verschärft. In Brügge prügelten fünf Skinheads einen schwarzen Franzosen ins Koma. In Antwerpen rasierte sich ein Achtzehnjähriger den Schädel, begab sich, die *makakken* verfluchend, mit einem Winchester-Gewehr in die Innenstadt und schoss um sich. Dabei wurde ein türkisches Mädchen schwer verwundet, ein Kindermädchen aus Mali und der flämische Säugling in ihrer Obhut starben. Später gab der Täter an, dass es ihm leidtue, versehentlich das weiße Kind erschossen zu haben. In Brüssel wurde ein schwarzer Mann an einer Tankstelle so schwer verletzt, dass er anschließend blind und gelähmt blieb.

Paradoxerweise führten diese Verbrechen nur dazu, dass sogar Parteien aus der politischen Mitte, etwa die Christdemokraten, nach rechts abdrifteten und die Parolen der Vlaams Belang übernahmen, um bei den Wählern zu punkten, die mit der Einwanderungspolitik unzufrieden waren. Das Land war völlig verunsichert – selbst einem Besucher konnte diese gesellschaftliche Anomie nicht entgehen.

Ich ging zum Parc du Cinquantenaire, der im Nebel lag, was die Denkmäler noch größer erscheinen ließ. Die ohnehin schon riesigen Arkaden des Triumphbogens ragten schwindelerregend hoch empor und verloren sich in weißen Schleiern, die Reihen der Bäume standen erstarrt wie Wachtposten und schienen sich in unendliche Weiten zu erstrecken. Es war ein Park unmenschlicher Ausmaße, erbaut von einem herzlosen König. Einige Touristen schlenderten schweigend herum und fotografierten; aus der Entfernung wirkten sie vor den Denkmälern wie Spielzeugfiguren. Als sie näher kamen, hörte ich sie Chinesisch sprechen.

Es war halb fünf, die Dunkelheit kam schnell, und die Luft war feucht und kalt. Südöstlich des Parks befanden sich der Stadtteil Etterbeek, direkt am Ausgang die Metrostation Mérode und ein unübersichtliches Gewirr von Straßen, Straßenbahngleisen und Schildern. Nur wenige Leute waren an Heiligabend unterwegs. Im Park, direkt vor den Musées Royaux d'Art et d'Histoire, die ich zunächst irrtümlicherweise für die bekannteren Musées Royaux des Beaux-Arts gehalten hatte, stand ein breitköpfiges Pferd vor einer Kutsche mit der Aufschrift POLITIE, aber Polizisten waren keine zu sehen, und das Museum war geschlossen. Am Triumphbogen war eine Gedenktafel, ein Relief aus Bronze mit den Porträts der ersten fünf belgischen Könige: Leopold I., Leopold II., Albert I., Leopold III. und Baudouin und mit einer Inschrift: *Hommage à la dynastie, la Belgique et le Congo, reconnaisants,* MDCCCXXXI. Kein Triumph, sondern Dankbarkeit. Oder Dankbarkeit für die Triumphe. Ich stand unter den Arkaden und sah zu, wie die chinesische Familie in ihr Auto stieg. Sie fuhr weg. Nur ich und das geduldige Pferd blieben zurück. Wir waren die einzigen lebenden Tiere an diesem Ort, und mit jedem Atemzug zogen wir den kalten Nebel in unsere Lungen. Mein Hiersein hatte keinen Zweck, dachte ich, es sei denn, es wäre schon ein Trost, im selben Land zu sein wie meine Oma (sofern sie noch am Leben war).

Während der ersten Tage in Brüssel machte ich ein paar halbherzige Versuche, sie zu finden. Ich hatte keine Ahnung, wo ich anfangen sollte. Die öffentlichen Verzeichnisse waren keine Hilfe: Im Telefonbuch, das ich in der Wohnung vorfand, gab es keine Magdalena Müller, auch nicht in einem anderen, das ich in einer Telefonzelle durchblätterte. Ich dachte kurz darüber nach, die Pflegeheime abzuklappern. Doch dann befiel mich diese irrationale Scham darüber, dass ich so schlecht Französisch sprach und gar kein Flämisch. Fünf Minuten von der Wohnung entfernt, im Erdgeschoss eines schmalen Gebäudes, war ein Telefon- und Internetshop. Dorthin ging ich, um zu recherchieren.

Im Laden gab es Holzkabinen mit Glasfront, in denen man telefonieren konnte, dazu eine Handvoll Computerarbeitsplätze. Hinter der Theke stand ein Mann um die dreißig, glatt rasiert, mit einem hageren, freundlichen Gesicht und strähnigen schwarzen Haaren. Er deutete auf einen Computer im hinteren Teil des Raumes. Ich rief die belgischen Gelben Seiten auf. Zu meiner Überraschung war die Website auf Englisch, und ich suchte nach dem Namen Magdalena Müller. Die Ergebnisliste enthielt viele Personen namens Magdalena M. oder M. Müller; es gab zwei Treffer für Magdalena Müller, aber beide hatten Doppelnamen.

Ich schloss die Website und ging zum Tresen, verständigte mich in gebrochenem Französisch und bezahlte für die Dienstleistung: fünfzig Cent für fünfundzwanzig Minuten Internetnutzung.

Am nächsten Tag ging ich wieder hin, um kurz meine E-Mails zu checken. Diesmal überraschte ich den Thekenmann beim Bezahlen damit, dass ich auf Englisch nach seinem Namen fragte. Farouq, sagte er. Ich stellte mich vor, schüttelte ihm die Hand und sagte: Wie geht's, Bruder? Gut, sagte er, mit einem kurzen, konsternierten Lächeln. Beim Rausgehen fragte ich mich, wie er meine offensive Vertraulichkeit wohl aufgenommen hatte. Ich war mir selbst nicht sicher, warum ich es überhaupt gesagt hatte. Im Ton vergriffen, entschied ich. Aber schon im nächsten Moment kam ich zu einem anderen Schluss. Ich würde diesen Laden einige Wochen lang nutzen, warum sollte ich mich nicht gut stellen mit den Leuten dort? Und am nächsten Tag erwies sich der Wortwechsel als richtungsweisend.

Im Laden war viel Betrieb. Farouq las ein Buch und schaute immer wieder auf, um die Leute, die kamen und gingen, zu bedienen. Alle Computer waren besetzt, und ich konnte die Gespräche in den Holzkabinen hören. Ich rief meine Tante Tinu, die Schwester meines Vaters, in Lagos an, und Freunde in Ohio. Und ich rief das Krankenhaus in New York an, um ein paar Rezepte zu verschreiben und zu erneuern. Das von V. war auch darunter, sie hatte zunächst Paroxetin und Wellbutrin genommen, doch nachdem beide Mittel keine Wirkung gezeigt hatten, hatte ich die Behandlung auf trizyklische Antidepressiva umgestellt. Ich gab der Oberschwester die erforderliche Genehmigung; sie teilte mir mit, dass V. wissen wollte, wie sie mich erreichen könnte. Ich bin nicht erreichbar, sagte ich, sie soll Dr. Kim anrufen. Dr. Kim vertrat mich während meines Urlaubs. Mich packte der Ehrgeiz, alles Nötige auf einmal zu erledigen, und ich rief noch die Personalabteilung an, um eine Formalität bezüglich meines Urlaubs zu klären. Man teilte mir mit, die Abteilung habe heute früher Schluss gemacht und würde erst am 3. Januar wieder erreichbar sein. Verärgert verließ ich die Zelle und wartete, bis Farouq mit dem anderen Kunden fertig war. Er schaute auf seinen Bildschirm, dann sah er mich an und sagte: USA, was? Ja, genau, sagte ich, und du, woher kommst du? Marokko, sagte er. Rabat? Casablanca? Nein, Tétouan. Eine Stadt im Norden. Das ist sie, hier auf dem Bild hinter mir.

Er deutete auf ein altes Farbfoto in einem Metallrahmen, das eine ausgedehnte Ansammlung von weißen Gebäuden vor dem Hintergrund gewaltiger grüner Berge zeigte. Ich hab gerade einen Roman von einem Marokkaner gelesen, Tahar Ben Jelloun, sagte ich. Ja, erwiderte Farouq, den kenne ich, er genießt großes Ansehen. Er wollte noch etwas hinzufügen, als wir von einem Kunden unterbrochen wurden, der bezahlen wollte. Während Farouq den Betrag berechnete, das Geld entgegennahm und das Wechselgeld herausgab, wurde mir die leichte Missbilligung bewusst, die in seiner Betonung von »großes Ansehen« lag. Dann fiel mir auf, dass Farouqs Buch auf Englisch war. Er bemerkte meine Neugier und drehte das Buch um. Es waren Texte zu Walter Benjamins *Über den Begriff der Geschichte*. Schwierige Lektüre, sagte er, man muss sich konzentrieren. Nicht einfach hier, sagte ich. Noch ein Kunde kam, und wieder wechselte Farouq nahtlos ins Französische und dann wieder ins Englische zurück. Es geht um diesen Mann, Walter Benjamin, und um seinen Geschichtsbegriff, der Marx' Geschichtsbegriff widerspricht, trotzdem halten ihn viele Leute für einen marxistischen Historiker. Doch zurück zu Tahar Ben Jelloun, was er schreibt, entspricht einer bestimmten Vorstellung von Marokko. Er schreibt nicht über das Leben der Menschen, er erzählt Geschichten mit orientalischen Elementen. Er betreibt Mythenbildung, seine Bücher haben nichts mit dem wirklichen Leben der Menschen dort zu tun.

Ich nickte, während er sprach, und versuchte, diese trostlose Ecke von Brüssel, das Gewusel der kleinen Geschäfte und die schreiend bunten Schachteln mit Süßigkeiten und Kaugummi, die im Regal hinter ihm standen, mit diesem lächelnden und zugleich ernst blickenden Denker in Einklang zu bringen. Was hatte ich erwartet? Einen Mann, der in einem Laden arbeitet, ja, einen Mann, der an Weihnachten in einem Laden arbeitet, klar. Aber nicht das, nicht diese klare, selbstbewusste intellektuelle Sprache. Ich bewunderte Tahar Ben Jelloun sehr für seine geschmeidige und eigensinnige Art des Erzählens, doch ich widersprach Farouq nicht. Er hatte mich überrumpelt, und ich konnte nur zaghaft entgegensetzen, dass Ben Jelloun in seinem Roman *L'Homme rompu* den Rhythmus des täglichen Lebens vielleicht doch erfasst habe. In dem Buch ging es um den Gewissenskonflikt eines Regierungsbeamten, der mit Schmiergeldern konfrontiert wird: Was spiegelte das wirkliche Leben besser wider als das? Farouqs Englisch ergoss sich in einen Strom von glänzenden Formulierungen, mit denen er meine Einwände widerlegte. Ich konnte seiner Argumentation kaum folgen. Er behauptete zwar nicht, Ben Jelloun hätte sich bei westlichen Verlagshäusern anbiedern wollen, aber er legte nahe, dass die gesellschaftliche Rolle seiner Romane suspekt wäre. Als ich den Gedanken aufgreifen wollte, blockte er ab und sagte: Es gibt andere Schriftsteller, deren Arbeit wirklich aus dem Alltag der Menschen schöpft und deren Geschichte reflektiert. Was nicht heißen muss, dass diese Autoren nationalistische Ideale verfolgen. Manchmal wird ihnen von den Nationalisten sogar noch härter zugesetzt.

Ich bat ihn, mir etwas zu empfehlen, was seinen Vorstellungen von authentischer Literatur entsprach. Feierlich nahm sich Farouq einen Zettel von der Theke und schrieb, mit langsamer Handschrift und eckigen Buchstaben: *Mohamed Choukri, For Bread Alone, übersetzt von Paul Bowles.* Er prüfte das Geschriebene noch einmal und sagte dann: Choukri und Tahar Ben Jelloun sind Konkurrenten. Sie hatten Differenzen. Weißt du, Autoren wie Tahar Ben Jelloun führen ein Schriftstellerdasein im Exil, und das verleiht ihnen aus der Perspektive der westlichen Länder so etwas wie – Farouq hielt inne, um nach dem richtigen Wort zu suchen – so eine Art *Poetizität*, kann man das sagen? Exil-Autor zu sein ist großartig. Aber was bedeutet Exil heute, wenn jeder kommen und gehen kann? Choukri blieb in Marokko und lebte unter seinen Leuten. Am besten gefällt mir, dass er Autodidakt ist, falls man das Wort so gebrauchen kann. Er ist auf der Straße aufgewachsen und brachte sich selbst klassisches Hocharabisch bei. Aber er hat der Straße nie den Rücken gekehrt.

Farouqs Rede hatte nicht den Hauch von Agitation. Mir leuchteten seine Unterscheidungen nicht ganz ein, aber ich war von seinem Scharfsinn beeindruckt. Er hatte die Leidenschaft der Jugend, drückte sich aber klar und schnörkellos aus, wie jemand, der lange Reisen unternommen hatte (jedenfalls kam mir das in den Sinn). Seine ruhige Selbstgewissheit brachte mich aus dem Gleichgewicht. Schließlich sagte ich: Es ist immer schwierig, oder? Dem Impuls der Orientalisierung zu widerstehen, meine ich. Und wenn, wird man dann veröffentlicht? Welcher westliche Verleger will schon einen marokkanischen oder indischen Autor, der die orientalische Fantasie nicht aufgreift und die Sehnsucht danach nicht befriedigt? Marokko und Indien sind dafür da, orientalisch zu sein.

Genau deshalb ist mir Said so wichtig, sagte Farouq. Said war noch jung, als er Golda Meirs Behauptung hörte, dass es kein palästinensisches Volk gäbe, und daraufhin begann er sich in der Palästina-Frage zu engagieren. Er wusste schon damals, dass Differenz nie akzeptiert würde. Jemand ist anders, okay, aber Differenz wird nie als etwas gesehen, das einen Wert hat. Differenz, die als orientalistisches Entertainment verwertbar ist, wird akzeptiert, aber Differenz als etwas, das seinen eigenen Wert enthält, nicht. Darauf kann man bis in alle Ewigkeit warten. Ich erzähl dir mal was, das ist mir in einem Seminar passiert.

Farouq öffnete erneut die Kasse, und ich wünschte mir, die Kunden würden uns nicht ständig unterbrechen. Einen Augenblick lang wollte ich ihn darauf hinweisen, dass er Meir nicht ganz korrekt zitiert hatte. Aber ich war mir selbst nicht ganz sicher, und da redete er auch schon weiter, als hätte es nie eine Unterbrechung gegeben. Es ging um politische Philosophie, sagte er, und wir sollten wählen zwischen Malcolm X und Martin Luther King. Ich war der Einzige, der sich für Malcolm X entschied. Niemand im Seminar teilte meine Meinung, alle sagten nur: Du bist doch nur für ihn, weil er auch Muslim war. Ja, okay, ich bin Muslim, aber das ist nicht der Grund. Ich habe mich für Malcolm X entschieden, weil ich der Meinung bin, dass er recht hatte und Martin Luther King nicht. Malcolm X erkannte, dass Differenz ihren eigenen Wert hat und dass man dafür kämpfen muss, diesen Wert zu entwickeln. Jeder bewundert Martin Luther King, weil er alle zusammenbringen wollte, aber ich kann mit der Vorstellung, dass man die andere Wange hinhalten soll, nichts anfangen.

Das ist ein christlicher Gedanke, erwiderte ich. Er war ein Mann der Kirche, seine Prinzipien waren christlich fundiert. Eben, gerade das ist es ja, sagte Farouq. Genau das kann ich nicht akzeptieren. Es besteht immer die Erwartung, dass der viktimisierte andere den ersten Schritt macht und die hohen Ideale gepachtet hat; ich wehre mich gegen diese Erwartung. Manchmal funktioniert diese Erwartung, sagte ich, aber nur, wenn das Gegenüber kein Psychopath ist. Man braucht einen Antipoden, der in der Lage ist, Scham zu empfinden. Ich frage mich manchmal, was Gandhi erreicht hätte, wenn die Briten brutaler gewesen wären. Wenn sie bereit gewesen wären, Protestierende einfach zu töten. Würdevolle Verweigerung hat ihre Grenzen. Frag mal die Kongolesen danach.

Farouq lachte. Ich schaute auf meine Armbanduhr, obwohl ich eigentlich keinen Termin hatte. Der viktimisierte andere: Wie seltsam, dachte ich, dass er einen solchen Begriff einfach so im Gespräch verwendete.

Und doch, so wie er ihn gerade gebraucht hatte, hatte er einen viel stärkeren Nachklang als in einem akademischen Kontext. Mir fiel auf, dass unserer Diskussion nicht, wie üblich, ein Small Talk vorausgegangen war. Er war immer noch nur ein Mann in einem Laden. Und er war Student oder es zumindest gewesen. Was hatte er wohl studiert? Und nun war er hier, anonym wie Marx in London. Für Mayken und unzählige andere in dieser Stadt war er nur ein Araber, einer von vielen, die man in der Straßenbahn misstrauisch musterte. Und was wusste er schon von mir, außer dass ich in Nigeria und den USA angerufen hatte und dreimal innerhalb von fünf Tagen in seinen Shop gekommen war. Biografische Einzelheiten hatten bei unserer Begegnung keine Rolle gespielt. Ich reichte ihm die Hand und sagte: Ich hoffe, wir können dieses Gespräch bald fortsetzen, *peace*. Und er sagte: Das hoffe ich auch, *peace*.

Als ich noch einmal an Maykens Bemerkung zurückdachte, begriff ich, dass ich mich korrigieren musste. Es war kein misstrauischer Blick, dem Farouq in der Straßenbahn ausgesetzt war, es war schwelende, kaum kontrollierbare Angst. Der fremdenfeindliche Blick, der in Einwanderern Konkurrenten im Kampf um knappe Ressourcen sieht, verschmolz mit einer erneuerten Angst vor dem Islam. Als Jan van Eyck sich selbst in den 1430er Jahren mit einem hohen roten Turban abbilden ließ, bekannte er sich zum Multikulturalismus im damaligen Gent, wo ein Fremder nichts Ungewöhnliches war. Türken, Araber und Russen gehörten alle zum Bildvokabular der Zeit. Aber der Fremde war fremd geblieben und zur Projektionsfläche für ein neues Unbehagen geworden. Mir ging durch den Kopf, dass sich meine eigene Situation hier gar nicht so sehr von Farouqs unterschied. Meine Erscheinung – der dunkle, ernst blickende Fremde, der allein unterwegs war – machte mich zur Zielscheibe für die unbestimmte Wut der Verteidiger Flanderns. In der falschen Umgebung könnte auch ich ganz leicht für einen Vergewaltiger oder »Wikinger« gehalten werden. Die Träger dieser Wut würden nie verstehen, wie stumpfsinnig sie war. Sie waren immun gegen die Empfindung, wie vulgär und vergeblich ihre Gewalt im Namen einer monolithischen Identität war. Es war eine Ignoranz, die wütende junge Männer – genau wie ihre älteren, politisch einflussreichen rhetorischen Vorkämpfer – überall auf der Welt kennzeichnete. Ich beschloss nach diesem Gespräch, meine nächtlichen Spaziergänge in Etterbeek vorsichtshalber abzukürzen und in den ruhigen Vierteln keine Bars oder Familienrestaurants mehr zu besuchen, in denen nur Weiße verkehrten.

Ich hoffte, beim nächsten Mal mit Farouq über die Vlaams Belang reden zu können; mich interessierte, wie sich das Leben im Zuge der Gewalttaten verändert hatte. Aber als ich dann in den Laden kam, war er in ein Gespräch mit einem älteren Marokkaner vertieft, ich schätzte ihn auf etwa Mitte vierzig. Ich begrüßte beide mit einem Kopfnicken und ging in eine der Telefonzellen, um jemanden in New York anzurufen. Als ich wieder herauskam, redeten sie immer noch. Der ältere Mann tippte meine Telefonkosten ein, und Farouq sagte: Mein Freund, mein Freund, wie geht's? Doch plötzlich wusste ich, dass ich gar nicht mit ihm reden wollte, selbst wenn wir allein gewesen wären. Mir war gerade klar geworden, dass auch er von Wut und Rhetorik angetrieben wurde, auch wenn seine Position im politischen Spektrum attraktiv war. Krebsartig hatte sich die Gewalt in jede politische Idee hineingefressen und hielt sie besetzt; für viele zählte nur die Bereitschaft, irgendetwas zu tun. Aktionismus war Selbstzweck geworden und führte zu noch mehr Aktionismus. Und das beste Mittel, um Aufmerksamkeit zu erregen und die Jugend für die eigene Sache zu gewinnen, war Wut. Die einzige Möglichkeit, dieser Verlockung von Gewalt nicht zu erliegen, schien darin zu bestehen, kein Anliegen zu haben, fern jeglicher Loyalitäten zu bleiben, sich rauszuhalten. Doch war das nicht eine gravierendere ethische Verfehlung als die Wut selbst?

Genau ein Euro, sagte der ältere Mann auf Englisch. Ich bezahlte und verließ den Laden.

9

Die Tage vergingen langsam, und mein Gefühl, vollkommen allein in der Stadt zu sein, verstärkte sich. An den meisten Tagen blieb ich in der Wohnung und las, aber ohne Genuss. Wenn ich einmal ausging, wanderte ich ziellos durch die Parks und durch das Museumsviertel. Die Pflastersteine waren aufgeweicht und schlüpfrig unter meinen Schuhsohlen, und der seit Tagen unveränderte dreckig graue Himmel war schwer vor Feuchtigkeit.

Eines Nachmittags saß ich in einem Café in Grand Sablon. Ich war einer von nur zwei Gästen – der Mittagsbetrieb war gerade vorbei, und ohnehin war die Stadt zwischen Weihnachten und Silvester ziemlich ruhig. Der andere Gast war eine Touristin mittleren Alters, die einen Stadtplan studierte. Sie wirkte bleich in dem trüben Tageslicht, das in den engen Innenraum sickerte und matt in ihrem angegrauten Haar schimmerte. Das Café war alt und sollte mit seiner dunklen

Holzvertäfelung und den zahlreichen Ölgemälden in fleckigen Blattgoldrahmen wohl auch so wirken. Die Gemälde zeigten Seemotive, stürmische Meere, Viermaster und Handelsschiffe in dramatischer Schräglage. Meer und Himmel waren zweifellos viel dunkler als zum Zeitpunkt der Entstehung der Bilder, und die ursprünglich weißen Segel waren vergilbt.

Die groß gewachsene junge Frau, die mir den Kaffee brachte, schien eher nach Paris zu gehören als nach Brüssel. Sie setzte die Kaffeetasse ab, und zu meiner Überraschung setzte sie sich selbst kurz an meinen Tisch und fragte, woher ich komme. Sie war vielleicht zweiundzwanzig oder fünfundzwanzig, hatte schwere Augenlider und ein einnehmendes Lächeln. Ihr offensichtliches Interesse an mir war schmeichelhaft; sie war sich ihrer Wirkung auf Männer zweifellos bewusst. Dennoch, ich war nicht interessiert und antwortete freundlich, aber distanziert, sogar etwas brüsk. Als sie wieder aufstand und das Tablett nahm, schien sie eher erstaunt zu sein als verärgert.

Etwa fünfzehn Minuten später zahlte ich bei dem Mann an der Kasse. Die bleiche Touristin war ebenfalls nach vorn gekommen, um ihre Rechnung zu begleichen. Sie sprach gebrochenes Englisch mit osteuropäischem Akzent. Wir traten gleichzeitig in den mittlerweile heftigen Regen hinaus und blieben unter der Markise des Cafés stehen. Erst da bemerkte ich, dass ihre Haare eher blond als grau waren, dass sie tiefe Augenringe hatte und ein nettes Lächeln. Ich hatte einen Regenschirm, sie nicht. In ihrem ruhigen, freundlichen Verhalten lag vielleicht so etwas wie eine Erwartung. Ich drehte mich zu ihr und fragte, ob sie aus Polen sei. Nein, sagte sie. Aus Tschechien.

Mit fünfzig, so alt schätzte ich sie, erfordert gutes Aussehen oft Mühe. Für Frauen im Alter der Bedienung im Café genügte es, ein bisschen gut auszusehen. Mit zwanzig spielt alles perfekt zusammen: die straffe Haut, die gerade Haltung, der selbstbewusste Gang, das gesunde Haar, die klare und feste Stimme. Mit fünfzig ist es ein Kampf. Und deswegen war der Nachmittag eine Überraschung – für die Touristin, die mein deutliches, weitgehend wortloses Interesse spürte, und für mich, der völlig unerwartet von diesen großen graugrünen Augen, die mich traurig und klug anblickten, verführt wurde. Der Nachmittag verwandelte sich in einen Traum, und in diesem Traum berührte ihre Hand leicht meinen Rücken, nur einen Augenblick lang, während ich den Regenschirm so verschob, dass er uns beide bedeckte. Einen Moment lang standen wir da und schauten in den strömenden Regen. Dann liefen wir eine Weile durch gepflasterte Gassen, die belebte Rue de la Régence hinauf, kaum ein Wort fiel, wir nutzten den Vorwand des Regenschirms, solange es ging. Als sie schließlich einen

Drink in ihrem Hotel vorschlug, verwandelte sich die Mehrdeutigkeit der ersten Berührung in Eindeutigkeit, und meine Entschlossenheit wuchs. Ich würde mich so weit auf diese Torheit einlassen, wie sie bereit war zu gehen, dachte ich mit klopfendem Herzen. Und die Eindeutigkeit setzte unseren Mut frei. Ich folgte ihr aufs Zimmer, mein Blick war auf den Saum ihres grauen Rocks fixiert, der bis zur Wade reichte.

In der imitierten Louis-quince-Kulisse des Schlafzimmers legte sie ihre Schüchternheit ab. Sie umarmte mich, und die Umarmung wurde zu einem Kuss auf die Wange. Ich küsste ihren Nacken – er war überraschend lang – und ihre Stirn, die von der Mähne ihrer Haare gekrönt war, die in der künstlichen Beleuchtung wieder grau wirkten, und dann, endlich, ihren Mund. Ihre Taille war dick, anschmiegsam; plötzlich sank sie in die Knie und seufzte. Ich zog sie wieder hoch und schüttelte den Kopf. Dann waren wir beide auf dem Boden, neben dem Barockbett, wir drückten uns gegen seine Satin-Imitation, und ich schob ihren Leinenrock bis zur Taille hoch.

Hinterher nannte sie mir ihren Namen – Martha? Esther? ich vergaß ihn gleich wieder –, und ein wenig umständlich erklärte sie mir, dass sie für die Reisebuchungen des Verfassungsgerichtes in Brünn verantwortlich sei. Sie hatte eine erwachsene Tochter, die Skilehrerin war in der Schweiz. Von einem Ehemann sagte sie nichts, und ich fragte nicht danach. Ich stellte mich als Jeff vor, Buchhalter aus New York; die fantasielose Lüge fühlte sich schäbig an, aber es lag auch ein Element von Komödie darin, das ich genoss, auch wenn ich das mit niemandem teilen konnte. Dann legten wir uns in das völlig unzerwühlte Bett und schliefen ein. Als wir zwei oder drei Stunden später aufwachten, war es dunkel. Wortlos zog ich mich an, doch diesmal war unser Schweigen in Lächeln getaucht. Ich küsste sie noch einmal auf den Hals und ging.

Die Lichter im Park waren angegangen, und der Regen hatte aufgehört. Überall waren Paare unterwegs und Familien, auf dem Weg zu Veranstaltungen oder Restaurants. Ich fühlte mich leicht und erfüllt von Dankbarkeit. Selten hatte sich mir Brüssel von seiner großzügigen Seite gezeigt. Die Blätter raschelten im Wind, und ich fragte mich, ob ich mich an ihr Gesicht erinnern würde. Eher unwahrscheinlich. Sie hatte mir die Sache leicht gemacht, das erste Mal seit Nadège. Etwas, das passieren musste, auch wenn ich das nicht wahrhaben wollte. Nun lag es hinter mir, und ich hätte es mir nicht anders vorstellen wollen. Vor allem, überlegte ich, weil sie es genossen hatte. Wir waren bloß zwei Menschen, die weit weg von zu Hause das getan hatten, was sie tun wollten. In meine Erleichterung und Dankbarkeit mischte sich Schwermut. Es waren ein paar Meilen bis nach Etterbeek, und während ich lief, kehrte ich zurück zu meiner Einsamkeit. Das darf nicht wieder passieren, hatte ich ihr sagen wollen. Aber eigentlich meinte ich das nicht, und überhaupt verlangte nichts danach, gesagt zu werden. Ich kam in die Wohnung zurück, und am nächsten Tag ging ich nicht nach draußen. Ich blieb im Bett und las Barthes' *Die helle Kammer*. Am späten Nachmittag kam Mayken vorbei, und ich gab ihr das Geld.

Am nächsten Abend oder am übernächsten fand ich den Zettel mit Dr. Maillottes Telefonnummer, raffte mich auf und ging zum Internetladen. Farouq war nicht da. Der ältere Typ stand ernst und blass an der Theke. Er hatte einen buschigen Schnurrbart und Glupschaugen. Ich nickte ihm zu und verschwand in einer der Telefonzellen. Ich wählte die Nummer, ein Mann ging ran, aber sobald ich englisch zu sprechen begann, rief er Dr. Maillotte.

Sie kam ans Telefon und fragte: Hallo, wer spricht da? Ach ja, wie geht's Ihnen, tut mir leid, aber woher kennen wir uns noch mal? Ich half ihr auf die Sprünge. Ach ja, natürlich. Sie sind für einen Monat in Belgien, oder waren es drei Wochen? Wann fliegen Sie? Ach, schon so bald. Ich verstehe. Wie wäre es denn, wenn Sie mich am Montag anriefen, dann könnten wir uns zum Abendessen oder so verabreden, bevor Sie das Land verlassen.

Als ich auflegte und zum Bezahlen nach vorn ging,

war Farouq da und redete mit dem ernsten Mann. Dann sah er mich. Mein Freund, sagte er, wie geht's dir? Er bestand darauf, dass ich nicht für den Anruf bezahlte, es war ohnehin nur ein kurzes Ortsgespräch gewesen. Der Kollege verließ den Laden, und eine Kundin kam herein. Farouq begrüßte sie, *ça va? Alhamdulilah*, antwortete die Frau. Farouq drehte sich zu mir um und sagte: Hier ist viel los, wie du siehst. Nicht nur wegen all der Leute, die ihre Neujahrsanrufe machen, sondern auch wegen dem Ende des Ramadan, da rufen viele zu Hause an. Er zeigte auf den Computerschirm hinter sich, wo man sehen konnte, wohin die Telefonate in den zwölf Telefonzellen gingen: Kolumbien, Ägypten, Senegal, Brasilien, Frankreich, Deutschland. Es wirkte irreal auf mich, dass ein paar Menschen mit ihren Anrufen ein so breites Spektrum von Orten abdecken konnten. So geht das schon seit zwei Tagen, sagte Farouq, und es ist einer der Gründe, warum ich gern hier arbeite. Das ist wie ein Testlauf für meine Ideale: Menschen können zusammenleben und gleichzeitig an ihren Werten festhalten. Wenn ich diese verschiedenen Menschen aus verschiedenen Teilen der Welt sehe, spricht das meine humanistische und meine intellektuelle Seite an.

Ich hab mal als Hausmeister gearbeitet, sagte er, hier in Brüssel, auf dem Auslandscampus einer amerikanischen Universität. Für die war ich bloß der Hausmeister, der Mann, der die Klassenzimmer putzte, wenn die Lehrveranstaltungen vorbei waren. Ich war nett und still, so wie ein Hausmeister eben sein muss. Ich tat so, als hätte ich keine eigenen Gedanken. Eines Tages, als ich eines der Büros putzte, kam der Rektor rein, wir kamen ins Gespräch, und ich dachte, warum spreche ich nicht mal als der, der ich wirklich bin, jemand der nachdenkt, nicht als Hausmeister. Also begann ich zu reden und kam auf meine Themen, es ging um Gilles Deleuze, und natürlich war er überrascht. Aber er war interessiert, also sprach ich weiter, und wir diskutierten über Deleuze' Begriff von Dünen und Wellen und dass es die Räume zwischen diesen Formationen sind, die notwendigen Leerräume, die die Dünen und Wellen als solche definieren. Der Rektor ging voll und ganz darauf ein, und dann sagte er auf diese großzügige amerikanische Art: Schauen Sie doch mal in meinem Büro vorbei, dann reden wir weiter.

Als Farouq das erzählte, konnte ich den Mann regelrecht hören, den jovialen Ton, der wie ein um die Schulter gelegter Arm war, eine entwaffnende Geste und ein Versprechen auf Komplizenschaft: Schauen Sie doch mal in meinem Büro vorbei, dann können wir uns austauschen. Doch dann, fuhr Farouq fort, als ich ihm das nächste Mal begegnete, weigerte er sich nicht nur, mit mir zu sprechen, er tat auch so, als hätte er mich noch nie gesehen. Ich war nur der Hausmeister, der die Böden wischte, nicht mehr als ein Möbelstück. Ich grüßte ihn und versuchte, ihn an unser Deleuze-Gespräch zu erinnern, aber er sagte nichts. Es gab eine Grenze, und der Versuch, sie zu überschreiten, war reine Zeitverschwendung. Während Farouq sprach, verschwanden immer neue Kunden in den Zellen, andere kamen heraus, und er begrüßte jeden, die einen mehr, die anderen etwas weniger herzlich, je nachdem, vermutete ich, wie oft sie in den Laden kamen. Er sprach Französisch, Arabisch, Englisch; mit einem Mann, der nach Kolumbien telefonieren wollte, wechselte er ein paar Worte Spanisch. Er konnte schnell einschätzen, welche Sprache für welchen Kunden angemessen war, und er war so freundlich, dass ich mich jetzt fragte, warum ich ihn bei unserer ersten Begegnung für distanziert gehalten hatte.

Ich verfolge zwei Projekte, sagte Farouq. Das eine ist eher praktischer Natur, das andere ist ein Herzensprojekt. Ich fragte ihn, ob er mit dem praktischen Projekt seinen Job im Laden meinte. Nein, sagte er, der Job ist nicht mal das; das praktische Projekt ist, auf längere Sicht, mein Studium. Ich studiere Übersetzen und Dolmetschen, spezialisiert auf Arabisch, Englisch und Französisch, und ich belege Kurse in Medienübersetzung und Untertitelung, für Filme und so. Das wird mir später einen Job verschaffen. Das Herzensprojekt hat mit dem anderen Thema zu tun, über das wir beim letzten Mal gesprochen haben, die Sache mit der Differenz. Ich glaube wirklich daran, dass Menschen die Fähigkeit haben, friedlich zusammenzuleben, und ich möchte herausfinden, wie das funktionieren kann. Es funktioniert hier, im Kleinen, in diesem Laden, und ich will wissen, wie so etwas im größeren Maßstab gehen kann. Aber wie gesagt, ich bin Autodidakt, und ich weiß noch nicht, welche Form dieses andere Projekt annehmen wird.

Ich fragte ihn, ob er sich vorstellen könnte, Schriftsteller zu werden, und er sagte, dass er auch das nicht so genau wüsste. Er würde jetzt erst mal studieren, sagte er, um ein besseres Verständnis der Dinge zu bekommen, und erst dann entscheiden, in welcher Form er in Aktion treten würde. Ich war beeindruckt von der Reinheit, dem Idealismus und dem altmodischen Radikalismus seiner Ziele und von der Sicherheit, mit der er sie zum Ausdruck brachte, so als hegte er sie seit vielen Jahren; und ich glaubte ihm, rein gefühlsmäßig. Doch etwas gab mir zu denken: Er hatte im Zusammenhang mit der Bemerkung, er wäre Autodidakt, auf unser voriges Gespräch verwiesen, wo er aber von Mohamed Choukri gesprochen hatte, nicht von sich selbst. Keine große Sache, aber ein kleines Beispiel für nicht gerade Unzuverlässigkeit, aber doch eine gewisse Unschärfe in Farouqs Gedächtnis, die man aufgrund seines selbstsicheren Auftretens leicht übersehen konnte. Auf jeden Fall modifizierte es, wenn auch nur geringfügig, meine Einschätzung seiner Brillanz. Diese kleinen Aussetzer – es gab noch andere, die völlig unbedeutend waren und nicht einmal die Bezeichnung *Fehler* gerechtfertigt hätten – trugen dazu bei, dass ich mich von ihm weniger eingeschüchtert fühlte.

Meine Erfahrungen an dieser amerikanischen Schule, fuhr Farouq fort, verknüpften sich in meinem Kopf mit Fukuyamas Thesen über das Ende der Geschichte. Es ist unhaltbar und arrogant zu denken, der aktuelle Status quo der westlichen Welt sei der Kulminationspunkt menschlicher Geschichte. Der Rektor hatte in diesen Kategorien gesprochen, Melting Pot, Salad Bowl, Multikulturalismus – ich lehne diese Begriffe kategorisch ab. Ich glaube in erster Linie an Differenz. Du erinnerst dich, was ich über Malcolm X gesagt habe? Die Amerikaner verstehen einfach nicht, dass die Iraker niemals mit fremder Herrschaft einverstanden sein können. Und selbst wenn Ägypten Palästina besetzen würde, um es vor Israel zu retten – die Palästinenser würden keine ägyptische Herrschaft dulden. Niemand mag Fremdherrschaft. Hast du eine Ahnung, wie sehr sich Marokko und Algerien hassen? Dann kannst du dir ja vorstellen, wie schlimm es erst wird, wenn der Besatzer eine westliche Macht ist. Ich glaube, Benjamin kann uns helfen, das alles besser zu verstehen. Seine Revision von Marx ist sehr hilfreich, um die historischen Strukturen zu verstehen, die Differenz ermöglichen. Aber ich glaube auch an das göttliche Prinzip. Es gibt Dinge, die der Islam zu unserem Denken beitragen kann. Kennst du Averroes? Nicht alles im westlichen Kanon kommt auch aus dem Westen. Islam ist keine Religion, es ist eine Lebensweise, die unser politisches System bereichern kann. Und das sage ich nicht als Vertreter des Islam. Genau genommen bin ich ein ziemlich schlechter Muslim, aber eines Tages werde ich wieder zu meiner religiösen Praxis zurückkehren. Zurzeit lässt sie zu wünschen übrig.

Er hielt inne und lachte, um meine Reaktion auf seine Aussage abzuschätzen. Ich ließ mir nicht anmerken, was ich dachte. Ich nickte nur und signalisierte, dass ich ihm zuhörte. Drei oder vier Kunden standen jetzt an der Theke, und lächelnd sprach Farouq weiter. Die Sache ist, ich bin Pazifist. Ich glaube nicht an Nötigung durch Gewalt. Auch wenn hier einer stehen und eine Waffe auf meine Familie richten würde, könnte ich ihn nicht töten. Ich meine es ernst, du brauchst gar nicht so überrascht schauen. Also mein Freund, sagte er mit einem Ton, der andeutete, dass er zum Schluss kommen wollte, wie wäre es, wenn wir uns für übermorgen verabreden. Du bist ein Mann der Philosophie, aber du bist auch Amerikaner, und ich würde gern mit dir über ein paar Dinge sprechen. Am Samstag mache ich schon um sechs Feierabend. Warum treffen wir uns nicht dort drüben an der Ecke, bei dem Portugiesen, Casa Botelho? Er zeigte auf die andere Straßenseite. Treffen wir uns doch dort am Samstagabend.

Am Samstag lief ich den steilen Hügel der Chausée d'Ixelles hinauf bis zum Porte de Namur, bahnte mir einen Weg durchs Gedränge der Wochenendbummler zur Avenue Louise und ging von dort zum königlichen Palast. Gelegentlich, wenn ich den alten Frauen, die an den Straßenbahnhaltestellen kauerten, ins Gesicht sah, stellte ich mir vor, eine von ihnen wäre Oma. Jedes Mal, wenn ich in der Stadt unterwegs war, dachte ich an diese Möglichkeit: dass ich ihr begegnen könnte, dass ich womöglich gerade die Wege ablief, die sie viele Jahre lang gegangen war, dass vielleicht wirklich eine dieser alten Damen mit ihren orthopädischen Schuhen und zerknüllten Einkaufstaschen meine Oma war, die sich von Zeit zu Zeit fragte, wie es wohl dem Sohn ihrer einzigen Tochter ging. Aber ich wusste, das war nostalgisches Wunschdenken. Ich hatte fast nichts in der Hand, und meine Suche, falls man meine halbherzigen Bemühungen überhaupt so nennen konnte, wurde immer unwirklicher, entsprang sie doch nichts anderem als einer vagen Erinnerung an den Tag, als Oma mit uns den Olumo Rock in Nigeria besucht und wortlos meine Schulter gestreichelt hatte. Bei diesen

Gedanken begann ich mich zu fragen, ob mich Brüssel aus dubioseren Gründen angezogen hatte, als mir bewusst war, ob die Wege, denen ich kopflos durch die ganze Stadt folgte, einer Logik folgten, die gar nichts mit meiner Familiengeschichte zu tun hatte.

Es war wieder Nieselwetter, ein feiner Dunst, kein Regen. Ich hatte keinen Regenschirm mitgenommen, also suchte ich Unterschlupf in den Musées Royaux des Beaux-Arts, aber drinnen bemerkte ich, dass mir überhaupt nicht danach war, Gemälde anzuschauen. Ich ging wieder hinaus in den Dunst und wanderte ziellos umher, an den düsteren Bronzestatuen im Egmont Park entlang, dann zur Place du Grand Sablon mit ihren Antiquitätenhändlern, die mit argwöhnischen Blicken über ihre wertlosen alten Münzsammlungen wachten, zu meinem kleinen Café, wo ich (vergeblich) einen kurzen Blick auf die groß gewachsene Kellnerin zu erhaschen versuchte, und von dort aus hinunter zur Place de la Chapelle. Die Kathedrale ähnelte dem gerippten Rumpf eines versunkenen Schiffs, und die wenigen Menschen davor erschienen winzig und farblos, wie Mücken. Der Himmel, der ohnehin schon trüb gewesen war, verdunkelte sich rasch. Irgendwo in dieser Gegend war ich zuvor an einem indischen Restaurant vorbeigekommen, hatte mir die Karte angeschaut und gesehen, dass es Fisch-Curry aus Goa gab. Vielleicht könnte ich dort essen, dachte ich. Ich bekam einen Heißhunger auf genau dieses Gericht, verlor aber die Orientierung und landete in einem Gebiet voller heruntergekommener Sozialwohnungen, wo es keine einzige Wand ohne Graffiti gab. Mein Wollmantel war durchnässt. Weil es in unmittelbarer Nähe keine U-Bahn gab, lief ich zurück zur Porte de Namur und nahm den Bus zur Philippe. Ich eilte zu meinem Apartment, zog den klatschnassen Mantel aus und ging gleich wieder los, um Farouq im Casa Botelho zu treffen.

In einer Ecke des Cafés saßen drei Männer beim Kartenspiel. Ihre abgenutzten Kleider, die gemessenen, langsamen Bewegungen und die leeren Flaschen auf dem Tisch ergaben ein Bild wie von Cézanne. Bis ins Detail ging die Ähnlichkeit, ich hätte schwören können, den dicken Schnurrbart eines der Männer auf einer Leinwand im Museum of Modern Art gesehen zu haben. Der Raum war belebt, aber ich sah Farouq an einem Tisch hinten am Fenster sitzen. Er hob die Hand und lächelte. Bei ihm saß ein Mann, und als ich mich näherte, standen beide auf. Julius, sagte Farouq, ich möchte dir Khalil vorstellen, einen Freund, ich würde sogar sagen, mein bester Freund. Khalil, das ist Julius, er ist mehr als nur ein Kunde. Wir gaben uns die Hand und setzten uns. Sie tranken bereits – jeder hatte eine Flasche Chimay vor sich stehen – und rauchten. Hinter Khalil, kaum sichtbar durch den Nikotinschleier, warnte ein Schild, dass Rauchen nicht erlaubt sei. Es handelte sich um das neue Gesetz, das vor wenigen Tagen, mit Beginn des neuen Jahres, in Kraft getreten war, aber niemand, weder die Inhaber noch die Gäste, schien an der Einhaltung interessiert zu sein. Die Kellnerin kam, um meine Bestellung entgegenzunehmen, offenbar kannte man sich bereits. Sie spricht Englisch, erklärte Khalil auf Englisch, ich aber nicht. Wir lachten, aber es stimmte: Die wenigen Worte waren der korrekteste englische Satz, den er zu mir sagen sollte. Ich bestellte ein Chimay.

Khalil, rundgesichtig und redselig, fragte mich auf Französisch, woher ich käme. Ich antwortete auf Englisch. Er wollte wissen, was ich in Brüssel machte. Ich gab ihm eine Version der Wahrheit. Dieser Mann hat gerade geheiratet, sagte Farouq, ich gratulierte ihm und fragte Farouq, ob er verheiratet sei. Beide lachten, und Farouq schüttelte den Kopf und sagte, noch nicht. Dann sagte Khalil so etwas wie: Amerika ist ein großes Land, das kein großes Land ist. Ich bat ihn, ein bisschen langsamer zu sprechen, da mein Französisch nur wenig besser sei als sein Englisch. Hat Amerika eigentlich eine Linke?, fragte er. Und Farouq fügte liebevoll-spöttisch hinzu: Khalil ist nämlich Marxist, musst du wissen. Sicher, sagte ich, Amerika hat eine Linke, sogar eine sehr aktive. Khalil sah ernsthaft überrascht aus. Aber die Linken dort, sagte er dann, sind bestimmt rechter als die Rechten hier. Das musste Farouq für mich übersetzen, denn Khalil hatte zu schnell gesprochen. So kann man das nicht sagen, sagte ich, der Umgang mit den Themen ist anders. Es gibt die Demokraten, die an der politischen Macht teilhaben, aber es gibt auch eine echte Linke, die dir in vielen Punkten zustimmen würde. Was haben die für Themen?, fragte Khalil. Und worüber streiten sich Linke und Rechte? Als ich die Streitfragen benannte, war es mir leicht peinlich, wie kümmerlich sie sich anhörten: Abtreibung, Homosexualität, Waffenbesitz − den letzten Begriff schien Khalil nicht zu verstehen, Farouq warf erklärend ein, *des armes*. Einwanderung ist auch ein Thema, sagte ich, aber anders als in Europa. Okay, sagte Khalil, und was ist mit Palästina? Ich nehme mal an, dass sich Demokraten und Republikaner in dieser Frage einig sind.

Endlich kam die Kellnerin, ihr Name war Paulina, und brachte mein Bier. Wir stießen an. Das Bier war süffig, und meine Laune besserte sich. Ich sagte, so einfach ist das nicht. Die Unterstützung für die palästinische Sache kommt in den USA vor allem von links. Viele meiner Freunde in New York zum Beispiel finden Israels Vorgehen in den besetzten Gebieten schrecklich. Praktisch gesehen, was die Haltung der Regierung angeht, ist die Unterstützung für Israel in beiden Parteien ziemlich stabil. Das hat etwas mit Religion zu tun, denke ich, die Christen haben im Großen und Ganzen eine ähnliche Vorstellung von Jerusalem wie die Juden, aber es hat natürlich auch etwas mit der starken Israel-Lobby zu tun. Zumindest behaupten das die linksgerichteten Zeitungen und Zeitschriften. Außerdem gibt es die Auffassung, dass es viele Gemeinsamkeiten zwischen unseren Staaten und unseren Kulturen gibt.

Das ist so merkwürdig, sagte Farouq. Sie behaupten, Israel sei eine Demokratie, aber in Wirklichkeit ist Israel ein religiöser Staat. Er basiert auf einem religiösen Konzept. Das Letztere übersetzte er schnell ins Französische für Khalil, der zustimmend nickte. Sie rauchten beide Kette. Eine Packung pro Tag?, fragte ich. Zwei Packungen für mich, sagte Khalil. Aber noch mal zurück, setzte Farouq wieder an, gerade das interessiert mich, diese amerikanische Manie des Kommunitarismus. Ich fragte ihn, was das Wort bedeutete, ob es etwas mit Identitätspolitik zu tun hätte, aber er sagte, nein, eigentlich nicht. Khalil begann, vom Kommunitarismus zu sprechen, dass er Minderheitsinteressen privilegiere und an sich unlogisch wäre. Weiß ist eine Rasse, sagte er, Schwarz ist eine Rasse, aber Spanisch ist eine Sprache. Das Christentum ist eine Religion, der Islam ist eine Religion, aber das Judentum ist eine ethnische Zugehörigkeit. Das ergibt keinen Sinn. Die Sunniten gehören einer Konfession an, die Schiiten gehören einer Konfession an, aber die Kurden sind ein Volksstamm. Er machte noch ein paar Minuten so weiter, und dann verlor ich den Faden seiner Argumentation, aber ich bat Farouq nicht mehr zu übersetzen. Ich trank nur mein Bier. Khalil schien ziemlich bewandert zu sein in diesem Themengebiet. Es war einfacher, gelegentlich zu nicken und so zu tun, als würde ich ihm zuhören.

Ich bekam Hunger, und als Paulina vorbeikam, bestellte ich einen Salat und Spareribs. Khalil schien sich die Sache mit dem Kommunitarismus von der Seele geredet zu haben. Darf ich dich mal etwas fragen, sagte er dann mit einem Augenzwinkern. Die *American blacks* – er sagte es auf Englisch –, sind die wirklich so wie auf MTV: Rap, Hip-Hop, Frauen und so? Das ist nämlich alles, was wir hier von ihnen mitkriegen. Stimmt das? Na ja, sagte ich langsam und wieder auf Englisch, lass es mich so sagen: Viele Amerikaner denken, dass muslimische Frauen in Europa von Kopf bis Fuß verschleiert herumlaufen und alle muslimischen Männer Vollbart tragen und dass sie nichts anderes im Kopf haben, als gegen vermeintliche Beleidigungen des Islam zu protestieren. Der Durchschnittsamerikaner kann sich vermutlich nicht vorstellen, dass europäische Muslime in Cafés sitzen, Bier trinken, Marlboro rauchen und über politische Philosophie diskutieren. Mit amerikanischen Schwarzen ist es genauso. Sie sind nicht anders als andere Amerikaner. Sie sind nicht anders als andere Menschen. Sie haben dieselben Jobs, wohnen in normalen Häusern und schicken ihre Kinder zur Schule. Viele sind arm, das stimmt, das hat historische Gründe, und viele von ihnen mögen tatsächlich Hip-Hop oder widmen sich sogar ganz dieser Musik, aber es gibt auch Ingenieure, Universitätsprofessoren, Anwälte und Generäle unter ihnen. Die zwei letzten Außenminister waren Schwarze.

Sie sind denselben Zuschreibungen ausgeliefert wie wir, sagte Farouq. Khalil stimmte ihm zu. Dieselben Zuschreibungen, sagte ich, aber so funktioniert Macht eben; wer die Macht hat, entscheidet über die Zuschreibungen. Sie nickten. Mein Essen kam, und ich lud sie ein mitzuessen. Sie bedienten sich bei den Pommes und bestellten noch eine Runde Bier.

Wo wir gerade bei Zuschreibungen sind, sagte Khalil, Saddam war noch der harmloseste der Diktatoren im Nahen Osten. Wirklich der harmloseste. Ich schaute zu Farouq, um mich zu vergewissern, dass ich richtig gehört hatte. Stimmt, sagte Farouq, ich bin auch der Meinung, dass Saddam verhältnismäßig moderat war. Sie haben ihn getötet, weil er den Amerikanern die Stirn bot. Aber ich finde, man sollte ihn dafür bewundern, dass er für das Recht seines Landes einstand, sich gegen den Imperialismus zu wehren. Ich sehe das völlig anders, entgegnete ich. Der Mann war ein Schlächter, und das wisst ihr auch. Er hat Tausende von Menschen getötet. Farouq schüttelte den Kopf und sagte, wie viele Tausende von Menschen mehr sind wohl bis heute durch die Amerikaner getötet worden? Saddam ist für den Mord an 148 Menschen verurteilt worden, sagte Khalil. Der Vater des jetzigen Königs von Marokko war schlimmer, das kannst du mir glauben; Gaddafi in Libyen, Mubarak in Ägypten, die gesamte Region – er machte eine ausladende Bewegung mit der Hand – ist voll von Diktatoren, und zwar nicht nur Diktatoren, sondern Diktatoren der übelsten Sorte. Und sie bleiben im Amt, weil sie die nationalen Interessen ihrer Länder an die Amerikaner verkaufen. Der marokkanische König berief sich auf den Islamismus, als die Kommunisten in den Siebzigern Rückenwind bekamen, doch als die Islamisten langsam politische Macht gewannen, lief er zum Kapitalismus über und unterstützte die säkularen Lager. Tausende sind unter seiner Herrschaft gestorben und verschwunden. Ist das etwa anders als bei Saddam? Eins ist sicher: Ich unterstütze die Hamas. Sie sind diejenigen, die Widerstand leisten.

Und was ist mit der Hisbollah, fragte ich, unterstützt du die auch? Ja, sagte er, Hisbollah, Hamas, alles dasselbe. Es geht um Widerstand, ganz einfach. In jedem israelischen Haushalt gibt es Waffen. Ich sah Farouq an. Ruhig erwiderte er meinen Blick und sagte:

Ich sehe das genauso. Es geht um Widerstand. Und was ist mit al-Qaida?, fragte ich. Khalil sagte, die Twin Towers, klar, das war ein schlimmer Tag. Schrecklich. Was sie gemacht haben, war sehr schlecht. Aber ich verstehe, warum sie es gemacht haben. Dieser Mann ist ein Extremist, sagte ich, hörst du, Farouq? Dein Freund ist ein Extremist. Ich tat empörter, als ich war. Bei diesem Spiel, falls es eins war, sollte ich wohl die Rolle des empörten Amerikaners übernehmen, dabei spürte ich viel mehr Trauer als Wut. Doch mit Wut und dem halbernst gemeinten Wort *Extremist* ließ sich leichter umgehen als mit Traurigkeit. Exakt so stellen sich Amerikaner die Gedankengänge von Arabern vor, sagte ich zu den beiden. Wie deprimierend. Und du, was ist mit dir, Farouq? Unterstützt du al-Qaida auch?

Er schwieg, schenkte sich Bier nach und trank. Die Sekunden, in denen kein Wort fiel, wurden immer länger. Schließlich sagte er: Kann ich dir eine Geschichte aus unserer Tradition erzählen, über König Salomon? Eines Tages hielt König Salomon einen Vortrag über die Schlange und die Biene. Die Schlange, sagte er, verteidigt sich, indem sie tötet. Die Biene dagegen verteidigt sich, indem sie stirbt. Du weißt, dass die Biene stirbt, nachdem sie zugestochen hat? Sie stirbt, um sich zu verteidigen. Das heißt, jedes Geschöpf hat ein Mittel, das seiner Stärke entspricht. Ich finde es nicht richtig, was al-Qaida getan hat, sie haben Mittel angewendet, die ich nicht vertreten kann, also *unterstütze* ich sie nicht. Aber ich verurteile sie auch nicht. Wie gesagt, Julius, das ist etwas, das du verstehen solltest: In meinen Augen ist die Palästina-Frage die zentrale Frage unserer Zeit.

Dann verschwammen Farouqs Gesichtszüge – ganz plötzlich, so schien es, aber ich musste es unterbewusst bereits wahrgenommen haben – und eine erstaunliche Ähnlichkeit trat zutage: Er war das Ebenbild von Robert De Niro, vor allem in der Rolle des jungen Vito Corleone in *Der Pate* II. Die geraden, feinen schwarzen Augenbrauen, der gummiartige Ausdruck, dieses Lächeln, das wie eine Maske war, um Skepsis und Schüchternheit zu verbergen, die hagere Attraktivität – ein berühmter italienisch-amerikanischer Schauspieler vor mehr als dreißig Jahren und ein unbekannter marokkanischer politischer Philosoph in der Gegenwart, und doch war es dasselbe Gesicht. Erstaunlich, wie sich das Leben auf triviale Weise selbst kopierte. Es war mir nur aufgefallen, weil er sich seit ein oder zwei Tagen nicht rasiert hatte und der Schatten eines Bartes auf dem Kinn und um den Mund lag. Nachdem ich die Ähnlichkeit einmal wahrgenommen hatte, war es unmöglich, nicht ständig daran zu denken und davon abgelenkt zu werden; ein sinnloser visueller Kontrapunkt zu allem anderen, was vor sich ging, während wir zusammen aßen und tranken.

Doch was bedeutete De Niros Lächeln? De Niro lächelte, aber niemand hatte eine Ahnung, worüber eigentlich. Vielleicht hatte mich deshalb die erste Begegnung mit Farouq so verwirrt, weil ich, ohne es zu merken, sein Lächeln überinterpretiert und sein Gesicht mit einem anderen in Verbindung gebracht hatte, das mir zwar sympathisch erschien, aber auch Angst machte. Ich hatte, aus dem banalsten aller denkbaren Gründe, in seinem Gesicht den jungen De Niro gesehen, einen charmanten Psychopathen. Und dieses Gesicht, das gar nicht so unergründlich war wie zuerst befürchtet, sprach jetzt weiter: Für uns ist Amerika eine Variante von al-Qaida. Der Satz war so allgemein, dass er jegliche Bedeutung verloren hatte. Er hatte keine Kraft, und er war ohne Überzeugung vorgebracht worden. Er forderte keine Anfechtung meinerseits heraus, dieser Satz, und auch Khalil fügte nichts hinzu. *Amerika ist eine Variante von al-Qaida.* Ein Satz, der mit viel Rauch aufstieg und sich rückstandslos auflöste. Vor einigen Wochen hätte er noch mehr bedeuten können, als derjenige, der ihn aussprach, noch eine unbekannte Größe war. Jetzt hatte ich ihn bei einer übermäßigen Dramatisierung ertappt, und ich spürte, wie die Auseinandersetzung zu meinen Gunsten kippte.

Also schlug er einen neuen Kurs ein. Als wir jünger waren, sagte er, oder vielleicht sollte ich besser sagen, als ich jünger war, war Europa ein Traum. Nicht irgendein Traum, sondern der Inbegriff aller Träume, der Traum von Gedankenfreiheit. Wir wollten alle hierher, in diesen Freiraum, um unseren Geist zu entfalten. Wie alle meine Freunde träumte ich von Europa, als ich in Rabat mein Studium begann. Nicht von Amerika, das lehnte ich schon damals ab, sondern von Europa. Aber ich wurde enttäuscht. Europa sieht nur so aus, als wäre es frei. Der Traum war nur eine Erscheinung.

Ja, sagte Khalil, Europa ist nicht frei. Die Freiheit wird zwar behauptet, aber das sind nur Worte, Rhetorik. Und wenn man etwas über Israel sagt, stopfen sie einem gleich das Maul mit ihren sechs Millionen. Leugnest du das etwa, unterbrach ich sofort, stellst du diese Zahl etwa in Frage? Darum geht es nicht, sagte Khalil, sondern darum, dass man gegen das Gesetz verstoßen würde, wenn man es täte, und dass man gegen ein ungeschriebenes Gesetz verstößt, wenn man auch nur darüber diskutieren will. Farouq nickte. Jedes Mal, wenn wir über die palästinensische Situation zu sprechen versuchen, sagte er, hören wir: sechs Millionen. Natürlich war das eine schreckliche Tragödie, sechs Millionen, zwei Millionen, ein einziger Mensch, nichts davon ist gut. Aber was hat das mit den Palästinensern zu tun? Ist es das, was Europa unter Freiheit versteht?

Er war nicht lauter geworden, aber die Intensität seiner Worte hatte spürbar zugenommen. Waren es etwa die Palästinenser, die die Konzentrationslager gebaut haben?, fragte er. Und was ist mit den Armeniern: Sind ihre Toten etwa weniger wichtig, nur weil sie keine Juden sind? Wie lautet ihre Zauberzahl? Mir ist schon klar, warum die sechs Millionen so wichtig sind: Weil die Juden das auserwählte Volk sind, ihr Leid ist einzigartig, singulär. Was ist schon das Leid der Kambodschaner oder der Afroamerikaner dagegen? Doch ich lehne diese Auffassung ab. Ihr Leid ist nicht einzigartig. Was ist mit den zwanzig Millionen Toten unter Stalin? Aus ideologischen Gründen umgebracht zu werden ist nicht besser. Tod ist Tod, tut mir leid – die sechs Millionen sind nicht einzigartig. Weißt du, was mich so frustriert an dieser Zahl, dieser heiligen, unantastbaren Zahl? Khalil hat es gerade gesagt: dass sie benutzt wird, um jede weitere Diskussion zu beenden. Die Juden wiederholen sie immer wieder, um die Welt zum Schweigen zu bringen. Ehrlich gesagt, die akkurate Anzahl kann mir gestohlen bleiben. Jeder Tod bedeutet Leid. Andere haben auch gelitten, die Geschichte ist voll davon, voll von Leid.

Paulina kam und trug die Teller weg, und wir bestellten noch eine Runde Bier. Ich fragte Farouq, ob er selbst kochte oder essen ging. Weder noch, sagte er. Das Rauchen verdirbt den Appetit, ich esse nicht viel. Er lächelte sein De-Niro-Lächeln und brachte das Gespräch zurück zum Thema. Hast du schon mal was von Norman Finkelstein gelesen? Ich schüttelte den Kopf. Erkundige dich mal, wenn du Zeit hast. Er ist jüdisch und hat eine überzeugende Untersuchung der Holocaust-Industrie geschrieben. Und er weiß, wovon er spricht, seine Eltern haben Auschwitz überlebt. Er vertritt keine antijüdische Haltung, spricht sich aber gegen die kommerzielle Vermarktung des Holocaust aus. Soll ich dir den Namen aufschreiben? Sicher, dass du ihn dir merkst? Okay, lies das mal, und sag mir, was du denkst.

Ein Handy klingelte, es war Khalils. Er sprach auf Arabisch, stakkatoartig. Dann beendete er das Gespräch und sagte, dass er gehen müsse. Er und Farouq sprachen kurz arabisch miteinander, das erste Mal in meiner Anwesenheit. Nachdem er gegangen war, sagte Farouq: Er ist ein guter Kerl, glaub mir. Er ist mein bester Freund. Ihm gehört auch der Laden, und noch ein paar andere in der Stadt. Er ist also mein Chef. Aber es bedeutet ihm nichts, Chef zu sein, sich wie ein Chef aufzuführen. Wir kommen aus derselben Stadt, aus Tétouan. Er ist so großzügig. Hast du gesehen, dass er beim Rausgehen gerade alles bezahlt hat, unsere Getränke, dein Essen, alles? So ist er, er gibt gerne, einfach so.

Meiner Meinung nach, sagte Farouq, sollte Deutschland für Israel verantwortlich sein. Wenn jemand die Bürde tragen sollte, dann die Deutschen, nicht die Palästinenser. Warum sind die Juden nach Palästina gekommen? Weil sie vor zweitausend Jahren da gelebt haben? Khalil und ich sind Marokkaner, also Mauren. Die Mauren haben einmal Spanien regiert. Wie wäre es jetzt, wenn wir die Iberische Halbinsel erobern würden, weil unsere Vorfahren schon im Mittelalter dort geherrscht haben und wir Anspruch auf das Land erheben, auf Spanien und Portugal, alles. Würdest du das etwa nachvollziehbar finden? Nur bei den Juden ist das etwas anderes. Versteh mich bitte nicht falsch. Ich persönlich habe nichts gegen Juden. Es gibt viele Juden in Marokko, auch heute, und sie sind Teil der Gesellschaft. Sie sehen aus wie wir, aber natürlich sind sie die besseren Geschäftsleute. Manchmal denke ich, ich sollte konvertieren, von Berufs wegen. Dann würde ich alles auf die Reihe kriegen. Ich bin nur gegen den Zionismus und gegen diesen religiösen Anspruch, den sie auf Land erheben, auf dem schon Menschen leben.

Ich wollte ihm sagen, dass wir uns in den Vereinigten Staaten mit scharfer Israel-Kritik auch deshalb zurückhielten, weil sie schnell in Antisemitismus kippte, verzichtete aber darauf, weil ich wusste, dass sich meine Angst vor Antisemitismus, genau wie meine Angst vor Rassismus, so tief eingegraben hatte, dass sie längst prärational geworden war. Es wäre kein

Argument, sondern eine Aufforderung, meine Reflexe zu übernehmen, die Rücksichten einer Gesellschaft, die anders ist als die, in der er aufgewachsen war, oder die, in der er heute zurechtkommen musste. Es würde nirgendwohin führen, ihm den feinen Unterschied zu erklären, den ein amerikanisches Ohr wahrnahm, wenn von »Juden« anstatt von »jüdischen Menschen« die Rede war. Ich hätte ihn auch darauf hinweisen können, dass er ein religiöses Ideal angriff, obwohl doch sein eigenes Ideal ein religiöses war, aber ich hatte das Gefühl, dass die ganze Diskussion inzwischen völlig müßig war und dass ich besser daran tat, den Mund zu halten. Stattdessen bat ich ihn, mir etwas über seine Familie zu erzählen und über Tétouan, seine Kindheit dort. Im Café war es inzwischen ruhiger geworden, und die Kartenspieler waren nach Hause gegangen. Sogar der Regen schien sich zur Nacht beruhigt zu haben. Es gab noch ein paar andere ausdauernde Gäste, sie tranken und redeten, wie wir. Als Paulina an unseren Tisch kam, fragte sie, ob ich noch mal dasselbe wollte, aber ich bedankte mich und sagte, dass ich genug hätte. Farouq bestellte noch ein Bier.

Ich bin das dritte von acht Kindern, sagte er, und mein Vater war Soldat. Wir führten ein bescheidenes Leben – sehr bescheiden, um ehrlich zu sein. Soldaten wurden schlecht bezahlt und genossen keinen hohen Status in der Gesellschaft. Mein Vater war ein harter Mann, und besonders hart war er zu mir. Er fand, ich wäre nicht männlich genug. Nun ist er Rentner. Zwischen mir und meinem ältesten Bruder ist es auch nicht besser, er lebt in Köln und ist sehr religiös. Eigentlich ist meine ganze Familie sehr religiös, ich bin der Einzige, der sich davon entfernt hat, aber mein Bruder nimmt die Religion zu ernst. Er, meine Schwester und ich, wir sind die Ältesten. Mein Bruder findet, mein Studium sei Zeitverschwendung. Er ist Geschäftsmann, und nur das interessiert ihn. Er versteht nicht, warum mir mein Studium wichtig ist, er versteht das intellektuelle Leben nicht, und er hat nicht nur kein Verständnis dafür, er hasst es sogar. Zu meinem Vater habe ich keine gute Beziehung, aber mit meinem Bruder ist es noch schlimmer. Er hat eine deutsche Frau geheiratet, aber sobald er seine Aufenthaltsgenehmigung hatte, ließ er sich scheiden, fuhr nach Hause und kehrte mit einer marokkanischen Frau zurück. War das von Anfang an geplant? Ich weiß es nicht. Der Mann ist ein Heuchler.

Die anderen aus meiner Familie sind mir näher. Ich habe nicht genug Geld, um regelmäßig nach Marokko zu fliegen, aber ich stehe meiner Mutter sehr nahe. Sie ist die wichtigste Person in meinem Leben, ich wette, das ist bei dir nicht anders. So ist das eben mit Müttern. Meine Mutter macht sich ein wenig Sorgen um mich. Sie will, dass ich heirate, und vor allem, dass ich mit dem Rauchen aufhöre. Sie weiß nicht mal, dass ich trinke. Meinem jüngeren Bruder schreibe ich lange Briefe, er ist zwanzig. Eines hab ich im Studium gelernt: Ich schreibe meinen jüngeren Geschwistern nicht vor, was sie zu denken haben, ich will ihnen beibringen, selbst zu denken. Ich will, dass sie ihre Situation einschätzen lernen und ihre eigenen Schlussfolgerungen ziehen. Als Kind war ich ein Außenseiter. Ich schwänzte die Schule, um irgendwo in Ruhe lesen zu können. Im Unterricht lernte ich nie etwas. Alles Interessante stand in den Büchern. Aus den Büchern erfuhr ich, wie vielschichtig die Welt ist, wie unterschiedlich. Für mich ist Amerika kein Monolith wie für Khalil. Ich weiß, dass es dort ganz unterschiedliche Menschen gibt, mit unterschiedlichen Vorstellungen, ich weiß von Finkelstein und Noam Chomsky. Aber die Welt soll endlich wahrnehmen, dass die sogenannte arabische Welt auch kein Monolith ist, jeder von uns ist ein Individuum. Auch wir sind uns nicht immer einig. Du hast ja gerade gehört, dass ich meinem besten Freund nicht zustimme. Wir sind Individuen.

Du und Amerika, ihr hättet euch einiges zu sagen, sagte ich. Ich glaube, du solltest es mal kennenlernen. Während ich sprach, konnte ich mich des Gefühls nicht erwehren, dass wir redeten, als stünde das 20. Jahrhundert noch bevor oder als hätte es gerade erst seinen grauenvollen Kurs eingeschlagen. Wir waren zurück in der Zeit der Dampfschiffsreisen und Weltausstellungen, der Zeit der Flugblätter und der Solidarität, als junge Männer an den Lippen von Revolutionären hingen. Dann dachte ich an Fela Kuti in Los Angeles, Jahrzehnte später, an Figuren wie ihn, die von der Begegnung mit amerikanischer Freiheit und amerikanischer Ungerechtigkeit geprägt wurden, wachgerüttelt von der Erfahrung des Terrors, den Amerika gegen seine Marginalisierten entfesseln konnte. Selbst heute, in Zeiten des Antiterror-Regimes, würde Farouq davon profitieren, Zeuge dieses Infernos zu werden.

In diesem Moment lag eine naive Freude in der Luft, aber würde ich ihn allen Ernstes einladen, und er würde annehmen, dann würde mich das schon logistisch überfordern. Doch er sagte: Nein, ich mag dieses Land nicht. Ich habe kein Bedürfnis, Amerika kennenzulernen, und schon gar nicht als Araber, nicht heute, nicht bei dem, was ich dort zu ertragen hätte. Der Widerwillen stand ihm ins Gesicht geschrieben. Sollte ich sagen, dass meine arabischen Freunde keine Schwierigkeiten hatten und dass seine Ängste unbegründet waren? Das wäre gelogen gewesen. Ich an seiner Stelle, als nordafrikanischer Muslim mit linken Ansichten, wäre auch nicht in die USA gereist.

Es gibt diesen Autor, sagte Farouq, Benedict Anderson, der die ... was heißt *les Lumières* noch mal? Die Aufklärung?, fragte ich. Genau, sagte er, Anderson kritisiert die Aufklärung. Sein Argument ist, dass die Herrschaft der Vernunft die Leerstelle nicht füllen kann, die der religiöse Glaube hinterlässt. Meiner Ansicht nach muss diese Leerstelle mit dem Göttlichen gefüllt werden, mit den Lehren des Islam. Das ist für mich absolut zentral, auch wenn ich zurzeit nur ein mäßig guter Muslim bin.

Und was ist mit der Scharia?, fragte ich. Ich weiß, dass die Scharia mehr ist als drakonische Strafen. Und du wirst sicher gleich sagen, dass es um das harmonische Funktionieren einer Gesellschaft geht. Aber trotzdem will ich jetzt wissen, was du von Leuten hältst, die anderen die Hände abhacken oder Frauen zu Tode steinigen. Der Koran ist ein Text, sagte Farouq, aber die Leute vergessen immer, dass der Islam auch eine Geschichte hat. Er ist nicht statisch. Es gibt auch die Gemeinschaft, die Umma. Nicht alle Interpretationen sind haltbar, aber ich bin stolz darauf, dass der Islam tatsächlich die weltlichste aller Religionen ist. Er handelt davon, wie wir unser Leben in dieser Welt gestalten, jeden Tag aufs Neue. Weißt du (und plötzlich hatte Farouq einen verklärten Gesichtsausdruck, den ich vorher nicht an ihm bemerkt hatte) – die Sache ist, dass ich eine starke Liebe zum Propheten spüre. Ich liebe diesen Mann und das Leben, das er gelebt hat, von ganzem Herzen. Vor Kurzem gab es diese Umfrage in einem Magazin, die Leute mussten darüber abstimmen, wer der einflussreichste Mann der Geschichte war. Weißt du, wer gewonnen hat? Mohammed. Warum wohl?

Aber könntest du wirklich in Mekka oder Medina leben? Was passiert an diesen Orten mit der individuellen Freiheit? Wenn du in die Hauptstädte des Islam ziehen würdest, was passiert dann mit deinen Zigaretten und deinem Chimay?

Mekka und Medina sind Sonderfälle. Selbstverständlich könnte ich im Heiligen Land leben. Ich würde es als eine *paysage moralisé* betrachten. Es gibt eine Topografie der spirituellen Energie, die es einem leichter macht, physische Einschränkungen zu ertragen. Ich trinke das hier – er zeigte auf die Bierflasche – und habe damit eine Wahl getroffen, und das bedeutet, mir wird der Wein des Paradieses verwehrt bleiben. Du weißt bestimmt, was Paul de Man über Erkenntnis und Blindheit sagt. Er geht davon aus, dass eine Erkenntnis auch andere Dinge verhüllen kann, dass Erkenntnis auch Blindheit sein kann. Und umgekehrt, dass vermeintliche Blindheit neue Möglichkeiten eröffnen kann. Wenn ich über Erkenntnis als eine Form von Blindheit nachdenke, dann fällt mir Rationalität ein, Rationalismus, der für Gott blind ist und für die Dinge, die Gott den Menschen bietet. Darin liegt das Scheitern der Aufklärung.

Rein zufällig war de Man Student an derselben Universität hier in Brüssel, an der ich anfing, als ich vor sieben Jahren nach Belgien kam. Ich wollte einen Magister in kritischer Theorie machen, weil das Institut dafür bekannt war. Das war mein Traum, mit zwanzig hat man ja sehr präzise Träume. Ich wollte der nächste Edward Said werden! Die Idee war, Vergleichende Literaturwissenschaft zu studieren und als Grundlage für Sozialkritik zu nutzen. Ich konnte erst später einsteigen, weil meine Aufenthaltsgenehmigung noch in Arbeit war. Die Uni zwang mich, alle Kurse in acht Monaten zu absolvieren, von Januar 2001 bis August. Dann schrieb ich meine Magisterarbeit über Gaston Bachelards *Poetik des Raumes*.

Und das Institut lehnte sie ab! Mit welcher Begründung? Verdacht auf ein Plagiat. Das war alles, was ich erfuhr. Sie ließen mir mitteilen, dass ich innerhalb von zwölf Monaten eine neue Arbeit abzugeben habe. Ich war am Boden zerstört. Ich verließ die Uni. Ein Plagiat? Eine denkbare Erklärung ist, dass sie an meinen Englisch- und Theoriekenntnissen zweifelten. Die andere, die ich für wahrscheinlicher halte, ist, dass sie mich für Ereignisse in der Welt bestrafen wollten, mit denen ich nichts zu tun hatte. Meine Magisterkommission war am 20. September 2001 zusammengekommen, und vor dem Hintergrund der Schlagzeilen war ich für sie jetzt nur noch ein Marokkaner, der über Differenz und Offenbarung schrieb. In dem Jahr verlor ich alle

Illusionen über Europa. Ich hatte gedacht, Europa wäre die perfekte Antwort auf die Unterdrückung durch den marokkanischen König. Ich war enttäuscht.

Früher träumte ich davon, mit fünfundzwanzig meinen Doktor zu machen. Meinen ersten Abschluss hatte ich mit einundzwanzig in Rabat bekommen, mein Weg war genau abgesteckt. Und jetzt bin ich neunundzwanzig und habe mich in Lüttich eingeschrieben, um dort in einem Teilzeit-Programm einen Magister in Übersetzen und Dolmetschen zu machen. Zweimal die Woche pendle ich, manchmal dreimal, aber im Grunde weiß ich, dass dieses Studium nicht viel mit mir zu tun hat. Ich bin dazu bestimmt, ein Gelehrter zu sein. Ich könnte im Fach Übersetzung promovieren. Ich möchte über Babel schreiben, darüber, wie alle Sprachen aus einer entstanden sind – vielleicht ein religiöser Gedanke, aber ich könnte einen wissenschaftlichen Ansatz wählen. Das war nicht meine erste Wahl, aber was soll ich machen? Die andere Tür ist nun zu.

Farouqs Augen glänzten. Die Wunde saß tief. Wie viele selbst ernannte radikale Denker waren schon auf dieselbe Weise gedemütigt worden? Es war Zeit, auseinanderzugehen. Er hatte mich zu nah an sich und seinen Schmerz herangeführt, und ich war nicht mehr in der Lage, ihn wirklich zu sehen. An seine Stelle war der junge Vito Corleone getreten, der über die Dächer von Little Italy schlich, auf dem Weg zum lokalen

Paten, der bald schon der Vergangenheit angehören würde; diesen Vito, dessen Wille ihn weiter bringen würde, als er sich je vorgestellt oder gewünscht hatte, dessen Zukunft ihm selbst als exzessiv erschienen wäre in jenem Moment, als er sich leicht wie eine Feder von Dach zu Dach bewegte, ein schlanker junger Mann mit einem einzigen mörderischen Gedanken im Sinn – diesen Vito sah ich an Farouqs Stelle.

Er trank sein Bier aus. Er hatte etwas Mitreißendes an sich, eine brodelnde Intelligenz, die sich selbst für unbezwingbar hielt. Dennoch gehörte er zu den Maßvollen. Sein Drehbuch sah keinen Exzess vor.

10

Ich rannte mit meiner Schwester durch Lagos. Wir liefen einen Marathon und mussten Landstreicher und Straßenköter aus dem Weg schieben. Dabei habe ich gar keine Schwester. Ich bin Einzelkind. Als ich mitten in der Nacht aufwachte, war es stockdunkel, ich konnte meine Hand nicht vor Augen sehen. Verkehrslärm drang an das warme Bett, in dem ich lag. Wie meistens, wenn man abrupt aus dem Schlaf gerissen wird, war jedes Zeitgefühl dahin. Doch sofort befiel mich eine tiefere Panik: Ich wusste nicht, wo ich war. Ein warmes Bett, Dunkelheit, Verkehrsgeräusche. Was ist das für ein Land? Was ist das für ein Haus, mit wem bin ich hier? Ich streckte die Hand aus, doch da war niemand. War ich allein, weil ich keine Partnerin hatte oder weil meine Partnerin weit weg war? Ich schwebte in der Dunkelheit, mir selbst unbekannt, gebannt von dem Gefühl, dass die Welt existierte, ich jedoch kein Teil mehr von ihr war.

Die erste Frage, die beantwortet wurde, war die nach der Partnerin: Ich hatte keine, ich war allein. Diese Tatsache erreichte mich, und sofort war ich ruhiger. Die Panik hatte darin bestanden, mich nicht zu erinnern. Dann fiel mir alles andere ein: Ich war in Brüssel, Belgien, in einer Mietwohnung; die Wohnung befand sich im Erdgeschoss des Gebäudes, und das Poltern draußen war die Müllabfuhr; sie kam freitags, vor Sonnenaufgang. Ich war jemand, nicht bloß ein Körper ohne Dasein. Wie aus großer Entfernung kehrte ich zu mir selbst zurück. Die Anstrengung, den scheinbar trivialen und doch so existenziellen Ballast meiner Identität zusammenzutragen, dass mein Herz womöglich aufgehört hätte zu schlagen, wenn es nicht gelungen wäre – diese Anstrengung hatte mich erschöpft. Ich sank zurück in einen traumlosen Schlaf, draußen polterten die Müllwagen weiter. Als ich wieder aufwachte, war es bereits Mittag. Der Regen dämpfte das Tageslicht im Raum. Es regnete seit sieben Tagen, ein ewiges Tropfen und Triefen und Rieseln ohne jede biblische Erhabenheit. Es erinnerte mich an den einzigen anderen Dauerregen, der sich mir eingeprägt hatte. Ich war damals neun Jahre alt, es geschah also in dem Jahr, bevor ich ins Internat kam.

An jenem Morgen war es noch klar gewesen, heiß, ein Tag wie jeder andere in der endlosen Reihe ununterscheidbar heißer Tage, an die wir zu allen Jahreszeiten gewöhnt waren. Ich war um zwei aus der Schule gekommen, hatte gegessen und einen Mittagsschlaf gemacht, was ungewöhnlich war. Als ich aufwachte, war meine Mutter aus dem Haus gegangen, zur Bank oder zum Markt. Mein Vater würde erst einige Stunden später von der Arbeit kommen, nur meine *Mama*, die Mutter meines Vaters, war zu Hause. Ihr Zimmer lag im Erdgeschoss, hinter der Küche, im selben Teil des Hauses, wo sich auch das Arbeitszimmer befand.

Ich schaute nach ihr, aber sie schlief noch. Der Strom war ausgefallen. Wenn das nicht der Fall gewesen wäre, hätte ich sicher ferngesehen. An Schultagen war mir das verboten, und das einzig Interessante am Wochenende waren die Sportsendungen: die englische Liga am Samstagabend, die italienische am Sonntag. Deshalb verstieß ich manchmal gegen die Regel, wenn meine Mutter an einem Nachmittag unter der Woche nicht da war. *Mama* hörte nicht mehr gut, und wenn sie gerade unten war, konnte ich behaupten, ich würde nach oben gehen, um meine Hausaufgaben zu machen, und stattdessen fernsehen, zwei Stunden oder so, bis ich die Hupe meiner Mutter am Gartentor hörte. Aber bei Stromausfall war fernsehen keine Option, und ich wusste nichts mit mir anzufangen. Ich ging wieder hoch in die Küche und öffnete den Kühlschrank. Er brummte nicht, und das Licht ging auch nicht an. Die Flaschen begannen schon zu schwitzen, und alles andere auch: unser abgekochtes Trinkwasser, das *ogi*, der fermentierte Hirsebrei fürs Frühstück, die Coca-Cola und die anderen Softdrinks.

Die Softdrinks waren Partys und besonderen Anlässen vorbehalten. Wenn andere Familien zu Besuch kamen, stritten die Kinder stets um die Fanta, die war der Favorit, dann folgte 7-Up, während Coca-Cola ganz unten in der Hierarchie der Softdrinks stand. Eine absurde Rangordnung. Manche Kinder glaubten, Coke würde sie dunkler machen, genauso wie der Verzehr von *amala* aus schwarzer Yamswurzel. Kleine Kinder weinten sogar manchmal, wenn die Fanta ausgetrunken war und sie sich mit Cola begnügen mussten. Als »Mischling« verstand ich die Angst nicht, schwärzer zu werden. Das war meine geringste Sorge. Außerdem war ich Einzelkind, meine Vorlieben richteten sich also ausschließlich danach, was ich lecker fand. Ich mochte Cola, weil nichts anderes so schmeckte, bei den anderen Getränken überzeugte mich der Sprudel nicht, und Fanta fand ich nur ekelhaft süß. Aber wie alles, was man als Kind liebt, war bei uns die Cola streng rationiert. Die Coke im Kühlschrank war nicht weniger tabu als der Whiskeyschrank meines Vaters. Und so kam ich an diesem heißen Tag in Versuchung: Ich wollte eine Cola. Ich stampfte nicht mit den Füßen, ich ballte nicht die Fäuste: Niemand war da, an den ich eine bockige Willensbekundung richten konnte.

Mama schlief, und sie hätte es mir auch nicht erlauben können. Immer wieder öffnete und schloss ich die Kühlschranktür.

Nur meine Mutter konnte mir die Erlaubnis geben. Ich hätte sie fragen können, sobald sie nach Hause kam, aber mein Verlangen war ja rational nicht nachvollziehbar – genauso gut hätte ich sie fragen können, ob ich meine schmutzigen Sachen in die Reinigung geben dürfte, anstatt sie selbst zu waschen. Sie hätte mich nur verdutzt angesehen und gesagt, dass ich kein Kleinkind mehr wäre und dass ich daran denken sollte, wie gut es mir ging im Vergleich zu anderen. Mir selbst wäre die Frage kindisch vorgekommen, und ihr gespieltes Erstaunen wäre unerträglich gewesen für einen stolzen Jungen wie mich.

Die Regeln an sich machte mein Vater, der sehr genaue Vorstellungen davon hatte, wie man ein Kind nicht verwöhnte. Ihre Durchsetzung allerdings fiel auf meine Mutter zurück, und wenn ich je innerlich aufbegehrte gegen die Regeln – was selten vorkam, da Kindheit für mich gleichbedeutend mit Regeln war –, dann richtete sich dieser Groll immer gegen meine Mutter, ganz unabhängig von dem Anteil, den mein Vater hatte. Auf diese Weise schaffte ich mir eine Vorstellung von ihm als Unschuldigem. Doch noch etwas formierte sich in meinem Kopf: der Traum, den elterlichen Regeln zu entfliehen und endlich erwachsen zu sein. Es gab keinen natürlichen Impuls für Rebellion, also behalf ich mich mit dem erstbesten Ersatz: Erwachsensein bedeutete demnach vor allem, dass man Cola trinken konnte, wann immer einem danach war. Und so schloss ich die Kühlschranktür und öffnete sie wieder. Ich nahm eine der feuchtkalten Flaschen heraus und stellte sie mit einem unbeabsichtigt lauten Klirren in die Spüle (*Mamas* Zimmer grenzte direkt an die Küche).

Dann stellte ich die Cola wieder in den Kühlschrank zurück und ging nach draußen. Es war dunkler und kühler geworden, die Wolken zogen am Himmel. Ich schwor, niemals zu vergessen, was mich in diesem Moment zutiefst bewegte. Elektrisiert von dem Wissen, gerade einen Eid zu schwören, gab ich mir feierlich das Versprechen, ungestraft Cola zu trinken, wenn ich erst erwachsen war. In meiner Fantasie fand dieses Trinken in unserer Küche statt: Ich sah mich selbst, nur älter, wie ich lässig zum Kühlschrank ging und ihn öffnete. Ganz entspannt und cool wog ich meine Wünsche ab und entschied mich für Cola, wie immer. Ich nahm die Flasche, öffnete sie mit einem Flaschenöffner und goss den zischenden Inhalt in ein Glas voller Eiswürfel. Dies tat mein erwachsenes Ich jeden Tag einmal, jeden gesegneten Tag. Der Gedanke an so viel Cola machte mich vor Aufregung fast verrückt. Mein Herz raste, wenn ich an die Befriedigung dieser Revanche dachte, und ich sehnte mich danach, die Kindheit hinter mir zu lassen, und zwar gleich, auf der Stelle. Trotzdem, es gab die Regel, und ich musste sie einhalten. Ich lief nach draußen, hinter das Haus.

Dort war der Brunnen. Ich schob die Stahlplatte, die ihn verschloss, beiseite und blickte hinab. Es waren mehr als dreißig Meter bis zum Wasser. Ob die Geister noch da waren? Die Brunnengräber hatten ihnen alkoholische Getränke hingestellt, die mein Vater bezahlt hatte. Waren die Geister nur beschwichtigt oder tatsächlich verbannt? Die Wasseroberfläche lag so tief, dass sie nicht mehr sichtbar war. Ich strengte mich an, konnte aber nichts erkennen, also nahm ich einen Stein, hielt ihn über die Mitte und ließ ihn fallen. Mit einem Klackern streifte er die Brunnenwand und traf mit einem Platschen aufs Wasser. Kurz überlegte ich, lieber hochzugehen und meine Mathematikhausaufgaben zu machen. Dann nahm ich einen größeren Stein und warf ihn mit Schwung hinunter. Er prallte mehrmals ab, bis ihn das unsichtbare Wasser hörbar verschluckte. Ich zog meine Gummischlappen aus und setzte mich auf den Brunnenrand, zunächst noch mit den Füßen auf dem Boden, dann schob ich ein Bein nach dem anderen über den Rand, sodass beide Beine über dem dunklen Loch baumelten. Ich fühlte mich cool und tollkühn, aber was, wenn mich gleich ein Geist schubsen würde? Der Brunnen lag in der Nähe des Zauns. Vor Kurzem hatte ich im Fernsehen gesehen, dass sich Geister gerne in Ecken von Einzäunungen versammelten, und seitdem fürchtete ich mich vor diesen vier Stellen unseres Grundstückes. Vorsichtig brachte ich beide Beine wieder in Sicherheit, schob die Platte zurück und ging in mein Zimmer.

Schriftliche Division kam jetzt nicht infrage. Ich schob eine Hand in meine Shorts, dann zog ich die Shorts und die Unterhose und mein T-Shirt aus. Ich legte mich auf den Rücken und fummelte an mir herum, aber mir fiel nichts ein, mir fehlte die Vorstellungskraft, und meine Genitalien lagen nur zusammengedrückt in meiner Hand. Plötzlich erinnerte ich mich, dass ich mal irgendwo ein Magazin gesehen hatte, als ich sechs oder sieben Jahre alt war. Mir blieb fast die Luft weg vor Aufregung bei dem Gedanken, das Magazin könnte noch im Haus sein. Hastig zog ich mich wieder an und lief ins Arbeitszimmer, wo ich fieberhaft die Stapel alter Magazine durchforstete und mich dabei bemühte, möglichst leise zu sein. Es war ein Magazin mit Hochglanzabbildungen gewesen (die Details hätte mein Gedächtnis niemals erfinden können), vermutlich hatte es einer meiner extravaganten Onkel liegen gelassen, und was ich damals darin gesehen hatte, musste ich jetzt unbedingt wieder sehen. Systematisch ging ich alle Unterlagen im Arbeitszimmer durch, die alten Aktenordner mit den Ausdrucken und technischen Zeichnungen aus der Studienzeit meines Vaters, die Jahresberichte der nigerianischen Unternehmen, bei denen meine Eltern Aktien hielten. Ich brauchte dafür fast ein Stunde. Ich blätterte durch ein staubiges Taschenbuch mit dem Titel *Body Language*, ein Buch aus den Siebzigerjahren über Populärpsychologie, aber ich fand nichts darin, was mich gerade interessierte. Ich durchkämmte alle Hefter auf den unteren Regalen, dann gab ich auf und ging wieder nach oben. Doch es ließ mich nicht los. Getrieben von einem Verlangen, das mich überkam wie etwas Fremdes, schaute ich unter alle Matratzen, unter meine, die meines Vaters und meiner Mutter. Ich fand nichts und machte die Betten wieder neu. Von der Anstrengung war ich völlig erhitzt und atemlos.

Ich ging in die Küche, nahm eine Flasche Cola aus dem Kühlschrank und ging wieder nach draußen hinters Haus. Der Himmel schien sich wieder aufgeklart zu haben. Ich setzte mich auf die Stahlplatte, öffnete die Flasche mit den Zähnen und stürzte den Inhalt so schnell hinunter, dass meine Kehle brannte. Ich wischte mir den Mund ab, ging in die Vorratskammer, wo ich die leere Flasche gegen eine zimmerwarme volle austauschte, die ich in den Kühlschrank stellte. Meine Hausaufgaben waren noch zu erledigen, also ging ich hoch und machte mich an die Arbeit, während ich unten meine *Mama* rumlaufen hörte. Dann begann es zu regnen, und kurz darauf hörte ich die Hupe und rannte hinaus, um das Tor aufzumachen. Der Regen war sintflutartig, und ich war schon durchnässt, bevor ich das Vorhängeschloss geöffnet und die großen Metallflügel aufgeschwenkt hatte. Das Auto fuhr hinein, und darin saß meine Mutter, die Gesetzeshüterin, gegen die ich nun wortlos meinen gesamten Nachmittagsfrust richtete. Ich ließ mir Zeit beim Abschließen und legte den Kopf in den Nacken. Der Regen wusch die Süße weg, die noch in meinem Mund klebte. Dann rannte ich zu meiner Mutter, um ihr die Einkaufstüten zu tragen. Am liebsten wäre ich weiter durch den Regen getobt und hätte ihn mir in den Mund rinnen lassen, aber ich ging hinein und zog mir die nassen Sachen aus. Der Strom ging immer noch nicht, aber er war wieder da, als um acht mein Vater und sein Fahrer nach Hause kamen.

Nach diesem jähen Beginn regnete es die ganze Nacht und den ganzen nächsten Tag und sogar noch den übernächsten. Wir hatten schon Regen erlebt, aber noch keinen solchen. Seine Intensität und Beharrlichkeit waren beunruhigend. Sogar die Betoneinfahrt zu unserer Garage schien aufzuweichen. Die breiten Abflussrinnen leiteten das Wasser zwar ab, aber auf den Straßen regierte der Matsch. Viele Autos blieben auf den überfluteten Straßen liegen, und die tägliche Fahrt zur Schule dauerte doppelt so lang. Ich hatte schlechte

Laune und erzählte niemandem, was mit mir los war, und es fragte auch keiner danach. Der Wasserstand im Brunnen, den ich seitdem nicht mehr aufgesucht hatte, musste dramatisch angestiegen sein, vielleicht konnte man sich jetzt sogar im schwarzen Wasser spiegeln. Die Vorstellung, dass es irgendwo auf der Welt nicht regnete, hätte uns damals eigenartig vorkommen müssen, zumindest empfinde ich das heute so, damals habe ich an so etwas nicht gedacht. Die Flut schien keine Grenzen zu kennen, und sie sollte drei ganze Tage andauern, bis sie endlich versiegte.

Der Regen in Brüssel war nicht annähernd so heftig, obwohl der Wetterbericht für das Wochenende einen Sturm vorhersagte. Für mich war er nur ein fernes Echo eines Kindheitsregens, und die Geschichte, die ich damit verknüpfte, war vergangen, bedeutungslos geworden. Teile davon – meine überhitzte Begierde, der Schwur – würden vielleicht als Witz taugen, ein Gedanke, der mich amüsierte. Inzwischen war mir Cola zuwider, ich fand den Geschmack ekelhaft, ebenso wie die habgierige Firma, die sie produzierte, und die allgegenwärtige, reißerische Werbung. Jahrelang hatte ich in die Geschehnisse jenes Tages übermäßig viel hineingelesen, dabei war das, was später zwischen meiner Mutter und mir passierte, genauso gut durch jeden anderen Tag in meiner Kindheit erklärbar.

Als ich aus dem Fenster blickte, sah ich in einer

Pfütze eine zerbrochene Glühbirne und eine Zeitung liegen. Der Bürgersteig pulsierte unter den Regentropfen. Auf eine Mauer hatte jemand den Namen *Zofia* gesprüht und darunter, in kleineren Buchstaben: *Je t'aime*.

11

Ich kam zu früh im Aux Quatre Vents an, wo ich mit Dr. Maillotte zum Dinner verabredet war. Der Himmel hatte sich nach sieben Tagen trüben Wetters sogar noch verdüstert, und ich stand unter der Markise des Restaurants und versuchte, die kaputte obere Federraste an meinem Regenschirm zu reparieren. Gegenüber erhob sich die Westfassade von Notre-Dame de la Chapelle. Der Wind plagte alles, was ihm in den Weg kam, schmiss Mülltonnen um, entlaubte Bäume, trieb Spaziergänger vom Kurs ab, aber die Kathedrale wich keinen Millimeter. Der Regen peitschte gegen den steinernen Koloss, das war alles. Da Dr. Maillotte erst in einer halben Stunde kommen würde, ging ich über die Straße zur Kirche.

Die Pforte war geöffnet. Mein erster Eindruck war der von totaler Stille. Aber schon nach kurzer Zeit hatten sich meine Ohren an die Umgebung gewöhnt, und ich hörte von irgendwoher leises Orgelspiel. Ich schaute durch das Mittelschiff, aber es war niemand zu sehen. Dann lief ich unter dem kühlen, hochragenden Kreuzrippengewölbe das südliche Seitenschiff entlang. Vom Regen draußen war nichts mehr zu hören, doch je weiter ich nach vorne ging, desto deutlicher wurde die Musik. Normalerweise begegnete man in solchen Kirchen ein paar Angestellten und gelegentlich auch einer Handvoll Touristen. Deswegen war ich überrascht, mich ganz allein in einer solchen Höhle zu finden, den unsichtbaren Organisten ausgenommen – sogar für einen verregneten Freitagnachmittag war das ungewöhnlich trostlos. In diesem Moment nahm ich eine Dissonanz im Klang der Orgelmusik wahr. Die musikalische Textur war von klar vernehmbaren, flüchtigen Tönen durchsetzt, wie Licht, das sich in buntem Glas bricht. Ich kannte das Stück nicht, vermutete aber, dass es aus dem Barock stammte, da es die für die Zeit typischen Ausschmückungen aufwies. Zugleich schwang etwas anderes mit, etwas Brüchiges, Diffuses, ich musste an Peter Maxwell Davies' »O God Abufe« denken. Die Orgel spielte so leise, dass ich zwar den beunruhigenden Halbtonschritt eines Tritonus hörte, der Melodie selbst aber kaum folgen konnte.

Dann sah ich, dass es gar keinen Organisten gab. Die Musik kam aus winzigen Lautsprechern, die an den mächtigen Pfeilern der Vierung hingen. Außerdem sah ich nun die Quelle der Dissonanz: einen kleinen, gelben Staubsauger. Das schrille Surren der Maschine hatte sich mit der Orgelaufnahme verwoben und einen *Diabolus in Musica* kreiert. Die Reinigungskraft schaute nicht von ihrer Arbeit auf. Sie trug einen hellgrünen Schal und einen Mantel, der bis zum Boden reichte. Sie bewegte sich zwischen den kleinen Holzstühlen im Nordschiff. Ich lief nicht in die Vierung hinein, sondern weiter ins Südschiff, auf den Altar zu. Die Frau arbeitete weiter, völlig in sich versunken, und das Orgelstück rankte sich um das monoton an- und abschwellende Staubsaugergeräusch.

Noch vor wenigen Wochen wäre ich davon ausgegangen, dass die Frau Kongolesin sei. Ich war mit der Vorstellung nach Brüssel gekommen, dass alle Afrikaner der Stadt aus dem Kongo stammten. Ich wusste von der Kolonialbeziehung, ich kannte grob die Geschichte des Sklavenstaates in Belgisch-Kongo, und das hatte jede andere Möglichkeit aus meinen Gedanken verdrängt. Doch dann ging ich eines Abends ins Le Panais, ein Restaurant und Club an der Rue du Trône. Ich saß den ganzen Abend allein an meinem Tisch, trank und beobachtete die jungen Kongolesen, die sich herausgeputzt hatten und flirteten. Die Frauen hatten Afros oder eingeflochtene Haarteile; die meisten Männer trugen langärmlige Hemden, die sie in ihre Jeans gesteckt hatten, und sahen besonders afrikanisch aus, wie Neuankömmlinge. Es wurde amerikanischer Hip-Hop gespielt, das Durchschnittsalter war fünfundzwanzig oder dreißig Jahre. Es war eine Szenerie, wie man sie in jeder beliebigen Stadt in Afrika oder im Westen antreffen könnte: Freitagabend, junge Leute, Musik, Alkohol. Nach fast drei Stunden bezahlte ich meine Drinks und wollte gerade gehen, als mich der Barmann ansprach und fragte, woher ich komme. Wir unterhielten uns kurz. Er selbst war halb Malier, halb Ruander. Und die Leute hier, wollte ich wissen, alles Kongolesen? Er schüttelte den Kopf. Nein, Ruander.

Als mir klar wurde, dass ich den Abend mit fünfzig oder sechzig Ruandern verbracht hatte, veränderte sich mein Blick. Es war, als hingen die Geschichten, die diese Menschen mit sich herumschleppten, schwer im Raum. Welche Verluste verbargen sich wohl hinter dem Lachen, dem Flirten? Die meisten der Anwesenden mussten zur Zeit des Völkermordes Teenager gewesen sein. Wer von ihnen hatte getötet oder war Zeuge von Tötungen geworden? Wer hatte in der Religion Erlösung gesucht? Die ruhigen Gesichter, dessen war ich mir sicher, kaschierten ein Leid, das für mich unsichtbar war. Ich verschob meinen Aufbruch, bestellte noch etwas zu trinken und beobachtete weiter: die Paare, die Vierer- oder Fünfergruppen, die jungen Männer, die zu dritt herumstanden und ganz versunken die tanzenden Körper der schönen jungen Frauen betrachteten. Das Bild der Unschuld, das sich mir darbot, war unergründlich und unscheinbar. Diese Menschen waren wie junge Leute überall sonst auf der Welt. Und ich spürte die Beklemmung, die mich – auch wenn sie manchmal kaum wahrnehmbar ist – immer überkommt, wenn ich junge Männer aus Serbien oder Kroatien, Sierra Leone oder Liberia treffe. Ein Argwohn, dass auch sie getötet und erst später gelernt haben könnten, wie man den Eindruck erweckt, unschuldig zu sein. Als ich Le Panais verließ, war es spät, und die Straßen lagen still. Ich lief die fünfeinhalb Kilometer nach Hause.

Und während ich der Frau in der Kirche zusah, wie sie das Teleskoprohr des Staubsaugers langsam zusammenschob, kam mir der Gedanke, dass möglicherweise auch ihr Leben in Belgien der Versuch war, etwas zu vergessen. Vielleicht war ihre Anwesenheit in der Kirche eine Flucht im doppelten Sinne: eine Flucht vor den Anforderungen des Familienlebens und eine Zuflucht vor dem, was sie in Kamerun oder im Kongo oder sogar in Ruanda gesehen hatte. Vielleicht floh sie nicht vor etwas, was sie getan, sondern vor etwas, was sie gesehen hatte. Das waren Mutmaßungen. Ich würde es nie herausfinden, denn ihre Geheimnisse gehörten ihr allein, wie den Frauen, die Vermeer gemalt hatte, getaucht in das graue Licht der Niederungen. Wie deren Schweigen schien auch ihres absolut zu sein. Ich lief um den Chor herum, und als ich im Nordschiff an ihr vorbeikam, nickte ich ihr nur kurz zu. Doch kurz vor dem Ausgang zuckte ich zusammen: Wie aus dem Nichts tauchte ein weißer Mann mittleren Alters mit Vollbart neben mir auf. Er war hinter mir gewesen, ich hatte ihn nicht bemerkt. Ein Vikar oder Kirchendiener, nahm ich an. Er beachtete mich nicht und lief mit lautlosen Schritten weiter.

Am Eingang des Restaurants flimmerten leise die Nachrichten über einen Fernsehbildschirm. Eine Luftaufnahme von bewegter See war zu sehen, den Untertiteln entnahm ich, dass es sich um *la Manche*, den Ärmelkanal, handelte. Ich begriff, dass ein Containerschiff im Sturm in Seenot geraten war und die sechsundzwanzigköpfige Besatzung sich in die Beiboote hatte retten müssen. Das rechteckige, orangefarbene Schiff, das in den sich erhebenden Wellen wie ein Spielzeugboot aussah, hatte bereits gefährliche Schlagseite, und um den teilweise überschwemmten Rumpf herum wippten die winzigen Rettungsboote. Dann kam eine Wettermeldung: Der Sturm breitete sich über Europa aus und bewegte sich schnell in Richtung Osten. In Deutschland hatte er schon erhebliche Schäden angerichtet: eine eingestürzte Brücke, Schneisen von abgeknickten Bäumen, demolierte Autos. Da berührte jemand meinen Arm. Es war Dr. Maillotte. Sie küsste mich auf die Wange und sagte:

Normalerweise ist es nicht so schlimm, das ist der merkwürdigste Winter seit Jahren. Kommen Sie, wir essen. Und dann fügte sie hinzu: Moment, ich vergaß, Sie ziehen Englisch vor, stimmt's? Okay, also dann. Sprechen wir Englisch.

Wir saßen an einem der großen Fenster, die bis zum Boden reichten, dahinter fiel der Regen wie ein Vorhang. Dr. Maillotte sagte, sie komme gerade von der Sitzung einer Stiftung, bei der sie sich engagiere. Ich hasse diese Sitzungen, sagte sie, manches wäre leichter, wenn nur eine Person entscheiden würde. Ich konnte sie mir gut im OP oder bei einem Geschäftsmeeting vorstellen. Sie riss ein Stück Brot ab, kaute hektisch, während sie die Speisekarte studierte, und sagte dann unvermittelt: Haben wir uns im Flugzeug eigentlich über Jazz unterhalten? Mir war so, oder nicht? Aber wenn Sie Jazz mögen, erzähle ich Ihnen etwas über Cannonball Adderley. Er war ein Patient von mir.

Ihre fein geäderten Hände rissen mit geübten Bewegungen kleine Stücke vom Brot. Sie kam mir viel älter vor als bei unserer ersten Begegnung. Genau genommen, fuhr sie fort, war es sein Bruder, Nat Adderley, der zuerst in meine Praxis in Philadelphia kam. Ich musste ihm ein paar Gallensteine entfernen, und so habe ich über ihn Cannonball kennengelernt, der dann auch mein Patient wurde. Er hatte Bluthochdruck. Und über die Adderley-Gebrüder haben wir, mein Mann und ich, viele namhafte Jazzmusiker der Sechziger kennengelernt. Chet Baker.

Der Kellner, ein Doppelgänger von Obelix, nahm unsere Bestellung auf: *Waterzooi* für sie, Kalb für mich. Sie fragte, ob ich Wein mochte, ich sagte Ja, und sie orderte eine Karaffe Beaujolais. Philly Joe Jonas, der Schlagzeuger, und Bill Evans. Kennen Sie Art Blakey? Cannonball machte gern Leute miteinander bekannt, wir haben so alle möglichen Typen getroffen. Wir gingen auf unzählige Konzerte. Nach Cannonballs Tod, Mitte der Siebziger, allerdings nicht mehr so häufig. Er hatte einen Schlaganfall, und wie so viele andere damals war er noch erschreckend jung. Zweiundvierzig oder sechsundvierzig, so ungefähr.

Ich fühlte mich wohl in ihrer Gesellschaft und hatte Spaß daran, wie sie ihre Charakterskizzen wie Kaninchen aus dem Hut zog. Die Namen der Jazzmusiker, die Dr. Maillotte jetzt aufzählte, sagten mir zwar nichts, aber ich verstand, dass ihre Zugehörigkeit zu dieser Szene, so zufällig sie sich ergeben hatte, für ihr Leben von ungemeiner Bedeutung war.

Wie flüchtig doch die Empfindung von Glück war, wie wacklig ihre Grundlage: ein warmes Restaurant, wenn man aus dem Regen kommt, der Duft von Essen und Wein, ein interessantes Gespräch, Tageslicht, das sich schwach in den polierten Kirschholzplatten der Tische spiegelt. Der Übergang von einem Gefühlszustand zum anderen war so mühelos wie der Zug eines Schachspielers. Allein das Bewusstsein, einen Moment des Glückes zu erleben, schmälerte dieses schon, war ein solcher Zug auf dem Schachbrett. Und Ihr Mann, fragte ich, kommt der nicht regelmäßig nach Brüssel? Nein, sagte sie, er ist glücklicher in den USA. Ich glaube, er hat inzwischen keine Beziehung mehr zu Belgien. Ich komme regelmäßig her, wegen meiner Freunde. Und außerdem kann ich die amerikanischen Wertvorstellungen nicht ertragen. Und was ist mit Ihnen, fliegen Sie regelmäßig nach Nigeria? Nein, sagte ich. Vor zwei Jahren das letzte Mal, und nur kurz, davor war ich fünfzehn Jahre lang nicht dort. Ich hatte viel zu tun, das war das eine, und wie Sie sagen: Der Bezug geht ein bisschen verloren. Mein Vater ist auch schon gestorben, bevor ich das Land verließ, und ich hab keine Geschwister.

Unser Essen kam. Sie sagte: Englisch ist dann also Ihre zweite Sprache, nehme ich an? Was ist Ihre Muttersprache? Einen Moment lang überlegte ich, ihr zu sagen, dass Deutsch, nicht Englisch, meine zweite Sprache war. Bis zu meinem fünften Lebensjahr war das die Privatsprache zwischen meiner Mutter und mir, danach vergaß ich sie wieder. Und doch, wenn ich heute höre, wie ein Kind in einem Kaufhaus auf Deutsch *Mama, wo bist du?* ruft, dann trifft mich das tief im Inneren. Irgendwann einmal hatte auch ich solche Sachen gesagt. Englisch kam erst später hinzu, in der Schule. Aber die Feinheiten der Geschichte waren mir in diesem Moment zu kompliziert, also sagte ich nur, dass Yoruba meine erste Sprache sei, die zweitgrößte Sprache Nigerias, das Englische ausgeklammert. Bis ich in die Schule kam, sagte ich, sprach ich nur Yoruba.

Und heute, sprechen Sie es immer noch? Ja, sagte ich, einigermaßen, inzwischen ist allerdings mein Englisch besser. Aber ich würde Sie gern etwas fragen. Sie leben schon lange nicht mehr hier und sind keine typische Belgierin, trotzdem würde mich interessieren, was Sie von einer Aussage halten, die ein Freund von mir vor Kurzem gemacht hat. Er sagte, Belgien sei ein schwieriger Ort für einen Araber. Vor allem sei es schwierig, seine Einzigartigkeit beizubehalten, sein Anderssein. Finden Sie, dass er recht hat? Ich weiß nicht, ob Sie sich daran erinnern, aber im Flugzeug haben Sie gesagt, dass Hautfarbe und Abstammung in Belgien keine so große Rolle spielen. Aber Farouq – so heißt mein Freund – scheint das völlig anders erlebt zu haben in den sieben Jahren, seit er hier lebt. Ihm soll sogar die Magisterarbeit von der Universität abgelehnt worden sein, offenbar deshalb, weil er über ein Thema schrieb, das der Magisterkommission unangenehm war.

Sie hatte ihr Waterzooi noch nicht angerührt. Sie

kaute weiterhin Brot und antwortete leidenschaftslos auf meine Frage. Wissen Sie, ich kenne diese Typen, sagte sie, diese jungen Männer, die sich ständig von der Welt angegriffen fühlen. Das ist gefährlich. Wenn Leute denken, sie wären die Einzigen, die gelitten haben, dann ist das sogar sehr gefährlich. Ein so hohes Maß an Ressentiment beschwört unweigerlich Probleme herauf. Unsere Gesellschaft hat sich für diese Menschen geöffnet, aber sobald sie drinnen sind, jammern sie nur. Warum zieht jemand irgendwohin, wenn er dann unbedingt beweisen muss, wie anders er ist? Und warum sollte die Gesellschaft so jemanden aufnehmen? Wenn man schon so lange lebt wie ich, weiß man, dass es endlos viele Arten von Schwierigkeiten auf der Welt gibt. Jeder hat seine eigenen. Ich nickte. Sie würden das anders sehen, wenn Sie ihn selbst gehört hätten, sagte ich. Er ist niemand, der sich beschwert, und er steckt auch nicht voller Ressentiments. Ich glaube, er leidet tatsächlich. Natürlich tut er das, sagte sie, aber wenn du deinem Leiden allzu treu bist, vergisst du schnell, dass auch andere leiden. Ich hatte meine Gründe, Belgien zu verlassen und in einem anderen Land eine neue Existenz aufzubauen. Ich jammere nicht darüber, und ehrlich gesagt, habe ich relativ wenig Geduld mit Leuten, die es tun. Sie sind aber keiner von denen, oder?

Ich aß und dachte an ihren Sohn, der gestorben war.

Ich hätte sie gerne über ihn sprechen hören und über die Stiftung, die in seinem Namen gegründet worden war, aber ich traute mich nicht zu fragen. Endlich schob auch sie ihren Löffel in die sahnige Speise, die vor ihr auf dem Tisch stand. Das Restaurant war fast leer. Es war ein ungewöhnlicher Zeitpunkt zum Essen, zu spät fürs Mittagessen und viel zu früh fürs Abendessen. Sie fragte mich, wie lange ich noch hier sei. Ich fliege morgen früh, sagte ich. Sie wolle noch ein paar Wochen bleiben, sagte sie, und einen kleinen Sportwagen kaufen, einen Oldtimer. Etwas für ihre Aufenthalte in Belgien, die immer länger wurden. Dann sprach sie wieder über Jazz. Unser Nachmittag ging schnell vorüber. Ich hoffte, sie würde nicht versuchen, das Essen zu bezahlen, aber sie kam nicht auf die Idee. Wenn Sie jemals nach Philadelphia kommen sollten, sagte sie, dann müssen Sie sich unbedingt melden. Unser Haus liegt in einem Vorort am Waldrand, im Sommer ist es wundervoll dort, und im Herbst sogar noch schöner. Und während sie redete, spürte ich wieder dieses Wohlgefühl in mir aufsteigen, ein Gefühl, das ich im selben Moment schon nicht mehr mit ihrer ablehnenden Haltung gegenüber Farouqs Geschichte zusammenbringen konnte. Und besorgen Sie sich Cannonballs *Somethin' Else*, sagte sie. Das ist sein bestes Album, ein echter Klassiker. Ich versprach es ihr.

Als ich vom Place de la Chapelle hinauf und dann

durch Sablon in Richtung der Museen lief, fragte ich mich, ob mir die Tschechin wieder über den Weg laufen würde, obwohl ich wusste, dass sie wahrscheinlich nicht mehr in der Stadt war. Der Regen hatte etwas nachgelassen, aber der Wind frischte auf und stülpte meinen Schirm von innen nach außen. Eine der Metallrippen knickte dabei um, und die Feder, die ich vorher zu reparieren versucht hatte, schnappte nicht mehr ein. Und obwohl ich vorhatte, schnell ins Trockene zu kommen, hielt ich bei einem kleinen Denkmal in dem Garten an der Rue de la Régence an, wo diese auf die Rue Buddenbroek trifft. Ich hatte es schon einmal bei schönerem Wetter gesehen, mir aber nie die Zeit genommen, es näher zu betrachten. Es war eine Bronzebüste des Schriftstellers Paul Claudel, die man auf einen Sockel am Straßenrand gesetzt hatte, als wäre sie ein Altar für Hermes.

Claudel hatte in den Dreißigerjahren als französischer Botschafter in Belgien gedient und war später für seine katholischen Theaterstücke und seine rechten Sympathien bekannt geworden. Seine Unterstützung der Kollaborateure und des Marschalls Pétain während des Krieges trug ihm viel Verachtung ein, aber W. H. Auden, ein linker Agnostiker, war gut auf ihn zu sprechen. Auden schrieb: »Time will pardon Paul Claudel, pardons him for writing well.« Und als ich da im peitschenden Wind und Regen stand, fragte ich mich, ob es wirklich so einfach war, ob die Zeit wirklich so frei mit Erinnerung umgehen konnte, so großzügig mit Vergebung, ob am Ende eine künstlerische Leistung – *writing well* – eine ethische Lebenshaltung ersetzen konnte. Doch Claudel war bei weitem nicht die einzige problematische Figur unter den Hunderten, die in dieser Stadt in Statuen und Denkmälern präsent waren. Brüssel war eine Stadt der Denkmäler, an jeder Ecke war Bedeutung in Stein gehauen und in Metall erstarrt: verbohrte Antworten auf unangenehme Fragen. Aber es war Zeit, heimzugehen und Claudel mit seinem nassen Bronzekopf zurückzulassen, ebenso wie Brueghels gefallenen Ikarus im Museum nebenan, vor dem Auden einst stand, oder jenes unvergessliche Bild eines anonymen Malers von einem jungen Mädchen und einem toten Spatz.

Ich wartete an der Bushaltestelle vor der kunstvollen schmiedeeisernen Fassade des Musée des Instruments de Musique. Der Bus kam, und er war fast voll. Drinnen war es warm und feucht, das Atmen fiel schwer. Wir fuhren mit beschlagenen Fensterscheiben durch die Stadt und konnten kaum etwas von den gewundenen Straßen erkennen. Ich stieg an der Place Flagey aus. Mein Schirm war nicht mehr zu gebrauchen, ich warf ihn weg. Als ich in die Rue Philippe bog, lief eine Frau mit Kinderwagen vor mir her. Wir gingen im Gleichschritt hintereinander, vorbei an Gebäuden und vorläufigen Barrieren und an flachen Platten aus Hartplastik, die auf Betonfundamenten verankert und wohl für ein Bauvorhaben errichtet worden waren. Plötzlich erfasste ein Windstoß die Platten, die alle ineinander verhakt waren, und sie kippten in unsere Richtung. Sofort sprang ich nach vorn und bremste den Aufprall mit meinen Händen und meinem Körper. Ich taumelte, behielt aber das Gleichgewicht. Der Frau, die jung und südländisch aussah und zu enge Jeans trug, gelang es, den Kinderwagen aus der Gefahrenzone zu schwenken. Von dem Kind sah ich nichts, es war eingewickelt und durch eine durchsichtige Plastikplane vom Regen abgeschirmt. Die junge Mutter, noch ganz außer Atem vor Schreck, bedankte sich bei mir, wieder und wieder. Sie schien geschockt, wie schnell alles passiert war. Stolz winkte ich ab.

Beharrlich setzte der Wind sein wütendes Heulen fort. Die kleine Straße, die wir entlangliefen, war vor hundert Jahren noch keine Straße, sondern ein Bach gewesen. Er war von Stadtplanern überbaut worden, und die zuvor am Ufer gelegenen Häuser schauten fortan auf den Straßenverkehr. Aber das Wasser floss immer noch unterirdisch, und es nahm jetzt wieder Besitz von der Straße, in Form des Regens, der schwer von oben hinabstürzte.

Mit einem Reflex ein Baby gerettet, ein Moment des Glücks; eine Begegnung mit Ruandern, mit Überlebenden, ein Moment der Traurigkeit; der Gedanke, dass wir letztendlich anonym blieben, noch mehr Traurigkeit; die Erfüllung von sexuellem Verlangen, komplikationslos, noch ein Moment des Glücks – und so ging es weiter, ein Gedanke folgte auf den anderen. Wie belanglos schien das menschliche Dasein, das uns in den immerwährenden Kampf zwang, unser Innenleben zu regulieren, das hin und her geschoben wurde wie eine Wolke im Wind. Und auch diese Wahrnehmung registrierte der Verstand und wies ihr ihren Platz zu: eine kleine Traurigkeit. Das Wasser, das einmal an dieser Stelle geflossen war, hatte in einen künstlichen Teich auf der Place Flagey gemündet. Heute war dort eine Verkehrsinsel – ein Echo aus mythischen Zeiten, als Land geschaffen wurde, um die Wasser zu teilen.

Es war Nacht geworden. Ich betrat die Wohnung, riss mir die Sachen vom Leib und legte mich in dem dunklen Zimmer nackt aufs Bett. Schwere Tropfen schlugen ans Fenster. Der Wetterbericht hatte recht behalten: Der Regen um mich herum zog immer weitere Kreise. Er fiel schwer auf das portugiesische Viertel, auf das Pessoa-Denkmal und die Casa Botelho. Er fiel auf Khalils Telefonladen, wo Farouq vielleicht gerade seine Schicht begann. Er fiel auf den bronzenen Kopf von Leopold II., auf Claudel, auf das Pflaster vor dem Palais-Royal. Immer weiter fiel der Regen, auf das Schlachtfeld von Waterloo am Stadtrand, auf den Löwenhügel, auf die Ardennen, auf die unversöhnlichen Täler, die gefüllt mit alt gewordenen Knochen junger Männer waren, auf die unzerstörten Städte weiter im Westen, auf Ypern und die aneinandergedrängten weißen Kreuze, die die Felder Flanderns sprenkelten, auf den stürmischen Ärmelkanal, auf die unfassbar kalte See im Norden, auf Dänemark, Frankreich und Deutschland.

Teil 2

Ich habe in
mir selbst gesucht

12

Ich versuchte mich mental auf den Winter einzustellen. Tatsächlich hatte ich mir im Herbst geschworen – und zwar laut, wie immer, wenn ich einen solchen Eid ablegte –, den Winter dieses Mal als Teil des natürlichen Zyklus der Jahreszeiten zu akzeptieren. Seit ich Nigeria verlassen hatte, verstimmte mich die Kälte, und damit sollte nun Schluss sein. Der Versuch gelang erstaunlich gut, und den gesamten Oktober, November und Dezember war ich für Schnee und Wind gerüstet. Die Gewohnheit, mich ein wenig zu dick anzuziehen, war dabei hilfreich. Ohne den Wetterbericht zurate zu ziehen, zog ich lange Unterhosen an, zwei Paar Socken, einen Schal, Wollhandschuhe, einen langen, dicken dunkelblauen Mantel und feste Stiefel. Doch der Winter blieb aus. Die Stürme, für die ich mich gewappnet hatte, kamen nicht. Ein paar Tage lang war es kalt und regnerisch, dann gab es ein oder zwei kurze Kälteeinbrüche, aber keinen richtigen

Schneefall. Mitten im Dezember schien tagelang die Sonne, das milde Wetter machte mich regelrecht nervös, und als schließlich der erste Schnee fiel, war ich bereits in Brüssel und wurde von Regen begossen. Als ich Mitte Januar nach New York zurückkehrte, war der Schnee längst geschmolzen, und so hielt sich mein Eindruck einer für die Jahreszeit untypischen, irgendwie unheimlichen Wärme, die die Welt, so wie ich sie erlebte, in Atem hielt.

Diese Gedanken hatten mich schon in Beschlag genommen, bevor ich überhaupt in der Stadt angekommen war. Die inzwischen banal gewordenen Worte aus den Lautsprechern – *Wir beginnen jetzt mit dem Landeanflug* – verstärkten noch meine Nervosität und schienen mit unheilvoller Bedeutung aufgeladen. Meine Gedanken verhakten sich, und zu den üblichen morbiden Bildern, die einen beim Fliegen heimsuchen, kamen seltsame semantische Verschiebungen: Ich quälte mich mit der Vorstellung, dass das Flugzeug ein Sarg sei und die Stadt dort unten ein endloser Friedhof aus weißen Marmor- und Steinblöcken verschiedener Höhe und Größe. Doch als wir die letzten Wolkenschichten durchbrachen und die Stadt etwa dreihundert Meter unter uns in ihrer wahren Gestalt erschien, verwandelte sich der Charakter meiner Unruhe. Plötzlich hatte ich das sichere Gefühl, aus exakt dieser Perspektive schon einmal auf die Stadt geblickt zu haben, allerdings – und das spürte ich mit einer genauso starken Gewissheit – nicht aus einem Flugzeug.

Dann fiel es mir wieder ein: Woran ich mich erinnerte, war das maßstabsgetreue, ausufernde Modell von New York City, das ich vor einem Jahr im Queens Museum of Art gesehen hatte. Es war für die Weltausstellung 1964 für eine Menge Geld angefertigt und seitdem immer wieder aktualisiert worden, um mit der sich verändernden Topografie und dem Gebäudebestand der Stadt Schritt zu halten. Mit einer knappen Million winziger Bauten sowie Brücken, Parks, Flüssen und architektonischen Wahrzeichen zeichnete es die Stadt so, wie man sie kannte, mit einer beeindruckenden Präzision nach. Die Detailtreue war so penibel, dass man an Borges' Kartografen denken musste, der vom Gedanken absoluter Genauigkeit so besessen war, dass er eine riesige und detaillierte Landkarte anfertigte, die das wirkliche Königreich im Maßstab eins zu eins abbildete. Die Landkarte erwies sich als so unhandlich, dass man sie letztendlich zusammenfaltete und in der Wüste verrotten ließ. Unsere Aussicht aus dem Flugzeug, als wir gerade über Queens eindrehten, rief diese Erinnerung in mir wach, aber diesmal war es die reale Stadt, die Punkt für Punkt mit dem Modell in meinem Kopf übereinzustimmen schien, auf das ich so lange von einer Rampe hinabgestarrt hatte. Selbst das

Abendlicht, das in schrägen Strahlen in die Stadt fiel, erinnerte an die Scheinwerfer im Museum.

Die vielen feinen Details in diesem Panorama hatten mich damals sehr beeindruckt: die schmalen Wege, die sich durch den samtenen Central Park wanden, der Bumerang der Bronx, der im Norden seinen Bogen schlug, das elegante, beigefarbene Zepter des Empire State Building, die weißen Tafeln der Piers in Brooklyn und die beiden grauen Zwillingsblöcke auf der Südspitze von Manhattan, je dreißig Zentimeter hoch, in denen das World Trade Center überdauerte, das in der Realität schon ausradiert worden war.

Am Tag nach meiner Rückkehr, noch eingehüllt vom mentalen Nebel des Jetlags und in dem Wissen, dass ich schon um sieben schläfrig werden würde, versuchte ich die Gedanken an den Montag fernzuhalten. Ich rechnete mit einem feindseligen Empfang durch meine Kollegen, da ich meinen gesamten Urlaub von vier Wochen auf einmal genommen hatte. Das war zwar erlaubt, aber es war unüblich und galt als unkollegial, weil es eine Mehrbelastung für die anderen bedeutete. Die Sache würde sicherlich ihren Weg in mein Zeugnis finden, verklausuliert als schales Lob. Während meiner Abwesenheit würden die meisten meiner Patienten, mit Ausnahme der schwersten Fälle, entlassen worden sein. Mich erwarteten also zwangsläufig neue Patienten.

Die kommenden Wochen würden schwierig werden.

Aber noch blieb mir ein freier Tag. Am Sonntag besuchte ich das International Center of Photography in Midtown. Die Hauptattraktion war eine Martin-Munkácsi-Ausstellung. Der Eintritt war für Studenten ermäßigt, also zeigte ich meinen lange abgelaufenen Ausweis. Mir fiel ein, wie sehr Nadège so etwas missbilligt hatte. Mein Argument ihr gegenüber war gewesen, dass mein Einkommen kaum besser sei als das eines Studenten, auch wenn ich formal nicht mehr eingeschrieben war. Ich hatte den ungültigen Ausweis dann immer häufiger zum Einsatz gebracht, zunächst, um Nadège zu ärgern, später aus Gewohnheit. Nadège fiel mir deshalb ein, weil sie mir geschrieben hatte, während ich weg war. Hinter der Wohnungstür hatte ein ganzer Haufen Post auf mich gewartet, darunter ein limettengrüner Briefumschlag von ihr. Hervor kam eine kitschige Weihnachtskarte, die Jesu Geburt darstellte, auf der Innenseite ein schlichter Weihnachtsgruß in ihrer Handschrift.

Die Ausstellung war überfüllt. Munkácsis Fotos waren überraschend lebendig, seine journalistischen Arbeiten dynamisch: Er hatte ein Auge für Menschen in Bewegung, Jugendliche, Sportler. In jedem seiner sorgfältig durchkomponierten Bilder, die so aussahen, als wären sie im Vorbeigehen entstanden, war derselbe wachsame Blick erkennbar, der seine Meisterwerke auszeichnete, wie die drei liberianischen Jungen, die in die Meeresbrandung rennen. Munkácsis Arbeiten und insbesondere dieses Bild waren die Grundlage für Henri Cartier-Bressons Ideal vom entscheidenden Augenblick. Dort, in dieser weißen Galerie, zwischen Bilderreihen und murmelnden Betrachtern, erschien mir die Fotografie als die unheimlichste aller Künste. Nur ein Augenblick, dem Lauf der Geschichte entrissen, wurde festgehalten, während der Strom der Zeit die Momente davor und danach verschwinden ließ. Nur dieser eine Augenblick wurde vom Auge der Kamera auserwählt, gerettet, der Zeit willkürlich entzogen.

Munkácsi zog von Ungarn nach Deutschland, wo er bis 1934 blieb. Er arbeitete für die *Berliner Illustrirte Zeitung*, eine Wochenzeitschrift mit Fotos und Werbung. Für dieses Magazin hatte er 1930 das Bild der liberianischen Jungen geschossen. Die *Illustrirte Zeitung* hatte über den Ersten Weltkrieg berichtet und später, nach Munkácsis Ausscheiden, auch über den Zweiten Weltkrieg. Die Ausstellung zeigte einige Exemplare der Zeitung mit Munkácsis Bildern in taillenhohen Tischvitrinen aus Plexiglas. Ein Mann von vielleicht Mitte sechzig betrachtete dieselbe Ausgabe wie ich. Nebeneinanderstehend beugten wir uns über das Glas. Sein Gesicht war entspannt, und er trug einen gelben

Anorak. Als er sah, wie intensiv ich die Auslage studierte, sagte er, ohne sich mir zuzuwenden, dass das ein Rechtschreibfehler sei und dass es eigentlich *Illustrierte* heißen müsste. Es sei ein Druckfehler gewesen, der sich in die erste Ausgabe eingeschlichen habe und später zu einer Art Markenzeichen geworden sei. Er erinnerte sich daran, sagte er, aus seiner Kindheit in Berlin. Als er ein kleiner Junge war, kam die Zeitschrift jede Woche zu ihnen nach Hause.

Er bemerkte mein Interesse und sprach weiter, während unsere Blicke über Munkácsis Fotos schweiften. Eines musste von einem Zeppelin aus aufgenommen worden sein; es zeigte junge Deutsche auf einer Wiese in der Sonne. Die Körper bedeckten jeden verfügbaren Fleck und bildeten ein flächiges, abstraktes Muster im Gras. Der Mann sprach in dem langsamen Duktus von jemandem, der etwas aus dem Gedächtnis abrief, aber seine Erinnerungsbilder waren nicht verschwommen, er hatte sie so klar vor Augen, als wären die Ereignisse gerade erst passiert. Ich war dreizehn, als wir 1937 Berlin verließen, sagte er, und seitdem ist New York mein Zuhause.

Ich hatte mich in seinem Alter geirrt, er sah wirklich nicht aus wie vierundachtzigjährig. Er war fit, seine Bewegungen schienen vom Alter unbeeinträchtigt. Es lag auch eine Leichtigkeit in der Art, wie er über seine Kindheit sprach – als würde er über etwas ganz anderes sprechen, etwas weniger Beängstigendes, weniger Unheilvolles. Erst viel später, erläuterte er, haben sie dann das zusätzliche *e* eingefügt. Aber ich bin mit dieser Schreibung aufgewachsen. Waren Sie schon mal in Berlin? Ja, sagte ich und fügte hinzu, dass mir die Stadt sehr gefallen habe. Ich bin nie wieder dorthin gefahren, sagte er, aber damals habe ich Berlin sehr gemocht. Es muss auf unvorstellbare Weise anders gewesen sein, sagte ich. Ich erzählte ihm nicht, dass meine Mutter und meine Oma gegen Ende des Krieges und in den Monaten danach auch in Berlin gewesen waren, als Flüchtlinge, und dass ich somit, in gewisser Weise, auch Berliner war. Wenn wir uns weiter unterhalten hätten, hätte ich ihm erzählt, dass ich aus Nigeria komme, aus Lagos. Aber just in dem Moment kam seine Frau oder eine ältere Dame, die ich für seine Frau hielt. Sie sah viel älter aus als er, und sie benutzte eine Gehhilfe. Er nickte mir zu, lächelte und ging mit ihr zu einem anderen Teil der Ausstellung.

Als die Dreißigerjahre begannen, wurden Munkácsis Fotografien düsterer; die Fußballspieler und Mannequins verschwanden, an ihre Stelle trat die angespannte Kälte eines Militärstaates. Diese Geschichte, die schon unzählige Male erzählt wurde, beschleunigt immer noch den Herzschlag – und jedes Mal aufs Neue ist da der geheime Wunsch, dass es anders ausgegangen sein möge, dass die Dokumentation jener Jahre ein Unrecht beschreibt, dessen Ausmaß sich nicht so fundamental vom Rest der Menschheitsgeschichte unterscheidet. Die Ungeheuerlichkeit jener Ereignisse, egal wie vertraut sie einem sind und wie oft man schon davon gehört hat, ist immer wieder ein Schock – so wie es ein Schock war, als ich auf einem der Fotos der Parade anlässlich der Eröffnung des Reichstages 1933 den neuen Reichskanzler erblickte, vor einem Spalier von Soldaten, dicht gefolgt von Joseph Goebbels mit seiner verzerrten Albtraumvisage. Hitler zu sehen war zugleich vorhersehbar und unerwartet. Ich betrachtete dieses Bild gleichzeitig mit einem jungen Paar. Ich stand links davon, das Paar rechts. Sie waren chassidische Juden. Ich hatte keine angemessene Ahnung davon, was es für sie bedeutete, in dieser Galerie zu sein. Worin verwandelte sich der reine Hass, den ich gegenüber den Figuren auf den Aufnahmen verspürte, bei diesem Paar? Was war stärker als Hass? Ich hatte keine Ahnung, und ich konnte nicht fragen. Ich musste weg, gleich, musste mein Auge irgendwo anders erholen und mich von dieser stummen unabsichtlichen Begegnung entfernen. Das junge Paar stand nah beieinander, sie sagten nichts. Ich hielt es nicht mehr aus, sie oder das, was sie betrachteten, länger anzusehen.

Es war der Angelpunkt der Ausstellung. Sie hatte eine gänzlich andere Qualität angenommen, und es gab kein Zurück mehr. Zwar folgten noch andere Fotos, Aufnahmen aus Munkácsis erfolgreicher Zeit in den Vierzigerjahren in Hollywood, elegante Bilder von Prominenten und Schauspielern: Joan Crawford, Fred Astaire. Aber der Nachmittag war vergiftet, und ich wollte nur noch nach Hause und schlafen und mein Arbeitsjahr beginnen. Ich bewegte mich durch die Besuchermenge Richtung Ausgang und erhaschte am Museumsshop einen letzten flüchtigen Blick auf den Berliner und seine Frau. Seine lang bewahrte Geschichte über die *Illustrirte* hatte endlich eine Pforte gefunden, durch die sie in die Welt gelangen konnte. Überall in dieser Stadt trugen die Menschen unvorstellbar viele kleine Geschichten mit sich herum. Erst da fiel mir auf, dass Munkácsi, der Mann, der den sogenannten Tag von Potsdam fotografiert hatte, dessen Kamera ein scheinbar normales Ereignis im Jahr 1933 für künftige Betrachter festgehalten und verborgen hatte, selbst jüdisch war.

Ich lief die Sixth Avenue hoch bis zur 59. Straße, dann machte ich einen Schlenker zum Broadway und lief zurück in Richtung Times Square, vorbei am Iridium Jazz Club. Jetzt wollte ich nicht mehr ins Bett, sondern meinen Jetlag bekämpfen. Ich rief meinen Freund an und fragte ihn, ob er Lust hätte, sich mit mir den Gitarristen anzuhören, der an dem Abend im Iridium spielen würde. Sarkastisch sagte er, es würde ihn geradezu schockieren, dass ich bereit sei, für Jazz Geld auszugeben, aber er sei schon verplant. Ich machte mich auf den Weg nach Hause. Unterwegs erwog ich, Nadège anzurufen; in Kalifornien war es etwa vier Uhr nachmittags, sie musste also vom Gottesdienst zurück sein. Aber es schien noch zu früh, um den Kontakt wieder aufzunehmen. Es war Monate her, aber trotzdem zu früh. Die Zeit mit ihr hatte, so kurz sie war, einen merkwürdigen Einfluss auf mich gehabt. Ihre Weihnachtskarte war vielleicht ein Signal, ein Schritt auf mich zu, aber ich war noch nicht bereit für eine Annäherung. Oder für die Erkenntnis dessen, was mir heute klar ist: dass ich unserer kurzen Beziehung viel zu viel Bedeutung beigemessen hatte. Als ich nach Hause kam, stellte ich mich unter die Dusche und döste unter dem warmen Wasser, dann legte ich mich ins Bett. Doch ich sprang gleich wieder auf und rief sie an, trotz allem.

Wir erleben unser Dasein als Kontinuum, und erst wenn es hinter uns liegt, Vergangenheit wird, nehmen wir seine Brüche wahr. Die Vergangenheit, sofern man überhaupt davon sprechen kann, ist vor allem leerer Raum, eine Weite des Nichts, darin schwebend ein paar relevante Personen und Ereignisse. So war Nigeria für mich: größtenteils vergessen, mit Ausnahme weniger Begebenheiten, an die ich mich mit übertriebener Intensität erinnerte; Dinge, die sich in

meinem Kopf verfestigt hatten, die immer wieder auftauchten, in Träumen und in der Flut der alltäglichen
Gedanken: bestimmte Gesichter, bestimmte Gespräche, die in ihrer Gesamtheit eine festgelegte Version
der Vergangenheit bildeten, die ich mir in den Jahren
seit 1992 zurechtgelegt hatte. Doch dann gab es jene
Momente, in denen die Vergangenheit mit Gewalt
in die Gegenwart hereinbrach, eine plötzliche Kon-
frontation mit etwas Verdrängtem, mit einem längst
vergessenen Menschen oder einem Teil meiner selbst,
den ich in meine Kindheit verbannt hatte, nach Afrika. So tauchte eine alte Freundin wieder auf, vielmehr
eine Bekannte, die mein Gedächtnis aus Bequemlichkeit zu einer Freundin umdefiniert hatte, und brachte
etwas an die Oberfläche, das für immer versunken
schien. Es war Ende Januar, und sie erschien mir – es
kam mir tatsächlich wie eine Erscheinung vor – in einem Lebensmittelladen am Union Square. Ich erkannte sie zunächst nicht. Sie verfolgte mich eine Weile
auf Schritt und Tritt durch die Gänge, wohl um mir
Gelegenheit zu geben, den ersten Schritt zu machen.
Erst als ich merkte, dass sie mich beschattete, und
diese Haltung skeptischer Aufmerksamkeit einnahm,
kam sie direkt auf mich zu. Sie winkte, sagte fröhlich
hallo und sprach mich mit meinem vollen Namen an,
lächelnd. Wir standen vor einer Auslage mit Möhren
und Radieschen, und es war offensichtlich, dass sie

davon ausging, dass ich sie erkannte. Doch ich hatte keine Ahnung, wer vor mir stand.

Sie sah wie eine Yoruba aus, mit ihren schrägen Augen und dem elegant geschwungenen Kiefer, und ihr Akzent bestärkte mich in dem Glauben, darin die Verbindung zwischen uns zu suchen. Aber ich fand sie nicht. Und als ich gerade zugeben wollte, dass mir nicht mehr einfiel, wer sie war, warf sie mir genau das vor, ein ernster Vorwurf, trotzdem brachte sie ihn mit einem scherzhaften Unterton vor. Sie könne schlichtweg nicht glauben, dass ich sie vergessen habe, dabei wiederholte sie mehrmals meinen Namen, wie um mich zu tadeln. Meine unbeschwerte Entschuldigung verbarg den Ärger, den ich plötzlich verspürte. Kurz fürchtete ich, sie würde die Farce in die Länge ziehen und mich darum bitten lassen, mir zu verraten, wer sie sei, doch dann nannte sie ihren Namen und stellte meine Erinnerung wieder her: Moji Kasali. Sie war die um ein Jahr ältere Schwester von Dayo, einem Schulfreund von mir. Ich hatte sie zwei- oder dreimal in Lagos getroffen, als ich ihn in den Schulferien zu Hause besuchte. Dayo und ich waren in den ersten Jahren an der Militärschule ziemlich gut befreundet gewesen, aber dann war er auf eine Privatschule in Lagos gewechselt. Wir unternahmen zwar in den darauffolgenden Weihnachtsferien einen Versuch, uns zu treffen, aber als ich ihn besuchen wollte, ließ mich der

Pförtner nicht herein, und als er eine Woche später bei mir zu Hause auftauchte, war ich nicht da. Wir hatten nicht mehr die Verbindung durch die Schule, und er hatte sicher neue Freunde gefunden. Unsere Freundschaft schwand dahin. Etwa ein Jahr später traf ich ihn auf einem Tennisplatz in Apapa wieder, mit einem Mädchen. Er mimte den tollen Hecht, unser Gespräch war verkrampft.

Ich war mittlerweile viel größer als er, aber er hatte mehr Muskeln und schon den Ansatz eines Barts. Wir versicherten uns abermals, in Kontakt zu bleiben, und ich weiß noch, dass ich ihm sogar erzählte, dass ich nach Amerika wollte, falls ich eine Möglichkeit fand; wie sich herausstellte, sollte das noch einige Jahre dauern. An jenem Tag trug er eine dunkle Brille, die er nicht abnahm, obwohl es bewölkt war. Seine Freundin trug ein weißes Poloshirt und enge Shorts und sah gelangweilt aus; sofort war ich neidisch. Dass ich selbst eine Freundin hatte, spielte keine Rolle. Dayos Freundin kam mir unglaublich cool vor.

Ich ließ mir seine Adresse und Telefonnummer geben – er schrieb sie, auch das habe ich nicht vergessen, auf ein religiöses Traktat, das jemand am Zaun angebracht hatte – und rief ihn kurze Zeit später an. Jemand aus seinem Haus feierte eine Party, ein wildes Saufgelage. Das Mädchen war nicht da, sie hatten sich mittlerweile getrennt, und auch ich hatte mit meiner

Freundin Schluss gemacht. Danach verlegte ich Dayos Adresse, und als ich drei Jahre später in die USA ging, hatte ich sowieso nicht vor, ihm oder irgendjemandem sonst zu schreiben. Mein Versprechen, mich zu melden, war eine Geste des Respekts gewesen, eine Würdigung der Tatsache, dass wir uns als Teenager nahegestanden hatten und für kurze Zeit sogar beste Freunde gewesen waren.

Ich glaube kaum, dass ich ihn dreizehn Jahre später in einem Lebensmittelladen wiedererkannt hätte, geschweige denn seine Schwester. Aber die Sicherheit, mit der sie meinen Namen parat hatte, und die Mühelosigkeit, mit der sie ihn wiederholte, brachten mich auf die Idee, dass sie an mich gedacht haben musste, ohne damit zu rechnen, mich wiederzusehen. Vielleicht war ich das ahnungslose Objekt einer Schulmädchen-Schwärmerei gewesen: der Kumpel des Bruders, der verwöhnte *aje-butter* aus besserem Hause, der selbstbewusste Teenager. Bei früheren Besuchen in Dayos Haus waren noch ein oder zwei weitere Schulfreunde dabei gewesen, und sie hatte uns konsequent ignoriert. Aber womöglich hatte sie mehr Interesse an uns gehabt, als sie sich anmerken ließ, und vielleicht waren es die Überreste dieses Bildes, die sie dazu brachten, dass sie jetzt, mit der Müslipackung unterm Arm, meinen Blick suchte und mir die üblichen Fragen stellte: Heirat, Kinder, Karriere. Nachdem ich geantwortet hatte, klar und deutlich, nicht zu kurz angebunden, schien es mir angemessen, sie dasselbe zu fragen.

Sie sei Investmentbankerin bei Lehman Brothers, sagte sie. Ich reagierte angemessen beeindruckt und murmelte undeutlich, sie sei sicher sehr beschäftigt. Doch ich hatte keine Lust mehr auf diesen Small Talk, also warf ich eindeutige Blicke in meinen Einkaufskorb und nickte, während sie redete. Ihr Bruder sei zurzeit in Nigeria. Er habe sechs Jahre in Großbritannien studiert, am Imperial College, sei aber wieder nach Hause zurückgekehrt, um zu heiraten. Sie habe mehr Kontakt zu ihm gehabt, als er in London war. Wir sprechen nicht mehr so oft, sagte sie, er hat jetzt ein Kind und seine eigene Baufirma. Ihm sind einige merkwürdige Sachen passiert. 1995, kurz vor seinem Abschluss am College, hatte er einen Unfall. Das war wahrscheinlich die größte Sache in seinem Leben, seitdem du Nigeria verlassen hast. Damals studierte er im Osten, in Nsukka. Er saß in einem Bus, der mitten in der Nacht mit einem Motorrad kollidierte, das ohne Licht fuhr, und von der Straße abkam. Zehn von vierzehn Passagieren starben noch am Unfallort, drei weitere wurden schwer verletzt, einer von ihnen starb später. Nur Dayo blieb vollkommen unversehrt. Ich glaube, er hatte sich nur die Schulter ausgekugelt oder so, aber nichts Schlimmes. Wenn man so etwas erlebt, sagte sie, denkt jeder gleich, man würde jetzt religiös. Aber nicht Dayo. Er wurde nachdenklicher. Die folgenden Jahre war er merkwürdig abwesend, wie in Trance. Er erwähnte den Unfall nur einmal, nachdem er nach Lagos zurückgekehrt war – erst dann erfuhren wir davon. Es hatte vermutlich in der Zeitung gestanden, vielleicht hatten wir sogar davon gehört, zehn Tote bei Busunfall in Nsukka oder so, aber wir wären nie auf den Gedanken gekommen, dass er betroffen war. Er behielt es einfach für sich, bis er mal in den Semesterferien nach Hause kam. Seltsam. Meine Eltern zwangen ihn zu einem extra Dankgottesdienst in die Kirche, und er machte mit. Dann verdrängte er die Sache aus seinen Gedanken, schob sie weg, und falls er sich jemals wieder damit beschäftigt haben sollte, dann hat es bestimmt keiner mitbekommen. Ich war natürlich neugierig und bohrte ständig nach, aber er blockte nur ab, das war's dann. Ich habe auch schon Unfalltote auf der Straße gesehen, wie vermutlich jeder in Nigeria, aber es ist sicher etwas anderes, wenn man den Unfall am eigenen Leib erlebt und weiß, dass man selbst da am Straßenrand hätte liegen können. Eine Weile behandelte jeder ihn, als wäre er der größte Glückspilz der Welt, aber Dayo war wohl der Meinung, ein größeres Glück wäre es gewesen, gar nicht erst in den Unfall verwickelt zu sein. Was soll's, er ist mittlerweile fast darüber hinweg, es ist auch lange her. Vermutlich hättest du dir die Einzelheiten lieber erspart.

Unser Gesprächsstoff war aufgebraucht, und es schien nichts mehr zu geben, worüber wir reden konnten. Sie versicherte mir, dass sie sich melden würde, und bekundete einmal mehr, zu meinem wachsenden Ärger, ihr Erstaunen darüber, dass wir uns begegnet waren. Ich glaube nicht an Zufälle, sagte sie. Etwas passiert oder nicht, mit Zufall hat das nichts zu tun.

13

Anfang Februar fuhr ich zur Wall Street. Ich war mit Parrish verabredet, meinem Steuerberater, aber ich hatte mein Scheckheft vergessen. Vorher hatte ich extra noch mit ihm telefoniert und ihn gefragt, ob ich etwas mitbringen sollte, und ich hatte das Scheckheft auf den Tisch gelegt, neben den Schlüssel und die Handschuhe, aber dann hatte ich es doch liegen gelassen, was ich erst bemerkte, als die U-Bahn in die Station einfuhr. Es war mir peinlich, mit leeren Händen aufzutauchen, doch da ich ihm nur zweihundert Dollar schuldig war und meine Bankkarte dabeihatte, konnte ich ihn ja bar bezahlen. Ich fand zwar den Gedanken, ihm einen Briefumschlag mit Banknoten über den Tisch zu schieben, ein bisschen zwielichtig, aber es war besser, als ihn gar nicht zu bezahlen.

Als ich auf die Straße trat, schaute ich mich nach einem Geldautomaten um. Seit meinem abendlichen Spaziergang im November war ich nicht mehr in diesem Teil der Stadt gewesen. Jetzt bei Tag, da das Sonnenlicht in die tiefen Schluchten zwischen den Wolkenkratzern strömte, wirkte die Straße gar nicht mehr unheilvoll. Sie war zu einer normalen Straße geworden, mit den üblichen Beeinträchtigungen durch Absperrungen und Baustellen, ein gewöhnlicher Arbeitsort, an dem nichts an die danteske Vision zusammengedrängter, gesichtsloser Körper gemahnte, die sich mir ein paar Monate zuvor aufgedrängt hatte. Nach ein paar Metern fand ich in einer Apotheke einen Geldautomaten, doch ich gab die falsche Geheimzahl ein. Ich probierte es erneut, mit einer anderen vierstelligen Ziffernkombination, und scheiterte abermals. Ich versuchte es fünfmal, aber alle Zahlen waren falsch. Ich war nicht besonders besorgt, meine Karte war ja nicht beschädigt, sondern eher traurig: Ich hatte einfach meine Geheimzahl vergessen. Ein Gedanke schoss mir durch den Kopf: wie schrecklich es wäre, wenn ich vor einem Patienten derartige Ausfälle hätte. Ich hatte diese Karte seit sechs Jahren, und die Geheimzahl hatte sich nie geändert. Meine Reise nach Brüssel hatte ich mit ihr bestritten, war während des gesamten Urlaubs von ihr abhängig gewesen.

Jetzt stand ich in einer kleinen Apotheke an der Kreuzung von Water Street und Wall Street, mit leerem Kopf, wie von einem Nervenleiden betroffen. Tatsächlich kam mir genau dieser Ausdruck in den Sinn, als wäre ich eine Nebenfigur in einem Roman von Jane Austen. Ein solcher psychischer Schwächeanfall, dachte ich (während die Maschine fragte, ob ich es noch einmal versuchen wollte, was ich tat, erneut vergeblich), versetzte mich zurück in eine schlichtere Version meines Selbst, in einen Bereich, der einst robuster gewesen war. Genau wie bei einem gebrochenen Bein: Mit einem Mal war man unvollständig und lief mit einem eingeschränkten Verständnis dessen herum, was Laufen bedeutete.

Ich war bereits zu spät dran für meinen Termin bei Parrish, der mir von einem Kollegen empfohlen worden war. Trotzdem lief ich zunächst ziellos ein paar Straßen ab und versuchte mich wieder zu beruhigen. Es war kalt; schroff wehte der Wind vom zwei Blocks entfernten East River herüber und verhinderte, dass der Sonnenschein wärmte. Der strahlende Himmel war übersät von kleinen Wolkenfetzen. Ich zitterte und versuchte, meine Nervosität zu ignorieren, in der Hoffnung, sie würde von selbst verschwinden. Ich lief bis zum Hanover Square, und nach zwanzig Minuten versuchte ich erneut, Geld abzuheben, an einem Automaten im Vorraum einer Bank. Ich hatte keine bestimmte Zahl im Kopf und hoffte, dass mir meine Finger aus der Patsche helfen würden, dass sie die Ziffernreihenfolge gespeichert hatten, wie es bei Telefonnummern manchmal der Fall war. Ich war erstaunt, wie viele Versuche die Automaten zuließen. Doch es nutzte nichts, heraus kamen nur Quittungen. Mein Gehirn war immer wieder zur Zahl 2046 zurückgekehrt, obwohl sie falsch war. Es war der Titel eines Films von Wong Kar Wai. Meine PIN war ähnlich, aber ich hatte sie schon länger, als ich den Film kannte. Trotzdem dachte ich ständig an die 2046.

Als ich mich endlich mit Parrish hinsetzte, sagte ich gleich eingangs, dass ich mein Scheckheft vergessen hatte. Von den Automaten erzählte ich nichts. Er warf mir einen ernsten Blick zu und zupfte seine Manschettenknöpfe zurecht, und ich hatte das Gefühl, ein sorgfältig austariertes Universum aus dem Gleichgewicht gebracht zu haben. Ich entschuldigte mich und versicherte ihm, den Scheck gleich nach meiner Heimkehr in die Post zu geben. Er zuckte mit den Schultern, und ich unterschrieb die Steuerunterlagen, die er vorbereitet hatte. Meine ungeahnte Zerbrechlichkeit erschütterte mich. Es war ein im Grunde belangloser Vorbote des Alters, und meine Reaktion würde ich bei anderen belächeln als Zeichen von Eitelkeit. Ich dachte an die wenigen weißen Strähnen, die sich bereits in meinem dichten schwarzen Haarschopf eingenistet hatten. Ich scherzte manchmal darüber, doch ich wusste, dass sie irgendwann die Oberhand gewinnen würden und dass mir, sollte ich wie meine *mama* ein hohes Alter erreichen, kaum ein schwarzes Haar bleiben würde.

Ich lief den Broadway entlang, vorbei am Alexander Hamilton Customs House, bis runter zum Battery Park. Es war ein heiterer Tag; Brooklyn, Staten Island und die grün schillernde Figur der Freiheitsstatue lagen zum Greifen nahe vor mir. Wie Tetris-Blöcke lagen die Gebäude in der stillen Nachmittagsluft. Der Park wimmelte von lärmenden Kindern im Vorschulalter, zwischen ihnen die nervösen Mütter. Das Quietschen der Schaukeln, dachte ich, war wie ein Signal, das die Kinder darin erinnerte, dass sie Spaß hatten. Ohne das Quietschen wären sie vielleicht verwirrt. Dieser Teil der Stadt war Mitte des 19. Jahrhunderts ein reges Handelszentrum gewesen. 1820 wurde der Sklavenhandel zwar zu einem Kapitalverbrechen erklärt, trotzdem blieb New York lange Zeit der wichtigste Hafen für den Bau, die Ausrüstung, die Versicherung und den Stapellauf von Sklavenschiffen. Ein Großteil der menschlichen Fracht dieser Schiffe wurde nach Kuba gebracht: Afrikaner für die Arbeit auf den Zuckerrohrplantagen.

Die City Bank of New York war nur eine von vielen damals gegründeten Firmen, die von der Sklaverei profitierten. Die Unternehmen, die später zu AT&T und Con Edison wurden, gehörten ebenfalls dazu. Moses Taylor, einer der wohlhabendsten Männer der Welt, war 1837 nach einer langen und erfolgreichen Karriere als Zuckerhändler Vorstandsmitglied der

City Bank geworden. 1855 stieg er zum Bankdirektor auf und behielt diese Position bis zu seinem Tod 1882. Taylor finanzierte den Kriegseinsatz der Nordstaaten mit, machte aber auch massive Gewinne mit dem New Yorker Zwischenhandel von kubanischem Zucker, der Investition der in den Plantagen erwirtschafteten Gewinne, der Zollabwicklung der Fracht im Customs House und der Beschaffung von »Arbeitskräften«. Mit anderen Worten: Er ermöglichte es den Plantagen-besitzern, Sklaven zu erwerben, zum Teil durch das Betreiben einer eigenen Handelsflotte, zu der sechs Hochseeschiffe zählten. Taylor und andere Bankiers wussten genau, was sie taten, und ihr Optimismus lohnte sich. Die Gewinnmargen waren unwidersteh-lich: Ein voll ausgerüstetes Sklavenschiff, das etwa 13 000 Dollar kostete, konnte menschliche Fracht be-fördern, die mehr als 200 000 Dollar wert war. 1852, als die City Bank gerade ihre größten Gewinne ein-fuhr, schrieb die *New York Times*, dass die vorgebliche Machtlosigkeit der Behörden, diesen Geschäften ein Ende zu bereiten, einer Berufung auf Unzurechnungs-fähigkeit gleichkomme; sollten sie aber noch ihres Willens mächtig sein, würden sie dieselbe moralische Schuld auf sich laden wie die Sklavenhändler selbst.

Der Rundgang vom alten Customs House zur Wall Street und dann hinunter zum South Street Seaport war nicht länger als eine Meile. Das Zollhaus lag gegenüber der Bowling-Green-Anlage, wo im 17. Jahrhundert Arme und Sklaven hingerichtet worden waren. Auf einer geteerten Fläche im Park, gesäumt von kräftigen Ulmen mit weiten Kronen, tanzten chinesische Frauen in Formation; sie waren zu acht, alle in Freizeitkleidung. Eine von ihnen war jung, um die dreißig, die anderen hatten graues Haar, und eine Frau wirkte besonders alt und weise. Ihre Gymnastik wurde von etwas martialischer Popmusik begleitet, die aus einem Radio schepperte. Die junge Tänzerin führte die Gruppe an. Ihre Bewegungen waren übertrieben deutlich. Jedes Mal, wenn sie mit dem Arm einen Bogen beschrieb, flatterten die weiten Ärmel ihrer pinkfarbenen Jacke, als zeichneten sie kalligrafische Arabesken in die Luft. Die anderen folgten ihr mühelos, mit Pünktchen, Strichen und Viertelschnörkeln in die eine und Halbkreisen in die andere Richtung. Sie war anmutig und schön. Aber als die Musik endete und die Tänzerinnen Pause machten, war ihre Schönheit verschwunden. Sie hatte ganz in ihren Bewegungen gelegen.

In der einsetzenden Stille wurde ein anderes Geräusch vernehmbar, ein Instrument, das aus einem entlegenen Teil des Parks herüberklang. Ich wollte hören, was es war, also lief ich durch die Ulmenlaube und an den Reihen von Schachtischen aus Beton vorbei, diesen Oasen der Ordnung, die zur geteilten

Einsamkeit einluden. Doch niemand spielte Schach. Am Fuß der Tische wuchs Moos, es wucherte den Beton hinauf und in den Boden hinein, als wären den Schachbrettern Wurzeln gewachsen. Ich lief unter den Bäumen an den quietschenden Schaukeln der Kinder vorbei, und als ich am Ende des Laubenganges ankam, erkannte ich den Klang einer Erhu. Die Phrase war hauchig und beweglich; eine Bewegung, vollzogen mit der präzisen Grazie, die altmodischen Dingen eigen ist. So rein klang das Instrument hier im Park, so verschieden von dem Wimmern, das aus ihm tönte, wenn ein Straßenmusiker in der Subway im Wettstreit mit vorbeiratternden Zügen darauf spielte.

Als ich auf die andere Seite des Parks gelangte, sah ich dann zwei Erhu-Spieler, nicht nur einen. Auf einer kleinen Steinstufe sitzend spielten sie unisono, und ihnen gegenüber stand eine junge Frau und sang. Unweit der Musiker standen drei Frauen und ein Mann beisammen, alle etwa Mitte vierzig. Sie machten Dehnübungen und unterhielten sich. Eine der Frauen trug ein Kind auf dem Arm, mit dem sie spielte; zugleich ging sie langsam voran und setzte die Zehenspitzen wie eine Turnerin vor sich auf dem Boden auf, erst einen Fuß, dann den anderen. Ihr wohlbemessenes Schreiten war wie ein verzögerter Schatten der Bewegungen, die die chinesische Tänzerin machte. Ich saß eine Weile auf der Wiese und lauschte der

Musik. Es war kalt. Die Stimme der Sängerin klang weich, verschmolz Note für Note mit den Streichern. Bei jeder Akzentuierung nickten sich die Musiker kurz zu. Ich dachte an Li Po und Wang Wei, an die mikrotonalen Kompositionen von Harry Partch, an Judith Weirs Oper *The Consolations of Scholarship*. Das Lied, der klare Tag, die Ulmen: Es hätte jeder Tag in den vergangenen fünfzehnhundert Jahren sein können.

In dem Nachruf, den ich am selben Tag in der *New York Times* gelesen hatte, war die Rede davon gewesen, dass V. Gräueltaten dokumentiert habe, ohne mit der Wimper zu zucken. Ohne nach außen hin sichtbar mit der Wimper zu zucken – das wäre zutreffender gewesen, denn es hatte sie tiefer getroffen, als irgendjemand hätte ahnen können. Kaum vorstellbar, welche Qualen ihre Familie – ihr Mann, ihre Eltern – durchleben mussten. Ich ging zurück zu der Anhöhe, wo ich den Park betreten hatte. Die Tänzerinnen hatten ihre Pause beendet. Jetzt erst fiel mir auf, dass beinahe alle Rot oder Pink trugen. Ich war mir nicht mehr sicher, ob Rot in der chinesischen Tradition für Glück stand. Der dünne Strich der Erhu glitt immer wieder zwischen die Drums aus dem Kassettenrekorder und schien vor meinem inneren Auge jene Geister aus der Vergangenheit zu beschwören, die V. so unbedingt gewürdigt wissen wollte. Ich wandte mich von den Tänzerinnen ab und einmal mehr der Weite der

Bucht zu. Ich fand eine grüne Holzbank. Ein neugieriger Junco mit schwarzem Rücken und weißem Bauch hüpfte auf meine Füße zu. Er war winzig und flatterte gleich wieder weg. Neben mir auf der Bank saß ein Mann in einem Leinenanzug mit sorgfältig polierten Schuhen und einem Strohhut: Sommerkleidung an einem Wintertag. Sein Hemd war gelb, seine Krawatte dunkelbraun – mein Gedankengang brach kurz ab, so laut war das Gelächter der Chinesinnen hinter uns. Sein Schnurrbart war weiß und sorgfältig gestutzt. Der Mann las mit ernstem Gesicht und tiefer Konzentration in *El Diario*. So saßen wir da, wir beide, und ich blickte auf den grünen Park. Wir ignorierten einander, obwohl ich plötzlich den Drang verspürte, ihm alles über V. zu erzählen, über die Tragweite ihrer Arbeit und die Tragik ihres Todes. Wir saßen nur da, und der Tag rollte über das abschüssige Gelände vor uns, trieb über das Gras und dann übers Wasser, auf dem kreuz und quer die Fähren schipperten, und schließlich südwärts zur Freiheitsstatue.

Als ich nach Hause kam, widerstrebte es mir, in den Bankunterlagen nachzusehen, obwohl mir meine Geheimzahl immer noch nicht einfiel. Ich redete mir ein, dass ich mich früher oder später wieder entsinnen würde. Dann vergaß ich die Sache. Am nächsten Tag rief mich die Citibank an, um mich darüber zu informieren, dass sie mehr als zehn misslungene Abhebeversuche von meinem Konto registriert hätten. Scherzend versicherte ich dem Bankangestellten, meine eigene zunehmende Senilität wäre dafür verantwortlich, kein Dieb. Meine Karte wäre in Ordnung, kein Grund zur Sorge. Nachdem ich aufgelegt hatte, saß ich eine Weile auf meinem Bett in der stillen Wohnung. Ich hatte den Vorfall eigentlich schon vergessen, doch mit einem Mal war alles wieder da und traf mich mitten ins Mark, dieses Mal ohne Zeugen oder Belege. Doch das seltsame Gefühl, das mich jetzt übermannte, war noch schwerer abzuschütteln, die Erinnerung daran, allein in der Wall Street gestanden zu haben, im Stich gelassen von meinem Gedächtnis, ein lächerlicher Mann, jung und alt zugleich, der völlig außer sich irgendwelche Nummern eintippte, während um ihn herum smarte Yuppies mit Handys am Ohr Verhandlungen führten, Verträge abschlossen und ihre Manschettenknöpfe zurechtrückten. Ich erinnerte mich an einen Polizeibeamten, in dessen Halfter eine Pistole glänzte, und an meinen seltsamen Neid auf diese Waffe, auf die totale Eindeutigkeit und die Verheißung der Gefahr. Ich stellte mir vor, ich hätte nicht nur diese eine Zahl, sondern alle Zahlen und alle Namen vergessen, sogar den Grund meines Ausfluges an die Wall Street. Ich stand auf und schaute nach meinem Essen auf dem Herd.

Später schneite es, der erste Schneefall in diesem

Winter. Als ich die Flocken vom Himmel taumeln und beim Kontakt mit dem Boden wieder verschwinden sah, überkam mich das rasende Gefühl, aus dem Gleichgewicht zu geraten. Fast eine Woche später, als die Kältefront sich wieder in die Schatten dieses unwinterlichen Winters zurückgezogen hatte, konnte ich mich immer noch nicht an die vierstellige Nummer erinnern. Schließlich schaute ich in meinen Unterlagen nach und nahm wieder in Besitz, was mir, aus welchen Gründen auch immer, entglitten war.

14

Es ist ein Kreuz zurzeit, sagte Professor Saito, als er mich empfing. Ich schlafe gerade im Wohnzimmer, auf dieser Pritsche. Wir haben Bettwanzen. Früher nannte man sie Redcoats in diesem Teil des Landes, kennen Sie diese Bezeichnung noch? Wir dachten, die Kammerjäger hätten sie erledigt, aber acht Tage später ging es wieder los, noch schlimmer als vorher. Ich hatte die Qual der Wahl, entweder dieses Zimmer mit der lauten Klimaanlage, er zeigte auf die Belüftungsöffnungen über dem Fenster, oder von den kleinen Viechern gefressen werden. Sie beißen. Kann man richtig sehen, eins, zwei, drei, Frühstück, Mittag, Abendessen, am ganzen Arm entlang. Mittlerweile hab ich schon kein Blut mehr übrig. Dann faltete er die Hände und sagte, er erwarte die Kammerjäger in ein paar Tagen wieder.

Trotzdem bin ich guter Dinge, Sie kommen also genau richtig. Ich war heute schon im Lincoln Center bei der Chamber Music Society. Eine Bach-Kantate, die über Kaffee. Kennen Sie die? Sie haben so gut gespielt, es klang fast wie eine Neukomposition. Es geht um einen Vater, der sich über die Entscheidungen seiner Tochter ärgert. Es hat sich also in Jahrhunderten nicht viel geändert. Kaffee war damals ziemlich neu, und die ältere Generation stand dieser Droge skeptisch gegenüber, und vor allem der Begeisterung der jungen Menschen dafür. Die würden darüber staunen, wie verbreitet es heute ist. Und als ich da im Konzertsaal saß, dachte ich, heute ist es auch nicht anders, nur dass die Droge jetzt Marihuana heißt. Coffee, Coffee muss ich haben, sang die junge Frau, des Tages dreimal!

Ich saß Saito in einem Sessel ohne Armlehnen gegenüber. Es war schön, ihn so lebhaft und vergnügt zu sehen; es stimmte mich glücklich. Seine Hände waren grob geädert, hager und kalt, und ich nahm sie einfach in meine und massierte sie. Im gelbgrauen Winterlicht seiner Wohnung – und im tiefsten Winter seines Lebens – kam es mir natürlich vor, seine Hände zu halten. Tut mir leid, dass ich so lange weg war, sagte ich, ich hatte so viel zu tun. Er fragte, ob ich gerade aus Europa zurückgekehrt sei. Nein, sagte ich, ich bin schon seit Mitte Januar wieder da und habe seitdem an Sie gedacht, aber die Schichtarbeit war ungewöhnlich anstrengend. Jetzt ist alles wieder ausgeglichener, Sie werden mich also in den nächsten Monaten öfter zu Gesicht bekommen.

Die Heizung ist so laut, sagte er, ich denke, wir können sie jetzt runterdrehen, falls Sie nichts dagegen haben. Er rief nach seiner Pflegerin. Meinen Sie, wir könnten die Heizung runterdrehen, Mary? Ich finde, wir sollten sie ganz ausschalten, sagte er und rückte die Decke über seinen Knien zurecht. Es ist wieder so trocken hier, die Heizung trocknet die Luft so aus. Wie Sie möchten, sagte sie. Sie schien ziemlich zugenommen zu haben, seit ich sie das letzte Mal gesehen hatte. Das war schon einige Monate her. Doch dann begriff ich, dass sie schwanger war. Ich hatte gedacht, sie sei zu alt dafür, irgendwas über vierzig. Aber die Grenzen verschieben sich ja ständig nach oben. Ein Baby mit vierzig ist nichts Ungewöhnliches mehr, und auch von fünfzigjährigen Müttern hat man schon gehört. Ich suchte ihren Blick und nickte dann in Richtung ihres Bauches, lächelnd. Sie lächelte zurück.

Mary, ist die Sonntagszeitung schon da? O gut, vielleicht könnte Julius einem alten Mann daraus vorlesen? Ich erwiderte, dass es mir ein Vergnügen wäre, und lief zum Esstisch, wo sich die Zeitungen stapelten. Die Wohnung war voll von solchen Sammlungen: die endlose Vielfalt von Südseemasken an den Wänden, einige aus poliertem dunklen Holz, andere bunt bemalt; die Stapel von zum Teil monatealten Tageszeitungen auf dem Tisch und an der Tür; die überladenen Bücherregale, in denen Hunderte von Bänden um

Aufmerksamkeit buhlten; die vielen kleinen Figuren und Puppen auf dem Schreibtisch, der gegenüber der Eingangstür stand. Nur Fotos fehlten, fiel mir auf: von Familienmitgliedern, von Freunden oder von Professor Saito selbst.

Ich las die Schlagzeilen der *Times* vor und die ersten zwei Abschnitte jedes Artikels auf der Titelseite. Die meisten handelten vom Krieg. Ich schaute auf und sagte, es ist kaum zu ertragen, wenn man an die beabsichtigten und unbeabsichtigten Folgen dieser Invasion denkt. Das alles ist eine schreckliche Schweinerei, es geht mir die ganze Zeit durch den Kopf. Ja, sagte Professor Saito, ich weiß, wie Sie sich fühlen. Ich hab das auch schon erlebt. 1950 machten wir uns große Sorgen über die Situation in Korea. Es war furchtbar angespannt, wir dachten, es würde nie aufhören. Viele Leute wurden eingezogen, dabei war der Zweite Weltkrieg noch nicht lange vorbei. Niemand wusste, ob es eskalieren konnte, wie lange die Pattsituation anhalten und wer noch darin verwickelt werden würde. Es gab die unausgesprochene Angst vor einem Atomkrieg, die natürlich nicht geringer wurde, als China in den Krieg eintrat. Schließlich wurde die Angst thematisiert. Wir Amerikaner begannen uns zu fragen, ob wir wieder Atomwaffen zum Einsatz bringen sollten. Aber der Krieg fand sein Ende auch so, wie irgendwann alle Kriege enden, ihm ging die Luft aus. Dann kam Vietnam, und der Druck war wieder ein anderer, zumindest für diejenigen, die psychologisch in den Koreakonflikt involviert gewesen waren. Vietnam war für die Jugend, für die Generation nach uns, ein mentaler Krieg. So etwas erlebt man nur einmal mit voller Wucht, die Erfahrung der Sinnlosigkeit von Kriegen. Wenn man bei jedem Städtenamen, jeder Nachricht aufhorcht. Den Zweiten Weltkrieg habe ich anders erlebt, isoliert, das war schwieriger. Aber 1950, als freier Mann und Student, bekam ich die Koreakrise hautnah mit. Mitte der Sechziger dann war die Verwirrung eines Krieges nichts Neues mehr für mich. Und jetzt dieser Krieg, das ist der mentale Krieg einer neuen Generation, Ihrer Generation. Es gibt Städtenamen, deren bloße Erwähnung wahren Horror bei Ihnen auslösen, weil Sie gelernt haben, sie mit Gräueltaten zu verknüpfen, aber schon für die Generation nach Ihnen werden diese Namen bedeutungslos sein. Man vergisst schnell. Fallujah wird denen so wenig sagen wie Ihnen Daejeon. Aber jetzt bin ich schon wieder vom Thema abgekommen. Bach regt wohl meinen Kreislauf an. Sie müssen mein Geschwätz entschuldigen. Wollen Sie mir den Rest der Schlagzeilen vorlesen?

Ich äußerte meine Freude über sein Geschwätz. Doch während ich Artikel über Satellitenrundfunk und eingetragene Partnerschaften in New Jersey vorlas, wanderten meine Gedanken zu einem früheren

Thema unserer Konversation. Als Professor Saito mich bat, nicht schon nach dem zweiten Absatz aufzuhören, sondern den ganzen Artikel über die gleichgeschlechtlichen Gemeinschaften vorzulesen, erfüllte ich ihm den Wunsch, doch ich las, ohne die Worte an mich heranzulassen. Und auch als wir hinterher über den Artikel sprachen, bewahrte ich meine innere Distanz. Es war eine Art Partytrick, ein Gespräch zu führen und dabei mental komplett abwesend zu sein; wie bei einem Film, wo Ton und Bild nicht synchron laufen. Professor Saito äußerte die Ansicht, dass die Fortschritte bei der Gleichberechtigung von Schwulen äußerst begrüßenswert seien und seiner jahrzehntelangen Beobachtung zufolge ohnehin nicht aufzuhalten gewesen wären. Es sei ein Grund zum Feiern. Aber, sagte er, es hat lange gedauert. Ich freue mich für die vielen Paare, aber mir ist auch bewusst, wie mühselig dieser Kampf war. Der Verabschiedung dieses Gesetzes wurden zu viele Steine in den Weg gelegt. Kommende Generationen werden sich wahrscheinlich fragen, warum wir so lang dafür gebraucht haben. Ich fragte ihn, warum der Staat New York bei solchen Gesetzesänderungen keine Vorreiterrolle übernahm. Zu viele Konservative in Albany, sagte er, es fehlt eben der politische Wille. Die Leute in den ländlichen Teilen des Staates, Julius, denken anders über diese Dinge.

Ich wusste, dass Professor Saito lange mit einem

festen Partner zusammengelebt hatte, einem Mann, den er gepflegt hatte und der gestorben war. Ich hatte diese Information nicht von ihm, sondern hatte sie aus einem Porträt in einem Ehemaligen-Magazin der Maxwell School erschlossen. Drei Jahre lang kannte ich ihn da schon, hatte Gespräche mit ihm geführt, ohne etwas von diesem wesentlichen Teil seines Lebens zu ahnen; und als ich es dann herausfand, gab es keinen Grund, das Thema direkt anzusprechen. Ich hatte aber auch zu keinem Zeitpunkt den Eindruck, dass Professor Saito es vermied, über seine Sexualität zu sprechen. Zweimal kam das Thema sogar auf. Einmal hatte er beiläufig, im Zuge eines anderen Gesprächs, erwähnt, dass er schon seit seinem dritten Lebensjahr über seine sexuelle Orientierung Bescheid wusste. Beim zweiten Mal, fällt mir im Nachhinein auf, schloss er auf gewisse Weise einen Kreis, den er beim ersten Mal geöffnet hatte; er erzählte, die Entfernung seiner Prostata habe erfolgreich die sexuellen Gelüste getötet, die den verheerenden Alterungsprozess überlebt hatten. Das Seltsame aber sei, fügte er hinzu, dass er seitdem freier und zärtlicher mit Menschen umgehen könne und seine Beziehungen generell unkomplizierter geworden seien.

Das war typisch für Professor Saito, vor allem seit seiner Emeritierung: eine eigentümliche Mischung aus Zurückhaltung und Aufrichtigkeit. Als er den Artikel kommentierte, wünschte ich, ich könnte ihn nach dem Namen seines verstorbenen Partners fragen. Er hätte ihn mir bestimmt verraten. Vielleicht stammten einige der Kunstgegenstände in der Wohnung aus dem Nachlass dieses Mannes, mit dem Professor Saito so viele Jahre seines Lebens verbracht hatte – das Meißener Porzellan im Kuriositätenkabinett, die javanesischen Puppen, die Bücher über moderne Lyrik. Möglicherweise hatte es auch mehrere Partner gegeben, und jeder hatte seinen eigenen Stellenwert. Trotzdem, halb abwesend, wie ich war, konnte ich das Gespräch nicht in diese Richtung lenken. Ich nickte nur, lächelte und redete über etwas anderes. Er bemerkte wohl, dass meine Aufmerksamkeit schwand, denn plötzlich sagte er, wie jemand, der einen Schlafenden weckt: Sie sind noch jung, Julius. Sie müssen aufpassen, dass Sie sich nicht zu viele Türen verschließen. Ich hatte keine Ahnung, was er damit meinte, und nickte nur und starrte auf seine Hände, die wie zwei Spinnen im Dunkel des Zimmers umeinander tanzten.

Ich dachte an die Bettwanzen. Seit zwei Jahren redeten die New Yorker immer häufiger über diese winzigen Viecher. Wie es sich bei einem lästigen Vorfall im persönlichen Umfeld gehörte, redete man nur unter Freunden darüber, und es war ein unerhört erfolgreiches Thema. Die Bettwanzen waren der unsichtbare Feind, der weiter sein Unwesen trieb, während sich das West-Nil-Virus, die Vogelgrippe und SARS als Fehlalarm herausstellten. Im Zeitalter der dramatischen Seuchen war es ausgerechnet die altmodische Bettwanze, ein winziger Soldat in roter Uniform, der sich nicht vertreiben ließ. Natürlich gab es schwerwiegendere Leiden, die den Staat viel mehr kosteten. Aids blieb ein gravierendes Problem, vor allem für die Armen und für Menschen in den ärmeren Ländern. Krebs, Herzerkrankungen und Lungenemphyseme waren zwar nicht ansteckend, gehörten aber zu den häufigsten Todesursachen. Nicht nur die Bedingungen der transnationalen Konflikte hatten sich verändert, im Gesundheitswesen zeichnete sich ein ähnlicher Paradigmenwechsel ab; die Feinde waren nicht mehr so leicht auszumachen, und die Art der Bedrohung unterlag einem ständigen Wandel.

Bettwanzen waren nicht lebensbedrohlich und blieben deshalb unterhalb des Radars der Schlagzeilen. Man konnte sie nicht einfach wegräuchern und dann vergessen. Ihre Eier waren fast unzerstörbar. Sie unterschieden nicht zwischen sozialer Klasse und waren deshalb peinlich. In den Apartments der Wohlhabenden gefiel es ihnen ebenso gut und waren sie genauso schwer auszurotten wie bei den nicht so gut Betuchten. Hotels aller Preisklassen waren betroffen. Einmal Bettwanzen, immer Bettwanzen. Hatte man sie einmal, war es fast unmöglich, sie wieder loszuwerden. In diesem Augenblick tat mir Professor Saito aufrichtig leid. Sein Bettwanzenproblem bereitete mir mehr Unbehagen als alles andere, worunter er bereits hatte leiden müssen: Rassismus, Homophobie, der unaufhörliche Verlust nahestehender Menschen, ein verborgener Preis für ein langes Leben. Die Bettwanzen stellten alles in den Schatten. Das Gefühl war unterschwellig und verachtenswert, und hätte mich jemand in diesem Moment damit konfrontiert, hätte ich es bestritten. Trotzdem war es da – ein Beispiel dafür, wie eine Unannehmlichkeit, einfach deshalb, weil man unmittelbar mit ihr konfrontiert ist, groteske Züge annehmen kann.

Diese winzigen, flachen Kreaturen, die schon zu Plinius' Zeiten Blut aus den Menschen saugten, standen für eine Art Kriegsführung auf niedrigem Niveau, für einen Randkonflikt des modernen Daseins, der nur im Gespräch erkennbar wurde. Als ich am späten Nachmittag Professor Saitos Wohnung verließ, schlug ich einen Weg in nördlicher Richtung durch den Central Park ein. Der Schnee, der vor drei Tagen gefallen war, lag immer noch. In der eisigen Luft war er an einigen Stellen zu flachen Hügeln verharscht. Ich hielt mich an einen schneebedeckten Weg, der an einer massiven alten Mauer entlangführte. Es gab Fußabdrücke, aber niemand war zu sehen. Das Licht war so fahl, dass es kaum Schatten auf den Schnee warf. Weißes Licht von oben und weißes Licht von unten; es war, als würde ich über den Boden schweben. Eine Schar winziger Vögel, vielleicht Stare, umschwirrte in der Ferne einen Baum. Es wirkte, als bestünden die Vögel aus demselben dunkelbraunen Stoff wie das Geflecht aus Zweigen, durch das sie geschickt hindurchschossen. Einzig ihre Bewegung unterschied sie. Jeden Moment, dachte ich, könnten die gezackten Äste ihre versteckten Flügel ausbreiten, und die ganze Baumkrone würde sich wie eine lebendige Wolke emporschwingen. Auch die umgebenden Bäume würden ihre Häupter losmachen und ihre Stümpfe als Wachposten zurücklassen, und der Himmel über dem Park würde zu einem gewaltigen Baldachin aus Staren. Ich lief den wohltuend weißen Weg entlang, bis die Kälte durch meine Handschuhe und meinen Schal drang und mich zwang, den Park zu verlassen und den restlichen Weg nach Hause mit der U-Bahn zurückzulegen.

Am selben Abend durchforschte ich meine medizinischen Fachbücher nach Informationen über Bettwanzen, aber ich fand nur trockene Beschreibungen ihrer Ätiologie und Lebensdauer sowie möglicher Gegenmaßnahmen. Dampfreinigung und Bekämpfung mit Insektiziden wurden ausführlich besprochen, aber nichts davon konnte mich beruhigen. Doch dann stieß ich durch Zufall auf einen Band mit Erfahrungsberichten über Seuchen im frühen 20. Jahrhundert, er lag in einem Haufen alter Bücher, die Dr. Martindale in seinem Labor aussortiert hatte. Ich hatte einige dieser Bücher einfach mitgenommen, ohne sie mir richtig anzuschauen, aber jetzt entdeckte ich den Bericht von Charles A. R. Campbell aus dem Jahr 1903 und bekam eine Ahnung davon, wie sehr man sich damals vor *Cimex lectularius* ekelte und fürchtete.

Dr. Campbells Bericht entsprach zwar oberflächlich der damals üblichen Form eines medizinischen Bulletins, doch seine Überzeugungskraft lag vor allem in seiner Anhäufung von Thesen, die ein lebendiges und beklemmendes Bild des untersuchten Insekts zeichneten. Eines der charakteristischsten Merkmale der Bettwanze sei, so Campbell, sein kannibalistisches Wesen. Er präsentierte Belege dafür, dass angeschwollene Wanzen bisweilen von ihren Jungen zerteilt und verzehrt wurden. Ferner beschrieb er ein halbes Dutzend vermeintlich wissenschaftlicher Experimente, die allerdings eher an Hindernisläufe zur Demonstration der Widerstandsfähigkeit und Intelligenz der Bettwanzen erinnerten. Ich war mir sicher, Campbell wäre enttäuscht gewesen, hätten die Bettwanzen einen dieser Tests nicht bestanden.

In diesen Experimenten verkrafteten die Bettwanzen vier Monate Isolation auf einem Tisch, in einem See aus Kerosin schwimmend, ohne Nahrung. Sie überstanden unbeschadet 244 Stunden in der

Tiefkühltruhe und konnten unbegrenzt lange unter Wasser überleben. Die Gerissenheit dieser Insekten, notierte Campbell voller Ehrfurcht, ist bemerkenswert, und es scheint, dass sie in gewissem Maße über Intelligenz verfügen. Dann führte er ein Experiment von N.P. Wright aus San Antonio an – »ein sehr zuverlässiger Mitbürger und guter Beobachter«. Wright habe sein Bett weiter und weiter von der Zimmerwand weggeschoben und beobachtet, dass die Wanzen exakt so weit an den Wänden hochkrabbelten, bis sie gut abspringen und auf ihm landen konnten. Als er sein Bett wieder näher an die Wand rückte, kletterten die Wanzen nur noch so hoch wie nötig. Campbells Bericht war voll von Geschichten, in denen Bettwanzen frappierende Geschicklichkeit aufwiesen, Betten zu erreichen, deren Zugang erschwert worden war.

Ich musste an die unzähligen Millionen Bettwanzen in den fünf Bezirken dieser Stadt denken, an ihre unsichtbaren Eier und ihren Appetit, der eine Stunde vor Morgengrauen am größten war. Das Problem schien immer weniger ein wissenschaftliches zu sein, und ich begann Dr. Campbells Unbehagen zu teilen. Es waren Urängste: die magische Kraft des Blutes, die Stunden, in denen man sich den Träumen hingab, die Heiligkeit der eigenen vier Wände, Kannibalismus, die Angst, von etwas Unsichtbarem angegriffen zu werden. Mein Vernunft-Ich war bestürzt über die oberflächlichen

Analogien und die unvermittelte Kapitulation vor einer Angst, die ich bei anderen verspotten würde. Nichtsdestotrotz, nach vollendeter Lektüre zog ich alle Decken und Laken von meinem Bett, machte das Licht aus und kniete nieder, um die Nähte der Matratze sorgfältig mit einer Taschenlampe zu untersuchen. Ich fand nichts, aber das war noch lange keine Garantie für eine ruhige Nacht.

15

Es hatte einen Bombenanschlag auf den größten Markt für Nutztiere in Basra gegeben. Überall waren Sittichfedern, blutverschmierte Trümmer, die Schreie sterbender Tiere; ein zerfetzter Motor lag herum, ein zerstörter Stuhl und Käfige, die so verbogen waren, als wären sie aus Schnüren geflochten. Im Radio diskutierte der Außenminister die beginnende Offensive in dem von Schiiten kontrollierten Teil Bagdads. Ich ging zum Markt und sah Hundekadaver neben Menschenleichen liegen. Schwarz gekleidete Frauen weinten und schlugen sich auf die Brust. Ich sah einen Vater, bereits tot, der noch die Insulinampulle umklammert hielt, die er seiner Tochter nach Hause bringen wollte. Müdigkeit erfasste mich. *Todmüde* war der Ausdruck, der mir nun durch den Kopf schoss. Ich hatte meinen weißen Kittel an und die Krawatte gelockert. Meine Mutter war auch auf dem Markt. Sie trug eine Burka, und Nadège war bei ihr, auch sie vollständig verschleiert. Meine Mutter fragte mich: Was ist schlimmer als die Bomben? Bettwanzen, antwortete Nadège. Die beiden redeten Yoruba miteinander. Meine Mutter sagte, hör auf deine Schwester, Julius. Ich wollte sie gerade korrigieren.

Es war ein Uhr morgens, und ich war in meinen Kleidern eingeschlafen. Ich band meine Krawatte los, zog mich um und trank einen Schluck Wasser aus dem Glas auf dem Nachttisch. Bevor ich eingeschlafen war, hatte ich den Prolog zu *Piers Plowman* gelesen. Von seinen langen alliterierenden Beschreibungen war nur das Bild William Langlands hängen geblieben, der durch die Welt wandert und das Tun der Menschen beobachtet, ihre Mühsal, bis er sich schließlich auf einem der Malvern Hills niederlässt. Beim Blick auf den Bach war er müde geworden und schließlich eingeschlafen (»slumbered into sleep«), und im Traum erschien ihm eine magische Vision der Wirklichkeit. Genau an dieser Stelle war ich in den Schlaf hinübergeglitten.

Das Licht einer Straßenlaterne flackerte durch den Vorhang. Ich hatte Hunger, aber keinen Appetit. Im Kühlschrank fand ich ein Kotelett, und während ich es vor der offenen Kühlschranktür stehend aß, fuhr mit lauter Sirene ein Krankenwagen vorbei. Ich öffnete das Fenster, und der Wind blies mir so heftig entgegen, als hätte er nur auf Einlass gewartet. Meine Gedanken pulsierten im Takt des flackernden Laternenlichts auf dem Vorhang. Da unten lag die Welt verlassen da und erinnerte kaum an Langlands »fair field full of folk«. Ich nahm zwei Paracetamol und ging wieder ins Bett. Am nächsten Tag war Samstag, endlich ein Wochenende ohne Bereitschaftsdienst, ich konnte ausschlafen, unbehelligt von weiteren Träumen. Als ich aufwachte, beschloss ich, ein paar Erledigungen zu machen und, wenn es sich anbot, am Nachmittag den alten Professor zu besuchen.

Der Pförtner winkte mich durch ins Gebäude. Im Aufzug war es feucht, und es roch nach Schweiß. Mary, mittlerweile hochschwanger, öffnete mir die Wohnungstür. Drinnen war es dunkel und grau. Er ist sehr krank, sagte sie. Bitte, kommen Sie in sein Schlafzimmer, er wird sich über Ihren Besuch freuen. Doch die Türöffnung wurde von einem Mann verdunkelt, der vor mir ins Zimmer schlüpfte. Es war der Arzt. Mary bedeutete mir wortlos, dass ich warten sollte. Ich ging ins Wohnzimmer und setzte mich unter Professor Saitos polynesische Masken. Aus dem Schlafzimmer drangen Stimmen. Als der Arzt wieder herauskam, hatte er einen freundlichen Gesichtsausdruck. Sein Lächeln zog sich in Falten durch sein Gesicht; er nickte mir zu und verließ die Wohnung. Ich ging ins Schlafzimmer. Professor Saito lag mit angezogenen Gliedmaßen in seinem Bett, klein und blass und schwächer, als ich ihn je erlebt hatte. Obwohl seine Augen wässrig und fast geschlossen waren, schienen sie der einzig lebendige Teil seines Körpers zu sein. Sein Mund bewegte sich kaum noch, und seine Stimme schien aus einem anderen Teil des Raumes zu kommen. Sie klang nasal, und er atmete schwer. Dessen ungeachtet sprach er klar und deutlich.

Ach, und noch ein Doktor, sagte er. Ich bin ja richtig beliebt. Lieber Julius, ich hab keine Ahnung, was in Afrika so üblich ist, aber ich bin jetzt bereit, in den Wald zu gehen. Ich bin so weit. Meine Zeit ist gekommen, ich laufe hinein, lege mich auf den Boden und lasse mich von den Löwen holen. Ich hab genug getan, denke ich. Ich hatte ein gutes Leben, aber jetzt tut alles so schrecklich weh. Wer würde behaupten, dass neunzig Jahre nicht genug sind? Es ist Zeit. Ich setzte mich neben ihn und hielt seine kleine, kalte Hand in meiner. Er war müde, und ich ließ ihn wieder allein, damit er sich ausruhen konnte. Ich versicherte ihm, bald wiederzukommen.

Später hielt ich es nicht mehr zu Hause aus, allein mit diesem Bild des Todes vor Augen, in seinem billigen Anzug und mit seinen schlechten Manieren. Ich rief meinen Freund an und machte mich auf den Weg zu ihm. Seine Tochter war zu Besuch, ein aufgewecktes neunjähriges Mädchen namens Clara, das sonst bei seiner Mutter lebte. Sie ist draußen, sagte er. Sein Wohnzimmer hatte zwei Fenster, eins ging nach Westen, auf die Amsterdam Avenue, hinaus, das andere nach Süden, mit Blick auf einen kleinen Innenhof. In den Fenstern der Nachbarwohnungen gingen gerade die warmen Abendlichter an. In der Mitte des ansonsten leeren Hofs stand ein hoher Baum mit dichtem laublosem Geäst. Viel Sonnenschein bekam er hier nicht, von vier Seiten eingequetscht zwischen Steinmauern. Dennoch sah er recht gesund aus.

Das ist ein Götterbaum, sagte mein Freund. Ich bin auch neugierig geworden und hab ihn gleich nachgeschlagen. Botaniker zählen ihn zu den invasiven Gewächsen. Aber sind wir das nicht alle? Einmal ist ein Ast abgebrochen und verbreitete unten im Hof seinen Duft, es roch nach Kaffee. Die Spezies wurde vor langer Zeit aus China mitgebracht, im 18. Jahrhundert, glaube ich, und offensichtlich fühlte er sich auf amerikanischem Boden so wohl, dass er frei und wild in fast jedem Bundesstaat gedieh und sogar einheimische Baumsorten verdrängte.

Er ging in die Küche und kam mit einer Flasche Heineken zurück, die er mir reichte. Es ist wegen des Schattens, sagte er. Er wirft seinen Schatten über die anderen Pflanzen, damit sie weniger Sonnenlicht bekommen. Der Götterbaum wächst fast überall: auf verlassenen Grundstücken, in Gärten, auf Bürgersteigen, Straßen, Stränden, brachliegenden Feldern, mitten in verbarrikadierten Gebäuden und sogar in von Aka-

demikern befallenen Innenhöfen ohne Sonne. Was ist
so schlimm daran, sagte ich. Ein Baum ist ein Baum,
oder? Es kann nie genug Bäume in einer Stadt geben. So einfach ist es nicht, sagte er. Der Götterbaum
schränkt die ökologische Vielfalt eines Ortes ein. Man
hält ihn eher für eine Plage. Er taugt nicht zum Bau-
holz, noch nicht einmal so richtig zum Brennholz, und
er bietet Tieren kein Zuhause.

Während er redete, ließ ich meinen Blick über das
wuchtige Bücherregal an der gegenüberliegenden
Wand schweifen; endlose Reihen mit Bänden, darunter auch viel afrikanische und afroamerikanische
Literatur. Der Boden war ebenfalls von Büchern bedeckt, und auf dem Couchtisch lag ein Exemplar von
Simone Weils Essays. Ich nahm es an mich. Mein
Freund wandte sich mir zu. Ihr Aufsatz über die *Ilias*
ist wunderbar, sagte er. Ich finde, sie hat wirklich begriffen, was Gewalt ist, wie Gewalt Handeln auslöst
und schließlich die Kontrolle über das verlieren lässt,
was es ausgelöst hat. Lies ihn mal bei Gelegenheit.

Ich hätte auf Gnade gehofft, sagte ich, nicht auf Un-
sterblichkeit. Ich hätte mir für meinen Professor einen
würdigen, starken Abgang erhofft. Ich hätte mir so
sehr gewünscht, dieser alte Mann würde mir Weis-
heiten mitgeben, sagte ich, nicht diesen Quatsch über
Löwen. Vielleicht kommt es ja noch. Vielleicht liest
er mir beim nächsten Besuch etwas aus *Sir Gawain*

vor oder ein mittelenglisches Gedicht. Vielleicht bin ich auch ein Idiot. Anstatt dankbar zu sein für diese Freundschaft, will ich, dass alles nach meinen Vorstellungen abläuft. Irgendwie hatte ich wohl gehofft, sein Geist, einer der großartigsten, die ich kennengelernt habe, würde einfach weiterfunktionieren, selbst wenn der Körper nicht mehr konnte.

Mein Freund sah mich an und sagte: Manchmal frage ich mich, warum so viele Menschen Krankheit für eine moralische Prüfung halten. Krankheit hat nichts mit Moral oder Gnade zu tun. Krankheit ist eine physische Prüfung, die wir meistens nicht bestehen. Dann klopfte er mir auf die Schulter und sagte, Leid ist Leid, mein Lieber. Du weißt, was Leid mit Menschen macht, du siehst es doch jeden Tag. Es ist vermutlich ein schlechter Trost, aber was du über einen würdigen und starken Abgang gesagt hast, bringt mich auf etwas. Ich denke schon seit vielen Jahren darüber nach. Ich finde nämlich, dass man selbst entscheiden können sollte, wie und wann man stirbt. Und über diese Wahlfreiheit sollte man nicht nur dann verfügen, wenn man durch eine tödliche Krankheit unmittelbar von Leid und Tod bedroht ist. Dieses Recht sollte auch gelten, solange man noch gesund ist. Warum auf den Verfall warten müssen? Warum dem Schicksal nicht zuvorkommen?

Mein Freund stand am Fenster. Ich blieb auf dem Sofa sitzen und beobachtete, wie die tief stehende

Sonne seine schwarze Silhouette ausschnitt; es war, als spräche sein Schatten zu mir oder sein künftiges Selbst. Weiter weg flatterten Spatzen auf. Auf der Suche nach einem Nest für die Nacht schossen sie durch das gewölbte Geflecht aus kahlen Bäumen und durch die ineinandergreifenden Bögen der Universitätsgebäude. Jedes dieser Geschöpfe hatte ein kleines rotes Herz, dachte ich, einen Motor, der zuverlässig diese berauschenden Manöver durch die Luft ermöglichte. Wie oft fanden wir doch, bewusst oder unbewusst, Trost in der Vorstellung, dass Gott selbst sich um diese heimatlosen Reisenden kümmerte, mit so etwas wie persönlicher Zuwendung, dass er jeden Einzelnen vor Hunger, Gefahr und den Elementen beschützte, auch wenn die Naturgeschichte etwas anderes erzählte. Für viele waren die geflügelten Wesen der Beweis schlechthin dafür, dass der Himmel auch uns behütete und dass der Fall eines jeden Sperlings eine bestimmte Bedeutung, eine Vorsehung barg.

Mein Freund wartete darauf, dass ich etwas sagte, aber ich erwiderte nichts, also sprach er weiter. Mir ist klar, dass diese Idee nicht mit unserer Ethik vereinbar ist, mit unseren Gesetzen sowieso nicht, aber ich bin mir irgendwie sicher, dass sie in dreißig oder vierzig Jahren, wenn ich alles, was mir das Leben an Schönem zu bieten hatte, ausgekostet haben und vor dieser Wahl stehen werde, schon viel geläufiger sein wird, wenn auch nicht gerade populär oder unumstritten. Denk doch nur an die Pille, an künstliche Befruchtung oder an Abtreibung. Wenn es um den Anfang des Lebens geht, fallen uns solche Entscheidungen offensichtlich leichter. Und was ist mit Sokrates, Christus, Seneca, Cato? Sie alle haben ihr Ende selbst gewählt, und wir verehren sie dafür. Was Professor Saito über das Sterben und die Löwen sagte, hat dir nicht gefallen, aber das solltest du nicht als Angriff gegen Afrikaner werten. So hat er es nicht gemeint, und das weißt du auch. Was er meinte, denke ich, ist eine bessere Welt, frei von Delirium und Schmerzen. Dann könnte er mit unangetasteter Würde in den Wald gehen, wie er es sich ausgemalt hat, und nie wieder gesehen werden.

Er hielt erneut inne. Reglos stand er am Fenster und blickte hinaus. Die Vögel waren jetzt kaum noch erkennbar. Dann sagte er mit leiser Stimme, so als spräche er mit sich selbst oder als nähme er postum auf seinen Körper Bezug: Die Wahrheit ist, Julius, dass wir hier draußen komplett allein sind. Ihr Fachleute nennt das wohl Selbstmordgedanken, und ich hoffe, das beunruhigt dich jetzt nicht zu sehr, aber ich mache mir regelmäßig ein detailliertes Bild davon, wie mein Lebensende aussehen soll. Ich stelle mir vor, wie ich mich von Clara verabschiede und von allen Menschen, die mir lieb sind, und wie ich dann ein leeres Haus betrete, vielleicht eines dieser riesigen Landhäuser in der

Nähe der Sümpfe, wo ich aufgewachsen bin. Ich gehe ins obere Stockwerk, ins Badezimmer, lasse die Wanne mit warmem Wasser volllaufen; ich stelle mir Musik vor, die überall im Haus spielt, *Crescent* von Coltrane oder vielleicht *Ascension*; die Musik füllt alle Leerräume aus, die meine Einsamkeit nicht beansprucht hat, sie erreicht mich in meinem Bad, sodass ich, wenn ich über die Grenze gleite, die man nur einmal überschreitet, in der Ferne von modalen Harmonien begleitet werde.

16

Es war schon mehrere Wochen her, seit ich Professor
Saito zuletzt gesehen hatte. Ende März rief ich ihn
an, und eine Frau, nicht Mary, sagte mir, dass er gestorben sei. Ich japste ein *Oh, mein Gott* in den Hörer
und legte auf. Als ich später in meinem stillen Zimmer
saß, spürte ich das Blut durch meinen Kopf strömen.
Die Vorhänge waren aufgezogen, und ich konnte die
Baumwipfel sehen. Die Blätter waren dabei, nach
einem belanglosen Winter wieder zum Leben zu erwachen, und an allen Bäumen in unserer Straße
schwollen die Spitzen der Zweige an; die harten, grünen Knospen sahen aus, als würden sie gleich platzen.
Ich war geschockt, traurig, aber nicht völlig überrascht.
Ich hatte mich dem Drama des Todes mit all seinen
Unannehmlichkeiten wohl nicht aussetzen wollen und
deswegen weitere Besuche unbewusst vermieden.

Ich rief noch einmal bei ihm an – »bei ihm« war es
nicht mehr, das verstand ich in jenem Moment –, und

dieselbe Frau ging ans Telefon. Ich entschuldigte mich dafür, dass ich aufgelegt hatte, und erklärte ihr, wer ich war, dann erkundigte ich mich nach den Bestattungsvorbereitungen. Sie erklärte mir in einem etwas zu förmlichen Ton, dass es eine kleine private Trauerfeier geben würde, an der ausschließlich Familienmitglieder teilnehmen würden. Aber möglicherweise würde es viel später, im Herbst, eine Gedenkfeier am Maxwell College geben. Ich fragte sie, wie ich Mary erreichen könnte. Sie schien den Namen nicht zu kennen, und ich beendete unser Gespräch.

Ich wusste nicht, wen ich anrufen sollte. Er hatte mir so viel bedeutet, aber jetzt wurde mir klar, wie exklusiv unsere Freundschaft gewesen war, oder besser: wie isoliert von einem möglichen gemeinsamen Bekanntenkreis. Niemand wusste von unserer Freundschaft oder davon, wie wichtig sie für uns gewesen war. Ein seltsamer Zweifel meldete sich: Womöglich hatte ich sie überbewertet, und sie war nur für mich so wichtig gewesen. Es war der Schock, der da sprach.

Es war halb zehn Uhr morgens, in San Francisco war es drei Stunden früher. Ich war überrascht, dass Nadège ans Telefon ging. Ich entschuldigte mich mehrmals, ihre Stimme klang noch sehr verschlafen. Es ist wegen Professor Saito, sagte ich, er ist tot. Erinnerst du dich? Mein alter Professor in englischer Literatur, Professor Saito. Er ist gestorben, Krebs, ich hab's gerade erfahren. Er war immer so freundlich zu mir. Tut mir leid, es passt gerade nicht, oder? Doch, doch, sagte sie, schon okay, wie geht es dir? Und während sie sprach, hörte ich eine Männerstimme im Hintergrund: Wer ist das? Ich bin gleich so weit, erwiderte sie. Etwas später rief sie mich noch einmal an und sagte, es wäre besser für alle Beteiligten, wenn sie mir gleich die Wahrheit sagte: Sie sei verlobt und würde bald heiraten, im Spätsommer. Einen Amerikaner haitianischer Herkunft, den sie schon länger über ihre Familie kannte. Es wäre besser, sagte sie, wenn ich nicht wieder anrufen würde. Zumindest im Moment, das wäre gut.

Das Gefühl, dass zu viele Dinge gleichzeitig passierten, zuckte panikartig durch meine Eingeweide. Was dachte sie denn, was ich von ihr wollte? Doch eigentlich wusste ich, dass ich letzte Hoffnungen gehegt hatte, die sie mir jetzt genommen hatte. Es half mir zwar, etwas abzuschließen, was sowieso schon längst zu Ende war. Mich ärgerte nur, wie lange ich meine Gedanken darauf verschwendet hatte und dass es mich überhaupt überraschte, dass sie so schnell und entschlossen ihr Leben weiterlebte. Der neue Schmerz vermischte sich mit der Trauer über Professor Saito. An diesem Nachmittag schob ich Bachs Kaffeekantate in den Player und legte mich aufs Bett. Es war eine Aufnahme der Academy of Ancient Music. Die rhythmische, ausgelassene Musik erreichte mich nicht. Ich ließ sie trotzdem weiterlaufen, nahm ihre Schönheit wahr, ohne richtig mitzugehen. Dann dachte ich, Purcell wäre besser, tröstlicher. Ich entschied mich für »An Evening Hymn«, eine wunderbare Komposition für Tenor und sechs Gamben, die mir dann doch zu düster war und mich genauso wenig berührte. Also lag ich nur da, in der Stille, und beobachtete die schwebenden Staubpartikel, bis ich mich entschied, dem Selbstmitleid ein Ende zu machen und aufzustehen, um ein Päckchen zu verschicken.

Ich ging zum Morningside Park. Stellenweise lagen noch schmutzige Schneereste am Boden, der Park war eine Welt in Braun und Schwarz, Grau und Weiß. Irgendetwas bremste meinen Gang, und ich blieb stehen: Ich hatte das Gefühl, beobachtet zu werden. In einem Baum sah ich einen Bussard. Besser gesagt, er sah mich. Sein Raubtierblick hatte sich schon in meinem Nacken festgehakt, als ich mich umdrehte und ihn auf einem niedrigen Ast, nicht mehr als sechs Meter entfernt, entdeckte. Der Park war menschenleer, und die Sonne war wirkungslos, unsichtbar, abgetaucht. Der Vogel war stark, groß, seine Erscheinung die vollkommene Verkörperung des evolutionären Prozesses. Ich fragte mich, ob er vielleicht mit Pale Male verwandt war, dem berühmten Rotschwanzbussard aus dem Central Park, der in einem Gebäude an der Fifth Avenue genistet hatte; oder womöglich Pale Male selbst war. Er betrachtete mich eher mit Geringschätzung als mit Desinteresse. Wir sahen uns an, immer länger, bis ich konsterniert meinen Blick senkte, mich wegdrehte und mich mit gleichmäßigem Schritt entfernte, während ich seinen stechenden Blick immer noch im Rücken spürte.

Als ich den Park oberhalb von Central Park North verließ, waren nicht viele Leute unterwegs. In einer Einfahrt neben dem Eingang des Postamts standen zwei Männer. Einen der beiden hatte ich zuvor schon gesehen. Er hatte schmutzverkrustetes braunes Haar, das ihm wie kurze Stricke ins Gesicht fiel. Sein Bart war buschig und weiß meliert, und man roch, dass er sich wohl wochenlang nicht gewaschen hatte. Seine nackten Füße, die er vor sich auf dem Boden ausstreckte, waren aschgrau. Den anderen Mann, der gepflegt und viel jünger war, kannte ich nicht. Er hatte sich auf ein Knie niedergelassen und hielt den Fuß des älteren Mannes in den Händen. Sie sprachen leise und vertraulich miteinander, fast so als säßen sie in einem Restaurant beim Essen. Sie sprachen Spanisch, und hin und wieder lachten sie, unbeeindruckt davon, dass ihr Gespräch in der Öffentlichkeit stattfand, unter meinem neugierigen Blick. Der saubere Mann knipste die Zehennägel des schmutzigen Mannes. Er tat das mit solcher Hingabe, dass mir sofort der Gedanke kam, er kümmere sich um einen Verwandten; seinen Vater vielleicht oder einen Onkel.

Ich betrat das Postamt. Es war spät, kurz vor Ende der Öffnungszeit. Ich konnte das nötige Zollformular für mein Päckchen nicht finden, aber gerade als ich mich in die entmutigend lange Schlange stellen wollte, teilte eine Postangestellte die Wartenden neu auf, öffnete einen weiteren Schalter und fragte, ob jemand etwas ins Ausland zu verschicken hätte. Nun stand ich vorne in der Schlange. Ich bedankte mich bei ihr, trat auf den Schalter zu und bat den Angestellten hinter dem Glas, einen freundlich wirkenden Mann mittleren Alters mit Glatze, um ein Zollformular. Ich trug Farouqs Adresse ein. Meine Erinnerung an unsere Gespräche hatten mich auf die Idee gebracht, ihm ein Exemplar von Kwame Anthony Appiahs *Der Kosmopolit* zu schicken. Ich verschloss das Päckchen, und der Postangestellte zeigte mir verschiedene Heftchen mit Briefmarken. Keine Flaggen, sagte ich, irgendwas Spannenderes. Nein, die nicht und die ganz sicher nicht. Ich entschied mich für eine schöne Edition mit Quilts of Gee's Bend, Alabama. Er hob den Blick und sagte, verstehe. Und nach einer Pause fügte er hinzu: Ich weiß schon, Bruder. Und dann sagte er, woher kommst du, Bruder? Du bist doch aus dem Mutterland, oder? Ich merke das sofort. Ihr habt etwas, das uns fehlt, verstehst du? Etwas, das unentbehrlich ist für uns, die wir auf dieser Seite des Ozeans aufgewachsen sind. Etwas, das wir zum Leben brauchen. Ich sag dir was: Ich erziehe meine Töchter afrikanisch.

Hinter mir wartete niemand, und das Schalterfenster war teilweise von einem Pfeiler bedeckt. Terry (das war der Name auf dem Ausweis, der um seinen Hals hing) gab mein Päckchen auf und fragte, ob ich bar oder mit Kreditkarte bezahlen wolle. Also, Bruder – Julius, korrigierte ich –, okay, mein Bruder Julius, die Sache ist, du bist ein Visionär. Jemand, der weit gereist ist. Das sehe ich. Ein wahrer Reisender, ein Pilger. Ich will dir etwas anvertrauen, ich glaube, du wirst begreifen, was ich meine. Er legte seine Hände auf die Metallwaage vor sich, neigte seinen Kopf zur Scheibe und deklamierte, seine Stimme kaum mehr als ein Flüstern: Sie traten uns mit Stiefeln, jagten uns mit der Meute, machten uns zur Beute. Uns, unbesiegbar. Uns ließ man Kreuze tragen, ja. Die Sippe, wie Packtiere geschlagen. Wir, die Opfer, eine unbekannte Zahl, durch die Macht erlitt'ne Qual. Wir, wir hatten niemals eine Wahl, unsere Stimmen verstummt, unsere Lippen fahl. Verstehst du, Mann? Vierhundertfünfzig Jahre. Fünf Jahrhunderte, Äonen aus Tränen und Angst. Aber wir harren aus, wir sind da. Unbesiegbar.

Die letzte Zeile dehnte er bedeutungsschwanger. Dann sagte er: Kennst du das? Ich schüttelte den Kopf. Es ist von mir, sagte er, ich bin Dichter. Es heißt »Die Unbesiegten«. Ich schreibe, und manchmal lese ich bei

Poetry Slams. Poesie, das ist mein Talent. Hat's dir gefallen, sagte er, hör zu, hier ist noch eins: Sie machten
das Kokain und sind fein raus, sie machten den Stoff
und den ganzen Zoff. Sie sind fein raus, sie machten
das Leid, sie machten uns breit, zerstörten unser Zu-
haus'. Doch fühlst du es nicht, es nähert sich Licht?
Ein neues Ideal, ein Glaubensstrahl. Von innen. Von
unseren Ahnen. Für unsere Kinder. Unsere Zukunft.

Dann, erneut von den eigenen Worten berührt,
schwieg er. Bruder Julius, sagte er aufgewühlt, du bist
ein Visionär, halt die Hoffnung am Leben. Wir sollten
uns mal zusammen Poetry anhören gehen. Du trägst
es in dir, das spür ich einfach. Wir müssen dieser Generation ein strahlendes Vorbild sein. Sie hat sich ver-
irrt, sie ist umgeben von Finsternis, denkst du nicht
auch? Ich weiß, du begreifst das. Schreibst du auch? Ich
nahm seine Visitenkarte, die er unter dem Schalterglas
durchschob. In Goldbuchstaben auf cremefarbenem
Karton stand da: *Terrence McKinney, Autor / Slam-
poet / Aktivist.* Nein, sagte ich. Ich bin kein Schriftsteller. So oder so, sagte er, schreib mir mal. Wir können
ins Nuyorican Poets Cafe gehen. Ich würde mich gerne
mit dir unterhalten. Auf jeden Fall, sagte ich.

Es war die einfachste Antwort in dieser Situation.
Ich nahm mir vor, das Postamt künftig zu meiden. Als
ich aus dem Gebäude kam, war der jüngere der beiden
Spanisch sprechenden Männer verschwunden. Der

bärtige Mann mit den frisch geknipsten Zehennägeln saß im goldenen Kegel des Sonnenlichts, das über dem Gebäude gegenüber hervorgebrochen war und die Luft viel stärker erwärmte, als ich erwartet hatte. Im Halbschlaf lag er im Licht, wie verklärt; neben ihm drei leere Schnapsflaschen. Ich hatte bar für mein Päckchen bezahlt und ein bisschen Wechselgeld übrig. Ich gab dem Betrunkenen zwei der drei Dollar aus meiner Hosentasche. Hinter ihm strich eine herrenlose Katze herum; überrascht von der plötzlichen Helligkeit, suchte sie nach Schatten. *Gracias*, sagte der Mann und starrte vor sich hin. Als ich schon drei Schritte weiter war, kehrte ich noch einmal um und gab ihm auch den letzten Dollar; mit kaputten Zähnen lächelte er mich an. Die Katze schlug mit der Tatze nach ihrem eigenen Schatten auf dem Beton.

An der 110. Straße stieg ich in die U-Bahn. An der 14. Straße stieg ich aus und lief rüber zur East Side, dann die gesamte Bowery runter, ziellos, an den unzähligen Läden vorbei, die Lampen und Restauranteinrichtungen verkauften. Sie sahen aus wie exotische Vogelhäuser. Schließlich erreichte ich einen belebten Platz am East Broadway. Er war nur einen Steinwurf entfernt von jenem Teil Chinatowns, der unter Touristen so beliebt war, doch er wirkte wie eine komplett andere Welt: Hier waren keine Touristen und auch sonst kaum jemand, der nicht aus Ostasien stammte. Von den Schildern der Läden und Restaurants prangten chinesische Schriftzeichen, nur selten ergänzt durch englische Übersetzungen. Und mitten auf dem Platz, der kaum mehr als eine Verkehrsinsel am Schnittpunkt von sieben Straßen war, stand eine Statue, die ich aus der Entfernung für die eines Kaisers oder Dichters hielt, die aber in Wirklichkeit Lin Zexu darstellte, der 183 vom Kaiser als Sonderkommissar nach Guangzhou geschickt wurde, um die Verbreitung des Opiums einzudämmen. Jetzt schwärmten Tauben um das Ehrfurcht gebietende Denkmal dieses chinesischen Patrioten, den die Briten wegen seiner Eingriffe in den Drogenhandel gehasst hatten. Sie überzogen es mit Exkrementen und frischten damit die weißen Guano-Schichten auf, die sich infolge früherer Ablagerungen auf der dunkelgrünen Lackierung von Mantel und Kopf gebildet hatten. Ein paar Leute saßen auf den Bänken der Verkehrsinsel, aßen Eis oder gebratene Snacks, schlenderten um das Denkmal herum und genossen die Sonne. Kaum etwas erinnerte noch daran, was dieses Viertel am Anfang des 19. Jahrhunderts gewesen war: ein Freiluftmarkt für Vieh und Pferde, eine anstößige Gegend voller Bordelle, Tattoo-Shops und Saloons.

Jeder hier schien ein Chinese zu sein oder zumindest wie einer auszusehen, außer mir und einem Mann, der bis zur Taille unbekleidet war und sich mit heftigen

Bewegungen seine Arme und Brust mit einem Lappen abrieb. Sein Körper hatte einen überirdischen Glanz, als wäre er gerade mit Öl übergossen worden, aber ich konnte nicht erkennen, ob er die glänzende Substanz gerade auftrug oder entfernte. Er war dunkel wie ein Schattenriss, und sein Körper war gezeichnet von vielen Stunden im Fitnessstudio oder jahrelanger körperlicher Arbeit. Niemand beachtete ihn bei seiner sorgfältigen Prozedur, die er bald unterbrach, um sein Fahrrad aufzuheben. Er schob das Fahrrad, das zu seinen Füßen gelegen hatte, aus der Sonne heraus in den behütenden Schatten des Lin Zexu. Dann setzte er die Prozedur des Einreibens oder Sauberreibens fort. Sein Körper glänzte unverändert, als sei er selbst eine Statue aus Bronze. Am Ende stopfte er den Lappen, mit dem er sich abgerieben hatte, in die Gesäßtasche seiner Jeans und sprang auf sein Fahrrad, als wäre ihm plötzlich etwas Wichtiges eingefallen. Schon raste er davon und bog in eine der kleineren Straßen. Ich sah, wie er sich durch den Verkehr schlängelte, dann war sein glänzend schwarzer Rücken unter der gleißenden Sonne im Gedränge verschwunden.

Ich bog in eine andere Seitenstraße, eine noch engere und überfülltere. Sie war gesäumt von Vorkriegsgebäuden, die einander anzurempeln schienen, jedes mit einer aufwendigen Feuerleiter, hinter der es sich der Welt wie hinter einer durchsichtigen Maske darbot. Elektrodrähte, Strommasten, vergessene Fahnentücher und ein Dickicht aus Schildern rankten sich an den Fassaden bis hoch zu den Dächern der vier- und fünfstöckigen Häuser. In den Schaufenstern wurde für Zahnhygieneprodukte, Tee und Kräuter geworben. Große Behälter waren randvoll mit Ingwerknollen und Heilwurzeln gefüllt. Es schien nichts zu geben, was es in dieser kunterbunten Flut von Waren und Dienstleistungen nicht gab, und irgendwann schien auch die willkürlichste Abfolge von Schaufenstern ganz normal: gebratene von der Decke hängende Enten, gefolgt von aneinandergedrängten nackten Schneiderpuppen, gefolgt von flatternden Zetteln in sonnengebleichten Rottönen, zuletzt eine wilde Versammlung von Buddha-Figuren aus Bronze und Porzellan. In diesen letzten Laden trat ich ein, um der tosenden Straße zu entkommen.

Das Geschäft, in dem ich der einzige Kunde war, stellte eine Miniaturversion von Chinatown dar: Käfige in Hülle und Fülle, aus Bambus oder fein aus Metall gearbeitet, die wie Lampenschirme von der Decke hingen; handgeschnitzte Schachspiele auf der antik aussehenden Ladentheke; gefälschte chinesische Lackkunst im Stile der Ming-Dynastie, von kleinen Schmucktöpfen bis zu bauchigen Vasen, die so groß waren, dass sich ein Mann dahinter verstecken könnte; in Hongkong gedruckte humoristische Merkblätter im

Stile »Konfuzius sagt« mit Sinnsprüchen auf Englisch, die Männern Rat für die Eroberung von Frauen gaben; Holzstäbchen in Porzellanhalterungen; Glasschalen in allen Farben, Formen und Stärken; und schließlich, in einer scheinbar endlos langen Glasvitrine hoch über den Regalen, eine Serie grell bemalter Masken in allen erdenklichen Variationen dramatischer Mimik.

Inmitten dieses Füllhorns saß eine alte Frau. Sie hatte kurz aufgeschaut, als ich hereinkam, war jetzt aber wieder ganz in ihre chinesische Zeitung versunken, mit einem Ausdruck, der so undurchdringlich war, dass man hätte glauben können, sie trage ihn seit der Zeit zur Schau, als die Pferde hier noch aus Trögen am Straßenrand tranken. Und als ich dort stand, in diesem stillen, staubigen Laden mit den knarzenden Ventilatoren über mir, zwischen holzgetäfelten Wänden, die nichts von unserem Jahrhundert verrieten, hatte ich das Gefühl, in eine Raum-Zeit-Krümmung gestolpert und in eines der vielen Länder geraten zu sein, in die chinesische Kaufleute gereist waren, seit es globalen Handel gab. Und wie zur Bestätigung – oder wenigstens Aufrechterhaltung – dieser Illusion richtete die alte Frau einige chinesische Worte an mich und deutete nach draußen. Dort lief ein Junge in Festtagsuniform mit einer Basstrommel vorbei, gefolgt von Männern mit Blechblasinstrumenten. Keiner spielte, doch sie marschierten feierlich im Gleichschritt die schmale

Gasse entlang, die mit einem Mal auf wundersame Weise wie leergefegt war. Die alte Frau und ich beobachteten den Festzug aus der gespenstischen Stille des Ladens heraus; nur die Ventilatoren an der Decke summten, während die Musiker Reihe um Reihe an uns vorbeizogen, mit ihren ganzen Tubas, Posaunen, Klarinetten und Trompeten: Männer jeglichen Alters, einige mit fleischigen Gesichtern, andere, die aussahen, als hätten sie kaum die Pubertät erreicht, mit ersten Anzeichen von Pfirsichflaum auf dem Kinn, und sie alle trugen ihre goldglänzenden Instrumente mit feierlichem Ernst, bis ein letztes Trio mit Rührtrommeln, gefolgt von einer abschließenden riesigen Basstrommel, getragen von einem noch riesigeren Mann, die Prozession beschloss. Ich folgte ihnen mit den Augen, bis sie hinter dem letzten Bronze-Buddha am Rand des Schaufensters verschwanden. Die Buddhas lächelten der Szene mit vertrauter Gelassenheit nach, und ihr Lächeln verschmolz zum Lächeln jener, die alle menschlichen Sorgen hinter sich gelassen hatten, dem archaischen Lächeln der griechischen Kouroi auf ihren Grabstelen, einem Lächeln, das eher auf totale Abgeklärtheit hindeutete als auf Freude. Und jetzt konnten die alte Frau und ich die ersten Töne der Trompete von draußen hören. Nur zwei Takte, zwölf Noten, ein Echo der fernen Fanfare in Mahlers Zweiter Symphonie, die nun von der gesamten Band aufgenommen wurden;

eine chromatische, vom Blues infizierte Figur, eine ehemalige Missionshymne vielleicht, ein Klagelied, ein Klang wie ein entfernter Sturm. Ich konnte das Stück nicht identifizieren, aber es entsprach in jeder Hinsicht der schlichten Ernsthaftigkeit jener Lieder, die ich zuletzt auf dem Schulhof der Nigerian Military School gesungen hatte. Damals, vor vielen Jahren und Tausende Kilometer entfernt von dem sonnendurchfluteten Laden, in dem ich gerade stand, gehörten jene anglikanischen *Songs of Praise* zu unserem täglichen Morgenritual. Ich zitterte, als der kehlige Chor der Blechbläser in den Raum schepperte, während die Tuba sich behäbig durch die tieferen Tonlagen bewegte und der Klang des ganzen Ensembles wie Lichtbündel in Intervallen in den Laden fiel, bevor er sich schleichend wieder verlor, als sich die Band entfernte und in den Lärm der Stadt eintauchte.

Ich wusste nicht, ob der Zug der Kapelle Ausdruck von Bürgerstolz war oder ob es sich um eine Bestattungsfeierlichkeit handelte, aber die Melodie traf meine Erinnerung an die Morgenappelle meiner Kindheit so genau, dass ich plötzlich dieselbe Desorientiertheit und Seligkeit verspürte wie jemand, der in einem prachtvollen alten Haus steht und in der Spiegelwand eines weitläufigen Raumes die Welt in doppelter Ausführung erblickt. Ich wusste nicht mehr, wo das greifbare Universum aufhörte und das gespiegelte begann.

Diese Imitation bis ins Kleinste, von jeder Porzellanvase und jedem stumpfen Fleck auf dem Lack eines gebeizten Teakholz-Stuhls, setzte sich fort in mir selbst, der ich mich, erstarrt in einer Halbdrehung, in meinem ebenso erstarrten Spiegelbild verdoppelte – ein Spiegelbild, das sich noch im selben Moment mit den gleichen Fragen herumzuschlagen begann wie sein ebenso verwirrtes Original. Am Leben zu sein, so schien es mir jetzt, als ich da stand und mir alle möglichen Sorgen machte, hieß Original und Spiegelung in einem zu sein; tot zu sein bedeutete, abgespalten zu sein, ein bloßes Spiegelbild.

17

Im Frühling erwachte der Leib der Erde wieder zum Leben. Ich saß mit Freunden im Central Park beim Picknick unter Magnolien, die ihre weißen Blüten bereits verloren hatten. Hinter uns lugten Kirschbäume über den Maschendraht, in voller pinkfarbener Blüte. Die Natur ist unendlich geduldig, wo eines geht, drängt ein anderes nach; die Magnolien sterben, wenn die Kirschen gerade erblühen. Die Sonne brach sich in den Kirschblüten und betupfte das feuchte Gras, und so wild tanzten Tausende neuer Blätter im Aprilwind, dass die Bäume, die weiter weg standen, fast unwirklich schienen. Ich lag im Halbschatten und beobachtete eine schwarze Taube, die auf mich zulief. Sie hielt inne, flatterte auf und verschwand hinter den Bäumen, kehrte dann wieder zurück und trippelte merkwürdig herum, wie es nur Tauben tun, die nach Krümeln suchen. Und hoch über dem Vogel und mir erschienen plötzlich drei Kreise am Himmel, drei weiße Kreise.

In den vergangenen Jahren habe ich festgestellt, wie sehr das Licht meine Fähigkeit, gesellig zu sein, beeinflusst. Im Winter ziehe ich mich zurück. In den zunehmend langen sonnigen Tagen im März, April und Mai suche ich viel häufiger die Gesellschaft von anderen, bin ich empfänglicher für sinnliche Eindrücke, für Klänge, Farben, Muster, Körper in Bewegung und Gerüche außerhalb meines Büros oder meiner Wohnung. Die kalten Monate stumpfen mich ab, der Frühling fühlt sich dann an wie eine sanfte Schärfung meiner Sinne. An jenem Tag waren wir zu viert im Park; wir saßen auf einer großen gestreiften Decke, aßen Pitabrot und Hummus und zupften an grünen Trauben herum. In einer Einkaufstüte hielten wir eine offene Flasche Weißwein versteckt, schon unsere zweite an diesem Nachmittag. Es war ein warmer Tag, aber noch nicht so warm, dass der Great Lawn richtig voll gewesen wäre. Wie die anderen Städter um uns herum gaben wir uns einer sorgfältig inszenierten Landidylle hin. Moji hatte *Anna Karenina* mitgebracht – eine der neuen Übersetzungen; auf dem Ellbogen aufgestützt, las sie den dicken Wälzer und hielt nur gelegentlich inne, um sich an Gesprächen zu beteiligen. Einige Meter weiter rief ein junger Vater seinem davonlaufenden Kleinkind hinterher: Anna! Anna!

Ein Flugzeug war über uns hinweggeflogen, hoch genug, wir hatten das Brummen seiner Triebwerke kaum gehört. Nur der Kondensstreifen verriet noch seine Bahn, und als dieser sich auflöste, wuchsen die drei weißen Kreise. Sie schienen gleichzeitig aufwärts- und abwärtszuschweben, doch dann klärte sich das Bild, als hätte man das Kameraobjektiv scharf gestellt, und wir konnten in jedem Kreis den Umriss eines Menschen erkennen. Drei fliegende Menschen steuerten je einen Fallschirm, mal nach rechts, mal nach links; ich spürte das Blut in meinen Adern rasen.

Inzwischen hatten alle die Fallschirmspringer bemerkt. Die Ballspiele stoppten, Stimmen wurden laut, und viele Arme zeigten nach oben. Die kleine Anna, ebenso erstaunt wie alle anderen, hielt sich am Bein ihres Vaters fest. Die Fallschirmspringer, anscheinend Profis, schwebten einander entgegen, bildeten eine Art Federballformation, trieben dann wieder voneinander weg und steuerten auf die Mitte des Rasens zu. Sie kamen immer näher, fielen immer schneller.

Ich stellte mir das Zischen in ihren Ohren vor, als sie die Luft durchschnitten, und die Anspannung, mit der sie sich für die Landung wappneten. Als sie nur noch in einer Höhe von ungefähr hundertfünfzig Metern schwebten, sah ich, dass sie weiße Overalls mit weißen Riemen trugen. Ihre seidenen Fallschirme wirkten wie enorme weiße Flügel außerirdischer Schmetterlinge. Alle Umgebungsgeräusche schienen für Augenblicke ausgeschaltet zu sein. Das Schauspiel von Männern, die den uralten Traum vom Fliegen verwirklichten, entfaltete sich in Stille.

Fast konnte ich mir vorstellen, wie es sich anfühlen musste, nur vom klaren blauen Himmel umgeben zu sein, obwohl ich noch nie Fallschirm gesprungen war. An einem ähnlich schönen Tag vor einem Vierteljahrhundert hatte ich die Schreie eines Jungen gehört. Wir badeten gerade, zehn Jungs oder mehr, als plötzlich einer von uns ins tiefere Wasser abtrieb. Er konnte nicht schwimmen. Wir waren in einem großen Becken auf dem Campus der Universität von Lagos. Ich war damals ein guter Schwimmer, weil meine Mutter darauf bestanden hatte, dass ich es lernte – zur Bestürzung meines Vaters, der das Wasser fürchtete. Von meinem fünften oder sechsten Lebensjahr an hatte sie mich regelmäßig zum Schwimmunterricht in den Country Club gebracht; sie war selbst eine gute Schwimmerin und sah ohne Angst vom Beckenrand aus zu, wie ich mich mit dem Wasser anfreundete; meine Unerschrockenheit hatte ich von ihr. Heute ist es Jahre her, seit ich zum letzten Mal geschwommen bin; damals aber – es war in dem Jahr, bevor ich zur Militärschule ging – spielten meine Fähigkeiten eine entscheidende Rolle. Ich rettete einem Menschen das Leben.

Dieser Junge, über den ich nur noch weiß, dass er wie ich gemischter – in seinem Fall halb indischer – Herkunft war, schwebte in Lebensgefahr. Je weiter er in den Schwimmerbereich abdriftete, desto weniger konnte er seinen Kopf über Wasser halten. Die anderen Kinder, vor lauter Schreck unfähig zu handeln, standen im flachen Wasser und starrten uns an. Kein Bademeister war da, und keiner der Erwachsenen, sofern sie überhaupt schwimmen konnten, war nahe genug, um eingreifen zu können. Ich kann mich nicht entsinnen, dass ich lange überlegte oder mir einer Gefahr bewusst war – nur noch, dass ich mich, so schnell ich nur konnte, in seine Richtung bewegte. Dann kam der Moment, als ich den Jungen noch nicht erreicht, aber die Gruppe der Kinder schon hinter mir gelassen hatte, und der ist mir für immer im Gedächtnis geblieben. Ich schwamm mit aller Kraft, vor mir seine Rufe, hinter mir die der anderen. Gefangen in der blauen Weite um mich herum, hatte ich mit einem Mal das Gefühl, als wäre ich dem Jungen nicht näher als Sekunden zuvor, als würde uns das Wasser absichtlich auseinanderstemmen, er im Schatten des tiefen Wassers, ich im hellen Sonnenschein. Ich hatte aufgehört zu schwimmen, die Luft kühlte das Wasser auf meinem Gesicht. Der Junge schlug panisch um sich, durchbrach nur kurz die Oberfläche mit den Armen, wurde wieder hinuntergezogen. Der Schatten war so tief, dass ich kaum sah, was passierte. Ich dachte, ich würde für immer auf ihn zuschwimmen, ohne je die verbleibenden zwölf oder fünfzehn Meter zu überwinden, doch der Moment verging, und am Ende des Tages war ich der Held. Hinterher lachte man über den Vorfall und machte Witze über den Jungen. Doch es hätte auch ein tragischer Nachmittag werden können. Der kleine Körper, den ich die kurze Entfernung zum Sprungturm zog, hätte leblos sein können. Bald schon hatte auch ich die Einzelheiten vergessen, nur eines nicht: das Gefühl, völlig allein im Wasser zu sein, ganz und gar isoliert, als hätte man mich ohne Vorwarnung in eine blaue Kammer geworfen, unermesslich weit und nicht einmal unangenehm, fern von der Menschheit.

Für die Fallschirmspringer schrumpfte die Entfernung zwischen Himmel und Erde jetzt rascher, rasend schnell kam der Boden auf sie zu. Es wurde wieder laut, und sie landeten, einer nach dem anderen, sanft, in bauschigen Wolken, begleitet vom Johlen und Pfeifen der Picknicker im Park. Auch ich applaudierte. Die Springer krochen auf Knien aus ihren Zelten heraus. Sie machten sich gegenseitig Zeichen, dann erhoben sie sich gleichzeitig wie siegreiche Stierkämpfer, winkten der Menge zu, und wir belohnten sie mit unseren fröhlichen Rufen und noch lauterem Applaus.

Dann war es vorbei. Von der Ostseite des Parks kamen Sirenen. Vier Polizeibeamte sprangen über die Eingrenzung des Rasens und rannten zur Mitte. Einer war weiß, einer asiatischer Abstammung, die beiden anderen waren schwarz. Alle vier bewegten sich so plump, wie die Fallschirmspringer zuvor elegant und graziös gewesen waren. Im Schutz der Menge begannen wir zu buhen, doch die Polizisten drängten uns auseinander, brachen den Kreis auf, den wir um die Fallschirmspringer gebildet hatten, und verhafteten die Draufgänger. Eine Frau schrie: »Sicherheitswahn!«, aber eine Windböe erstickte ihre Worte.

Die Fallschirmspringer ließen sich ohne Widerstand festnehmen. Frei von ihren Flügeln, wurden sie von der Polizei abgeführt. Noch einmal gab es Applaus, und die Fallschirmspringer, drei junge Männer, verbeugten sich und grinsten. Einer war größer als die anderen, sein roter Vollbart schimmerte in der Sonne. Die Fallschirme blieben als glänzender Haufen auf dem Gras liegen, und als sie vom auffrischenden Wind erfasst wurden, sah es aus, als würden sie bebend Luft holen. So sahen wir den Fallschirmen eine Weile beim Atmen zu, während die Männer abgeführt wurden. Dann, nach einer gefühlt langen Zeit, brach der Zauber, und wir kehrten zu unserem Picknick zurück. Etwas war am Himmel erschienen, das der Natur trotzte. Mein Freund schien meine Gedanken zu lesen und sagte: Es geht darum, sich eine Herausforderung zu suchen und etwas auf eine vollendete Weise durchzuführen, ob man nun mit dem Fallschirm springt oder von einer Klippe oder einfach nur eine Stunde bewegungslos dasitzt und schweigt, man muss es so machen, dass es Schönheit hervorbringt.

Moji, Dayo Kasalis Schwester, lag auf dem Bauch, ihr Kopf war von einem Strohhut bedeckt. Ich fand, Lise-Anne und mein Freund passten gut zusammen. Ich hatte sie noch nie getroffen, aber er hatte mir versichert, sie wäre seine ideale Partnerin. Sein Ernst und ihre Leichtigkeit wogen einander auf. Sie verstand ihn, was man von ihren Vorgängerinnen nicht hatte behaupten können. Seine Liebe zur Philosophie spiegelte sich – so hatte er es mir gegenüber einmal formuliert – in der Art, wie er die Biologie des Lebens betrieb. Oft verziehen ihm die Frauen seine Unbeständigkeit, was er seinem beträchtlichen Charme verdankte. Dass ihn aber jemand so verstand, wie sie ihn instinktiv zu verstehen schien, war selten.

Gleich neben uns hing ein Blauregen fast bis zum Boden, die lilafarbenen Blättchen sprossen und spannen ein neues Geflecht. Es gab einige Tulpen, Sultans of Spring, soweit ich das erkannte, mit großen, seidenen Blütenblättern, wie Ohren. Bienen zogen surrend Flugrouten um uns herum und kollidierten immer wieder mit den Blumen. Auf dem Weg in den Park hatte Moji zu mir gesagt, dass sie sich mehr denn je um die Umwelt sorge. Ihr Ton war ernst. Als ich antwortete, das täten wir doch irgendwie alle, widersprach sie mir und schüttelte den Kopf. Was ich meine, ist, dass ich mir ganz konkret Sorgen mache, sagte sie. Das tun die meisten Leute nicht. Ich finde, dass ich zu viel wegwerfe und dass ich schlechte Gewohnheiten habe, so wie die meisten Amerikaner. Wie die meisten Menschen überall, vermutlich. Und in den vergangenen Monaten hat sich mein Bewusstsein dafür enorm geschärft, sagte sie.

Ich bemühte mich, angemessen auf das Thema zu reagieren. Ich fragte sie, ob sie den Flugverkehr meinte. Sie flog immerhin mindestens einmal im Jahr nach Nigeria. Machte sie sich wegen dem Kerosin Sorgen und dergleichen? Ja, genau deswegen, antwortete sie. Dann zerstreute sich unser Gespräch wieder, als mein Freund und Lise-Anne uns einholten und sie begann, von ihrer Kindheit in Troldhaugen zu erzählen. Als ich jetzt die Parkarbeiter die Fallschirme zusammenfalten sah, kam mir das abgebrochene Gespräch mit Moji wieder in den Sinn. Ich wusste, wie viele Menschen das Umweltproblem sehr ernst nahmen, oft genug hatte ich solchen Gesprächen zugehört, trotzdem war der Ernst der Lage noch nicht bei mir angekommen. Mir fehlte wohl der nötige Eifer. Ich dachte nie darüber nach, ob etwas aus Papier oder Plastik war, und ich sortierte den Müll nur aus reiner Bequemlichkeit, nicht weil ich an den Nutzen von Recycling glaubte. Aber allmählich begann ich die Leute, die diesen Eifer verspürten, zu respektieren. Es ging um eine Sache, ein Anliegen, und bei so etwas war ich grundsätzlich skeptisch, aber es ging auch darum, eine Entscheidung zu treffen, und meine Bewunderung für Menschen, die bewusste Entscheidungen trafen, wuchs – war ich selbst doch so fundamental entscheidungsschwach.

Moji hob den Hut von ihrem Gesicht, und eine Biene, die sie die ganze Zeit belästigt hatte, überlegte es sich anders und flog zu einer Blume. Der Himmel war jetzt dunkelblau, die Luft hatte sich abgekühlt. Moji wischte sich mit der Hand über ihre Wange, und ich sah sie an; sie war mir ein Rätsel. Sie war zu groß, und ihre Augen waren klein. Ihr Gesicht war dunkel, so dunkel, dass es fast schon lilafarben schimmerte, aber sie war nicht auf die Weise schön, die mich bei dunkelhäutigen Frauen anzog. Soll ich dir mal was über Bienen sagen, sagte sie plötzlich und unterbrach meine Gedanken. Allein schon diese Bezeichnung, Afrikanisierte Killerbiene, das ist rassistischer Mist. Afrikanisierte Killer also, als hätten wir nicht schon genug Probleme, muss denn Afrika auch noch als Synonym für Mord herhalten? Sie lehnte sich nach vorn, um sich eine Traube abzuzupfen. Sie trug ein Tanktop, und ich konnte die dunkle Rundung ihrer Brüste sehen.

Überall im Land sterben die Bienen, sagte ich, und die Wissenschaftler finden keine Erklärung dafür. Ich fand Bienen schon immer rätselhaft. Sie sind auf eine Art besessen, die der Mensch nicht erfassen kann; jetzt sterben sie mit einem Mal massenweise. Ich glaube, es hängt mit Wetterveränderungen oder Pestiziden zusammen. Oder es steckt eine genetische Veränderung dahinter. Jede dritte Biene ist bereits gestorben, und das Massensterben geht weiter, es werden immer mehr. So lange hat der Mensch die Biene als Honigmaschine missbraucht, hat sich ihre Besessenheit zunutze gemacht. Und nun zeigt sich, dass sie auch Experten im Sterben sind, aufgrund irgendeiner schrecklichen Störung in der Ordnung der Hautflügler.

Kopfnicken und Lächeln in der Runde. Lise-Anne betrachtete mich mit einer gewissen Bewunderung, und mein Freund schaute mich spöttisch an. Moji sagte, sie hätte etwas über das Phänomen gelesen, man spräche von Völkerkollaps. Inzwischen sei das Problem weit verbreitet, in Europa und Nordamerika, sogar in Taiwan. Und hat es nicht auch etwas mit genmanipuliertem Mais zu tun? Mein Freund legte seinen Kopf in Lise-Annes Schoß und sagte, das klingt wie aus der Kolonialgeschichte: Völkerkollaps! Die Eingeborenen sind unruhig, Eure Majestät, wir können die Kolonien nicht mehr lange halten. Lise-Anne sagte, kennt jemand von euch *El espíritu de la colmena*? Das ist ein Film von einem Mann namens Erice, aus den Siebzigern. Es geht da um eine gewalttätige und deprimierende Phase der spanischen Geschichte, und die Bienen stehen für, keine Ahnung, für eine andere

Denkart und Lebensweise, die zwar typisch für Bienen ist, aber in dem Film auf die Welt der Menschen bezogen wird. Es gibt darin ein paar Szenen, die mir immer noch unter die Haut gehen. Zum Beispiel die mit dem Vater – er hat zwei kleine Töchter, die eine heißt Ana, wie das Mädchen eben, das von ihrem Vater gerufen wurde –, jedenfalls, der Vater ist traumatisiert oder steckt in irgendetwas aus seiner Vergangenheit fest, worüber er nicht reden kann, und man sieht ihn nur bei der Arbeit am Bienenstock. Diese Szenen sind sehr bewegend, sie haben weder Dialog noch Handlung, aber eine ungeheure Intensität. Jedenfalls, ich weiß gar nicht, was ich damit sagen will, aber vielleicht sind Bienen sensibel und besonders empfänglich für die negativen Kräfte in der Welt der Menschen. Vielleicht sind sie auf eine geheimnisvolle Weise, die wir noch nicht verstehen, mit uns verbunden, und ihr Tod ist eine Art Warnung für uns, so wie die Kanarienvögel in der Kohlenmine eine Katastrophe spüren, lange bevor der träge, langsame Mensch sie kommen sieht.

Ich hatte Erices Film nicht gesehen, aber der Untergang der Bienenvölker brachte mich auf etwas anderes, was sich mit Lise-Annes Ausführungen verband. Die fehlende Erfahrung mit Massensterben, Seuchen, Kriegen und Hungersnöten schien mir etwas Neues in der Geschichte der Menschheit zu sein. Die letzten paar Jahrzehnte, sagte ich, in denen Kriege keine alles vernichtenden Flächenbrände waren, sondern hier und dort aufloderten, in denen Ackerbau kein Kampf gegen Elementargewalten war und Wetterschwankungen keine Hungersnöte mehr auslösten, sind eine historische Ausnahme. Wir sind die ersten Menschen überhaupt, die nicht im Mindesten für Katastrophen gerüstet sind. Es ist gefährlich, in einer sicheren Welt zu leben. Die harmlose und schöne Aktion der Fallschirmspringer zum Beispiel. Wir wissen, dass sie im Recht sind, weil sie uns etwas Unvergessliches beschert haben, und das auf eigene Gefahr, aber die Polizei hat den Auftrag, uns notfalls unter Anwendung von Waffengewalt immer und überall zu beschützen, im Zweifelsfall sogar vor einem Vergnügen. Ich muss oft an das lange 19. Jahrhundert denken, das überall auf der Welt ein einziges Blutbad war, eine unendliche Orgie des Tötens, ob das in Preußen war oder in den Vereinigten Staaten oder in den Anden oder in Westafrika. Das Gemetzel war der Normalfall, und Staaten zogen aus den nichtigsten Gründen in den Krieg, ohne Unterlass, und wenn sie eine Unterbrechung machten, dann nur, um wieder aufzurüsten. Und dann die Seuchen, die zehn, zwanzig, sogar dreißig Prozent der europäischen Bevölkerung auslöschten: Vor Kurzem las ich, dass die Stadt Leiden in den 1630er Jahren innerhalb von fünf Jahren fünfunddreißig Prozent ihrer Bevölkerung verlor. Wie das wohl war, mit der permanenten Möglichkeit zu leben, dass Menschen jeden Alters jederzeit sterben konnten? Wir können uns das nicht vorstellen. Die Zahl stand übrigens in einer Fußnote, gar nicht in dem Artikel selbst, da ging es um Malerei oder Möbel.

Familien, die drei ihrer sieben Mitglieder verloren hatten, waren nicht selten. Für uns ist ja schon der Gedanke, dass allein in den ersten fünf Jahren dieses Jahrtausends drei Millionen New Yorker an Krankheiten starben, nicht greifbar. Uns kommt das vor wie eine totale Dystopie, deshalb denken wir solche historischen Fakten nur als Fußnoten. Wir versuchen zu vergessen, dass andere Städte in anderen Zeiten Schlimmeres erlebt haben, dass es nichts gibt, was uns vor jeglicher Art von Seuchen bewahren kann, dass wir ebenso anfällig sind wie jede dieser vergangenen Zivilisationen, aber wir sind im Vergleich zu ihnen besonders schlecht darauf vorbereitet. Schon in der Art und Weise, wie wir darüber sprechen, wie wenig uns bislang zugestoßen ist, übertreiben wir maßlos.

Ich hatte mich in Rage geredet. Lise-Anne rettete mich schließlich vor mir selbst, indem sie das Thema wechselte. Julius, sagte sie, du bist doch der Psychodoktor. Eine Sache verstehe ich nämlich nicht. Offensichtlich muss ich verrückt sein, sonst wäre ich nicht mit diesem Typen da zusammen. Also vergiss mal kurz die Bienen und Seuchen und so und erzähl uns was über die verrücktesten Personen, die du in letzter Zeit behandelt hast? Da sind doch bestimmt ein paar richtig Durchgeknallte dabei. Oder unterliegst du der Schweigepflicht? Wir sagen's nicht weiter, versprochen.

Ich gab nach und erzählte ein paar Horrorgeschichten aus der Praxis, über Begegnungen mit Außerirdischen und Überwachungsparanoia, über Stimmen in der Wand und eingebildete Familienverschwörungen. Psychische Krankheiten liefern viel Stoff für Unterhaltung, besonders Paranoia, und man hat immer einen Fundus parat, aus dem ich jetzt schöpfte. Ich gab sogar Fallgeschichten von Kollegen als meine eigenen aus. Meine Freunde lachten, als ich von einer Patientin erzählte, der es »gelungen war«, Signale von fremden Planeten mithilfe von Alufolie abzuwehren. Jedes Fenster ihrer Wohnung hatte sie sorgfältig zugeklebt, an ihren Schuhen hatte sie aufwendig zurechtgebogene Büroklammern befestigt, die als Antennen dienten, und in jeder Hosentasche trug sie ein Stück Blei, sogar im Schlaf. Paranoide Schizophrenie brachte besonders viele derartige Geschichten hervor, und die Betroffenen waren gute Erzähler, weil ihr Gehirn darauf ausgerichtet war, Welten zu erschaffen. Innerhalb der Parameter ihrer persönlichen Realität waren ihre Konstruktionen bemerkenswert stimmig; nur von außen betrachtet wirkten sie verrückt.

Benutzt ihr eigentlich das Wort *verrückt?*, fragte Moji. Aber sicher tun wir das, sagte ich. Manche Leute sind de facto verrückt, und das schreiben wir dann auch so in die Akte. Letzte Woche hatte ich einen neunundvierzigjährigen Verkäufer auf der Couch. Ich hörte ihm zu und notierte nach ein paar Minuten: diverse Schrauben locker. Einmal habe ich die Diagnose gestellt: völlig wahnsinnig. Wenn ihr wüsstet, wie Ärzte reden, wenn sie unter sich sind.

Also ich, sagte mein Freund, habe definitiv ein paar Schrauben locker. Und ich bin sicher nicht der Einzige in dieser Stadt. Ich schätze, die meisten New Yorker haben einen Knall. Na ja, vielleicht nicht alle. Aber es stimmt doch, jeder muss seinen Weg finden, Dinge zu bewältigen, keiner ist völlig frei von mentalen Problemen; wenn man mich fragt, sollte man das nicht überbewerten. Geisteskrankheit dient doch nur als Vorwand, um Andersdenkende zu unterdrücken, so war es doch schon immer. Julius, du weißt doch sicher, dass es im Mittelalter in Europa schwimmende Gefängnisse gab, Schiffe voller vermeintlicher Idioten, die von Hafen zu Hafen segelten und die Ausgestoßenen aufsammelten. Leute, die man heute als leicht depressiv einstufen würde, unterzog man früher exorzistischen Ritualen. Es ging nur darum, störende Elemente von der Gesellschaft fernzuhalten.

Und wenn es um wirkliche Geisteskrankheit geht,

fuhr er fort, und ich will nicht behaupten, dass so etwas nicht existiert, wenn wir Wahnsinn als fundamentale Unfähigkeit definieren, die Wirklichkeit und die Vorstellungswelt in Übereinstimmung zu bringen, dann gibt es sogar ziemlich viele Wahnsinnige in meiner Familie. Du hast vorher die Stadt Leiden erwähnt, meine Familie war so eine Art Leiden. Mein Vater war verrückt und wurde dann kokainsüchtig. Oder vielleicht war es umgekehrt, und das Koks kam zuerst. So oder so, während wir hier sprechen, ist er gerade irgendwo in South Carolina unterwegs und versucht, Stoff aufzutreiben. Das ist sein Lebensinhalt. Nicht, dass das Wort *Vater* für mich noch eine tiefere Bedeutung hätte. Ich hab diesen Mann seit vier Jahren nicht mehr gesehen, und die paar Male, die ich ihn besucht habe, hab ich es bereut. Und dann meine Mutter: sechs Kinder von fünf verschiedenen Männern. Total verrückt, oder etwa nicht? Warum hört man nicht nach dem dritten oder vierten Kind auf? Mein älterer Bruder sitzt wegen Drogenhandels im Knast. Und meinen Onkel Raymond habe ich noch gar nicht erwähnt. Onkel Raymond war Mechaniker in der Gegend um Atlanta. Er hatte eine Frau und drei Kinder, bodenständiger Typ, tanzte nie aus der Reihe, nahm nie Drogen. Als ich elf war, hat er den Verstand verloren, wegen Gott weiß was. Er ging einfach in den Hinterhof und jagte sich eine Kugel in den Kopf. Seine Jüngste, meine

Cousine Yvette, die damals sieben Jahre alt war, hat ihn gefunden.

Wir verstummten. Ich kannte die Geschichte gut, die Verhältnisse, die mein Freund überwinden musste, um studieren, promovieren und Assistenzprofessor an einer Ivy-League-Uni werden zu können. Als er fertig war mit dem Erzählen, war sein Gesichtsausdruck entspannt. Es war Nachmittag, die Schatten wurden länger. Vor unseren Augen wurden die Fallschirme auf Fahrzeugen der Parkverwaltung abtransportiert. Den Stuntmännnern drohte vermutlich eine Verwarnung und Bußgeld wegen Gefährdung der öffentlichen Sicherheit. Ich kann mir schon vorstellen, sagte Moji nach einiger Zeit, dass die Sachen, die man als Schwarzer in diesem Land aushalten muss – und ich meine nicht Julius und mich, sondern Leute wie dich, die seit Generationen hier sind –, dass diese Sachen jeden zum Durchdrehen bringen könnten. Die rassistischen Strukturen in diesem Land können einen verrückt machen.

O nein, jetzt leg ihm doch keine Ausreden in den Mund!, sagte Lise-Anne. Wir brachen mit einer gewissen Erleichterung in Gelächter aus. Lise-Anne war mir sofort sympathisch. Moji dagegen kam mir verletzlich vor, immer schien sie gleich in Abwehrhaltung zu gehen. Als ich sie auf ihren Freund ansprach, den ich bisher noch nicht getroffen hatte, wollte sie gleich wissen: Versuchst du rauszufinden, ob er schwarz ist? Ich war überrascht. Ich versicherte ihr, dass mich das nicht interessierte. Ihre Vermutung war banal und für mich ein Zeichen gedanklicher Unreife, doch das zog mich auch an, sogar sexuell, und plötzlich stellte ich mir uns beide in einer erotischen Situation vor. Sie war keine Nadège, diese Anziehung war anders. Ich war mir nicht mal sicher, ob ich es Anziehung nennen wollte. Etwas faszinierte mich an ihrer Ausstrahlung, die sie wie eine Robe umhüllte. Sie war sehr direkt, streitlustig und hielt mit ihrer Meinung nicht hinter dem Berg. Zugleich aber schien sie ein sehr feines Gespür für die Menschen und das, was sie sagten, zu haben.

Als wir den Park verließen, trennte sich das Paar von uns und nahm ein Taxi nach Downtown. Moji und ich liefen gemeinsam den Central Park West entlang. Schon wieder redete die meiste Zeit ich; versuchte ich, ihr mehr zum Thema Recycling zu entlocken. Sie antwortete mit Ja oder Nein, als wüsste sie, dass ich nur plapperte, um die Stille zu füllen. Eine Taube mit dunklen Federn – möglicherweise dieselbe, die wir am Nachmittag schon gesehen hatten, obwohl ich das bezweifelte – hüpfte neben der Steinmauer entlang, die den Park im Westen begrenzte, als würde sie uns verfolgen, bis sie schließlich doch aufflog und zwischen den Bäumen verschwand. Ich sprach Moji noch mal auf ihren Freund an, als würde er mich tatsächlich interessieren. Sein Name war John Musson. Sie wollte nichts über ihn sagen. Der Frühlingsabend absorbierte unsere Energie und ließ uns allmählich verstummen, bis wir schweigend nebeneinander herliefen. Ein- oder zweimal sah ich sie an, ihr Gesichtsausdruck war in dem Moment so konzentriert, so wenig hübsch und doch so vollkommen in seiner Verlockung. Ich wurde einfach nicht schlau aus ihr. Dunkel brummten ungeduldige Motoren neben uns, die Benzindämpfe legten sich wie eine Bedrohung über die duftende Welt des Parks. An der Subway-Station 86. Straße trennten wir uns.

Klinische Psychiatrie bedeutet unter anderem, die Menschheit nach Stammesmerkmalen zu unterteilen. Nimmt man eine Gruppe Individuen, die mehr oder weniger dieselbe Wirklichkeitswahrnehmung haben, weisen die Gehirne dieser vermeintlich normalen Gruppe, die eine Mehrheit der Menschheit ausmacht, wenig Unterschiede auf. Psychisches Wohlbefinden ist zwar rätselhaft, trotzdem ist diese Kontrollgruppe einigermaßen berechenbar; das Wenige, was die Wissenschaft über die Funktion des Gehirns und seine chemischen Signale herausgefunden hat, trifft bei dieser Gruppe im Großen und Ganzen zu. Die rechte Gehirnhälfte arbeitet wie ein Parallelprozessor, die linke wie ein serieller Prozessor, also linear, und beide

Hälften kommunizieren mehr oder weniger erfolgreich über den Hirnbalken miteinander. Das Organ nistet im Schädel und verbessert sich permanent bei der Bewältigung einer Bandbreite erstaunlich komplexer Aufgaben, während es bei einigen anderen schlechter wird. So stellen wir uns Normalität vor. Im Einzelfall übertreibt man die Unterschiede gern, weil Menschen aus wichtigen sozialen Gründen dazu neigen, sich selbst als völlig verschieden von den anderen wahrzunehmen, doch realistisch betrachtet sind die Unterschiede, was die meisten Gehirnfunktionen angeht, ziemlich gering.

Dann aber gibt es eine andere Gruppe von Individuen, einen entfernten Stamm, dessen Gehirne im Vergleich zur Kontrollgruppe fundamentale chemische und physiologische Unterschiede aufweisen. Das sind die psychisch Kranken, die Verrückten, die Wahnsinnigen: Schizophrene, Zwangsgestörte, Paranoide, Soziopathen, Bipolare, Depressive oder solche mit Kombinationen aus zwei oder mehr dieser Kategorien. Diese Menschen gehören zusammen, sie müssen zusammen betrachtet werden. Jedenfalls denken wir das, und dieses Denken entspricht der Richtschnur für die klinische Psychiatrie. Wenn es ihnen schlecht geht, tauchen sie im Krankenhaus auf, mehr oder weniger freiwillig, und dann bekommen sie Psychopharmaka verabreicht, zugegebenermaßen eher weniger freiwillig. Und doch ist mir immer wieder aufgefallen, wie tiefgreifend die Unterschiede innerhalb dieser Gruppe sind, dass sie genau genommen wiederum in eine Vielzahl von Stämmen zerfällt, die sich voneinander jeweils genauso stark unterscheiden wie jeder Einzelne in dieser Gruppe vom Stamm der Normalen.

Als Mediziner und Facharzt für Psychiatrie war ich sozusagen staatlich anerkannter Heiler und als solcher damit beschäftigt, weniger »Normale« in Richtung eines statistischen Mittelwertes von Normalität zu schubsen. Ich trug den weißen Kittel und besaß die nötigen Scheine, ich war also befugt und ausgestattet genug, um glaubwürdig zu wirken, außerdem hatte ich mein DSM-IV, das *Diagnostische und Statistische Manual Psychischer Störungen*. Meine Aufgabe bestand, großspurig ausgedrückt, darin, die Wahnsinnigen zu heilen. Wenn ich sie nicht heilen konnte, was meistens der Fall war, half ich ihnen, so gut es ging, mit ihrem Zustand zurechtzukommen. Dieser Traum stand hinter unserer Wissenschaft und unserer klinischen Praxis, dafür hatte ich mich durch das komplette Medizinstudium gekämpft, die große Vision immer vor Augen. Meine Sinnsuche behielt ich natürlich für mich, und meine erste Lektion als Medizinstudent bestand darin, das große Ganze dem Detail zu opfern, mehr aus Gewohnheit als aus Notwendigkeit. Man brachte uns bei, der Philosophie zu misstrauen. Unsere Lehrer bevorzugten den leistungsstarken Neurotransmitter, den analytischen Trick, den chirurgischen Eingriff. Holismus wurde von vielen Professoren verachtet, und in diesem Punkt folgten die besten Studenten ihrem Vorbild.

Die Leiden unserer Patienten gingen uns allen sehr nah, aber soweit ich es beurteilen konnte, war ich einer der wenigen, die sich unaufhörlich Gedanken über die Seele machten, die sich fragten, wo sie in diesem sorgfältig kalibrierten Wissensgebäude anzusiedeln sei. Ich neige zum Zweifel, zum Infragestellen. Nach drei Jahren der Facharztausbildung waren die meisten Fälle schon zur Routine geworden. Am Anfang war alles so verwirrend gewesen, ein Ozean des unbeherrschbaren Wissens, eine Landschaft unüberwindbarer Abgründe und Fallen. Doch ich war, fast unbemerkt von mir selbst, ein kompetenter Psychiater geworden. Zugleich wurde mir klarer, welchen Schritt ich als Nächstes gehen wollte, welche Stipendien in Frage kamen, von wem ich Empfehlungsschreiben erbitten sollte. Ich hatte die Ambition verloren, in einem Universitätskrankenhaus oder in der Forschung zu arbeiten. Meine Zukunft schien in einem großen städtischen Krankenhaus oder einer kleinen Vorortpraxis zu liegen, und ich war einverstanden damit – der Konkurrenzkampf im akademischen Milieu hatte mich ohnehin abgeschreckt.

Mitte April verließ Professor Gregoriades, unser Fakultätsleiter, die Klinik, um privat weiterzupraktizieren. Seine Nachfolgerin kam von der Johns Hopkins und hieß Helena Bolt. Sie war ADHS-Expertin, großmütig, viel umgänglicher als ihr Vorgänger. Ihre Anwesenheit veränderte die gesamte Fakultät. Ein Jahr zuvor hatte es einen Skandal gegeben. Professor Gregoriades war vorgeworfen worden, eine abfällige Bemerkung über asiatische Patienten gemacht zu haben. Es wurde keine öffentliche oder formale Anklage erhoben, aber es war die Rede von zuverlässigen Quellen. Die meisten Kollegen erfuhren nie, welche Worte, wenn überhaupt, gefallen waren. Trotzdem war es eine unangenehme Situation, vor allem für die Handvoll angehender Ärzte koreanischer und chinesischer Abstammung. Es war ein schwerer Vorwurf und zweifelsohne ein Grund für Gregoriades' Rücktritt. Mit ihm verschwand auch ein Großteil der negativen Energie und Unzufriedenheit in der Fakultät.

Gregoriades war, ehrlich gesagt, nie mehr als höflich zu mir gewesen. Er war ein brillanter Gelehrter von nationalem Ansehen, Finalist des Lasker Award, Mitglied der American Academy of Arts und Sciences und Ehrenmitglied der American Psychiatric Association. Die beruflichen Erfolge standen für etwas, das ihn auszeichnete und das unabhängig von seiner Persönlichkeit Respekt verdiente. Mich jedenfalls hatte seine etwas kühle Art nie gestört. Ich hatte sogar einmal den Plan gehegt, mich mit ihm gutzustellen, und eine Strategie entwickelt, um ihm positiv aufzufallen. Ich hoffte daraus einen Karrierevorteil zu ziehen. Letztendlich entschied ich mich dagegen, aber den Gedanken hatte es gegeben. Seine Stellung, seine Herkunft, seine Kontakte: Hätte ich nie derlei Überlegungen angestellt, wäre ich sicherlich nie am Presbyterian angenommen worden. Dennoch, er stammte aus einer anderen Generation, sagt man jedenfalls. Er brachte wenig Feingefühl für die neuesten Nuancen der politischen Korrektheit auf. Er wäre fraglos weniger nachsichtig behandelt worden, wenn der Vorwurf auf Antisemitismus oder Rassismus gegenüber schwarzen Studenten gelautet hätte.

Professor Bolt, seine Nachfolgerin, war mehr als höflich. Von ihr erhielten wir jungen Ärzte nicht nur Einblick in eine fünfundzwanzigjährige Forschungs- und Krankenhauskarriere, sondern auch eine Vorstellung davon, wie eine menschliche medizinische Praxis aussehen könnte. Die Liste ihrer Veröffentlichungen war mehrere Seiten lang, ihre beruflichen Erfolge waren kaum weniger glänzend als die von Gregoriades, und es eilte ihr der Ruf voraus, eine kompetente Chefin zu sein. Was aber besonders auffiel, war ihr aufrichtiges Interesse an direkter Patientenbetreuung. Sie entwickelte Richtlinien, um bessere Resultate zu erzielen.

Zunächst gab es keine sichtbaren Veränderungen, aber schon einen Monat nach Bolts Ankunft wurde die neue Arbeitskultur in der Fakultät zum Lieblingsthema bei den Gesprächen im Umkleideraum. Es wurde spürbar besser. Vor allem für mich, der ich immer noch stur an meinem etwas naiven Ideal festhielt, wie psychiatrische Praxis sein sollte: vorläufig in ihren Erkenntnissen, selbstkritisch und so menschlich wie möglich.

Als ich meinem Freund und den anderen im Park von der Psychiatrie erzählte, hatte ich mich auf Geschichten beschränkt, die einen komischen Effekt enthielten, weil die Situation es gebot. Die Verbindung von Komik und menschlichem Leiden hat eine lange Tradition, besonders über psychische Krankheiten lacht man gern. Trotzdem fielen mir ebenso viele Fälle ein, die nicht für diese Erzählung getaugt hätten. Manchmal kann man das Gefühl nicht abschütteln, dass tatsächlich eine Epidemie des Leids über uns hinwegfegt und hauptsächlich von einer kleinen Gruppe Glückloser ausgehalten wird.

Ich las Freud aus rein literarischen Gründen. Schließlich waren seine Schwächen so gründlich bloßgelegt worden, dass er in der Populärkultur wie in der professionellen Psychiatrie im Grunde nur durch die Augen seiner Kritiker wahrgenommen wurde: H. J. Eysenck stellte seine Psychotherapie in Frage, Popper seine Wissenschaftlichkeit, Friedan sein Frauenbild.

Die Kritik war im Großen und Ganzen berechtigt. Ich las ihn also nicht als Fachmann, der professionelle Einsichten sucht, sondern als Liebhaber, der den Wahrheiten der Literatur auf der Spur ist. Sein Werk bildete ein gutes Gegengewicht zur modernen psychiatrischen Praxis, die tendenziell auf medikamentöse Behandlung setzt. Die historische Patina war auch sehr reizvoll: Sogar Mahler hatte ihn irgendwann aufgesucht. Vielleicht hatte er die Psychoanalyse – die, nicht zu vergessen, seine Erfindung war – trotz seiner Exzesse und Fehldeutungen am Ende doch stärker erhellt als jeder andere, mehr, als es die akribischsten ihrer heutigen Vertreter vermochten.

Seine Texte über Trauer und Verlust blieben, meiner Meinung nach, sehr brauchbar. In *Trauer und Melancholie* und später in *Das Ich und das Es* argumentierte Freud, dass man im normalen Trauervorgang die Toten verinnerlicht. Die Toten werden vollständig in die Lebenden assimiliert, in einem Prozess, den er Introjektion nennt. Bei einem Trauerprozess, der nicht normal verläuft, bei einer falschen Trauer sozusagen, findet diese gesunde Verinnerlichung nicht statt, sondern etwas, das er Inkorporation nennt. Dann besetzen die Toten nur einen Teil des Überlebenden; sie sind teilweise abgetrennt, verborgen in einer Krypta, von der aus sie die Lebendigen heimsuchen. Die saubere Linie, die wir um die katastrophalen Ereignisse von

2001 gezogen hatten, schien mit diesem Begriff der »Abtrennung« zu korrespondieren. Sicherlich hatte es Heldentum gegeben, auch wenn sich gezeigt hatte, dass das teilweise überbewertet war. Und die Rhetorik des Präsidenten war zwar von Bestimmtheit geprägt, sicherlich hatte es politisches Gerangel gegeben, und man war entschlossen gewesen, sofort mit dem Wiederaufbau zu beginnen. Aber es wurde nicht zu Ende getrauert, und das Ergebnis war die Angst, die nun über der Stadt lag.

Vor dem Hintergrund dieser kollektiven Trauergeschichte zeichneten sich die vielen individuellen ab: In jenem Frühling betreute ich einen alten Herrn, Mr. F. aus Westchester County, der fünfundachtzig Jahre alt und – abgesehen von ein paar grauen und grünen Staren – körperlich erstaunlich gesund war. Seit einigen Monaten hatte seine Familie vermutet, er würde an Alzheimer erkranken: Seine Konzentration ließ nach, sein Gedächtnis zeigte häufig Lücken, und oft schien er sich im Augenblick zu verlieren. Er sprach immer weniger, und wenn er etwas sagte, schwelgte er in alten Erinnerungen, die er teilweise durcheinanderbrachte. Doch die Neurologin stellte fest, dass keine physischen Symptome für eine Alzheimer-Erkrankung vorlagen. Also überwies sie ihn zu uns ins Presbyterian, und ihr Verdacht erwies sich als korrekt: Mr. F. war depressiv.

Im Zweiten Weltkrieg war er bei der Navy gewesen und hatte an der Pazifikfront gekämpft. Heil aus dem Krieg zurückgekehrt, heiratete er seine Jugendliebe. Sie gründeten eine große Familie und sorgten gemeinsam für die fünf Kinder, er als Fabrikarbeiter in Albany, sie als Krankenpflegehelferin und Vertretungslehrerin. Seine Frau war 1999 gestorben, und ein Jahr später war er bei seiner zweitältesten Tochter eingezogen. Seit diesem Umzug nach White Plains begann er unter Appetitmangel und Schlafstörungen zu leiden, Gewicht zu verlieren und unter Stimmungsschwankungen zu leiden. Mit großer Mühe – er war ein eher wortkarger Mann – beschrieb er seine immer häufiger rasenden Gedanken als verzweifelte Anstrengung, sich vorm Ertrinken zu retten. Als er mit seiner Veteranenmütze auf dem Kopf und der blauen Windjacke mein Zimmer betrat, hatte er den abwesenden Blick von jemandem, der in seiner Traurigkeit gefangen war.

Ich sah ihn nur zweimal (er wurde dann in die Psychotherapie überwiesen). Nach der zweiten Sitzung hatte ich bereits eine ziemlich ausführliche Anamnese vorgenommen, und ich erinnere mich, dass ich ihm gerade die ihm verschriebenen Medikamente und ihre Wirkungen erläuterte und darauf hinwies, dass er voraussichtlich erst in einem Monat eine Verbesserung seiner Gemütslage feststellen würde, als er mich unterbrach, indem er seine Hand leicht hob. Ich hielt inne, und Mr. F. sagte mit unvermittelter Rührung in seiner Stimme: Doktor, ich möchte Ihnen nur sagen, wie stolz ich bin, einen jungen schwarzen Mann wie Sie in diesem weißen Kittel zu sehen, denn wir haben es nicht leicht gehabt, und niemand hat uns jemals etwas geschenkt, ohne dass wir darum kämpfen mussten.

18

An der Ampel an der 124. Straße überquerte ich neben zwei Männern um die zwanzig die Straße und schnappte Fetzen ihres Gesprächs auf. Und er hat's gebracht, kein Scheiß?, fragte der eine. Ja, er hat's gebracht, ich dachte, du kennst den Nigga. Scheiße, Mann, den Motherfucker kenn ich nicht. Dann grüßten sie mich flüchtig, ich grüßte zurück, und sie bogen rechts ab und liefen die Straße hinunter, ohne jede Anstrengung, lässig, wie Sportler. Kurz wunderte ich mich über ihre erstaunlich profane Art, und dann vergaß ich sie wieder.

Etwa zehn Minuten später, als ich in die kleine Straße einbog, die nördlich des Morningside Park verläuft (bevor sie in den Morningside Drive übergeht), zuckte ich plötzlich zusammen. Im Schatten vor mir hatte sich etwas bewegt. Doch meine Schreckhaftigkeit erwies sich als unbegründet, und ich lächelte und entspannte mich, als ich die beiden jungen Männer erkannte, denen ich vorhin zugenickt hatte. Sie erwiderten mein Lächeln nicht, sondern kamen mir entgegen, mit Schritten, die exakt bemessen schienen, um jegliche Kraftverschwendung zu vermeiden. Sie liefen zu beiden Seiten an mir vorbei, ohne miteinander zu reden, als hätten sie mich nicht gesehen. Jeder schien nur auf sich selbst konzentriert zu sein. Vorhin hatte es nur den kleinsten aller möglichen gemeinsamen Nenner zwischen uns gegeben: ein Blickkontakt zwischen Fremden an einer Straßenecke, ein Gruß als Zeichen gegenseitigen Respekts zwischen jungen schwarzen Männern, »Brüdern«. Solche Blicke wurden unter schwarzen Männern in jeder Minute in jedem Teil der Stadt ausgetauscht; ein Nicken, ein Lächeln oder ein kurzer Gruß, schnelle Zeichen der Solidarität, eingeflochten ins Gewebe alltäglicher Verrichtungen. Es war eine reduzierte Art zu sagen: Ja, ich kenne das Leben da draußen, ich weiß, wie es sich anfühlt. Die beiden waren inzwischen an mir vorbeigelaufen und wollten diese flüchtige Geste aus welchen Gründen auch immer nicht erwidern.

Die Sonne war bereits untergegangen, und die Straße lag zum Großteil im Schatten. Wahrscheinlich hätten sie mich auch bei Tageslicht nicht wiedererkannt. Trotzdem war ich verunsichert. Ich dachte noch darüber nach, als ich den ersten Schlag spürte, der auf meiner Schulter landete. Ein zweiter, schwererer

Schlag traf mich am Rücken, und meine Beine wurden butterweich. Ich fiel zu Boden. Ich weiß nicht mehr, ob ich aufschrie oder ob ich den Mund aufriss, ohne einen Laut herauszubringen. Sie traten mich überall – auf die Schienbeine, den Rücken, die Arme – eine schnelle, durchdachte Bewegungsabfolge. Ich rief, flehte sie an, aufzuhören, doch dann verließ mich der Wille, und ich ertrug wortlos die noch folgenden Schläge. Zuerst hatte ich den Schmerz unmittelbar gespürt, nun kam der Gedanke daran, wie sehr es hinterher und am nächsten Tag schmerzen würde, körperlich und seelisch. Mein Kopf war leer, abgesehen von diesem einen Gedanken, der nun in meinen Augäpfeln pochte und fast noch mehr wehtat als die eigentlichen Schläge. Wir sind es gewohnt, Zeit als Material zu beschreiben, wir »verschwenden« Zeit, wir »nehmen« uns Zeit. Als ich dort lag, wurde Zeit auf neue, bisher unbekannte Weise zu Material: Bruchstücke, herausgerissene lose Büschel, ein sich ausbreitender Fleck wie von verschütteter Flüssigkeit.

Ich hatte keine Todesangst. Irgendwie war mir klar, dass sie nicht die Absicht hatten, mich zu töten. Eine Zurückhaltung lag in ihrer Gewalt; es hatte zwar keiner mit einer Waffe gefuchtelt oder eine Erklärung abgegeben, trotzdem wusste ich, sie hatten die Kontrolle über die Situation. Ich wurde verprügelt, aber bestimmt nicht so schwer, wie sie es hätten tun können, wenn sie wirklich wütend gewesen wären. »Sie« waren auch nicht zu zweit, wie ich zuerst vermutet hatte, sondern zu dritt. Ein weiterer Mann war dazugekommen, und sie lachten, waren entspannt, machten obszöne Sprüche. Als ich wieder etwas sah, erkannte ich, dass sie viel jünger waren, als ich angenommen hatte, höchstens fünfzehn – vielleicht bildete ich mir das auch nur ein. Und ihre Worte, die sich flüssig, rhythmisch, wie Nägel zwischen das Gelächter schoben, schienen nichts mit der Situation zu tun zu haben, als würden sie einen anderen meinen, als wäre auch diesmal alles wie sonst, wenn ich diese Worte hörte, nie feindselig, nie direkt an mich gerichtet, so unschuldig wie eben noch an der Straßenkreuzung, als sie ihre Schatten vorauswarfen. Jetzt dienten sie der Demütigung, und ich schrumpfte unter ihnen. Ich erhob meine Hand auch gegen ihre Verwünschungen, als sie erneut, wenn auch mit größerem Abstand, auf mich einschlugen. Sie lachten immerzu, bis einer noch ein letztes Mal nachtrat, direkt auf meine Hand, mit extra viel Wucht. Die Welt wurde dunkel. Sie rannten weg, und ich hörte nur noch das Quietschen der Sohlen ihrer Basketballschuhe auf dem Asphalt.

Als sie verschwunden waren, nahm die Zeit wieder ihre alte Gestalt an. Sie hatten meine Brieftasche und mein Handy mitgenommen. Und ich saß nun auf dieser Straße, sprachlos, fassungslos, und dachte nur, dass es schlimmer hätte kommen können und dass es wohl unvermeidlich gewesen war. In den Wohnungen über mir gingen die Lichter an, am Himmel war noch ein letzter Lichtstreif zu sehen. Die einbrechende Nacht verharrte in perfekter Balance zwischen natürlichem und künstlichem Licht, das aus den Innenräumen nach draußen strahlte, sichtbar und unerreichbar, wie die Verheißung vom Fortbestand des Lebens. Menschen waren von der Arbeit nach Hause gekommen und bereiteten das Abendessen vor, oder sie schlossen die Erledigungen des Nachmittags ab. Überall Menschen, und doch keiner auf der Straße, nur trockener Wind, der durch die Bäume fiel. Und ich saß auf der Straße und blickte auf einen mit Brennnesseln überwucherten Rinnstein. Die filigrane Komplexität des Unkrauts erschreckte mich.

Es hätte schlimmer kommen können: ein ärgerlicher Gedanke, ein falscher Gedanke, denn was passiert war, war schlimmer, schlimmer als Sicherheit und körperliche Unversehrtheit. Dann setzten die Schmerzen ein, und ich hatte das Gefühl, die Außentemperatur stiege an und über meinem Körper breitete sich eine dürre Hitze aus. Tränen rannen mir aus den Augen. Das Atmen tat weh. Ich vermutete eine oder zwei gebrochene Rippen, was nicht der Fall war, wie sich später herausstellte. An den Knöcheln meiner linken Hand klebten Sand und Blut, und vom Handrücken bis zum

Handgelenk erstreckte sich eine Schnittwunde. Diese Hand hatte ich erhoben, um meinen Kopf zu schützen, als ich mit hochgezogenen Knien und gesenktem Kopf zusammengekauert auf dem Asphalt lag. Ich spürte meinen Mund nicht, wie nach einem Zahnarztbesuch. Das war nicht mehr mein Mund, dachte ich, als ich meine Zunge durch die Mundhöhle gleiten ließ, dieser fremdartige, hässliche Mund, der mir nicht gehorchen wollte.

Endlich erblickte ich jemanden am anderen Ende der Straße. Nicht ganz am Ende, sondern etwa zwei Blocks entfernt. Die Person war klein und näherte sich langsam, wie ein Erinnerungsbild. Ich raffte mich auf, klopfte meine Kleider ab und begann zu laufen. Ich hinkte leicht, biss die Zähne zusammen, spürte, wie sich die Hässlichkeit über mein gesamtes Gesicht zog. Der Passant, ein älterer Mann in einem Overall, nahm mir meine Maskerade offensichtlich ab und lief an mir vorbei, als bemerkte er nicht oder als wollte er nicht bemerken, dass ich gerade verprügelt worden war.

Auf dem Weg nach Hause hielt ich mich im Dunkeln, solange es ging. Es war nicht weit. Die Jungs waren in den Park verschwunden und sicher schon weit weg, irgendwo in Harlem. Die Lobby war menschenleer, der Aufzug frei. Ich ging in meine Wohnung und betrachtete mich lange im Badezimmerspiegel. Ich berührte mein Kinn, fuhr mit dem Finger sachte die

Wange entlang, die heftig schmerzte und gerade zu einer violetten Beule aufschwoll. Ich legte die Kleider ab, erst den schmutzigen schwarzen Mantel, dann das zerknitterte taubenblaue Hemd, ein Geschenk von Nadège. Ich hatte es selten getragen. Endlich konnte ich wieder klar denken: Ich musste die Wunden reinigen (ein Krankenhausbesuch schien überflüssig), und ich musste Anzeige erstatten. Und ich musste sofort meine Kreditkarten sperren lassen, um den finanziellen Schaden zu begrenzen. Und nicht zu vergessen, die Campus-Polizei musste benachrichtigt werden, damit sie den Aufzug mit ihrem üblichen Warnschild versehen konnten (wie bei früheren Vorfällen, bei denen ich nicht das Opfer gewesen war). Es würde darauf hinweisen, dass in der Nachbarschaft ein Überfall stattgefunden hatte und dass die Verdächtigen männlich, schwarz und jung waren, durchschnittlich groß und durchschnittlich schwer.

Ich öffnete das Fenster und schaute hinaus. Der Himmel war bleigrau, die Dunkelheit allumfassend, nur weiter unten durchbrochen vom Licht ferner Halogenscheinwerfer. In den Gebäuden gegenüber wohnten hauptsächlich Studenten und Fakultätsangehörige nahe gelegener Institutionen, dem Teachers College, dem Union Theological Seminary, dem Jewish Theological Seminary, der Columbia Law School. In einer der Wohnungen, die fast auf gleicher Höhe mit meiner lag, sah ich eine junge Frau, die mit dem Gesicht zur Wand saß. Sie trug einen Schal, beugte immer wieder ihren Kopf vor und schaukelte im gelben Schein einer Stehlampe. Ein paar Stockwerke über ihr, auf dem flachen Dach des Gebäudes, stieß ein langer Schornstein eine breite Rauchwolke aus. Der Rauch blähte sich auf wie bei einer Explosion in Zeitlupe, bis die Ränder der grauen Schwaden lautlos von der tieferen Dunkelheit des Himmels verschluckt wurden. Meine Wohnung war genauso dunkel. Ich hatte mir Tee gemacht, und ich trank ihn, während ich der Frau beim Beten zuschaute. Es gibt Leute, die sind anders als wir, dachte ich, sie haben andere Ausdrucksformen. Doch ich betete auch, und wenn ich es so gelernt hätte, würde ich ebenfalls mein Gesicht der Wand zuwenden und vor und zurück schaukeln. Beten enthielt, davon war ich schon lange überzeugt, kein Versprechen, es war kein Mittel zur Wunscherfüllung, sondern eine Möglichkeit, Präsenz zu üben, eine Form der Therapie, die darin bestand, präsent zu sein und seine Herzenswünsche zu benennen, die bereits bewussten und jene, die noch keine Form angenommen hatten.

Es war erst zwei Stunden her. Der Schock ließ mich immer noch zittern, der Gedanke an die Plötzlichkeit nahm mir die Luft; und doch fühlte es sich auf eine Weise schon wie eine Rauferei auf dem Schulhof an. Hatte es einen Moment gegeben, in dem ich, wie ein alter Mann, der den Tod begrüßt, die Schläge akzeptierte? Nein. Ich hatte nur eines gespürt: Angst vor dem Schmerz und den Wunsch, keine Schmerzen zu haben. Wie hatte ich das jemals vergessen können, hatte ich, dort liegend, gedacht. Wie hatte es mir auch nur eine Sekunde lang nicht voll bewusst sein können, wie gut es war, unversehrt zu sein?

Mein Kopf füllte sich mit allen Klischees der Verharmlosung eines solchen Überfalls. So was passiert eben, früher oder später, man kann von Glück reden, und ja: Es hätte schlimmer kommen können. Doch wie packte mich zugleich der Zorn bei diesen Gedanken! Drei Tage, in denen ich mich von der Arbeit freistellen ließ, sollten ausreichen, um mein Gleichgewicht wiederherzustellen, dachte ich und nahm mir vor, offen mit den Gründen meiner Abwesenheit umzugehen. Außerdem müsste ich die Hilfe meines Freundes in Anspruch nehmen, um ein paar praktische Angelegenheiten zu erledigen. Er würde wenigstens keine große Sache daraus machen.

Ich hatte schon von anderen Überfällen gehört. Einer Kollegin in der Verwaltung war die Brieftasche gestohlen worden. Einem Krankenpfleger – ein korpulenter portugiesischstämmiger Amerikaner mit leiser Stimme – hatten sie den Kiefer gebrochen und anschließend nicht einmal seine Brieftasche, seine Uhr oder Goldkette genommen, sondern nur seinen iPod. Siebzehn Stiche waren nötig gewesen, um sein Gesicht zu nähen. Gewalt zum Zeitvertreib war nichts Ungewöhnliches in New York City, aber jetzt hatte sie mich getroffen. Ich hatte die Wunden auf meinen Schultern, Armen und Beinen gereinigt: lauter kleine blaue Flecken, die schnell verheilen würden. Mein entstellter Mund und meine Hand machten mir am meisten Sorge. Als ich die Prellungen untersuchte, ratterten mir die Gedanken durch den Kopf. Warum hatte dieser Körper in gesunder Verfassung diejenigen, die ihn liebten, so oft in großer Eile hinter sich gelassen?

Die Frau hatte aufgehört zu beten. Mit den Fingern streifte sie durch ihr hellbraunes Haar, nahm den Tallit von ihren Schultern und hielt kurz inne, als hätte sie etwas vergessen. Dann faltete sie das Tuch zusammen und schaltete die Lampe aus.

Die junge Frau war unsicher, dachte über jedes Wort nach, bevor sie es aussprach. Der Mann, der neben ihr saß und bei dem sie jetzt Bestätigung suchte, schüttelte den Kopf und korrigierte sie. Nein, das heißt Weltgesundheitsorganisation. Versuch's noch mal, hier: *Welt. Handels. Organisation.* Ja genau, Handel. Weißt du noch das Wort für Handel?

Er deutete auf eine Stelle und trommelte mit zwei Fingern auf dem Blatt. Sie dachte nach und sagte dann wieder etwas auf Chinesisch, das sich fast wie ihre erste Antwort anhörte, ihm aber sichtlich besser gefiel. Dann fragte er sie, ob sie die Vokabelliste noch einmal von vorne durchgehen sollten. Ich saß an einem kleinen Tisch und trank Kaffee; aus dem Stimmengewirr des Diners hörte ich ihr Gespräch heraus. Sie saßen an der Bar mir gegenüber und tranken Cola. Die Studentin war Asiatin. Ihr tiefschwarzer Pony fiel ihr direkt ins Gesicht. Nervös bewegte sie einen Stapel Karteikarten von der einen Hand in die andere. Ihr Lehrer, ein blonder Mann in einem Trainingsanzug, war nicht viel älter als sie.

Ich tat so, als würde ich auf die Straße blicken. Die Schatten waren lang, das Licht gelb, und auf dem Gehweg umarmten sich zwei Frauen mit hohen Absätzen und riesigen Einkaufstüten. Der blonde Lehrer und die Studentin waren noch dabei, ihre Beziehung zu etablieren; die Rollen waren schon verteilt, aber noch herrschte eine gewisse Förmlichkeit vor. Sie lachte immer wieder auf, und er korrigierte ihre Aussprache. Es schien ihr schwerzufallen, das wenige, was sie schon beherrschte, abzurufen. Suchend blickte sie in den Raum, ohne wahrzunehmen, dass sie selbst gesehen wurde. Er war in seinem Verhalten befangener, schien sich seiner selbst und des Missverhältnisses zwischen seinem Aussehen und seiner Tätigkeit stärker bewusst und der Tatsache, dass sie sich in der Öffentlichkeit befanden. Er stellte seine Kompetenzen aus, nicht nur vor seiner Schülerin, sondern vor jedem in Hörweite, der vielleicht einen Augenblick innehielt beim Anblick eines Weißen, der einer Asiatin Chinesisch beibrachte. Seine Stimme hatte etwas Selbstzufriedenes, er wiederholte die Sätze mehrmals, und als er kurz herüberschaute, trafen sich unsere Blicke in der Glasfassade des Diners.

Das Diner lag am Broadway, zwischen Duane Street und Reade Street, nahe der Subway-Station Brooklyn Bridge / City Hall, an einem Park, der für das südliche Manhattan recht beschaulich war. An jenem Morgen waren vor allem Büroangestellte und Parkarbeiter unterwegs, zwischendurch ein paar Touristen, doch es war nicht laut, die wenigen Geräusche verschmolzen zu einem leisen Summen. Menschen kamen aus der U-Bahn und gingen zur Arbeit; wer früh begonnen hatte, machte bereits die erste Kaffeepause im Park. Draußen vor der Tür hing ein nicht erleuchtetes Neonschild mit der Aufschrift Comida Latina, und drinnen reinigten Restaurantangestellte die dampfbeheizten Servierplatten, um sie kurz darauf wieder mit gelbem Reis, gebratenen Kochbananen, Chow Mein, Spareribs und all den anderen dominikanischen, puerto-ricanischen und chinesischen Gerichten zu beladen, die Diner wie dieses zum Lunch anzubieten pflegten. Der Laden war klein, aber man merkte, dass er gut lief, was vermutlich an der Nähe zu den vielen riesigen Gebäuden lag, die täglich von unzähligen Angestellten bevölkert wurden.

Es war jetzt zwei Wochen her, alles war gut verheilt. Es hatte sich als nicht nötig erwiesen, wegen der Mundverletzung ins Krankenhaus zu gehen. Nur meine linke Hand machte mir noch Sorgen. Was wie ein Kratzer ausgesehen hatte, stellte sich später als Prellung des Knochens heraus. Es schmerzte sogar, den Türknauf zu drehen oder eine volle Kaffeetasse zu heben. Meistens versteckte ich die Hand in meiner Manteltasche.

Auf der anderen Straßenseite, vor dem größten der Amtsgebäude, hatte sich eine Warteschlange gebildet. Niemand würde sich mitten in der Woche morgens vor ein solches Gebäude stellen, wenn er nicht dazu gezwungen wäre. Als ich aus dem Diner herauskam, sah ich, dass es dem Anschein nach Immigranten waren, die sich dort versammelten, also keine zur Jury Duty Berufenen, was bei diesem Gebäude auch möglich gewesen wäre. Anspannung lag in der Luft, offenbar standen ihnen Befragungen bevor.

Ich überquerte die Straße, um direkt an der Schlange vorbeizulaufen. Eine winzige silberhaarige Matriarchin im Salwar Kamiz, ein junger Mann in Wollmantel und brauner Hose und eine junge Frau mit wadenlangem Rock und dick vermummten Kleinkindern – eine Familie aus Bangladesch, vermutete ich – fingerten nervös an ihren Papieren herum. Eine ungewöhnlich große Anzahl gemischter Paare schien in der Schlange zu stehen, zum Beispiel eines, das, wie es aussah, afroamerikanisch und vietnamesisch war. Die Uniformen der Security-Leute wiesen sie als Angestellte von Wackenhut aus, derselben privaten Sicherheitsfirma, die auch die Wärter der Haftanstalt in Queens stellte. Ich sah, dass die Wartenden, wenn sie das Ende der Schlange erreichten, Schmuck, Schuhe, Gürtel, Münzen und Schlüssel zur Sicherheitskontrolle ablegen mussten. So mischte sich der offizielle Terrorangstton wie eine Bassfigur unter die private Angst jedes Einzelnen in der Schlange, vom Einwanderungsbeamten im Gebäude abgewiesen zu werden, wenn man es endlich hinein geschafft hatte.

Von meinem Standpunkt aus konnte ich das gewaltige AT&T-Long-Lines-Building in der Church Street sehen: ein fensterloser Turm, ein gigantischer Betonblock, der sich in den Himmel erhob; nur die wenigen Belüftungsöffnungen, die wie Periskope herausragten, erinnerten daran, dass es sich um ein Gebäude handelte und nicht um einen riesigen Ziegelstein, der von einer titanischen Maschine dort hingesetzt worden war. Jedes Stockwerk war mindestens doppelt so hoch wie bei einem normalen Bürogebäude, sodass der komplette Turm, trotz seiner bedrohlichen Ausmaße, nur auf neunundzwanzig Stockwerke kam. Die militärische Wirkung des Gebäudes wurde verstärkt durch die verdickten Ecken – lange Schächte, die eine Burganlage imitierten und Aufzüge, Belüftungsanlagen und Rohrleitungen verbargen. Ich stellte mir vor, dass die wenigen Menschen, die dort drinnen arbeiteten, mit den Jahren zu Maulwürfen wurden, ihre innere Uhr aus dem Takt, ihre Haut blass und durchscheinend. Ich konnte meinen Blick nicht von diesem Gebäude lassen, als hätte es mich in Trance versetzt. Es hatte die Wirkung eines Denkmals oder einer Stele.

Die Stimme eines Sicherheitsbeamten riss mich aus meinen Gedanken: Sie können hier nicht stehen bleiben, gehen Sie bitte weiter. Also ging ich bis zur Ecke, bis zu der inzwischen auch die Schlange reichte. Ein Mann, vermutlich ein Pförtner, bemühte sich, einer hispanischen Mutter mit zwei Kindern zu helfen. Offenbar versuchte er zu verstehen, was sie sagten, und wiederholte in der Aussprache der Mutter immer wieder das Wort *Passiport*. Dem älteren der beiden Jungs wuchsen die ersten widerspenstigen Barthaare. Er sah gelangweilt aus, vielleicht war ihm die Situation auch peinlich. Weiter vorn stürmte gerade eine junge Frau aus der Glastür und warf sich direkt in die Arme einer wartenden Gruppe, die sie weinend empfing. Ein junger Mann, möglicherweise ihr Ehemann, kam mit ihr heraus und wurde genauso strahlend empfangen, alle umarmten sich und klatschten einander ab. Eine ältere Frau in der Gruppe begann zu weinen, und die junge Frau sagte mit erhobener Stimme, sodass es jeder hören konnte: Da sehen Sie, woher ich es habe, von meiner Mama. Die anderen Leute in der Schlange, die sich sicherlich dasselbe erhofften und durch die demonstrative Erleichterung und die Vorführung von Emotionen noch angespannter oder einfach nur befremdet waren, schauten weg und dann doch wieder hin. Der Pförtner neben mir lächelte, schüttelte den Kopf und erklärte der hispanischen Frau, wie sie zur Passbehörde komme.

In der Mitte der Nebenstraße gab es eine kleine Verkehrsinsel, und dahinter, auf der anderen Straßenseite, umgeben von riesigen Bürogebäuden, war ein Fleckchen Gras. Ich hätte es nicht weiter beachtet, wäre mein Blick nicht auf diese seltsame Form gefallen – eine Statue oder etwas Ähnliches, ich konnte zuerst nicht erkennen, was es war; die Inschrift einer Marmorplatte identifizierte das Monument schließlich als Denkmal für einen Sklavenfriedhof. Diese kleine Parzelle hatten sie übrig gelassen von einem Feld, das im 17. und 18. Jahrhundert beinahe fünfundzwanzigtausend Quadratmeter umfasst hatte und im Norden von der heutigen Duane Street, im Süden vom heutigen City Hall Park begrenzt worden war. Längs der Chambers Street und im Park wurden immer noch regelmäßig menschliche Überreste gefunden, aber größtenteils lagen die Grabstätten unter den Bürogebäuden, Läden, Straßen, Diners und Drogeriemärkten der Gegend – unter dem endlosen Treiben des Geschäftslebens und der Verwaltung.

In dieser Erde waren die Leichen von fünfzehn- bis zwanzigtausend Schwarzen, die meisten davon Sklaven, bestattet worden, bis der Grund bebaut wurde und die Einwohner vergaßen, dass es eine Grabstätte war. Sie war in privaten und dann in städtischen Besitz übergegangen. Das Denkmal war von einem haitianischen Künstler entworfen worden, aber ich konnte es nicht näher betrachten, weil es gerade wegen Renovierungsarbeiten gesperrt war, wie mir ein Schild verriet, Vorbereitungen für die touristische Hochsaison im Sommer. So stand ich auf dem frischen Gras, im Sonnenschein und im Schatten aufragender Gebäude, in denen die Arbeit des Staates und des Marktes verrichtet wurde, nur wenige Meter vom abgeriegelten Denkmal entfernt, und hatte keinerlei Anhaltspunkt dafür, was für Menschen das waren, die hier zu meinen Füßen zwischen 1690 bis 1795 zur letzten Ruhe gebettet worden waren. An dieser Stelle, nördlich der Wall Street, am damaligen Stadtrand, was gleichbedeutend mit Wildnis war, hatten sie den Schwarzen erlaubt, ihre Leichen zu begraben. Doch im Jahr 1991 kehrten die Toten zurück, als der Bau eines Gebäudes an der Ecke Broadway und Duane

Street die Überreste von Menschen an die Oberfläche brachte. Sie waren in weißen Gewändern bestattet worden. Fast alle der etwa vierhundert ausgegrabenen Särge lagen Richtung Osten, wie sich später herausstellte.

Die Zankereien um den Bau des Denkmals interessierten mich nicht. Es wäre unrealistisch gewesen zu glauben, dass fünfundzwanzigtausend Quadratmeter erstklassigen Baugrunds in Lower Manhattan geräumt werden würden, um den Boden zu heiligen. Was mich an diesem warmen Morgen unvermittelt traf, war der über Jahrhunderte vernehmbare Nachhall der Sklaverei in New York. Am Negro Burial Ground, wie die Grabstätte damals hieß, und an den vielen ähnlichen Begräbnisplätzen an der Ostküste wiesen die ausgegrabenen Körper Spuren von Gewalt auf: Einwirkungen stumpfer Gewalt, schwere Körperverletzungen. Viele Skelette hatten gebrochene Knochen, Belege von Leidensgeschichten. Krankheiten waren ebenfalls nachweisbar: Syphilis, Rachitis, Arthritis. In einigen der Sargtücher wurden Muscheln, Perlen und geschliffene Steine gefunden, was Wissenschaftler als Anzeichen für afrikanische Religionen und Rituale deuteten, die möglicherweise aus dem Kongo oder aus Ländern der afrikanischen Westküste stammten, wo viele Menschen gefangen genommen und als Sklaven verkauft worden waren. Eine Leiche war in der Uniform eines britischen Marineoffiziers begraben worden. Andere fand man mit Münzen auf den Augen.

In den 1780er Jahren forderten freie Schwarze in einer Petition Rechte für ihre Toten. Schwarze Leichen wurden oft von Leichenplünderern ausgegraben und an Chirurgen und Anatomen verkauft. Die Petition, in spürbar schmerzerfüllter Sprache verfasst, klagte über diese Grabräuber, die im Schutz der Dunkelheit »die Körper der Verstorbenen, Familienangehörige und Freunde der Unterzeichnenden, ausgraben und fortbringen, ohne Rücksicht auf Alter und Geschlecht, und ihnen aus schamloser Neugier das Fleisch herausreißen, um es schließlich wilden Tieren und Vögeln zum Fraß hinzuwerfen«. Die zuständige Behörde erkannte die Rechtmäßigkeit des Anliegens und verabschiedete 1789 den New York Anatomy Act. Von diesem Zeitpunkt an galt, was in Europa bereits üblich war: Der Bedarf der Anatomen und Chirurgen an Leichen durfte nur mit hingerichteten Mördern, Brandstiftern und Einbrechern gedeckt werden. Die Verordnung ergänzte also die Todesstrafe für Straffällige durch die postume Vergeltung unter dem Skalpell der Ärzte und überließ die Körper der unschuldigen Schwarzen der Totenruhe – und dem Vergessen. Wie schwierig es war, aus der Perspektive des 21. Jahrhunderts wirklich zu begreifen, dass diese Menschen, denen ein so schweres Leben aufgezwungen wurde, genauso vielschichtige Persönlichkeiten waren wie wir, dass auch sie Schönes genossen, Leiden scheuten und ihre Familien liebten. Wie oft war in jedes dieser Leben der Tod eingefallen und hatte einen Gatten, einen Vater oder eine Mutter, einen Bruder oder eine Schwester, ein Kind oder einen Cousin, den Geliebten oder die Geliebte einfach genommen? Und trotzdem war Negro Burial Ground kein Massengrab: Jeder Körper war einzeln begraben worden, nach welchem Ritual auch immer – dort draußen vor den Mauern der Stadt, wo die Schwarzen ihre Rituale praktizieren durften.

Niemand bewachte das Denkmal. Ich stieg über die Absperrung und betrat die grasbewachsene Fläche. Dann beugte ich mich hinab und hob einen Stein auf; Schmerz durchschoss meinen linken Handrücken.

19

Im Mai 1989 brauchte ich Kleidung für die Trauerfeier für meinen Vater. Weil meine Mutter damals davon – wie von vielen alltäglichen Aufgaben – überfordert war, übernahm meine Tante Tinu, die Schwester meines Vaters, die Organisation der Bestattung und alle praktischen Erledigungen. Einige Wochen vor der Beisetzung brachte sie mich zu einem Schneider in Ajegunle, einem ausgedehnten Slum mit rostigen Dächern und offenen Kloaken. Alle Kinder hier waren arm, einige waren auch sichtbar unterernährt. Diese Kinder starrten uns an, als meine Tante und ich aus dem Auto stiegen. Aus ihrer Perspektive müssen wir unvorstellbar wohlhabend und privilegiert gewirkt haben; außerdem war ich »weißer« als sie, was den Eindruck sicher noch verstärkte. Im Laden selbst herrschte Geschäftigkeit; die Einrichtung, die nur von Tageslicht beleuchtet wurde, war sauber, die Luft erfüllt von blauer Kreide. Auf dem Boden lagen Muster

holländischer Wax-Prints, matt schimmernde Tuch-
quadrate, die mit ihren kräftigen Farben den grauen
Glanz des Betons durchbrachen, und der Schneider
schmeichelte mir, während er mit seinem flink ausge-
rollten Maßband meine Körpermaße nahm, als wäre
es die selbstverständlichste Sache der Welt, jemandem
für seine Beininnenlänge und Schulterbreite Kom-
plimente zu machen. Vielleicht versuchte er mich zu
trösten, nachdem ihm meine Tante vorher den Anlass
unseres Besuches zugeflüstert hatte. Er rief seinem
Assistenten mysteriöse Zahlen zu, die sich später in
Kleidungsstücke verwandeln würden, in ein weißes
Hemd und einen dunklen Anzug für die Beerdigung,
und in einen *Buba* und einen *Sokoto* in Indigoblau aus
handgewebtem Tuch für den Leichenschmaus.

Es war, selbst unter diesen Umständen, angenehm,
in der Schneiderei zu sein. Ich mochte den Geruch
der neuen Textilien, und die Intimität der Berührung
beim Maßnehmen ähnelte der beim Haareschneiden
oder beim Arzt, wenn sich beim Überprüfen der Kör-
pertemperatur der warme Handrücken des Doktors
an den Hals schmiegte. Es waren diese seltenen Augenblicke, in denen man Fremden Einlass in seinen
persönlichen Raum gewährte; man überließ sich der
Expertise eines anderen mit der ruhigen Gewissheit,
dass seine undurchsichtigen Griffe das gewünschte
Ergebnis hervorbrachten. Indem er einfach seine Ar-

beit verrichtete, tröstete mich der Schneider an jenem Tag.

Die Bestattung fand an einem sonnigen Nachmittag statt, nicht an einem regnerischen Morgen, nicht bei schlechtem Wetter, wie ich mir Beerdigungen wohl immer vorgestellt hatte und immer noch vorstelle. Ich erinnere mich, dass Mahler, als er 1911 in Grinzing beerdigt wurde, die stille private Trauerfeier bekam, die er sich gewünscht hatte, ohne Reden am Grab, ohne Bibelsprüche und ohne blumige Poesie auf dem Grabstein, nur der Name, Gustav Mahler. Und natürlich regnete es die ganze Zeit. Als aber der Sarg versenkt worden war, berichtete Bruno Walter, kam die Sonne heraus.

Mein Vater wurde an einem besonders heißen Tag begraben, einem heiteren Tag. Mein neuer Anzug, dunkelblau statt schwarz, kratzte, besonders am Hals, und in der Hitze war es unmöglich, auch nur für einen Moment zu vergessen, wie unbequem er war. Die Menschen drängten sich auf dem Atan Cemetery, eine ernste Gruppe, die aber dank ihrer schieren Größe auch einen Hauch von Festlichkeit ausstrahlte. Viele der Anwesenden waren offensichtlich Freunde und Geschäftspartner meines Großvaters, der in der Politik aktiv gewesen war; etliche von ihnen waren aus Ijebu-Ile und anderen Städten im Bundesstaat Ogun angereist, um ihm die Ehre zu erweisen. Mein Großvater war in den Siebzigerjahren Staatskommissar gewesen und galt – obwohl er alle politischen Ämter längst niedergelegt hatte – noch immer als Strippenzieher und Königsmacher.

Meine Erfahrung mit dem Tod hielt sich in Grenzen, und selbst das war noch zu viel gesagt. Niemand, den ich gut kannte, war bis dato gestorben. Während der Beisetzung meines Vaters fiel mir aber jemand ein, der ebenfalls gestorben war oder mit großer Wahrscheinlichkeit gestorben war, ein paar Jahre zuvor. Ein kleines Mädchen, etwa in meinem Alter. Ich wurde zur Schule gebracht und saß auf dem Beifahrersitz, als wir es anfuhren. Es passierte in einem Armenviertel, vermutlich wohnte das Mädchen dort oder in der Nähe und lief gerade zur Schule. Es war acht oder neun Jahre alt und trug eine Schuluniform, an dessen Farbe ich mich noch deutlich erinnere, ein blasses Lindgrün. Ich weiß auch noch, dass wir das Mädchen kurz zuvor schon gesehen hatten, als wir im stockenden Verkehr standen und sie vor uns die Straße überquerte, ein dünnes Mädchen, nicht abgemagert, nur schlaksig. Dann ging sie wieder über die Straße, und wir fuhren sie an. Kurz waren wir selbst in Gefahr, als einige Männer aus der Nachbarschaft auftauchten. Sie zerrten unseren Fahrer, der erstarrt hinterm Steuer sitzen geblieben war, aus dem Wagen, und zunächst sah es aus, als würden sie ihn verprügeln. Doch dann, als hätte er schlagartig den Ernst der Lage begriffen, verfiel der Fahrer in emsige Geschäftigkeit, räumte den Weg frei, trug das Kind zum Wagen und legte es auf den Rücksitz. Es war bei Bewusstsein, gab aber keinen Laut von sich. Wir fuhren es in ein Krankenhaus in der Nähe, der Fahrer steuerte so irrsinnig schnell durch die Straßen, dass wir sicher noch ein Kind überfahren hätten, wäre uns eins im Weg gewesen. Der Fahrer schwitzte, obwohl ein kühler Passatwind wehte. Das Krankenhaus war bis kurz zuvor ein Wohnhaus gewesen und gerade erst umgebaut worden; vor dem Eingang stand jetzt ein Neon-Kreuz. Inzwischen war das Mädchen ohnmächtig, und ich hatte das Gefühl – ein sicheres Gefühl, das ich mir bis heute nicht erklären kann –, dass es nicht einfach nur eingeschlafen oder ins Koma gefallen, sondern gestorben war. Der Fahrer, völlig außer sich, trug sie ins Krankenhaus. Bitte, retten Sie mich, rief er immer wieder, als Krankenschwestern auf ihn zueilten. Ich blieb im Wagen sitzen. Ich kann mich nicht daran erinnern, lange gewartet zu haben, etwa zwanzig Minuten. Dann kam er heraus, sehr ernst, und wir fuhren weiter zur Schule, schweigend.

Später an jenem Tag dachte ich nicht mehr an das Mädchen, auch nicht am Tag danach oder später, und ich erzählte auch meinen Eltern nichts von ihr oder sonst jemandem. Auch der Fahrer erwähnte den Unfall nicht. Erst vier oder fünf Jahre später, am Grab meines

Vaters, als der Priester sein Gebet sprach und ich über den Tod nachdachte, kam sie mir wieder in den Sinn. Und da erschien mir das kleine Mädchen in der lindgrünen Schuluniform, das an einem kühlen Morgen gestorben war, einem ganz und gar nicht heiteren Morgen, wie jemand, der mir im Traum begegnet war oder von dem mir jemand erzählt hatte.

Nach der Beerdigung gab es zu Hause den Leichenschmaus; keine große, beschwingte Party wie bei einem Fünfundsiebzigjährigen, aber auch kein komplett freudloses Ritual mit frittierten Akara-Bällchen, wie es uns vermutlich erwartet hätte, wäre er mit vierzig gestorben. Mein Vater war neunundvierzig Jahre alt geworden, und gemessen an den Standards war er erfolgreich gewesen: eine gute Karriere als Ingenieur, eine Frau und ein Sohn, ein schönes Haus. Also wurde ein Fest gefeiert, um sein Leben zu zelebrieren, mit Mittagessen für die paar Dutzend Familienangehörigen, die nahen Freunde, die Geschäftspartner, Gemeindemitglieder und Nachbarn. Ein Fest, doch die Farben waren dunkel, es gab keine Live-Musik und keinen Alkohol. Die Leute saßen im Wohnzimmer oder draußen unter dem gemieteten Vordach.

Einige Gäste hatten kleine Kinder mitgebracht, und die Kinder rannten um die Tische und lachten, während sich die Erwachsenen mit gedämpften Stimmen gegenseitig ihr Mitgefühl aussprachen. Ich weiß es nicht mehr genau, aber ich glaube, meine Mutter verbrachte den Großteil des Nachmittags allein in ihrem Zimmer, während meine Großeltern, meine Tante und mein Onkel die Gäste empfingen. Mir käme eine Rolle zu, hatte meine Tante mir gesagt, also blieb auch ich im schwülen Wohnzimmer, in meinen unbequemen Sachen, die überall juckten, und begrüßte so höflich wie möglich die vielen alten Männer und Frauen, die darauf bestanden, dass ich sie sicher wiedererkennen würde, und die im Bemühen, mich zu trösten, eine tiefgehende Beziehung zu mir, dem armen Waisen, erfanden, die in der Realität kaum eine Entsprechung hatte und über diesen Anlass hinaus auch nicht fortgesetzt wurde. Von vielen bekam ich immer wieder den Satz zu hören, ich müsste mich jetzt um meine Mutter kümmern, ich wäre jetzt der Mann im Hause, was sich für mich damals schon hoffnungslos abgedroschen anhörte.

Aus irgendwelchen Gründen waren die Kinder an jenem Tag schwer in Schach zu halten, sie wurden immer ausgelassener, und als eines von ihnen mitten in einer Verfolgungsjagd mit ausgestrecktem Arm einen Servierteller voller Jollof-Reis auf den Boden kippte, bekamen die anderen drei Kinder einen Lachanfall. Alle Versuche, die Kinder zu beruhigen, durch gutes Zureden oder Drohungen, scheiterten, ihr Gelächter wurde immer lauter und sprudelte durch die Trauergesellschaft, was ihren wütenden Eltern zutiefst peinlich war. Ein- oder zweimal wurde es ruhiger, aber dann fing einer wieder von vorn an, worauf die anderen dem Impuls nicht widerstehen konnten und erneut in das lärmende Gelächter einfielen. Einer der Hausdiener wurde schließlich beauftragt, sie in ein Hinterzimmer zu bringen, von wo man sie mindestens fünf weitere Minuten lang wie besessen kichern hörte. Der Vorfall war den versammelten Erwachsenen sichtbar unangenehm, aber mich heiterte er auf. Sogar heute noch spüre ich eine gewisse Dankbarkeit diesen Kindern gegenüber, keines von ihnen älter als acht, die von hemmungsloser Fröhlichkeit befallen wurden und den von Todesritualen erstickten Raum mit einer frischen Brise erfüllten.

Ich war schon vierzehn, also nicht mehr ganz jung, als mein Vater beigesetzt wurde. Meine Rekonstruktion jenes Tages ist nicht besonders zuverlässig; es war ein öffentliches Ereignis und als solches bestimmt von den Anliegen anderer Leute. Sein Tod war sehr privat gewesen: Er hatte sich buchstäblich aufs Totenbett gelegt (erst da begriff ich die konkrete Wirklichkeit hinter der Metapher). Dennoch blieb mir seine Beerdigung stärker im Gedächtnis haften als sein Sterben. Erst als ich am Grab stand, überkam mich dieses absurde Gefühl von Endgültigkeit, die Erkenntnis, dass es ihm nie wieder besser gehen und er auch nicht nach einigen Monaten zurückkehren würde; und dieses Gefühl höhlte mich aus. Und während die Gebete über der Leiche meines Vaters gesprochen wurden und ich mit den hochtrabenden Gedanken eines werdenden Mannes am Grab stand, der fest entschlossen war, seiner Trauer mit Stoizismus zu begegnen, lief noch ein anderer, eher pubertärer Film in meinem Kopf ab, der von den Ghuls und Zombies aus Michael Jacksons *Thriller* bevölkert war.

Später gedachte ich dieses Tages mehr als des Tages seines Todes. Den Jahrestag der Beisetzung vergaß ich fast nie, und als ich am 9. Mai mit der U-Bahn zur Arbeit fuhr, fiel es mir wieder ein, dass er vor genau achtzehn Jahren bestattet worden war. Die Erinnerung daran hatte sich mehr und mehr vermischt, nicht mit anderen Beerdigungen, von denen es nur wenige gab, sondern mit Bildern von Beerdigungen, El Grecos *Begräbnis des Grafen Orgaz* zum Beispiel und Courbets *Begräbnis in Ornans*, die sich vor die Erinnerungs- bilder geschoben hatten und eine zuverlässige Rekon- struktion erschwerten. So war ich mir nicht sicher, ob die Erde tatsächlich diesen intensiven lehmroten Farb- ton hatte, der mir vor Augen stand, oder ob ich die Farbe des Chorhemdes des Priesters bei El Greco oder Courbet in meine Erinnerung projizierte. Und wahr- scheinlich waren die langen, traurigen Gesichter in meinem Kopf in Wirklichkeit runde, traurige Gesichter gewesen. Manchmal sah ich in Tagträumen meinen Vater vor mir, mit Münzen auf seinen Augen, die der Fährmann mit feierlichem Gesicht von ihm nahm, als Wegzoll für die Überfahrt.

Ich erinnere mich an den Mann, der an jenem achtzehnten Jahrestag der Beerdigung meines Vaters durch die U-Bahn-Wagen lief, um die Lüftungsöffnungen oberhalb der automatischen Türen zu inspizieren. Er trug die dunkelblaue Uniform der New Yorker Verkehrsunternehmen und hatte eine Art Zähler bei sich, in den er Eingaben machte und der unregelmäßig piepste. Ich beobachtete den Mann eingehend und stellte mir vor, er sei eine Art geistiger Botschafter, eine Art Engel; ob gut oder böse, das konnte ich nicht sagen. Er war so konzentriert auf seine Aufgabe, dass seine systematische Untersuchung jedes Abzugs mich in keiner Weise von den abstrusen Gedanken abbringen konnte, die sich in meinen Kopf festsetzten. Ich betrachtete die Lüftungsöffnungen, während wir an den Stationen vorbeirasten – 125. Straße, 137. Straße, 145. Straße. Ich dachte an die letzten schrecklichen Augenblicke in den Lagern, die kein Augenzeuge überlebt hatte, als das Zyklon B aufgedreht wurde und alle Gefangenen ihren Tod einatmeten, und wie meine Oma Anfang der 1940er Jahre Richtung Norden nach Berlin flüchtete, so verwirrt und verängstigt wie alle anderen um sie herum. Darüber hätte ich gerne mit ihr gesprochen: über die jungen Männer in ihrer Stadt, die in den Krieg marschiert waren und nie wieder zurückkehrten, über jene, die am Ende doch nach Hause kamen – wie mein Opa, über den ich fast nichts wusste –, und jene, die man zusammengepfercht und nach Mauthausen / Gusen abtransportiert hatte.

An der 157. Straße sprang ein asiatisches Mädchen auf, das eingenickt war, und hastete aufgescheucht aus dem Wagen, kurz bevor die Türen sich schlossen. Ein anderer Fahrgast war eingestiegen, und für einen Moment des Schreckens dachte ich, er wäre einer der Jungen, die mich ausgeraubt hatten. Aber ich hatte mich geirrt. Sie waren in meinen Träumen aufgetaucht, und der Gedanke, dass es schlimmer hätte kommen können, der mir unmittelbar danach absurd erschienen war, erschien mir jetzt äußerst vernünftig. Im Traum jedoch schlug ich zurück. Ich wurde schwerer verletzt als in Wirklichkeit, aber auch ich schlug sie, bis sie bluteten. Einer fiel zu Boden, und ich warf mich auf ihn und hämmerte so lange auf sein Gesicht ein, bis es unter meinen schmerzenden Fäusten platt wie rotes Papier wurde und eines seiner Augen fehlte. Als ich aufwachte, spürte ich wieder das Ziehen in meinem linken Handrücken.

Ich stand auf und sprach den Mann mit dem Zähler an, als er gerade durch die Zwischentür in den nächsten Wagen gehen wollte. Er sah aus wie ein guyanischer oder trinidadischer Inder; er hatte etwas Afrikanisches, dachte ich, konnte aber auch direkt aus Indien sein. Ich fragte ihn nach seiner Arbeit. Er war Klimaanlagentechniker und führte Temperaturmessungen aus. Er war freundlich und überrascht, dass ihn überhaupt jemand bemerkt hatte.

Es ist erstaunlich, sagte er, aber schon kleinste Temperaturschwankungen, ein bisschen zu warm, ein bisschen zu kalt, können zu Klagen führen. Wir haben sehr effektive HLK-Systeme – HLK steht für Heizung, Lüftung und Klima –, und im Sommer versuchen wir die Innentemperatur zehn bis fünfzehn Grad unter der Außentemperatur zu halten. Wir führen ständig Kontrollen durch, sehr aufwendig. Aber natürlich bemerkt man die Temperatur erst, wenn sie unangenehm schwankt, weil die Rohrstutzen verstopft sind oder es einen partiellen Ausfall im System gibt. So wie man, fügte er mit einem Lachen hinzu, Sauerstoff erst dann bemerkt, wenn er nicht mehr da ist. Wenn das HLK-System nicht perfekt funktioniert, reichen fünfzehn Minuten, und die Leute drehen durch.

20

Ich war zu John Mussons Party eingeladen. Sein Apartment lag in Washington Heights, nur ein kleines Stück nördlich des Krankenhauses. Die Wohnung ginge auf den Hudson River hinaus, hatte mir Moji am Telefon gesagt, man habe einen spektakulären Blick auf das Wasser und die Bäume an der George Washington Bridge, allein schon wegen der Aussicht müsse ich kommen.

Sie hatte ihre eigene Wohnung in Riverdale in der Bronx, aber sie übernachtete häufig bei ihm und richtete die Party mit ihm gemeinsam aus. Ich hatte sie seit unserem Picknick im Park nicht mehr gesehen, aber sie hatte mich drei- oder viermal angerufen, und wir hatten uns nett unterhalten, ein paar Minuten nur, meistens in den späten Abendstunden. Einmal fragte sie mich unvermittelt, wie es meiner Mutter ginge. Ich schwieg, dann sagte ich, dass ich das nicht wüsste, wir hätten keinen Kontakt. Ach, wie schade, sagte sie, betont fröhlich. Ich kann mich noch an sie erinnern. Sie war immer so nett.

In den Tagen vor der erneuten Zusammenkunft unternahm ich wohl ein paar Anstrengungen, mich der Einladung zu entziehen, aber als es dann Mitte Mai so weit war, hatte ich keine Ausrede. An dem Tag beendete ich meine Arbeit früher als sonst, gegen halb sechs. Ich war früh dran und entschied mich zu laufen, anstatt die U-Bahn zu nehmen. Ich kam vom Harkness Institute auf die Kreuzung Broadway und St. Nicholas, und wie zu diesem Zeitpunkt nicht anders zu erwarten, war jede Fahrspur in beiden Richtungen mit ungeduldig drängelnden Autos verstopft. Mitchel Square Park, wo die beiden Hauptstraßen sich kreuzten, eine Fläche nicht größer als ein Drittelhektar, wurde von einer sanft geschwungenen Felsnase überragt, von der aus man die architektonischen Überlagerungsprozesse zurückverfolgen konnte, die dem Presbyterian seine heutige Gestalt gegeben hatten. Die Neubauten waren nicht nur direkt an die alten Gebäude, sondern in manchen Fällen förmlich in diese hineingebaut worden, fremdartig glänzend wie prothetische Gliedmaßen. Milstein, der zentrale Krankenhauskomplex, war ein Stilmix aus viktorianischem Stein und einer neuen Fassade aus Glas und Stahl, die das Gebäude wie eine glitzernde Pyramide vor einer ansonsten würdevoll-abweisenden Kulisse wirken ließ.

Viele der Gebäude des Presbyterian wiesen solche Kontraste auf, und ihre Namen waren Zeugnisse einer vergleichbaren historischen Überlagerung: Ursprünglich in öffentlicher Hand, waren die Institutionen nach und nach von privater Wohltätigkeit und Sponsoren abhängig geworden. Der kunstvoll gestaltete Türsturz eines der älteren Gebäude trug die Inschrift *Babies and Children's Hospital 1887*. Eine Tür weiter stand in moderner Groteskschrift und blau lackiert: *Morgan Stanley Children's Hospital*. Vom Mitchel Square Park aus – den Veteranen des Ersten Weltkriegs gewidmet und nach einem New Yorker Bürgermeister benannt, der während jenes Krieges als Soldat gestorben war – konnte ich das Mary Woodward Lasker Biomedical Research Building, das Irving Cancer Research Center, das Sloane Hospital for Women und den Russ Berrie Medical Science Pavillon sehen. Direkt vor dem Kinderkrankenhaus parkte eine weitere Schenkung, ein Krankenwagen der FDNY Fire Family Transportation Foundation. Manche der Zuwendungen lagen schon länger zurück, viele waren jüngeren Datums, aber alle bezeugten die übermächtige Verbindung zwischen medizinischer Fürsorge, öffentlichem Gedenken und Geld. Ein Krankenhaus ist kein neutrales Gebiet, auch kein rein wissenschaftlicher oder – wie noch im Mittelalter – religiöser Raum. Heute geht es um Kommerz und den direkten Zusammenhang zwischen

Geldspenden und der Benennung von Gebäuden nach Stiftern. Namen sind wichtig. Alles hat einen Namen.

Auf dem Platz rollten ein paar Jungs mit ihren Skateboards die schroffe, aber sanfte Steigung des Felsens hoch und wieder runter. Sie lachten. Ich las die Gedenktafel am Eingang an der 166. Straße, die John Purroy Mitchel gedachte. Er war mit vierunddreißig Jahren ins Amt gewählt worden und wurde damit der bisher jüngste Bürgermeister der Stadt. Damals hatte gerade der Krieg begonnen, und als er vier Jahre später in Louisiana bei einem Übungsflug starb, löste sein Tod eine Welle öffentlicher Trauer aus. Und während ich diese Geschichte las und über den seltsamen Zweitnamen Purroy nachdachte, betrat ein Mann in einer großen Yankees-Jacke den Park. Er blieb direkt neben mir stehen und bat mich um zwei Dollar für den Bus, doch ich verneinte wortlos und verließ den Park Richtung Broadway. Nördlich des Parks, jenseits des Denkmals aus Bronze und Granit, das seine drei Kriegshelden – der eine stehend, der zweite auf Knien und der dritte gerade tödlich verwundet zusammensackend – für immer in der Schlacht gefangen hielt, änderte sich die Atmosphäre der Gegend, und als hätte sich die Vergangenheit plötzlich in die Gegenwart verwandelt, wich der Krankenhauskomplex dem *Barrio*.

Fast augenblicklich verschwanden die weißen Mediziner aus dem Stadtbild, die vor dem Eingang des

Milstein in der Überzahl gewesen waren, und an ihrer Stelle bevölkerten Dominikaner und andere Lateinamerikaner die Straßen. Eine große Frau mittleren Alters mit einem Säugling auf dem Arm kam auf mich zu und winkte überschwänglich, aber ich erkannte sie nicht. Mary, sagte sie, ich bin's, Mary. Ich hab für Ihren alten Freund gearbeitet, wissen Sie noch? Sie schüttelte den Kopf vor Überraschung darüber, mich hier zu sehen. Sie wusste meinen Namen nicht mehr, und ich half ihr auf die Sprünge. Dann erzählte sie, dass sie jetzt in Washington Heights wohne und eine Krankenpflegeausbildung an der Columbia beginnen würde, sobald ihr Sohn alt genug für die Tagesbetreuung war. Ich gratulierte ihr und spürte mein Erstaunen darüber, wie schnell das Leben seinen Gang nahm. Wir redeten ein bisschen über Professor Saito. Der alte Mann war so ein feiner Mensch, sagte sie. Er freute sich immer so über Ihre Besuche, ich weiß nicht, ob er Ihnen das jemals erzählt hat. Es war hart, ihn so sterben zu sehen, er litt so sehr am Ende. Ich dankte ihr dafür, dass sie sich um ihn gekümmert hatte. Ihr Baby begann zu weinen, und wir verabschiedeten uns.

An der 172. Straße konnte man einen Blick auf die Georg Washington Bridge erhaschen, ihre Lichter matte gelbe Flecken in der grauen Ferne. Ich lief an kleinen Läden vorbei, die allen möglichen Krimskrams verkauften, an den ausladenden Schaufenstern des El Mundo Department Store und dem immer gut besuchten Restaurant El Malecon, wo ich manchmal abends essen ging. Gegenüber dem El Malecon lag ein massives Gebäude mit einer bizarren Architektur. Es war 1930 gebaut worden und damals unter dem Namen Loews 175th Street Theatre bekannt gewesen. Der Architekt war Thomas W. Lamb. Das Gebäude war voller glamouröser Details, es gab Kronleuchter, rote Teppiche und drinnen wie draußen eine Überfülle architektonischer Ornamente; die Terrakotta-Elemente der Fassade waren von ägyptischen, maurischen und persischen Baustilen ebenso inspiriert wie vom Art déco. Lambs ausdrückliches Ziel war es gewesen, die »westliche Psyche« durch die Verwendung von »exotischen Ornamenten, Farben und Formen« mit einem mystischen Zauber zu belegen.

Jetzt forderten die großen Buchstaben über dem Eingang, weiß auf schwarzem Grund, auf: *Come in or smile as you pass.* Das Gebäude war 1969 zur Kirche umfunktioniert worden, doch die Ausschweifungen des Gilded Age steckten noch darin. Inzwischen firmierte es als United Palace und beherbergte immer noch mehrere Gemeinden. Die bekannteste und älteste war die von Pastor Frederick Eikerenkoetter. Der weithin als Reverend Ike bekannte Geistliche predigte Wohlstand und lebte entsprechend fürstlich, wie es sich seiner Ansicht nach für einen treuen

Diener Gottes gehörte. Auf dem Parkplatz der Kirche stand, in sonderbarer Kongruenz zu den falschen assyrischen Mauerzinnen und dem zusammenhanglos gewordenen Prunk, ein grüner Rolls-Royce, eine der Luxuslimousinen aus seinem Fuhrpark. Seine Kirchengemeinde, die United Church Science of Living Institute, hatte einst Zehntausende Mitglieder gehabt. Heute waren es nicht mehr so viele, aber es wurde weiterhin großzügig gespendet, wie schon damals in den Sechzigern.

Als es eröffnete, war Loews 175th Street Theatre das drittgrößte Bühnenhaus der Vereinigten Staaten. Über dreitausend Zuschauer fanden darin Platz und sahen Filme oder Vaudeville-Shows. Al Jolson und Lucille Ball traten auf, und in den Straßen der Umgebung reihten sich Luxusgeschäfte und teure Restaurants aneinander. Jetzt, als ich im schwindenden Licht des Abends vor dem El Malecon stand, lag das Gebäude still vor mir da. Fünfundsiebzig Jahre nach dem Bau ergab der architektonische Stilmix keinerlei Sinn mehr; selbst zu seinen besten Zeiten musste das Theater wie ein Fremdkörper gewirkt haben, und heute erst recht. Obwohl es ziemlich gut erhalten war, schien es völlig fehl am Platz. Welten lagen zwischen seiner pompösen Architektur und den kleinen Läden zu seinen Füßen; seine gewaltigen Säulen und Bögen waren bedeutungslos für die übermüdeten Immigranten, die selten den Blick von der Straße hoben. Der Zauber war verflogen.

Die Tür eines geparkten Minivans ging auf. Ein kleiner Junge streckte seinen Kopf heraus und erbrach sich in den Rinnstein, während aus dem Wageninneren die Stimme einer Frau drang, die beruhigend auf ihn einredete. Der Junge übergab sich noch einmal, dann schaute er auf und sah mir mit engelsgleichem Ausdruck direkt in die Augen. Wie im Sog der ständig ihr Gesicht wechselnden Umgebung, trieb es mich weiter den Broadway hinauf. An der Kreuzung 181. Straße befand sich ein weiteres auffälliges Gebäude: das Coliseum, der alte Rivale des Loews und sein Vorgänger als drittgrößtes Theater des Landes – was für ein kurzer und trauriger Anspruch auf Ruhm, einmal das drittgrößte Theater gewesen zu sein. Heute beherbergte es ein Kino, das New Coliseum Theatre, das sich den Platz mit einer großen Apotheke und verschiedenen kleinen Läden teilte. Das Gebäude war seit seinem Bau in den Zwanzigerjahren stark verändert worden; nur oberhalb des Erdgeschosses gab es noch Anzeichen seiner ursprünglichen Architektur.

An der 181. Straße bog ich links in Richtung Fort Washington Avenue ab, vorbei an der A-Train-Station und der Fort Washington Collegiate Church und weiter zur Pinehurst Avenue, die mit der 181. Straße nur durch eine lange und schmale Treppe verbunden war;

diese mündete in einen Wildwuchs von Bäumen, in dem sich schließlich der Zugang zur Straße auftat. Die schwindelerregend steilen Stufen, die der viel längeren Treppe zur Sacré-Cœur in Montmartre glichen, lagen im Schatten von Bäumen, zu beiden Seiten eingefasst von überwucherten Grünstreifen. Die Treppe wurde von einem zweireihigen Eisengeländer längs geteilt, was an eine Zahnradbahn erinnerte – es kam mir vor, als könnte links von mir jeden Augenblick eine Bahn heruntertuckern, während ich auf der rechten Seite hochstieg. Die Treppe mündete in das Ende einer Sackgasse, die in krassem Kontrast zur Szenerie auf der geschäftigen Straße stand, die fünfzig Meter weiter unten lag: Es war ruhig, keine Geschäfte, zu beiden Seiten die Apartmentgebäude einer wohlhabenden und vorwiegend weißen Klientel. Also lief ich dort weiter, durch stille Straßen, in denen ich mich des Eindrucks erwehren musste, der einzige Mensch in einer entvölkerten Welt zu sein. Nur hin und wieder stieß ich auf Zeichen von Leben: eine alte Frau an der nächsten Querstraße, die ihre Einkäufe nach Hause schleppte, ein paar Nachbarn, die vor ihrer Haustür standen und schwatzten, und die Lichter, die nun hinter den Fenstern der hübschen, etwas zurückgesetzt stehenden Backsteinhäuser angingen, Lampe für Lampe. Zu meiner Rechten befand sich Bennett Park, reglos und still, nur die amerikanische Fahne und die schwarze

POW/MIA-Flagge zu Ehren der Kriegsgefangenen flatterten gelegentlich im Wind. An der 187. Straße endete die Pinehurst Avenue und mündete in den am Fluss entlang verlaufenden Cabrini Boulevard.

Wäre ich dem Cabrini Boulevard noch einige hundert Meter bis zu seinem nördlichsten Ausläufer gefolgt, wäre ich im Fort Tryon Park gelandet, in den wie ein Juwel auf einem Samtkissen das Cloisters Museum gebettet war. Zuletzt hatte ich das Museum mit meinem Freund besucht. Wir liefen durch den ummauerten Garten mit Ausblick auf den Hudson. Dort stand ein großer Spalierbirnbaum, der sich wie ein Kandelaber vor der Steinmauer erhob, verästelt wie die Wurzel Jesse; in jahrelanger Anstrengung hatten die Gärtner die Zweige zu rechten Winkeln geformt und in die Zweidimensionalität gezwungen. Zu meinen Füßen wuchsen die für einen Klostergarten typischen Heilkräuter – Majoran, Petersilie, Arznei-Eibisch, Sauerampfer, Lauch, rote Spornblume, Salbei. Sie wuchsen wild und gediehen so herrlich, dass wir zu schwärmen begannen, wie schön es wäre, einen Küchenkräutergarten zu Hause zu haben.

Ich weiß noch, wie ich mich an jenem Tag auf den Boden kniete, um den schwachen Duft eines Kräuterbeets einzuatmen, in dem Seifenkraut und Lebermoos wuchsen – Pflanzen, die ihre Namen der alten Weisheit der Signaturenlehre verdankten, einer quasimystischen Doktrin, der zufolge die äußere Erscheinung eines Krautes auf die medizinischen Eigenschaften schließen ließ. Lebermoos sollte bei Leberleiden helfen, da seine Form den Leberlappen ähnelte, die lungenförmigen Blätter des Lungenkrauts verordnete man aus demselben Grund bei Atembeschwerden, und Seifenkraut wurde für dermatologische Anwendungen geschätzt. Dorthin hatte die Suche nach dem Sinn der Kreation unsere Vorfahren im Mittelalter geführt: zu der Überzeugung, dass Gott, der alles erschaffen hatte, Hinweise auf die nützlichen Funktionen seiner Schöpfungen an den Dingen selbst hinterlassen hatte und es nur ein wenig Aufmerksamkeit erforderte, um jene Hinweise zu entschlüsseln. Die Signaturenlehre war nur die elementarste Form dieser Lehre; Paracelsus beispielsweise, ein deutscher Humanist, der im 16. Jahrhundert lebte, ging von derselben Vorstellung aus und setzte die Suche nach den äußeren Zeichen der Schöpfung fort.

Paracelsus glaubte, dass man »im Lichte der Natur« intuitiv erkenne, diese Form der Erkenntnis jedoch durch Erfahrung geschärft werden könne. Wenn wir seine Form richtig deuten, kann sie uns Auskunft über die innere Bewandtnis eines Gegenstands oder das wahre Wesen eines Menschen geben. Für Paracelsus ist die innere Wirklichkeit so prägend, dass sie sich unvermeidlich in der äußeren Form abzeichnet. Auf der anderen Seite gibt es leere äußere Zeichen, zum Beispiel in Werken von Künstlern, deren Kunst nicht von der Suche nach dem inneren Leben motiviert ist. Dementsprechend entwickelte Paracelsus eine vierfache Theorie, wie sich das Licht der Natur im einzelnen Menschen manifestiert: durch die Gliedmaßen, durch Kopf und Gesicht, durch die Form des gesamten Körpers und durch seine Haltung.

Wir kennen diese Theorie der Signaturen in ihrer degenerierten Form als Phrenologie, Eugenik und Rassismus. Indessen war die Sensibilisierung für die Wechselwirkung zwischen innerem Geist und äußerer Substanz für viele Künstler zu Paracelsus' Zeiten grundlegend, nicht zuletzt für die süddeutschen Holzbildhauer. Mit extremer Empfänglichkeit für die Eigenschaften des Holzes und die Art, wie diese den Charakter einer Skulptur prägen können, schufen sie Kunstwerke für die Ewigkeit, die bis heute die Räume und Korridore vieler Kloster säumen. Riemenschneider, Stoß, Leinberger und Erhart brachten ihr komplexes Wissen über Lindenholz in der Bearbeitung des Materials zur Anwendung; so handwerklich diese Arbeit erscheinen mag: Ihr Bestreben, den Geist des Materials in Gestalt ihrer Werke auszuformen, unterscheidet sich nicht so sehr von den diagnostischen Anstrengungen der Ärzte. Das alles hat spezielle Relevanz für uns Psychiater, die wir ja ständig äußere

Zeichen als Hinweise auf innere Vorgänge interpretieren, auch wenn der Zusammenhang alles andere als klar ist. Unser Erfolg fällt dabei so bescheiden aus, dass man meinen könnte, die Psychiatrie sei heute auf demselben primitiven Entwicklungsstand wie die Chirurgie zu Paracelsus' Zeiten.

Am Tag unseres gemeinsamen Besuches im Cloisters Museum hatte ich, ausgehend von diesen Gedanken, meinem Freund meine Sicht auf die klinische Psychiatrie dargelegt. Ich erklärte ihm, dass ich mir jeden Patienten als Dunkelkammer vorstellte, die ich in jeder Sitzung gemeinsam mit dem Patienten aufs Neue betrat, und dass ich es für wesentlich hielt, dabei behutsam und wohlüberlegt vorzugehen. Niemandem schaden – dieser altmodische Lehrsatz hallte fortwährend in meinem Kopf wider. Man hat mehr »Licht« in Paracelsus' Sinne, wenn man eine äußerlich sichtbare Krankheit behandelt. Die Zeichen treten klarer hervor. Bei psychischen Leiden ist die Diagnosestellung viel vertrackter, weil manchmal selbst die stärksten Symptome nicht sichtbar sind und weil die Quelle unseres Wissens über das Bewusstsein des Patienten dessen Bewusstsein selbst ist, das Selbsttäuschungen unterliegen kann. Wir Psychiater, sagte ich zu meinem Freund, sind stärker als andere Ärzte auf das angewiesen, was uns der Patient erzählt. Was also können wir tun, wenn die Linse, durch die er die Symptome betrachtet, häufig selbst symptomatisch ist: Die Psyche trübt die Selbstreflexion, und es ist sehr schwer zu sagen, wo exakt diese trüben Stellen sind. Die Augenheilkunde beschreibt einen Bereich auf der Rückseite des Auges, den Sehnervenkopf, wo die Millionen Ganglien des Sehnervs aus dem Augapfel austreten. Exakt an dieser Stelle, wo sich zu viele mit der Sehkraft verknüpfte Neuronen häufen, versagt die Sehkraft. Schon lange, sagte ich damals zu meinem Freund, hätte ich das Gefühl, dass die psychiatrische Praxis und überhaupt jede Form psychologischer Behandlung ein großer blinder Fleck sei. Noch immer wüssten wir weit weniger, als im Dunkeln bliebe, und darin, in dieser fundamentalen Beschränkung, läge sowohl der Reiz als auch der Frust dieser Profession.

Ich fand das richtige Haus, und John antwortete mir durch die Gegensprechanlage und öffnete die Tür. Ich nahm den Aufzug in den neunundzwanzigsten Stock. Er stand in der Türöffnung und trug eine Schürze. Komm rein, sagte er, schön, dich endlich kennenzulernen. Es waren schon ziemlich viele Gäste da. John war Hedgefonds-Manager und, seiner weitläufigen Wohnung nach zu urteilen, bereits sehr wohlhabend. Sie war mit modernistischen Designklassikern, einigen Kelimteppichen und einem Fazioli-Flügel eingerichtet. Ich schätzte John auf fünfzehn Jahre älter als Moji. Seine gesellige Art wirkte bemüht, und ich entwickelte eine augenblickliche Aversion gegen seine rosigen Bäckchen und seinen graumelierten Ziegenbart. Moji kam auf mich zu, und wir umarmten uns. Was ist das für ein Verband?, fragte sie. Hast du mit Boxen angefangen? Ich murmelte etwas von »ausgerutscht«, aber sie war schon in der Küche verschwunden und fragte mich von dort aus, was ich trinken wollte. Ich rief etwas zurück, doch schon während meine Worte verklangen, wusste ich nicht mehr, was ich geantwortet hatte, denn ich dachte nur an eines: wie schön sie war, wie begehrenswert und, natürlich, unerreichbar.

Gegen zwei Uhr waren viele Gäste bereits gegangen, die Party ebbte langsam ab. Jemand machte die elektronische Musik aus und legte Sarah Vaughan auf, ein Stück mit Streichern. Die etwa zehn verbliebenen Gäste hatten sich auf den Sofas ausgebreitet. Manche rauchten Zigarren. Der Tabak roch angenehm, verführerisch, eine baritonale Duftnote, die mich in einen Zustand von Gleichmut versetzte. Ein Paar lag sich schlafend in den Armen, und ein Mädchen mit viel schwarzem Lidschatten lag zusammengekauert auf einem Teppich daneben. Moji und John waren ins Gespräch mit einem italienischen Physiker vertieft. Er kam aus Turin. Seine Frau stammte aus Cleveland. Ich hatte mich zuvor mit ihr unterhalten, sie war auch Physikerin. Ihre leicht verzögerte Reaktion auf das, was ich sagte, und ihre etwas eigenartige Art zu sprechen hatten mich stutzig gemacht, und ich hatte mich gefragt, ob sie taub sein könnte. Natürlich konnte ich sie nicht fragen, deswegen ignorierte ich es einfach. Ich hatte eine Weile mit ihr und ihrem Mann geredet. Sie war offensichtlich erfreut darüber gewesen, sich mit mir über Italo Calvino und Primo Levi austauschen zu können. Er hatte gelangweilt gewirkt und sich unter dem Vorwand, etwas zu trinken zu holen, abgewandt.

Ich stand auf und ging auf die Terrasse. Der Blick war hinreißend, genau wie Moji es versprochen hatte. Die Terrasse zog sich um zwei Seiten der Wohnung, und von hier oben konnte ich mit einem einzigen Blick die Behausungen von Millionen Menschen erfassen. Über die Entfernung von Meilen hinweg zwinkerten mir ihre winzigen Lichter zu, und ich musste an die Computer in all diesen Wohnungen denken, die gerade im Schlafmodus ruhten, mit einsamen Lichtpunkten, die lautlos an- und ausgingen. Ich trank mein drittes Glas Champagner. Der Tag schien weit entfernt, ich war innerlich ruhig und gelöst, und dazu kam das anregende Gefühl, mit Moji zu flirten, aus reinem Vergnügen, ohne Erwartungen daran zu knüpfen. Ich war ihr gegenüber nicht so angespannt, nicht so konfliktbereit wie zuvor. Ich war froh, dass ich gekommen war.

Mit einem Klick öffnete sich die Glastür hinter mir, und John kam heraus; auch er hatte ein volles Champagnerglas in der Hand. Seine Wangen waren vom

Alkohol gerötet. Ich sagte etwas Nettes über seine Großzügigkeit und seine schöne Wohnung. Entlang des Wohnzimmerfensters waren etwa ein Dutzend Bonsais aufgereiht. Der Unterschied zu gewöhnlichen Zimmerpflanzen hätte nicht größer sein können. Jedes der Bäumchen, stämmig, knorrig und uralt, hatte schon vor unserer Geburt begonnen zu wachsen, und jedes einzelne bewahrte in seinem Stamm und in seinen Wurzeln die genetischen Geheimnisse, die dafür sorgten, dass sie uns alle überleben würden. Ich sagte, dass ich sie schon vorher bewundert hatte. Er fragte mich, ob ich den mit dem Schildchen *Acer Palmatum* gesehen habe. Dieses Baby ist hundertfünfundvierzig Jahre alt, sagte er. Man nennt ihn auch Japanischen Ahorn, und er kann, glaube ich, bis zu zwei oder drei Meter hoch werden. Aber in diesem Fall geht es ja nicht um Größe, nicht wahr? Hast du gesehen, dass seine Blätter wie Marihuana aussehen? Er kicherte. Ich war genervt, aber nicht mal er konnte mir meine gute Laune verderben.

Als ich Johns Wohnung verlassen hatte, trank ich in einem Diner an der Ecke 181. Straße und Cabrini Boulevard einen Kaffee. Ich trank ihn in einem Zug aus, lief dann bis zur 179. Straße und von dort in Richtung George Washington Bridge durch. Ich wollte die Sonne über dem Hudson aufgehen sehen. Die Stadt schlief noch. Im Diner hatte ich einen Mann beobachtet, der seine Stirn auf dem Handrücken abgelegt hatte und dessen Arm fast vollständig von einer Tätowierung überzogen war. Beim Hinausgehen hatte ich einen anderen Mann gesehen, einen Dominikaner oder Puerto-Ricaner, der in seinem Auto saß und schlief oder auf sein Navigationsgerät starrte. Ein verirrter Strahl der aufgehenden Sonne wurde von der Windschutzscheibe wie von einem Metallschild reflektiert. Als ich den Fußgängerweg auf der nach New Jersey führenden Seite der Brücke betrat, sah ich weiter vorn, auf der anderen Seite der Mittelleitplanke, ein geräumiges weinrotes Auto, vielleicht ein Lincoln Town Cart aus den späten Achtzigern. Es war in die Leitplanke gefahren. Der Unfall konnte sich erst fünfzehn oder zwanzig Minuten bevor ich dort ankam ereignet haben; die Feuerwehr und mehrere Polizeiwagen kamen gerade an. Sie bremsten lautlos und parkten hintereinander an der Längsseite der Brücke; mangels Verkehr hatten sie die Sirenen nicht anschalten müssen. Ich konnte erkennen, dass die beiden Vordertüren des Autos offen standen und die Fensterscheiben zerbrochen waren. Das Auto war vorne eingedrückt, und auf der Straße lagen Glassplitter verstreut, Blut hatte sich gesammelt, wie aufgelaufenes Öl hatte es eine Pfütze auf dem Asphalt gebildet. Ich ging näher heran.

Auf der Betonkante neben dem Wagen saß ein Paar, hinter ihnen glitt gerade die aufgehende Sonne über den Himmel. Sprachlos, fassungslos fanden sie sich im Albtraum eines Samstagmorgens wieder. Von weitem sahen sie aus wie Filipinos oder Mittelamerikaner. Die Feuerwehrmänner rannten auf sie zu und begannen ihre Arbeit. Leuchtend rot wie eine Schnittwunde stand der Löschwagen an der leeren Straße. Wo nur das viele Blut neben dem Wagen herkam? Der Mann und die Frau hatten zwar Beinverletzungen, aber sie schienen nicht übermäßig zu bluten. Im Rückblick betrachtet war es eine surreale Szene, und surrealer als alles, was ich je zuvor gesehen hatte. Der Anblick von sinnlosem Leid färbte alles ein, was ich in der folgenden Stunde sah, den Sonnenaufgang, den Fluss und die ruhigen Straßen. Von der Brücke aus nahm ich die Fort Washington Avenue in Richtung Süden, bis ich an der 168. Straße wieder auf das Krankenhausgelände stieß und auf dem Broadway weiterlief, durch das vermüllte, schlafende Barrio und durch ganz Harlem hindurch, bis zum menschenleeren Campus der Columbia University an der Amsterdam Avenue. Dann stieß ich auf Seth, meinen Nachbarn. Es war Monate her, seit er mir vom Tod seiner Frau erzählt hatte, und seitdem hatte ich ihn nicht mehr gesehen; ich blieb stehen, um ihn zu grüßen. Er schleppte gerade mithilfe des Hausverwalters eine breite Matratze vor das Haus, eine zweite lehnte schon an der Wand. Ich muss mir neue kaufen, sagte er. Er schien in die Betrachtung der Matratze vertieft zu sein, dann drehte er sich zu mir um und sagte erklärend: Diese hier sind voller Bettwanzen.

Seth fragte, ob ich in meiner Wohnung auch auf Bettwanzen gestoßen sei, und ich verneinte. Mir fiel ein, dass mein Freund kurz vor seinem Umzug vor zwei Wochen erwähnt hatte, dass er gerade versuchte, seine Bettwanzen loszuwerden. Seine Bewerbung um eine feste Professur an der Columbia war abgelehnt worden, und er ließ New York, die Bettwanzen und alles andere hinter sich, um eine Lehrtätigkeit an der University of Chicago aufzunehmen. Zu meiner Überraschung war seine neue Freundin, Lise-Anne, mit ihm nach Chicago gezogen. Und in diesem Moment, als ich mit Seth vor den verwanzten Matratzen stand, bekam ich eine Ahnung davon, wie sehr mir mein Freund fehlen würde.

Jeder Mensch muss sich unter bestimmten Bedingungen als Sollwert der Normalität setzen und davon ausgehen, dass seine Psyche für ihn selbst nicht undurchschaubar ist, nicht undurchschaubar sein kann. Vielleicht verstehen wir das unter geistiger Gesundheit: dass wir uns selbst, so verschroben wir uns auch finden mögen, niemals als die Bösewichte unserer eigenen Geschichte wahrnehmen. Das Gegenteil ist der Fall: Wir spielen den Helden, wobei der Aspekt des Spiels entscheidend ist, und in den Geschichten der anderen, wie wir selbst sie sehen, treten wir, sofern wir überhaupt darin vorkommen, regelmäßig in heroischen Rollen auf. Wer hat im Fernsehzeitalter nicht schon einmal vor dem Spiegel gestanden und sich sein Leben als TV-Show vorgestellt, an der unzählige Zuschauer teilhaben? Wer hat noch nicht mit diesem Hintergedanken im Kopf versucht, seinen Alltag mit ein paar performativen Elementen zu frisieren? Wir sind zu Gutem wie zu Bösem fähig, und recht häufig entscheiden wir uns für das Gute. Und wenn nicht, bekümmert das weder uns noch unser imaginäres Publikum, denn wir haben die Fähigkeit, für uns selbst mitfühlendes Verständnis aufzubringen, und wir haben uns durch andere Entscheidungen die Sympathien bereits verdient. Unser imaginäres Publikum traut uns im Grunde nur Gutes zu, und das nicht ohne guten Grund. Wenn man über sein Leben nachdenkt, aus einer Perspektive, die notgedrungen die eigene ist, ist man, auch ohne ein besonders ausgeprägtes ethisches Bewusstsein für sich zu konstatieren, schnell zufrieden damit, am Guten festgehalten zu haben.

Was bedeutet es also, wenn man in der Geschichte eines anderen Menschen der Bösewicht ist? Ich bin allzu vertraut mit schlechten Geschichten – schlecht ausgedachten und schlecht erzählten. Ich höre sie oft genug von meinen Patienten. Ich kenne die Geschichten derer, die immer anderen die Schuld geben und unfähig sind zu erkennen, dass sie selbst der gemeinsame Nenner ihrer gescheiterten Beziehungen sind. Oft enttarnen sich solche Erzählungen selbst als falsch, weil sie mit bestimmten Ticks einhergehen. Aber was Moji an jenem Morgen zu mir gesagt hatte, bevor ich Johns Wohnung verließ und zur George Washington Bridge lief und dann die Meilen nach Hause, hatte mit solchen Geschichten nichts zu tun. Sie hatte aus tiefster Seele gesprochen, als ob sie sich der Korrektheit jedes Details absolut sicher war.

Von den etwa zehn Leuten, die nach der Party in Johns Wohnung geschlafen hatten, stand ich als Erster auf. Es war etwa sechs Uhr, draußen wurde es schon hell. Auf Zehenspitzen stieg ich über die auf dem Wohnzimmerboden schlafenden Körper und ging in die Küche. Ich machte mir einen Tee, dann setzte ich mich in den Wintergarten und schaute auf den Hudson hinaus. Moji kam und setzte sich in den zweiten niedrigen Polsterstuhl neben mich.

Hast du gut geschlafen?, sagte ich und wollte sie gerade fragen, ob die Physikerin aus Cleveland tatsächlich taub war, aber Moji starrte mit zusammengekniffenen Augen auf den Fluss hinaus. Dann sagte sie mit gedämpfter und eintöniger Stimme, die gerade durch ihre völlige Betonungslosigkeit mit Emotionen geladen schien, dass sie mir etwas zu sagen hätte. Und mit derselben ausdruckslosen Emotionalität erzählte sie, dass ich sie Ende 1989, als sie gerade fünfzehn und ich erst vierzehn Jahre alt war, auf einer Party ihres Bruders im Haus ihrer Familie in Ikoyi mit Gewalt genommen hätte. In den Wochen danach, fuhr sie fort, unverwandt auf das Glitzern des Flusses starrend, in den Monaten und Jahren danach hätte ich so getan, als wüsste ich nichts davon, ich hätte sie so sehr aus der Erinnerung verdrängt, dass ich sie kaum erkannte, als wir uns zufällig begegneten, und ich hätte nie versucht, mir einzugestehen, was ich getan hatte. Diese quälende Täuschung hätte ich bis heute durchgehalten, während ihr, sagte sie, der Luxus der Verdrängung nicht vergönnt gewesen sei. Im Gegenteil, ich sei seitdem immer in ihrem Leben präsent gewesen, wie ein Fleck oder eine Narbe, und sie habe fast jeden Tag ihres Erwachsenenlebens an mich gedacht, manchmal nur flüchtig, oft genug aber schlimme, quälende Stunden lang.

Moji sprach etwa sechs oder sieben Minuten. Sie zählte auf, wer damals noch auf der Party gewesen sei, und beschrieb aus dem Gedächtnis jedes Detail des Vorfalls: Wir hätten beide Bier getrunken, sie sei fast bewusstlos geworden, und ich habe sie in ein anderes Zimmer gebracht und dann mit Gewalt genommen. Noch Wochen später, sagte sie, habe sie sterben wollen. Ich hätte mich geweigert, sie anzusehen, und ihr Bruder Dayo habe Bescheid gewusst, ganz sicher, nicht, dass sie je darüber gesprochen hätten, aber es sei undenkbar gewesen, dass er ihre Abwesenheit nicht bemerkt und seine Schlüsse gezogen habe, und sie hasse ihn dafür, sagte sie, dass er nichts unternommen habe, um sie zu beschützen. Und jetzt säßen wir hier, erwachsene Menschen, aber sie spüre immer noch diese Wunde, die unsere Wiederbegegnung und meine unveränderte Abgebrühtheit wieder aufgerissen habe; eine innere Verzweiflung, so intensiv wie in jenen Wochen danach, nur mit dem Unterschied, dass sie diesmal aus Gründen, die ihr selbst unklar wären, versucht habe, den Schmerz zu verbergen und die Situation zu überspielen. Sie habe mir verzeihen wollen, sie habe vergessen wollen, doch ihr sei beides nicht gelungen.

Mojis Stimme, die nicht lauter geworden war, klang jetzt angespannt, gebrochen, so als würde sie gleich heiser werden. Du hast nichts dazu zu sagen, ich weiß, dass du nichts dazu zu sagen hast, sagte sie. Ich bin nur eine von vielen Frauen, der man ihre Geschichte von sexueller Nötigung nicht glauben wird. Das ist mir schon klar. Die Verbitterung darüber hat mich in all den Jahren fast aufgefressen, es ist lange her, dein Wort steht gegen meines, und du wirst sagen, dass wir es beide wollten oder dass es gar nicht passiert sei. Ich kenne alle deine möglichen Antworten. Deswegen habe ich auch niemandem davon erzählt, nicht einmal meinem Freund. Aber er durchschaut dich auch so, dich, den Psychiater, den Klugscheißer. Ich weiß, du hältst ihn für eine Witzfigur. Aber er ist ein besserer Mann als du. Er ist klüger, er versteht viel mehr vom Leben, als du jemals tun wirst. Deswegen weiß er, ohne dass ich ihm je etwas sagen müsste, wie unheilvoll dein Einfluss auf mein Leben war.

Ich glaube, du hast dich nicht im Geringsten verändert, Julius. Ereignisse kann man nicht dadurch ungeschehen machen, dass man die Entscheidung fällt, sie zu vergessen. Du hast mich vor achtzehn Jahren mit Gewalt zu Sex gezwungen, weil du wusstest, du würdest damit davonkommen, und ich nehme an, das ist dir gelungen. Aber nicht in meinem Herzen, niemals. Ich habe dich unzählige Male dafür verflucht. Vielleicht wärst du heute zu so etwas nicht mehr in der Lage, aber andererseits, damals habe ich dir so etwas auch nicht zugetraut. So etwas muss nur einmal passieren. Und jetzt, was sagst du dazu? Was hast du dazu zu sagen?

Andere Leute waren aufgewacht und liefen in der Wohnung herum. Moji schwieg, ihren Blick auf den schimmernden Hudson gerichtet. Ich dachte, sie würde anfangen zu weinen, aber zu meiner Erleichterung tat sie das nicht. Niemand, der in diesem Moment auf die Terrasse gekommen wäre, hätte sich vorstellen können, wir würden etwas anderes tun als das Spiel des Morgenlichts auf dem Fluss zu bewundern.

Die Sonne stand in einem so spitzen Winkel zum Hudson, dass der Fluss wie ein Aluminiumdach erstrahlte. In diesem Moment, daran erinnere ich mich so genau, als liefe es wie ein Film vor meinen Augen ab, ging mir eine Stelle aus Camus' Tagebüchern durch den Kopf, in der es um Nietzsche und Gaius Mucius Cordus Scaevola geht, einen römischen Helden aus dem 6. Jahrhundert vor Christus. Scaevola wurde gefangen genommen, als er versuchte, den etruskischen König Porsenna zu töten, und anstatt seine Komplizen zu verraten, bewies er seine Furchtlosigkeit, indem er seine rechte Hand ins Feuer hielt und sie verbrennen ließ. Von dieser Tat stammt sein Spitzname Scaevola, der Linkshänder. Laut Camus wurde Nietzsche wütend, als seine Klassenkameraden ihm die Scaevola-Geschichte nicht glaubten. Also nahm sich der fünfzehnjährige Nietzsche eine glühende Kohle aus dem Kaminfeuer und drückte sie fest in seine Hand. Natürlich verbrannte er sich. Er trug für den Rest seines Lebens eine Narbe davon.

Ich ging hinein und wünschte den gerade Erwachten einen guten Morgen. Fünf Minuten später ging ich. Einige Tage später schlug ich die Geschichte noch einmal an anderer Stelle nach und las, dass Nietzsche seine Missachtung des Schmerzes nicht mit einer Kohle demonstriert hatte, sondern mit mehreren angezündeten Streichhölzern, die er auf seine Handfläche legte und die der alarmierte Aufsichtslehrer auf den Boden schlug, als sie gerade begannen, seine Haut zu verbrennen.

21

Montag war mein erster Arbeitstag als niedergelassener Psychiater. Die Praxis, die mein älterer Partner, David Ng, schon seit vierzehn Jahren betreibt, liegt an der Bowery, in der zweiten Etage eines Altbaus aus der Vorkriegszeit. Es sind angenehme Räume mit großen Fenstern, die freie Sicht auf die Lampenläden gegenüber und den Himmel eröffnen. Noch gibt es keine Anzeichen des diesjährigen Vogelzugs, aber ich weiß, sie werden kommen. In ruhigen Momenten werde ich Gelegenheit haben, den Himmel nach Zeichen abzusuchen. Es ist ein geschäftiger Monat gewesen, erst in der vorigen Woche bin ich umgezogen, in eine kleine Wohnung in der 21. Straße. Sie hat keine schöne Aussicht, aber es ist eine begehrte Gegend (worauf mich mein Vermieter *ad infinitum* hinwies), und ich kann zu Fuß zur Praxis gehen. Vor ein paar Wochen habe ich endlich die überfällige Operation an meiner Hand durchführen lassen. Der Schmerz ist weg.

Mit dem Ende des Sommers endete auch meine ärztliche Ausbildung. Ich entschied mich für eine Zusammenarbeit mit Ng, obwohl es lukrativere Angebote außerhalb der Stadt gab; das verlockendste in einer Gemeinschaftspraxis in Hackensack, New Jersey. Ich hätte mehr verdient, ich hätte die Ruhe der Vorstädte genießen und komfortabler leben können, aber letztlich ist es keine schwierige Entscheidung gewesen. In der Stadt zu bleiben war die einzige mit meinen Gefühlen vereinbare Option, und ich ließ mich von meinem Instinkt leiten. Professor Bolt, meine Abteilungsleiterin im Presbyterian, hatte mir dasselbe geraten, nur Dr. Martindale, mit dem ich gemeinsam einige Aufsätze verfasst hatte, wollte mich davon überzeugen, in der Forschung zu bleiben. Aber mir war schon lange klar gewesen, dass die akademische Welt nicht die meine war.

Ich habe begonnen, mein Büro einzurichten. Noch ist es fast leer, aber ich habe ein paar Bücher mitgebracht, und mein Computer ist schon aufgebaut, mit kleinen Lautsprechern, damit ich zwischen den Sitzungen Musik hören kann. Für die Internetseite einer New Yorker Klassikradiostation habe ich ein Lesezeichen eingerichtet, inzwischen bin ich nachsichtiger mit den Ansagern als früher. Am Freitag wurde mein neues Sofa geliefert, und sein eigentümlicher Geruch nach Zitrone und Staub erfüllt den Raum, aber bisher hat sich kein Patient beschwert. An meiner Tür ist ein Messingschild befestigt, das Ng anfertigen ließ, noch bevor ich das Büro bezog.

An der Pinnwand hinter meinem Sessel hängt eine Postkarte mit einem Bild von Heliopolis, die ich vor zwei oder drei Wochen zufällig in einem Antiquariat gefunden habe. Sie ist etwas vergilbt und zeigt eine Straße, auf die der Schatten eines Gebäudes fällt, das von einer Art mittelalterlich-europäischem Glockenturm mit zwei Säulenreihen links und rechts dominiert wird. Zwei Männer, winzige Gestalten, laufen vor dem Gebäude entlang. Sie tragen weiße Gewänder. Ein dritter, etwas größerer Mann steht mitten auf der leeren Straße und blickt zum Fotografen. Auch er trägt ein weißes Gewand, das bis zu den Knöcheln reicht, darüber eine schwarze Jacke. Rechts von dem Mann ziehen sich die silbrigen Muster von zusammenlaufenden Straßenbahngleisen über den Boden, und unweit der Horizontlinie stehen zwei Straßenbahnen. Mit ihren aufragenden, angewinkelten Bügeln, die mit den darüber verlaufenden Stromleitungen verbunden sind, sehen sie aus wie Riesenmücken. Links von der sonst kahlen Straße steht ein kleineres oder vielleicht nur weiter entferntes Gebäude mit zwei Türmen, einer davon mit einer Zwiebelkuppel versehen. »9108 Le Caire, Heliopolis« ist in kleiner, weißer Schrift auf dem Bild vermerkt. Die Postkarte ist undatiert und nicht besonders ansehnlich. Der Himmel ist verblichen, die Schatten sind dunkel, die Komposition eher uninteressant. Sie sieht aus wie etwas, das jemand vergessen hat; nicht wie etwas, was man sich freiwillig an seine Pinnwand heftet. Aber ich werde das Gefühl nicht los, dass der Mann in der schwarzen Jacke und dem weißen Gewand, dessen Gesicht im Schatten der Straße unkenntlich ist, die Funktion eines Zeugen übernommen hat und mich bei der Arbeit beobachtet. Tatsächlich war es seine kleine Gestalt, die mich dazu bewog, die Karte in die Hand zu nehmen. Erst später bemerkte ich, dass sie Baron Empains Heliopolis abbildete.

Als ich gestern zwischen zwei Sitzungen Radio hörte, wurden drei Konzerte der Berliner Philharmoniker unter Simon Rattle in der Carnegie Hall angekündigt. Ich ging online und kaufte mir ein Ticket für den Abend. Heute findet das Abschlusskonzert der Reihe statt, *Das Lied von der Erde*, doch es war schon ausverkauft. Mahler dachte ununterbrochen an die letzten Dinge: *Das Lied von der Erde* mit seinen schmerzerfüllten Abschiedstönen und seiner bittersüßen Klangwelt wurde größtenteils im Sommer 1908 komponiert. Im Jahr davor, 1907, zwangen ihn aggressiv antisemitische Strömungen, seine Stellung als Hofoperndirektor in Wien aufzugeben. Dieser Enttäuschung war ein anderer schmerzlicher Schock vorausgegangen: Im Juli desselben Jahres starb die ältere seiner beiden Töchter, die fünfjährige Maria Anna, an Scharlach. Als die Metropolitan Opera ihn für die Saison 1908 engagierte, nahm er seine Frau, Alma, und die jüngere Tochter mit nach New York. Es gab Atempausen, Sternstunden und eine gewisse Zufriedenheit. Er begeisterte die Zuschauer mit seinem Dirigat und seinem innovativen Programm, bis die Leitung ihn zugunsten von Toscanini wieder abstieß.

Gestern Abend besuchte ich die Aufführung der Neunten Symphonie, die Mahler im Anschluss an *Das Lied von der Erde* schrieb. Mahlers Bewusstsein vom Ende ist so ausgeprägt, dass es – in seiner Musik wie seiner Laufbahn als Komponist – beinahe die Anfänge überschattet. Er wurde zum Meister des Endes: einer Symphonie, eines Werkes, sogar seines eigenen Lebens. Eigentlich war selbst die Neunte nicht sein endgültig letztes Werk, Fragmente einer Zehnten Symphonie sind überliefert – und sie sind noch düsterer, noch mehr auf die letzten Dinge ausgerichtet als die Werke, die ihr vorausgingen. Der britische Musikwissenschaftler Deryck Cooke vollendete die Symphonie in den Sechzigerjahren auf der Basis von Mahlers Notizen.

Als ich gestern Abend in der U-Bahn in Richtung Uptown saß, dachte ich an Mahlers letzte Jahre. Die Dunkelheit, die ihn umgab, voller Mementi an Gebrechlichkeit und Sterblichkeit, wurde von einer unbekannten Quelle hell erleuchtet, doch selbst auf dieses Licht fiel noch ein Schatten. Ich dachte daran, wie manchmal die Wolken über die sonnendurchfluteten Schluchten zwischen den steilen Fassaden der Wolkenkratzer jagen und die scharf gezogenen Grenzen zwischen Hell und Dunkel mit flüchtigen Schatten und jähem Lichteinfall sekundenlang verwischen. Mahlers letzte Werke – *Das Lied von der Erde*, die Neunte Symphonie, die Fragmente der Zehnten – wurden erst postum uraufgeführt, und alle drei Werke sind gewaltig, voller Licht und Leben und umschlossen von der Tragödie, die dieses Leben schließlich beherrschte. Sie vermitteln einen überwältigenden Eindruck von Licht: das Licht eines leidenschaftlichen Lebenshungers, das Licht einer bedrückten Seele, die über den unerbittlich sich nähernden Tod nachsinnt.

Die Auseinandersetzung mit den letzten Dingen durchzieht nicht nur seine späten Werke, sie war von Beginn seiner Karriere an offenkundig. Bereits seine Zweite Symphonie ist eine umfassende musikalische Ergründung von Tod und Auferstehung. Hätte er in seinen letzten Jahren nur *Das Lied von der Erde* geschrieben, man hätte es für ein gebührendes künstlerisches Vermächtnis gehalten, eines der großen letzten Werke, in einer Reihe mit Mozarts Requiem, Beethovens Neunter oder Schuberts letzter Klaviersonate. Aber er schrieb bereits im Sommer des folgenden

Jahres, 1909, die gleichsam gigantische Neunte Symphonie und wurde so, dank seiner Willensstärke, zum Genie des anhaltenden Abschieds.

Das Konzert war Teil einer Konzertreihe zu Ehren der Stadt Berlin. Ich hatte meine Eintrittskarte zu spät gekauft und saß jetzt hoch oben im vierten Rang. Der schöne, wie eine Muschel geformte Saal, dessen Decke mit Haltevorrichtungen und eingebauten Scheinwerfern übersät war, war voll besetzt. Neben mir saß eine schöne Frau, die einen teuren Mantel trug und von der ein übler Geruch ausging, eine Mischung aus Speichel und Alkohol. Die Ursache schien mir nicht mangelhafte Hygiene zu sein, sondern übermäßig aufgetragenes Parfüm. Ich dachte darüber nach, den Platz zu wechseln, aber das war nicht möglich. Sie fächelte sich hektisch Luft zu, und der Gestank verflog. Ihr Begleiter, ein großer, sonnengebräunter Mann in einem blauen Anzug und einem karierten, hellen Hemd, ein europäisch aussehender Typ mit vergnügten grauen Augen, nahm kurz darauf seinen Platz ein. Der Konzertmeister trat unter Applaus auf die Bühne, und die Mitglieder des Orchesters begannen ihre Instrumente zu stimmen: zuerst das klare A der Oboe, dann die Streicher, die sich aus der schönen Kakophonie ins Unisono zogen.

Das letzte Konzert, das Gustav Mahler dirigierte, hatte ebenfalls in der Carnegie Hall stattgefunden, im Februar 1911. Er leitete das New York Symphony Orchestra, das später zu den New Yorker Philharmonikern wurde, bei der Weltpremiere von Busonis *Berceuse élégiaque*. An jenem Tag hatte er Fieber, und er dirigierte gegen die Anweisung seines Leibarztes, Dr. Joseph Fraenkel. Das Fieber muss an jenem Abend unerträglich heftig in ihm gewütet haben, als er Busonis Musik dirigierte, der folgende Worte als Motto vorausgeschickt waren: »Schwingt die Wiege des Kindes, schwankt die Waage seines Schicksals, schwindet der Weg seines Lebens, schwindet hin in ewige Fernen.«

Nochmals spielte der Oboist ein A an, und diesmal wurden die Holzbläser gestimmt, dann fielen, wie ein Windstoß, Streicher ein. Schließlich kam ein Zeichen von der Bühne, und es wurde still im Saal. Wie fast immer bei solchen Konzerten, waren fast alle Besucher weiß. Das ist etwas, das ich automatisch bemerke, es fällt mir jedes Mal auf, und jedes Mal versuche ich darüber hinwegzusehen. Es ist ein komplexes inneres Tauziehen: Ich mache mir Vorwürfe, dass ich es überhaupt wahrnehme, ich ärgere mich darüber, daran erinnert zu werden, wie getrennt unsere Leben immer noch sind, und ich bekomme schlechte Laune, weil ich diese Gedanken schon kenne und dennoch unweigerlich von ihnen eingeholt werde. Die meisten Menschen um mich herum waren mindestens mittleren Alters. Es überraschte mich nicht, dennoch ist es immer wieder erstaunlich, wie einfach es ist, die Hybridität der City hinter sich zu lassen und ein ganz und gar weißes Umfeld zu betreten, dessen Homogenität, soweit ich das beurteilen kann, den Weißen nichts auszumachen scheint. Viel seltsamer ist es für manche von ihnen, dass sie auf dem Sitz neben sich oder am Getränkestand jemandem wie mir begegnen, einem jungen schwarzen Mann. Wenn ich in der Pause in der Warteschlange vor der Toilette stehe, werde ich manchmal angesehen wie Ota Benga, der Mann vom kongolesischen Mbuti-Stamm, der 1906 im Affenhaus des Bronx Zoo zur Schau gestellt wurde. Ich bin diese Gedanken so leid, wie sie mir vertraut sind. Doch Mahlers Musik ist weder weiß noch schwarz, weder alt noch jung, und ob sie besonders menschlich ist oder eher im Einklang mit universelleren Schwingungen, ist fraglich. Unter Applaus kam Simon Rattle auf die Bühne, lächelnd, mit wippenden Locken. Er begrüßte das Orchester, dann wurden die Lichter gedimmt. Völlige Stille, und dann, nach einem Augenblick reiner Erwartung, die Senkung des Taktstockes, und die Musik begann.

Der erste Satz der Neunten Symphonie ist wie ein großes Schiff, das aus dem Hafen gleitet: wuchtig und doch vollkommen in der Anmut seiner Bewegung. In Rattles Händen begann er mit Seufzern, einer Reihe von Verzögerungen und mit der Wiederholung eines fallenden Motivs, das sich dehnte, während es zugleich fieberhafter wurde. Wie immer hörte ich sowohl mit dem Geist als auch mit dem Körper zu, schwang innerlich mit den Teilen der Musik, die mir schon vertraut waren, entdeckte Details der Partitur, die mir zuvor nie aufgefallen waren oder die vom Dirigenten zum ersten Mal herausgearbeitet wurden. Rattle dirigierte Mahler, zugleich aber kommunizierte er – jedenfalls aus meiner Sichtweise eines langjährigen Anhängers von Mahlers Musik – mit anderen Interpreten desselben Werkes: mit Benjamin Zander, Jascha Horenstein, Claudio Abbado, John Barbirolli, Bernhard Haitink, Leonard Bernstein, Hermann Scherchen, Otto Klemperer und nicht zuletzt mit Bruno Walter, der das Stück in Wien uraufgeführt hatte, ein Jahr nach Mahlers Tod und zwei Jahre vor dem Ausbruch des Ersten Weltkriegs. Das waren Namen von überwiegend europäischen Männern; die meisten von ihnen lebten nicht mehr, und doch waren sie mir, seit ich vor fünfzehn Jahren in die Vereinigten Staaten gekommen war, ungeheuer wichtig geworden. Jeder Name war für mich mit einer spezifischen Stimmung und klanglichen Ausdeutung von Mahlers gewaltiger Komposition verknüpft – ausgeglichen, extrem, sentimental, gequält, tröstlich. Simon Rattle leitete das Orchester durch die überschwänglichen und sanft wiegenden Passagen der beiden ersten Sätze und behauptete seine Stellung als einer der Titanen dieses Werkes. Der dritte Satz, das Rondo, war laut, frech und so burlesk wie nur irgend denkbar.

Dann, aus einer Stille heraus, bei der das gesamte Publikum den Atem anzuhalten schien, erfüllten die süßen, hymnischen ersten Takte des Finales den Saal, getragen von den Streichern. Erstaunt registrierte ich die Ähnlichkeit der Melodie zu der von »Abide with Me«; sie war mir vorher nie aufgefallen. Die plötzliche Erkenntnis tauchte mich ein in die tiefe Trauer von Mahlers langer und leuchtender Elegie, und mit einem Mal war mir, als könnte ich die Konzentration, die verborgenen Gedanken der Menschen im Auditorium mit Händen greifen. Wie seltsam es war, dass Mahler vor beinahe hundert Jahren ganz in der Nähe, nur ein paar Schritte von der Carnegie Hall entfernt, im Plaza Hotel an der Ecke 59. Straße und Fifth Avenue, an dieser Symphonie gearbeitet hatte, im vollen Bewusstsein des Herzleidens, das ihn schon bald das Leben kosten würde.

Noch während des Finales erhob sich eine alte Frau in der ersten Reihe und ging den Mittelgang hinauf. Langsam setzte sie einen Fuß vor den anderen, und alle Blicke waren auf sie gerichtet, während das Gehör bei der Musik blieb. Es war, als folgte sie einer unsichtbaren Kraft, als riefe sie der leibhaftige Tod. Die alte Frau war gebrechlich, ihr weißes Haar schimmerte wie eine filigrane Krone, die von hinten angestrahlt wie ein Heiligenschein aussah, und sie bewegte sich so langsam, als sei sie ein Staubkorn, das in der Musik selbst schwebte. Einen Arm winkelte sie etwas ab, als würde sie von jemandem gestützt – als wäre es meine Oma, und ich wäre bei ihr, und die Musik drückte uns sanft voran und hinaus in die Dunkelheit. Die Grazie, mit der sie sich auf den Ausgang zubewegte, ließ mich an ein Boot denken, das frühmorgens vom Ufer eines Sees ablegt und für einen zurückbleibenden Beobachter nicht wegzufahren, sondern sich im Nebel aufzulösen scheint.

Mahler hatte sich ohne Selbstmitleid durch die Krankheit gearbeitet, durch den Katalog des Leidens, und hatte in seinen gewaltigen Kompositionen filigran eine Elegie in die andere gewebt. Mit dem für ihn charakteristischen Galgenhumor pflegte er zu sagen: *Krankheit ist Talentlosigkeit.* Er verlieh seinem Tod eine Bedeutung, das war eines seiner großen Talente, sodass es wirklich schien, als sterbe er wie ein Drache, der eine Mauer einreißt, wie es von großen chinesischen Poeten heißt. Er wollte in Wien begraben sein, auf dem Grinzinger Friedhof. Nachdem also Dr. Fraenkel nach eingehender Beratung mit Dr. Emanuel Libman, dem Chefarzt des Mount Sinai Hospital, die Diagnose einer Streptokokken-Infektion gestellt hatte, die noch zur vorher bereits festgestellten infektiösen Endokarditis hinzukam, einer für die Herzgefäße verheerenden Kondition – nachdem er also von Dr. Fraenkel sein Todesurteil erhalten hatte, trat Mahler die mühselige letzte Heimreise an. Er fuhr zunächst mit dem Schiff von New York nach Paris, wo er sich am Institut Pasteur erfolglos mit dem Labormuster eines neuen Serums behandeln ließ, dann reiste er mit dem Zug weiter nach Wien, wo die Menschen ihn, den sie vorher so herzlos behandelt hatten, jubelnd begrüßten und seinem Fahrzeug folgten, als wäre er Virgilius, der nach Rom zurückkehrt, um zu sterben. Und das tat er auch, eine Woche darauf, um Mitternacht am 18. Mai 1911.

Die Musik war zu Ende. Vollendete Stille im Saal. Simon Rattle stand regungslos auf dem Podest, hielt den Taktstock starr in die Luft, und auch die Musiker, mit immer noch erhobenen Instrumenten, bewegten sich nicht. Ich blickte im Saal umher und sah leuchtende Gesichter, überflutet von der Stille. Die Sekunden dehnten sich. Niemand hustete, niemand rührte sich. Von draußen, weit entfernt, war leise der Verkehr zu hören, im Saal aber war kein Geräusch zu vernehmen, auch alle Gedanken kamen zum Stillstand. Dann senkte Rattle die Hände, und der Zuschauerraum explodierte im Applaus.

Erst als die Tür ins Schloss fiel, begriff ich, was ich getan hatte. Ich hatte den Notausgang genommen, der direkt vom vierten Rang zur Feuerleiter außerhalb des Gebäudes führte. Die schwere Metalltür, die gerade zugeknallt war, hatte keinen Türgriff auf der Außenseite: Ich hatte mich also ausgesperrt und war nun Wind und Regen ausgeliefert, denn mein Regenschirm lag noch im Saal. So stand ich an einem stürmischen Abend auf einer wackligen Feuerleiter an der unbeleuchteten Seite der Carnegie Hall. Die Szene war an Komik nicht zu übertreffen.

Das glitschige Gerüst war alles, was mich von der Straße trennte. Es ging etwa zwanzig Meter in die Tiefe. Ich konnte zwischen meinen Füßen hindurch auf die Lichter direkt unter mir blicken, meine Haare und mein Mantel waren schon nass. Andere Konzertbesucher gingen bereits ihrer Wege, ohne etwas von meiner Notlage zu ahnen. Ich befand mich außer Hörweite, auch bei milderem Wetter hätte mich niemand gehört. Doch bei Nacht und im Regen war jeder Hilferuf zwecklos. Nur ein paar Minuten zuvor hatte ich mich in Gottes Armen und in der Gesellschaft Hunderter Menschen befunden, während das Orchester auf die Coda zusteuerte und jeden von uns in ein nie gekanntes Hochgefühl versetzte.

Jetzt erlebte ich eine selten pure Einsamkeit. Ich stand im Dunkeln über dem nackten Abgrund, in der Ferne flackerten die Lichter der 42. Straße. Das Geländer, das wahrscheinlich schon bei idealer Witterung eine wacklige Angelegenheit war, bot wegen der Nässe kaum Halt. Ich bewegte mich vorsichtig, Schritt für Schritt. Der Wind pfiff um das Gebäude, und mein einziger, recht makabrer Trost war, dass ich im Falle eines Sturzes aus dieser Höhe keinesfalls Gefahr lief, hinterher körperlich behindert zu sein: Der Tod würde sofort eintreten. Der Gedanke beruhigte mich, und so tapste und rutschte ich die Metallstufen hinunter, minutenlang, ein Hochseiltanz in der Dunkelheit. Und dann endete die Feuerleiter abrupt vor einer zweiten geschlossenen Tür. Der restliche Weg nach unten, etwa vier Treppen, wäre freier Fall. Doch das Glück war auf meiner Seite: Die zweite Tür hatte eine Klinke. Und sie war unverschlossen.

Bevor ich hineinging, stand ich in der offenen Tür, erleichtert und dankbar; ich spürte den Impuls, nach oben zu blicken, wo ich zu meiner großen Überraschung Sterne sah. Sterne! Trotz des Lichtermeers, in das die Stadt unaufhörlich getaucht war, und trotz des regnerischen Abends. Aber der Regen hatte aufgehört, während ich nach unten gestiegen war, und die Luft war wie reingewaschen. Der Gifthauch der Lichter Manhattans reichte nicht sehr hoch in die Atmosphäre, und in einer mondlosen Nacht wie dieser wirkte das Firmament wie ein von Strahlen durchschossenes Dach, durch das der Himmel selbst schimmerte. Wundervolle Sterne, eine entfernte Wolke von

Glühwürmchen, doch mit dem Körper spürte ich, was meine Augen nicht erfassen konnten: dass die wahre Natur jener Sterne der visuelle Nachhall von etwas war, das bereits in der Vergangenheit lag. In den unermesslichen Zeiträumen, die das Licht brauchte, um solche Entfernungen zurückzulegen, waren einige seiner Quellen schon lange erloschen, und ihre dunklen Überreste schossen mit rasender Geschwindigkeit von uns fort.

Doch in den dunklen Räumen zwischen den toten, leuchtenden Sternen gab es andere, die ich nicht sehen konnte, Sterne, die existierten und Licht aussandten, das mich noch nicht erreichte, Sterne, die jetzt lebten, strahlende Sterne, die ich heute nur als Leerstellen wahrnehmen konnte. Ihr Licht würde irgendwann die Erde erreichen, lange nachdem meine Generation und die Generation nach mir aus der Zeit geglitten waren, vielleicht erst dann, wenn die ganze Menschheit längst ausgelöscht sein würde. In diese dunklen Räume zu schauen hieß, einen Blick in die Zukunft zu werfen. Ich packte das rostige Geländer der Feuerleiter mit einer Hand und hielt den Griff der offenen Tür mit der anderen noch fester. Die Nachtluft schnitt mir in die Ohren. Ich blickte nach unten, ein steiler Abgrund und das verschwommene gelbe Viereck eines vorbeirasenden Taxis, dann ein Krankenwagen, dessen Geheul zu mir hinaufhallte und sich auf dem Weg ins

Neoninferno des Times Square weiter ausbreitete. Ich wünschte mir, ich könnte dem Sternenlicht auf halbem Wege entgegenkommen, doch mein ganzes Wesen war in einem blinden Fleck gefangen, und das Sternenlicht kam, so schnell es konnte, auf mich zu, es legte fast dreihunderttausend Kilometer pro Sekunde zurück, und irgendwann würde es ankommen und auf andere Menschen treffen oder vielleicht auf eine völlig andere Version unserer Welt, die durch unvorstellbare Katastrophen bis zur Unkenntlichkeit entstellt wäre. Meine Hände hielten sich am Metall fest und mein Blick am Licht der Sterne, und es war, als wäre ich einer bestimmten Sache so nahe gekommen, dass sie aus dem Fokus geriet, oder als hätte ich mich so weit von ihr entfernt, dass sie in der Ferne verblasste.

Ich lief am Central Park entlang, wo es erstickend nach Pferdemist roch, an Dr. Saitos Apartmentgebäude vorbei und bis zum Columbus Circle. Dort stieg ich in die U-Bahn und fuhr bis zur 23. Straße, wo ich, anstatt direkt nach Hause zu laufen, den West Side Highway überquerte. Ich wollte zum Wasser und näherte mich den Chelsea Piers. Auf ihrer rechten Seite, wo die Jachten und Touristenboote lagen, stand ein Mann in Uniform, der mir grüßend zuwinkte. Kommen Sie, wir legen gerade ab, sagte er. Ich nahm an, dass er für eine Bootstour verantwortlich war, und sagte, dass ich nicht dazugehörte. Kein Problem, sagte er. Wir sind noch nicht voll besetzt. Und Sie müssen nichts bezahlen, die Kosten sind gedeckt. Er lächelte und fügte hinzu: Ich sehe doch, dass Sie gern noch aufspringen würden. Kommen Sie! In einer knappen Stunde sind wir zurück. Ich folgte ihm zum Pier 66 und bestieg ein langes, weißes Boot, auf dem junge Leute im College-Alter bereits lautstark feierten. Es war kurz vor elf, und es regnete nicht. In der hell erleuchteten Kajüte kontrollierte ein Mann in Kellner-Uniform das Alter der Studenten, dann durften sie sich mit Schaumwein gefüllte Champagnerflöten aus Plastik von seinem Tablett nehmen. Er bot mir eine an, doch ich lehnte ab. Die meisten Gäste genossen die Aussicht von der Kabine aus, denn der Wind hatte aufgefrischt. Ich ging zum hinteren Deck, wo ich auf eine Handvoll Paare und einige andere traf, die wie ich allein waren. Ich fand einen Sitzplatz nahe der Reling.

Die Motoren gaben ein dumpfes Brummen von sich, und das Boot kippte etwas zurück und zitterte, als würde es tief Luft holen, um dann unterzutauchen. Dann schob es sich von der Mole weg, zwischen uns und der Anlegestelle weitete sich die Fläche des Wassers, und das Geschnatter der Feiernden schwebte aus der verglasten Kajüte in den Nachthimmel. Wir beschrieben einen rasanten Bogen nach Süden, und die höheren Gebäude des Wall-Street-Viertels rückten links in unser Blickfeld, in vorderster Reihe das World Financial

Center, die zwei Türme, die der gläserne Wintergarten miteinander verband, im blauen Schein seiner Nachtbeleuchtung. Das Boot ritt auf dem wogenden Fluss, und während ich dort saß und das schäumende weiße Kielwasser auf der schwarzen Dünung betrachtete, war mir, als würde ich in die Höhe gezogen und dann wieder hinuntergelassen, als hinge ich an einem unsichtbaren Glockenstrang.

Wenige Minuten nachdem wir in die Upper Bay hineingefahren waren, sahen wir die Freiheitsstatue, zuerst nur als ein mattes Grün im Dunst, doch bald türmte sie sich gewaltig über uns auf, ein Denkmal, das seinem Namen alle Ehre machte, die mächtigen Falten der Robe so stattlich wie Säulen. Das Boot näherte sich der Insel, immer mehr Studenten kamen aufs Deck und zeigten auf Lady Liberty. Die Luft war erfüllt von ihren Stimmen, ohne Widerhall versanken sie im Wasser. Der Tourleiter kam auf mich zu. Na, froh, dass Sie mitgekommen sind? Ich lächelte schwach, und er ging, meine Einsamkeit spürend. Die Krone der Statue ist seit Ende 2001 gesperrt, und sogar die Besucher, die bis an den Sockel der Statue kommen, dürfen nur zu ihr aufblicken; niemandem ist es gestattet, die 354 schmalen Treppenstufen zu erklimmen und von den Fenstern der Krone über die Bucht zu blicken. Überhaupt ist die Geschichte der touristischen Nutzung von Bartholdis monumentalem Bau nicht sonderlich lang. Lady Liberty hatte zwar von Beginn an ihren symbolischen Wert, doch bis 1902 fungierte sie als Leuchtturm, der größte des Landes. Damals wies die Flamme, die in ihrer Fackel brannte, den Schiffen den Weg in den Hafen von Manhattan; dieselbe Fackel führte aber auch Vögel in die Irre, vor allem bei schlechter Witterung. Sie waren zwar zumeist schlau genug, der Ballung der Wolkenkratzer auszuweichen, verloren aber die Orientierung, sobald sie der monumentalen Flamme begegneten.

Viele Vögel fanden den Tod. So barg man am Morgen nach einer besonders stürmischen Nacht im Jahr 1888 mehr als vierzehnhundert tote Vögel in der Krone, auf dem Balkon der Fackel und auf dem Sockel der Statue. Die Offiziellen der Insel witterten ein Geschäft und verkauften die Vögel zu günstigen Preisen an Hutmacher und Modegeschäfte in New York. Doch der Handel sollte nicht lange währen, denn ein gewisser Oberst Tassin, der militärische Befehlshaber von Liberty Island, war fest entschlossen, jeden Vogel, der künftig hier sterben würde, ausschließlich zugunsten der Wissenschaft zu bewahren. Sobald zweihundert oder mehr eingesammelt waren, wurden die Kadaver direkt an das Washington National Museum, die Smithsonian Institution oder andere wissenschaftliche Einrichtungen geschickt. Tassins ausgeprägter Gemeinsinn manifestierte sich auch darin, dass er eine offizielle Dokumentation initiierte, die mit militärischer Disziplin durchgeführt wurde. Kurze Zeit später war er in der Lage, über den Tod jedes einzelnen Vogels ausführlich Auskunft zu geben, mit Angaben über die Gattung, das Datum und den Zeitpunkt der Kollision, der Anzahl der von der Kollision betroffenen und getöteten Vögel, mit Windrichtung und Windstärke, Wetterlage und allgemeinen Bemerkungen. Für den 1. Oktober jenes Jahres hielt der Bericht des Obersts fest, dass fünfzig Rallen, elf Zaunkönige, zwei Katzendrosseln und eine Schwarzkehl-Nachtschwalbe umgekommen waren. Für den nächsten Tag wurden zwei tote Zaunkönige dokumentiert, am darauffolgenden waren es acht. Durchschnittlich, so die Einschätzung von Oberst Tassin, starben etwa zwanzig Vögel pro Nacht, obwohl die Zahl je nach Wetterlage und Windrichtung schwankte. Trotzdem blieb der Eindruck bestehen, dass etwas Beunruhigenderes vor sich ging. Am Morgen des 13. Oktober fand man hundertfünfundsiebzig Zaunkönige. Sie hatten die Wucht des Aufpralls nicht überlebt, dabei war die Nacht davor nicht sonderlich windig gewesen und auch nicht besonders dunkel.

Danksagung

Mein Dank gilt Elizabeth, Andru, Jean und Jeremy, die den Text gelesen haben und mir sinnvolle Hinweise gaben. Ich bedanke mich bei meinen Freunden Chimamanda, Siddharta, Amitava, Femi, Patti, Nanda, Kwame, Hilary, Maria, Madhu und Carey, die mir halfen, dieses Buch zu schreiben. Besonderer Dank geht an Angelika, Quell zahlreicher Ideen und großer Liebenswürdigkeit. Mein Agent Scott war von Anfang an ein begeisterter und scharfsinniger Streiter für den Roman, und er trug viel dazu bei, ihm seine endgültige Gestalt zu geben. Mein Lektor, David, war ausnahmslos geduldig und freundlich und verwandelte ein ausschweifendes Typoskript in ein nicht ganz so ausschweifendes Buch. Ich danke meinen Eltern und meinen Geschwistern für ihre Liebe und ihre Geschichten. Ich bin vielen Freunden, die ich nicht erwähnt habe, großen Dank schuldig, ebenso den Fremden, die mich inspiriert haben. Mein größter

Dank geht an Karen, der Liebe meines Lebens und der Hüterin meiner Einsamkeit.

»Mühelos erzählt und voll sinnlicher, bisweilen magischer und aufwühlender Bilder – große Literatur.«

Jan Wilm, FAZ

Ein junger Mann kehrt nach einigen Jahren in Amerika heim nach Lagos in Nigeria, an den Ort seiner Kindheit, den er vor vielen Jahren verlassen hat. Er kommt bei Verwandten unter, trifft alte Freunde, lässt sich durch die Straßen treiben. Lagos ist anstrengend und korrupt, Verheißung und Zumutung in einem, voller Geschichten von spiritueller Größe und Verkommenheit. Jede Nacht ist ein vergeblicher Versuch, Ruhe zu finden. Und jeder Tag ein Spiegel, in dem er sich selbst immer klarer sieht. Soll er bleiben oder fliehen? In Teju Coles leuchtenden Sätzen, in denen eine große, gebrochene Liebe zum Ausdruck kommt, entsteht das poetische Porträt eines bedrückten Landes und der größten Metropole in Afrika.

Teju Cole
Jeder Tag gehört dem Dieb

Aus dem Englischen von Christine Richter-Nilsson
Taschenbuch
Auch als E-Book erhältlich
www.ullstein.de

ullstein